Nés à Minuit

C.C. Hunter

Nés à Minuit

Tome 3

Illusions

Traduit de l'anglais (États-Unis)
par Marianne Roumy

Michel LAFON POCHE

DÉJÀ PARUS

Nés à minuit
tome 1 : *Attirances*
tome 2 : *Soupçons*

À PARAÎTRE

Nés à minuit
tome 4 : *Frémissements*
tome 5 : *Crépuscule*

Titre original
Shadow Falls, Taken at Dusk

Première publication en langue originale
par St. Martin's Press, 2012.

118, avenue Achille-Peretti
CS 70024-92521 Neuilly-sur-Seine Cedex
www.lire-en-serie.com

Il y a toujours quelqu'un dans votre vie
qui vous aide à devenir qui vous êtes.
Quelqu'un sans qui vous n'auriez pas entrepris
le même voyage.
Quelqu'un qui ne s'est pas contenté de faire avancer les choses,
mais qui a été le tremplin de tout ce que vous avez réalisé.
Merci, Steve Craig, mon petit mari, pour tout ce que tu as fait
pour m'aider à devenir celle que je suis. Merci pour ton amour,
pour ces années, et pour ces infinis éclats de rire
que tu as partagés avec moi.
Nous formons une sacrée équipe, tu ne trouves pas ?

chapitre 1

Ils étaient là. Vraiment là.

Kylie Galen sortit du réfectoire bondé dans le soleil brillant, et jeta un coup d'œil au bureau de Shadow Falls. Disparus, volatilisés, les bavardages des autres campeurs. Des oiseaux gazouillaient au loin et un coup de vent fit bruisser les feuilles, mais elle entendait surtout les battements de son cœur martelant sa poitrine.

Toc toc toc.

Ils étaient là.

Son pouls s'accéléra à l'idée de rencontrer les Brighten, le couple qui avait adopté et élevé son vrai père. Un père qu'elle n'avait jamais connu, mais qu'elle avait appris à aimer lors de ses brèves visites depuis l'au-delà.

Elle avança d'un pas, puis d'un autre, ignorant la tempête émotionnelle qui couvait en elle.

Excitation.

Curiosité.

Peur. Oui, beaucoup de peur.

Mais de quoi ?

Une goutte de sueur, plus liée à la nervosité qu'à la chaleur du Texas à la mi-août, ruissela sur son front.

Va découvrir ton passé pour découvrir ta destinée. Les paroles mystiques des anges de la mort lui revinrent en tête. Elle avança d'un pas, puis s'arrêta. Alors qu'elle mourait d'envie de résoudre le mystère de l'identité de son père, de la sienne et, avec un peu d'espoir, de ce qu'elle était, son instinct lui hurla de courir se cacher.

Était-ce ce qu'elle craignait ? Apprendre la vérité ?

Jusqu'à seulement quelques mois auparavant, avant d'arriver à Shadow Falls, elle était certaine de n'être qu'une ado paumée, que son impression d'être différente était normale. Aujourd'hui, elle n'était pas dupe.

Elle n'était pas normale.

Elle n'était même pas humaine. Du moins, pas complètement.

Et son côté non humain restait une énigme.

Une énigme que les Brighten pourraient l'aider à résoudre.

Elle avança d'un autre pas. Le vent, comme s'il était aussi impatient qu'elle de s'échapper, passa devant elle d'un coup et souleva quelques mèches blondes indisciplinées qu'il éparpilla sur son visage.

Elle cilla, et quand elle ouvrit les yeux, l'éclat du soleil s'était dissipé. Elle vit un immense nuage furieux planer dans le ciel, juste au-dessus de sa tête. Il projeta une ombre autour d'elle et du terrain boisé. Ignorant si c'était un signe ou seulement une tempête estivale, elle s'immobilisa, et son cœur dansa plus vite. Respirant une odeur de pluie, elle avança d'un pas lorsqu'une main se referma sur son coude. Le souvenir d'une autre main empoignant la sienne fit affluer la panique dans ses veines.

Elle se retourna d'un coup.

– Waouh ! Tu vas bien ? demanda Lucas, alors que son emprise sur son bras se desserrait.

Kylie reprit son souffle et plongea son regard dans les magnifiques yeux bleus du loup-garou.

– Ouais… euh… tu m'as juste… prise au dépourvu. Mais tu me surprends toujours. Il faut que tu chantonnes ou que tu siffles quand tu t'approches !

Elle repoussa les souvenirs de Mario et de son petit-fils Red, le vampire escroc.

– Désolé.

Il eut un grand sourire et son pouce décrivit de petits cercles doux dans le creux de son coude. Elle sentit son pouls s'emballer et palpiter à son contact. Et, quelque part, elle trouva ce léger effleurement du doigt… intime. Comment parvenait-il à faire passer un simple contact pour un doux péché ? Un coup de vent, qui annonçait désormais la tempête, souffla dans ses cheveux bruns et les colla sur son front.

Il ne détourna pas son regard, ses yeux bleus se réchauffèrent et chassèrent ses peurs les plus obscures.

– Tu n'as pas l'air bien. Qu'est-ce qui ne va pas ?

Il plaça une mèche indisciplinée derrière son oreille droite.

Elle détourna les yeux vers le bungalow qui abritait le bureau.

– Mes grands-parents… les parents adoptifs de mon vrai père sont là.

Il avait dû sentir sa réticence à se trouver là.

– Je croyais que tu voulais les rencontrer ? Que tu leur avais demandé de venir ?

– Oui. Je suis juste…

– Terrorisée ? finit-il à sa place.

Elle n'aimait pas l'admettre, mais comme les loups-garous pouvaient sentir la peur, mentir ne servirait à rien.

– Oui.

Elle regarda de nouveau Lucas et vit l'humour dans son regard.

– Qu'y a-t-il de si drôle ?

– Toi, répondit-il comme si elle l'amusait. J'essaie encore de te lire. Quand le vampire escroc t'a kidnappée, tu ne flippais pas autant. En fait, tu as été… géniale.

Kylie sourit. Non, c'est Lucas qui avait été génial. Il avait risqué sa vie pour la tirer des griffes de Mario et Red, et ça, elle ne l'oublierait jamais.

– Sérieux, Kylie, s'il s'agit du couple que je viens de voir entrer il y a quelques minutes, ce ne sont que des humains d'un certain âge. Je crois que tu peux les accepter tous les deux, les yeux fermés.

– Je ne suis pas morte de trouille. C'est juste que… (Elle ferma les yeux une seconde, sans trop savoir comment expliquer ce qu'elle-même avait du mal à comprendre, puis les mots vinrent tout seuls.) Qu'est-ce que je vais leur dire ? « Oh, je sais que vous n'avez jamais avoué à mon père que vous l'aviez adopté, mais il l'a deviné à sa mort. Et il est venu me voir. Oh oui ! il n'était pas humain… Alors, s'il vous plaît, pourriez-vous me dire qui sont ses vrais parents ? Afin que je puisse savoir ce que je suis ? »

Il avait dû percevoir l'angoisse dans sa voix parce que son sourire s'évanouit.

– Tu trouveras sûrement comment faire.

– Oui.

Mais elle n'en était pas si sûre. Elle se mit en route, sentit sa présence, sa chaleur quand ils gravirent les marches côte à côte. Avancer était plus facile en sa compagnie.

Il s'immobilisa à la porte, et effleura son bras de la main.

– Tu veux que j'entre avec toi ?

Elle faillit accepter, mais c'était une chose qu'elle devait accomplir toute seule.

Elle crut entendre des voix et jeta un regard à la porte. Elle ne serait pas seule. Holiday, la directrice de la colo, l'attendait à l'intérieur, prête à lui offrir un soutien moral, à la toucher pour la calmer. En temps normal, Kylie protestait quand on manipulait ses sentiments, mais là ça pourrait constituer une exception.

– Merci, mais je suis sûre que Holiday est là.

Il hocha la tête, son regard se posa sur sa bouche. Il s'inclina très légèrement et ses lèvres s'approchèrent dangereusement des siennes. Mais avant que sa bouche ne se les approprie, ce froid glacial qui accompagnait les morts s'abattit sur elle. Elle colla deux doigts sur ses lèvres. Embrasser un garçon, elle préférait le faire sans public – même celui de l'au-delà.

Peut-être n'était-ce pas uniquement le public. Était-elle tout à fait prête à s'abandonner à ses baisers ? C'était une bonne question, à laquelle elle devait trouver une réponse. Mais un seul problème à la fois. Pour l'heure, les Brighten étaient son unique préoccupation.

– Il faut que j'y aille, dit-elle.

Elle se dirigea vers la porte. Le froid l'envahit de nouveau. D'accord, elle avait deux préoccupations : les Brighten et un fantôme.

La déception apparut dans les yeux de Lucas. Puis il s'agita, mal à l'aise, et regarda autour de lui comme s'il sentait qu'ils n'étaient pas seuls.

– Bonne chance !

Il hésita, puis s'en alla.

Elle le regarda partir et chercha l'esprit. De la chair de poule dansa sur sa colonne vertébrale. Son aptitude à voir les fantômes avait constitué le premier indice de son anormalité.

– Cela ne peut pas attendre ? murmura-t-elle.

Un nuage de condensation se forma à côté des rocking-chairs blancs sur le bord du porche. Manifestement, il manquait à l'esprit le pouvoir ou les compétences pour parachever son apparition. Cela suffit tout de même pour faire valser les fauteuils. Le craquement du bois sur le bois semblait hanté… et il l'était.

Elle attendit, pensant qu'il s'agissait de l'esprit qui était apparu plus tôt ce jour-là dans la voiture de sa mère, quand elles passaient devant le cimetière de Fallen en rentrant au camp. Qui était-elle ? Que voulait-elle de Kylie ? Les réponses n'étaient jamais faciles, s'agissant des fantômes.

– Ce n'est pas le bon moment.

Mais cette phrase ne servirait à rien. Les esprits croyaient en la politique d'ouverture.

La traînée de brouillard reprit forme. Et la poitrine de Kylie se gonfla d'émotion.

Ce n'était pas la femme qu'elle avait vue.

– Daniel ?

Kylie tendit la main. Le bout de ses doigts pénétra dans la brume glaciale quand celle-ci prit une forme plus familière. Une vive émotion, un mélange d'amour et de regret, grimpa le long de son bras. Elle retira sa paume d'un coup, mais des larmes envahirent ses yeux.

– Daniel ?

Elle faillit l'appeler papa. Mais ça lui faisait toujours

bizarre. Elle l'observa pendant qu'il se démenait pour se manifester.

Il lui avait expliqué que son temps sur terre était limité. D'autres larmes emplirent les yeux de la jeune fille, à la minute où cela se confirma. Son sentiment de vide s'accentua à la pensée que ce devait être vraiment dur pour lui. Il voulait être là quand elle rencontrerait ses parents. Et elle avait besoin de sa présence, elle aussi. Elle espérait qu'il lui en dirait plus sur les Brighten, et regrettait par-dessus tout qu'il soit mort.

– *Non.*

Ce seul mot, énoncé sèchement, paraissait pressant.

– Non quoi ? (Il ne répondit pas, ou en fut incapable.) Non, je ne devrais pas les interroger sur tes vrais parents ? Mais je dois le faire, Daniel, c'est le seul moyen de découvrir la vérité.

– *Ce n'est pas...*

Sa voix se brisa.

– Pas quoi ? Pas important ?

Elle attendit sa réponse, mais la vague apparition pâlit et son froid spirituel s'estompa peu à peu. Les chaises blanches ralentirent leur balancement et le silence rebomba.

– C'est important pour moi, déclara Kylie. Je dois...

La chaleur du Texas élimina le froid glacial.

Il était parti. Elle se dit que peut-être il ne reviendrait jamais.

– Pas juste...

Elle écrasa les quelques larmes qu'elle avait laissées couler sur ses joues.

Le besoin de se cacher l'envahit de nouveau. Mais elle avait fait traîner assez longtemps. Elle saisit la poignée de porte, encore frigorifiée par l'esprit de Daniel, et alla affronter les Brighten.

À l'intérieur, Kylie entendit de légers murmures venant de l'une des salles de conférence. Elle s'efforça d'ajuster son ouïe pour écouter. Rien.

Ces dernières semaines, contre toute attente, elle s'était retrouvée dotée d'une ouïe supersonique. Mais fluctuante. À quoi servait un pouvoir si on ne savait pas l'utiliser ? Cela ne faisait que renforcer son sentiment que tout, dans sa vie, échappait à son contrôle.

Se mordant la lèvre, elle descendit lentement le couloir et tâcha de se concentrer sur son principal objectif : obtenir des réponses. Qui étaient les véritables parents de Daniel ? Qu'était-elle ?

Elle entendit Holiday dire : « Je suis sûre que vous allez l'adorer. »

Les pas de Kylie ralentirent. *Adorer ?*

N'était-ce pas exagéré ? S'ils l'aimaient simplement, ça suffirait. Adorer quelqu'un était… compliqué. Aimer beaucoup quelqu'un présentait même des inconvénients. Au point qu'un certain être féerique, un beau gosse, avait décidé qu'être proche d'elle se révélait trop difficile… Alors il était parti.

Oui, Derek incarnait vraiment l'exemple type de ce genre de désagrément. Et c'était probablement à cause de lui qu'elle hésitait à accepter que Lucas l'embrasse à présent.

Un problème à la fois. Elle écarta cette pensée, et entra dans la salle de conférence.

L'homme d'un certain âge posa ses poings serrés sur la grande table en chêne.

– Dans quel genre de problème s'est-elle fourrée ?

– Que voulez-vous dire ?

Holiday posa ses yeux verts sur la porte et fit passer ses longs cheveux roux par-dessus son épaule.

Le vieil homme poursuivit :

– Nous avons cherché Shadow Falls sur Internet et ce camp a la réputation d'accueillir des adolescents à problèmes.

Génial ! Les parents de Daniel la prenaient pour une délinquante juvénile.

– Vous ne devriez pas croire tout ce que vous lisez sur le Net. (Une très légère trace d'ennui tintait la voix de Holiday.) En fait, nous sommes une école pour des jeunes très doués qui essaient de se trouver.

– Je vous en prie, dites-moi qu'il ne s'agit pas de drogue, dit la femme aux cheveux argentés assise à côté de l'homme. Je ne suis pas sûre de pouvoir le gérer.

– Je ne suis pas une droguée, déclara Kylie qui comprenait mieux Della, sa copine de dortoir, un vampire qui devait affronter les soupçons de ses parents.

Toutes les têtes se tournèrent vers elle et, se sentant en mauvaise posture, elle retint son souffle.

– Oh non, fit la femme, je ne voulais pas te froisser !

Kylie entra dans la pièce en douceur.

– Je ne suis pas froissée. Je tenais juste à clarifier les choses.

Elle croisa les yeux gris délavé de la dame, puis se concentra sur le vieux monsieur, et chercha… quoi ? Une ressemblance ? Peut-être. Pourquoi ? Elle savait qu'ils n'étaient pas les vrais parents de Daniel. Mais ils l'avaient élevé, et lui avaient sûrement inculqué leurs manières et leurs qualités.

Kylie pensa à Tom Galen, son beau-père, l'homme qui l'avait éduquée, l'homme qu'elle avait considéré comme son véritable père jusqu'à très récemment. Bien qu'elle dût encore se faire à l'idée qu'il avait renoncé à dix-sept années de mariage avec sa mère, elle ne pouvait pas nier qu'elle avait pris certaines de ses manies. Mais elle ne voyait pas plus de Daniel en elle – qu'il s'agisse de son ADN surnaturel ou de ses traits physiques.

– Nous avons lu qu'il s'agissait d'un foyer pour adolescents à problèmes, se justifia le vieil homme, comme pour s'excuser.

Elle revit Daniel lui expliquer que ses parents adoptifs l'avaient aimé et qu'ils l'auraient aimée s'ils l'avaient connue.

L'amour. L'émotion lui serra le cœur. En essayant de déchiffrer ce sentiment, la jeune fille se rappela Nana, la mère de sa mère, l'amour qu'elle avait éprouvé pour elle, et le vide immense à sa mort. Était-ce le fait de savoir que les Brighten étaient vieux, qu'il leur restait peu de temps à vivre, qui incita Kylie à faire machine arrière ?

Comme si l'idée de mourir y avait contribué, un froid polaire spectral envahit la pièce. *Daniel ?* Elle l'appela mentalement, mais la froideur qui picotait sa peau était différente.

Alors que de l'air glacial pénétrait dans les poumons de Kylie, le fantôme se matérialisa derrière Mme Brighten. Si l'apparition semblait féminine, sa tête chauve reflétait la lumière. Des points de suture paraissant à vif traversaient son cuir chevelu dénudé et firent tressaillir Kylie.

– Nous sommes simplement inquiets, déclara M. Brighten. Nous ne connaissions pas ton existence.

– Je… comprends, répondit Kylie, incapable de détourner les yeux du spectre qui fixait le couple âgé, médusé.

Elle vit qu'il s'agissait de la femme apparue plus tôt dans

la journée. À l'évidence, son crâne rasé et ses points de suture constituaient un indice. Mais lequel ?

L'esprit la regarda.

– *Je suis tellement confuse.*

Moi aussi, se dit la jeune fille, sans trop savoir si l'esprit pouvait lire dans ses pensées comme les autres l'avaient fait.

– *Il y a tant de monde qui souhaite que je te transmette quelque chose.*

– Qui ? (Quand elle se rendit compte qu'elle avait murmuré le mot, elle se mordit la lèvre. S'agissait-il de Daniel ? De Nana ?) *Que veulent-ils que tu me dises ?*

L'esprit soutint le regard de Kylie, comme si elle comprenait.

– *L'un vit, l'autre trépasse.*

Encore une énigme, pensa-t-elle, et elle détourna les yeux du fantôme. Elle vit Holiday jeter un coup d'œil à droite et à gauche, sentant la présence. Mme Brighten regarda le plafond, comme si elle cherchait un conduit d'aération responsable du froid glacial. Heureusement, le fantôme disparut, emportant le froid avec lui.

Le chassant de son esprit, Kylie regarda de nouveau les Brighten. En un clin d'œil, elle remarqua l'épaisse tignasse grise du vieil homme. Son teint pâle lui indiqua qu'il avait été roux dans sa jeunesse.

Sans savoir pourquoi, l'adolescente se sentit obligée d'agiter les sourcils pour vérifier la configuration cérébrale du couple. C'était un petit truc de surnaturels qu'elle venait d'apprendre, leur permettant de se reconnaître entre eux et d'identifier les humains. M. et Mme Brighten étaient humains.

Des normaux, et sûrement très comme il faut. Alors, pourquoi Kylie était-elle aussi tendue ?

Elle scruta le couple pendant qu'ils la jaugeaient eux aussi. Elle attendit qu'ils lui confirment qu'elle ressemblait beaucoup à Daniel. Mais non.

M. Brighten dit plutôt :

– Nous sommes vraiment fous de joie de faire ta connaissance.

– Moi aussi, répondit Kylie.

Et aussi morte de trouille. Elle s'assit à côté de Holiday, juste en face d'eux. Elle passa la main sous la table, chercha celle de Holiday et la serra affectueusement. Un calme bienvenu afflua au contact de la directrice.

– Pouvez-vous me parler de mon père ?

– Bien sûr. (L'expression de Mme Brighten se radoucit.) C'était un enfant très charismatique. Populaire. Intelligent. Plein d'entrain.

Kylie posa sa paume libre sur la table.

– Pas comme moi, alors.

Elle se mordit la lèvre, elle n'avait pas eu l'intention de le dire à voix haute.

Mme Brighten fronça les sourcils.

– Je ne dirais pas ça. Ta directrice vient de me confier que tu étais merveilleuse. (Elle tendit le bras pour poser une main chaude sur celle de Kylie.) Quand je pense que nous avons une petite-fille !

Quelque chose dans le contact de la femme remua Kylie. Pas seulement la chaleur de sa peau, mais sa finesse, le léger tremblement de ses doigts, et les os fragilisés par le temps et l'arthrite. Elle se rappela Nana, se souvint que la douce caresse de sa grand-mère s'était affaiblie avant sa mort. Sans prévenir, le chagrin envahit Kylie. Du chagrin pour Nana, mais aussi comme l'avertissement de ce qu'elle ressentirait pour les parents de Daniel quand ce serait leur tour. Vu leur âge, ce moment arriverait bien trop vite.

– Quand as-tu appris que Daniel était ton père ? demanda Mme Brighten, la main encore posée sur le poignet de Kylie.

Un contact étrangement rassurant.

– Tout récemment, répondit-elle, la gorge nouée par l'émotion. Ma mère et mon beau-père divorcent, et la vérité a plus ou moins éclaté.

Ce n'était pas tout à fait un mensonge.

– Un divorce ? Ma pauvre !

Le vieil homme hocha la tête en signe d'assentiment. Et la jeune fille constata que ses yeux étaient bleus. Comme ceux de son père et les siens.

– Nous sommes ravis que tu aies décidé de nous retrouver.

– Tellement ravis ! (La voix de Mme Brighten tremblait.) Notre fils n'a jamais cessé de nous manquer. Il est mort si jeune !

Une légère sensation de vide, de chagrin partagé emplit la pièce.

Kylie se mordit la lèvre pour ne pas leur confier qu'elle aussi en était venue à apprécier Daniel. Pour ne pas leur assurer qu'il les avait aimés. Tant de choses qu'elle brûlait d'envie de leur demander, de leur dire, mais elle ne pouvait pas.

– Nous avons apporté des photos, déclara Mme Brighten.

– De mon père ?

Kylie se pencha vers eux.

La vieille dame opina du chef et s'agita sur sa chaise. Avec la lenteur de ses vieux os, elle sortit une enveloppe marron de son grand sac blanc de personne âgée. Le cœur de Kylie battait à cent à l'heure, tant elle était impatiente de découvrir les clichés de Daniel. Lui ressemblait-il quand il était jeune ?

La femme lui passa l'enveloppe et elle l'ouvrit aussi vite que possible.

Sa gorge se serra lorsqu'elle vit la première image : un petit Daniel, six ans peut-être, sans dents de devant. Elle revoyait parfaitement ses propres photos de classe sans dents, et elle pouvait jurer que la ressemblance était frappante.

Les clichés l'emmenèrent dans la vie de Daniel, depuis l'époque où il était un jeune ado aux cheveux longs et aux jeans usés jusqu'à l'âge mûr. Sur sa photo d'adulte, il se trouvait en compagnie d'un groupe. La gorge de Kylie se serra encore plus quand elle comprit qui se tenait à son côté. Sa mère.

Elle leva les yeux d'un coup.

– C'est ma mère.

Mme Brighten hocha la tête.

– Oui, nous savons.

– Vraiment ? fit Kylie, confuse. Je pensais que vous ne l'aviez jamais rencontrée.

– Nous nous en doutions. (M. Brighten prit la parole.) Après avoir appris ton existence, nous avons deviné que c'était elle sur la photo.

– Oh ! (La jeune fille reposa les yeux sur les clichés et se demanda comment ils avaient pu faire cette déduction à partir d'une simple image. Mais peu importait.) Puis-je les garder ?

– Bien sûr, acquiesça Mme Brighten, j'ai fait des copies. Daniel aurait souhaité que tu les aies.

Oh que oui ! se dit Kylie. Elle le revit essayant de se

matérialiser, comme s'il avait quelque chose d'important à lui dire.

– Ma mère l'adorait, ajouta-t-elle.

Elle se souvint des inquiétudes de cette dernière – les Brighten pourraient lui en vouloir de ne pas avoir tâché de les retrouver plus tôt. Mais apparemment ils n'éprouvaient aucun sentiment négatif envers elle.

– J'en suis sûre, déclara Mme Brighten en se penchant et en touchant de nouveau la main de Kylie.

De la chaleur et une émotion sincère affluèrent de son contact. C'était presque… presque magique.

Le téléphone de Kylie bipa brusquement, brisant le silence fragile. Elle ignora le texto qui arrivait, presque hypnotisée par les yeux de la vieille dame. Puis, pour des raisons qu'elle ne comprenait pas, son cœur s'emballa.

Peut-être voulait-elle qu'ils l'aiment. Peut-être voulait-elle les aimer elle aussi. Peu importait le peu de temps qu'il leur restait. Ou qu'ils ne soient pas ses grands-parents biologiques. Ils avaient aimé son père et l'avaient perdu. Exactement comme elle. Il semblait on ne peut plus logique qu'ils s'aiment eux aussi.

Était-ce ce que Daniel avait essayé de lui dire ? Kylie jeta un nouveau regard aux photos, puis les rangea dans l'enveloppe, sachant qu'elle passerait des heures à les contempler plus tard.

Son téléphone sonna. Elle allait le couper lorsqu'elle vit le nom de Derek s'afficher à l'écran. Son cœur loupa un battement. L'appelait-il pour s'excuser d'être parti ? Et elle, souhaitait-elle lui pardonner ?

Un autre portable sonna. Celui de Holiday, cette fois.

– Excusez-moi. (Elle se leva et quitta la pièce en prenant

l'appel. Elle s'arrêta brusquement à la porte.) Moins vite, dit-elle dans le combiné.

La dureté dans la voix de la directrice changea l'atmosphère dans la salle. Elle fit brusquement demi-tour et se rapprocha de Kylie.

– Que se passe-t-il ? marmonna celle-ci.

Holiday serra l'épaule de l'adolescente, puis referma son téléphone d'un geste sec et se concentra sur les Brighten.

– Il y a une urgence. Nous devons remettre cette réunion à plus tard.

– Qu'est-ce qui ne va pas ? s'enquit Kylie.

Holiday garda le silence. Kylie jeta un œil aux visages déçus des Brighten et sentit la même émotion se frayer un chemin dans sa poitrine.

– Ne pouvons-nous pas…

– Non, répondit Holiday. Je vais devoir vous demander de vous en aller. Immédiatement.

Le ton de la directrice fut ponctué par le bruit discordant de la porte d'entrée qui s'ouvrait d'un coup et claquait contre le mur. Les Brighten tressaillirent, puis fixèrent la porte en entendant des pas rapides s'approcher de la salle de conférence.

chapitre 2

Trois minutes plus tard, Kylie observait, depuis le parking, la Cadillac métallisée des Brighten qui s'éloignait. Elle se retourna et fusilla du regard Della et Lucas, qui avaient débarqué dans le bureau et interrompu les retrouvailles. Perry était avec eux, mais il avait eu la sagesse de s'esquiver. Holiday, qui les avait suivis dehors, était encore au téléphone.

– Quelqu'un pourrait m'expliquer ce qui se passe ? demanda Kylie, qui avait le sentiment que sa chance d'en découvrir plus sur son père disparaissait avec la Cadillac.

Elle se rendit soudain compte qu'elle tenait toujours l'enveloppe en papier kraft contenant les photos de Daniel, et elle la serra encore plus fort.

– Calmos ! On te surveillait, c'est tout.

Les bouts des canines de Della dépassèrent de ses lèvres. Ses yeux foncés légèrement en amande et ses cheveux bruns raides évoquaient son ascendance en partie asiatique.

– Me surveiller pour quoi ?

– Derek a appelé, expliqua Holiday en refermant son téléphone pour entrer dans le cercle. Il était inquiet. (Son portable sonna de nouveau et, après avoir regardé le nom de l'appelant, elle leva un doigt.) Désolée, une minute.

À bout de patience, Kylie se tourna vers Della et Lucas.

– Que se passe-t-il ?

Lucas s'approcha.

– Burnett nous a appelés pour nous demander de nous faire connaître auprès des visiteurs.

Son regard croisa le sien et l'inquiétude étincela de nouveau dans ses yeux bleus.

Burnett, un vampire d'une trentaine d'années, travaillait pour l'URF – l'Unité de recherche de Fallen –, une branche du FBI dont le boulot consistait à diriger les surnaturels. Il possédait aussi Shadow Falls, en partie. Lorsque Burnett donnait un ordre, on devait lui obéir. Et en général, ça se passait comme ça.

– Pourquoi ? demanda Kylie. J'avais plein de questions à leur poser !

Contre toute attente, le souvenir de la main de Mme Brighten – délicate, fragile – sur la sienne lui revint. Des émotions de toutes sortes la submergèrent.

– Burnett ne donne jamais ses raisons, déclara Della. Il donne des ordres.

Kylie jeta un œil à Holiday, toujours au téléphone. Elle avait l'air inquiet, et les sentiments de Holiday allèrent rejoindre les autres qui dansaient déjà le long de sa colonne vertébrale.

– Je ne comprends pas.

Elle chassa la douleur soudaine dans sa gorge.

Lucas se rapprocha. Si près qu'elle crut sentir son odeur, qui lui rappela celle des bois recouverts de rosée aux premières lueurs du jour.

Il leva la main et elle pensa qu'il allait prendre la sienne, mais il la baissa tout aussi vite. Elle lutta contre la déception.

Holiday raccrocha.

– C'était Burnett.

Elle avança et posa une main sur l'épaule de Kylie.

Cette dernière ne voulait pas qu'on la calme, elle voulait des réponses. Alors, elle se dégagea.

– Dis-moi simplement ce qui s'est passé. Je t'en prie…

– Derek a appelé, expliqua Holiday. Il est allé voir le détective privé qui a retrouvé tes grands-parents, et l'a découvert, inconscient, dans son bureau. Puis il a vu son téléphone taché de sang, par terre. Le fait est que Derek ne croit pas que ce soit le détective qui t'ait envoyé ce texto à propos de tes grands-parents. Il a appelé Burnett qui se trouve là-bas en ce moment.

Kylie s'efforçait de comprendre ce que Holiday lui racontait.

– Mais si le détective n'est pas à l'origine de ce message, alors qui est-ce ?

Holiday haussa les épaules.

– Nous ne le savons pas.

– Derek pourrait se tromper, dit Lucas, dont l'absence d'affection pour le demi-Fae accentuait le tressaillement dans la voix.

Kylie ignora le garçon et ses vibrations, et s'efforça d'assimiler ce que Holiday insinuait.

– Donc… Derek et Burnett pensent que M. et Mme Brighten sont des imposteurs ?

Holiday hocha la tête.

– Si Derek a raison et que le texto a été expédié par la personne qui a blessé le détective, alors on pourrait croire que ces deux-là ont été envoyés ici pour d'autres motifs.

– Mais ils sont humains ! lança Kylie. J'ai vérifié.

– On ne peut plus humains, acquiesça Della.

– Je sais, expliqua Holiday. C'est pour ça que je ne les ai ni retenus ni interrogés. Je n'ai vraiment pas envie d'attirer de nouveaux soupçons sur Shadow Falls. Les autochtones sont déjà constamment sur notre dos. Mais ce n'est pas parce qu'ils sont humains qu'ils ne travaillent pas pour quelqu'un d'autre. Un surnaturel.

Kylie savait que Holiday faisait allusion à Mario Esparza, le grand-père de l'escroc meurtrier qui s'était pris d'affection pour elle.

L'espace d'une seconde, elle eut la vision des deux adolescentes qu'elle avait rencontrées en ville, les deux qui étaient mortes entre les mains de Red, le petit-fils de Mario Esparza. Davantage de frustration et de colère se frayèrent un chemin parmi ses sentiments.

– Mais ils m'ont apporté des photos !

Elle montra l'enveloppe.

Holiday la prit et passa rapidement en revue le tas de photos. Pour une raison étrange, Kylie voulait les récupérer sans attendre, comme si le geste de son amie était irrévérencieux.

– Il n'y a aucune photo de famille là-dedans. On pourrait espérer les y voir au moins une fois avec leur fils.

Kylie lui reprit les clichés et les glissa dans l'enveloppe, tâchant de se faire à ces insinuations. Puis elle pensa à autre chose :

– Mais si ce sont vraiment mes grands-parents, celui qui est allé voir le détective, quel qu'il soit, essaiera de les atteindre ?

Elle se souvint de la main fragile de la vieille dame sur

la sienne. On pourrait lui ôter très facilement le peu de vie qui lui restait.

Kylie se sentit oppressée. Avait-elle mis les parents de Daniel en danger en les retrouvant ? Était-ce ce que Daniel avait voulu lui dire ? Elle sentit le regard de Lucas sur elle, comme s'il lui offrait un peu de réconfort.

Holiday reprit la parole.

– Je ne vois aucune raison pour que quelqu'un les implique. Toutefois, Perry les suit et si on essaie de leur faire du mal, il prendra les choses en main.

– Ouais, Perry pourrait vraiment casser des gueules, s'il le fallait, ajouta Della.

– Et je suis sûre que le détective travaille sur une centaine d'affaires différentes, dit Lucas. Son agression n'a pas forcément un rapport avec Kylie, mais peut-être avec un de ses autres dossiers. C'est le genre de profession à se mettre du monde à dos.

– Exact, acquiesça Holiday, mais Burnett était suffisamment inquiet pour vouloir éloigner les Brighten du camp. Nous devons nous montrer prudents.

L'esprit de Kylie prit un tournant et s'arrêta sur le fait que c'était Perry, l'un des métamorphes résidents, qui suivait les Brighten.

– Qu'était Perry quand il est parti à leur poursuite ?

La dernière fois qu'elle avait vu le garçon sous une autre forme, il était une espèce de créature ptérodactyle qui semblait tout droit sortie de l'ère jurassique. Évidemment, Kylie estimait que c'était mieux que le lion de la taille d'un véhicule utilitaire ou que la licorne en laquelle il s'était transformé auparavant. S'il ne faisait pas attention, Perry pourrait finir par provoquer une crise cardiaque chez le vieux couple.

– Ne t'inquiète pas, dit Holiday. Perry ne fera rien de ridicule.

Miranda choisit ce moment pour rejoindre le groupe.

– Arrêtez ! Perry et tout ce qui est ridicule vont aussi bien ensemble que les crapauds et les verrues, lança-t-elle, et elle fit passer ses cheveux teints en trois couleurs par-dessus son épaule, comme pour ponctuer sa déclaration.

Miranda était l'une des sept sorcières de Shadow Falls, et aussi l'autre coloc de Kylie. Au ton de la jeune fille, il paraissait évident qu'elle n'était pas prête à pardonner à Perry de s'être montré cruel envers elle, en apprenant qu'un autre métamorphe l'avait embrassée… surtout quand elle s'était excusée. Le regard de la sorcière se posa sur chaque membre du groupe.

– Quoi ? fit-elle. Quelque chose ne va pas ? (L'inquiétude lui fit plisser les yeux, montrant que si elle était toujours en colère, elle se faisait encore du souci pour le métamorphe.) Perry va bien ?

Elle attrapa une mèche rose qu'elle enroula autour de son doigt.

– Perry va bien, répondirent Kylie et Holiday en même temps.

Puis Kylie recommença à s'inquiéter pour les Brighten – sous réserve qu'ils soient vraiment les Brighten.

Elle se tourna vers Holiday.

– Que gagnerait-on à prétendre être mes grands-parents ?

– Un accès à toi, expliqua Holiday.

– Mais ils avaient l'air si sincère ! (Puis Kylie se souvint.) Non, ils n'auraient pas pu être des imposteurs, j'ai… vu les anges de la mort. Ils m'ont envoyé un message.

– Oh non ! s'écria Della.

Miranda et elle reculèrent d'un pas. Si Lucas ne réagit

pas, il ouvrit de grands yeux. Selon la légende, les anges de la mort étaient censés distribuer des châtiments au compte-gouttes pour que les espèces non humaines se tiennent tranquilles. Presque chaque surnaturel connaissait un ami d'ami qui s'était fait carboniser par un ange de la mort vengeur après s'être mal comporté.

Si Kylie sentait le pouvoir de ces anges, elle n'était pourtant pas sûre que leur mauvaise réputation ne soit pas exagérée. Non pas qu'elle soit impatiente de mettre cette théorie à l'épreuve. Toutefois, étant donné qu'elle avait commis sa part d'erreurs et n'avait été ni brûlée ni réduite en cendres, elle contestait les rumeurs sur ceux qui l'avaient été.

– Quel message ? s'enquit Holiday, d'un ton dénué de toute appréhension.

La directrice, qui savait elle aussi communiquer avec les fantômes, était l'une des rares qui ne redoutaient pas les anges de la mort.

– Des ombres… sur le mur du réfectoire… puis…

– Quand nous y étions ? demanda Della. Et tu ne nous as rien dit ?

Kylie l'ignora.

– J'ai entendu une voix dans ma tête qui m'a ordonné d'aller chercher ma destinée. Pourquoi j'aurais eu ce message, si les Brighten n'étaient pas mes grands-parents ?

– Bonne question, répondit Holiday. Peut-être qu'ils voulaient dire que c'est cette situation qui te conduira à la vérité.

– Elle aurait dû nous avertir, marmonna Della à Miranda.

Kylie revit Daniel débarquer, l'urgence qu'elle avait perçue dans son ton, dans le peu qu'il lui avait communiqué. Avait-elle mal compris ce qu'il avait essayé de lui dire ? Était-il venu la prévenir que les Brighten n'étaient pas ses parents adoptifs ? Le doute s'installa, elle ne savait plus ce qu'elle croyait.

Kylie inspira, en proie à une nouvelle inquiétude.

– Le détective va mieux ?

– Je l'ignore, répondit Holiday en fronçant les sourcils. Burnett a dit que Derek se trouvait à l'hôpital avec lui à présent. Burnett continue à examiner la scène de crime.

Son inquiétude pour Derek serra la poitrine de Kylie. Elle sortit le téléphone de sa poche et composa son numéro.

Il ne répondait pas, mais elle ne savait pas si c'était parce qu'il ne pouvait pas ou parce qu'il avait de nouveau décidé de ne plus lui parler. De la chasser de sa vie.

Les hommes !

Pourquoi les garçons prétendaient-ils que les filles étaient si difficiles à comprendre, alors qu'elle n'avait pas connu un seul type qui ne l'ait pas complètement déconcertée ?

*

* *

Pendant que tout le monde continuait à discuter, Kylie s'esquiva discrètement pour aller s'asseoir auprès de son arbre préféré. Elle ouvrit l'enveloppe et, lentement, regarda les photos. Elle vit toutes ces petites choses chez Daniel. Ses yeux bleus qui s'illuminaient lorsqu'il souriait, ses cheveux qui rebiquaient juste un peu au bout quand ils étaient longs. Elle retrouva beaucoup d'elle en lui, et son cœur se serra de chagrin, tant il lui manquait.

Quand elle arriva à la photo de sa mère et lui, Kylie se surprit à sourire en voyant comment ils se regardaient tous deux. L'amour. Une partie d'elle voulait l'appeler sur-le-champ pour lui en parler, mais vu ce que Holiday et les autres pensaient, elle supposait qu'il valait mieux se taire. Avec un peu d'espoir, pas trop longtemps.

– Salut !

La voix de Lucas attira son attention et elle sourit.

– Salut !

– Un peu de compagnie, ça ne te dérange pas ? demanda-t-il.

– Je veux bien partager mon arbre avec toi.

Elle lui fit un peu de place.

Il se laissa tomber à côté d'elle et observa son visage. Son épaule, si chaude, effleura la sienne, et Kylie savoura cette proximité.

– Tu as l'air heureuse, triste, et perdue.

Il dégagea quelques mèches de sa figure.

– Je suis paumée, avoua-t-elle. Ils étaient si gentils et… je ne sais plus que croire à présent. Comment pourraient-ils avoir ces photos s'ils ne sont pas vraiment les Brighten ?

– Ils auraient pu les voler.

Ces paroles la blessèrent. Pourtant, elle savait qu'il pouvait avoir raison. Mais pourquoi irait-on si loin pour la convaincre qu'ils étaient les parents de Daniel ? Que pouvaient-ils raisonnablement y gagner ?

Il baissa les yeux sur le cliché qu'elle tenait.

– Je peux voir ?

Elle lui passa les photos.

– Ça doit faire bizarre de regarder le visage de quelqu'un à qui on ressemble tant et de ne pas le connaître.

Elle leva les yeux sur Lucas.

– Mais je le connais.

Il haussa les sourcils.

– Je veux dire, en chair et en os.

Elle hocha la tête : elle comprenait qu'il soit incapable de concevoir toute cette histoire de fantôme, mais elle aurait voulu que ce soit plus facile pour lui.

– Burnett ira au fond de cette affaire.

Il baissa les yeux sur sa bouche. Un instant, elle crut qu'il allait l'embrasser, mais il se raidit et regarda les bois.

Fredericka, qui les contemplait tous les deux d'un air revêche, surgit de derrière les buissons.

– La bande te cherche.

Lucas se renfrogna.

– Je suis là dans une minute.

Fredericka ne bougea pas. Elle continua à les fixer.

– Ils ne devraient pas avoir à attendre leur chef.

– J'ai dit que j'arrivais tout de suite, grommela Lucas.

Fredericka partit et il regarda Kylie.

– Désolé, il faut que j'y aille.

– Quelque chose ne va pas ? s'enquit Kylie, ayant remarqué l'inquiétude dans ses yeux.

– Rien que je ne puisse gérer.

Il déposa un baiser rapide sur ses lèvres et lui glissa les photos dans les mains.

– Ça ira ? demanda Holiday lorsque Kylie retourna sur la véranda du bureau.

Kylie s'affala sur l'un des grands rocking-chairs blancs. La chaleur moite semblait lui coller à la peau.

– Je survivrai, répondit-elle. (Elle posa l'enveloppe sur la petite table du patio entre les chaises, et remonta ses cheveux dans sa nuque.) Crois-tu vraiment que les Brighten étaient des imposteurs ?

Holiday s'installa sur l'autre fauteuil à bascule. Sa chevelure rousse tombait librement sur ses épaules.

– Je ne sais pas. Mais Burnett ne lâchera rien tant qu'il ne sera pas allé au fond des choses. Il culpabilise de ne pas s'en être mieux sorti et d'avoir laissé Mario t'enlever. J'imagine que, après ça, il ne voudra pas te perdre de vue une minute.

– Il n'avait aucun moyen de deviner ce que ce sale type manigançait, affirma Kylie.

– Je le sais. Tu le sais. Mais Burnett a tendance à se montrer un peu plus dur envers lui-même.

– Ce n'est pas le cas de tous les vampires ?

Kylie songea à Della et au bagage émotionnel qu'elle trimballait partout avec elle.

– Pas vraiment, répondit Holiday. Tu serais stupéfaite si tu savais combien de vampires refusent d'assumer la responsabilité de leurs actes. C'est toujours la faute d'un autre.

Kylie faillit demander si Holiday faisait référence à un certain vampire qui lui avait brisé le cœur par le passé. Mais ses pensées revinrent aux Brighten.

– Tu étais présente. Tu n'as pas pu lire leurs sentiments ? N'étaient-ils pas sincères ? Je me suis sentie quelque part… connectée à eux.

Holiday inclina la tête, comme si elle réfléchissait.

– Ils étaient très réservés, presque trop, mais… oui, ils semblaient honnêtes. Surtout Mme Brighten.

– Alors, comment pourraient-ils…

– La lecture des émotions n'est jamais fiable à cent pour cent, expliqua Holiday. On peut les déguiser, les cacher, les truquer.

– Des humains peuvent faire ça ? demanda Kylie.

– Oui, ils sont maîtres en cet art. Meilleurs que les

surnaturels. Je me suis souvent dit que comme il manquait à leur espèce un superpouvoir pour contrôler leur monde, ils ont travaillé plus dur pour maîtriser leurs émotions.

Kylie écouta, tout en ruminant son inquiétude pour les Brighten.

– Narcissisme, détachement, personnalité schizoïde, sociopathie… tout cela sévit chez les humains à des degrés divers. Ensuite, tu as les acteurs, qui peuvent créer une émotion en eux en l'empruntant simplement à une expérience passée. J'ai assisté à des pièces et des spectacles où les sentiments venant des comédiens étaient tout à fait réels.

Kylie se cala sur sa chaise.

– Je suis en partie humaine et je n'ai pas l'impression de contrôler quoi que ce soit.

Holiday lui jeta un regard plein de compassion.

– Je suis désolée d'avoir dû les renvoyer. Je sais que tu espérais apprendre quelque chose. Mais je ne pouvais pas courir le risque que Derek puisse avoir raison.

– Je comprends.

Et elle comprenait vraiment. Seulement, ça ne lui plaisait pas.

– Mme Brighten, si c'était vraiment Mme Brighten, m'a fait penser à ma grand-mère.

– Nana… dit Holiday, et Kylie se souvint que l'esprit de sa grand-mère avait rendu visite à la jeune femme.

– Oui.

Holiday soupira.

– Je sais que c'est difficile pour toi.

Le téléphone de son amie sonna de nouveau et Kylie retint son souffle. Elle espérait que c'étaient des nouvelles des Brighten, de Derek ou du détective.

La directrice y jeta un œil.

– C'est juste ma mère. Je la rappellerai plus tard.

Kylie remonta un genou contre sa poitrine et entoura sa jambe de sa main. Le silence qui s'ensuivit exigeait la vérité.

– J'ai l'impression que plus rien n'a de sens dans ma vie. Tout est en train de changer.

Holiday fit une torsade de ses cheveux.

– Le changement, ce n'est pas le pire, Kylie. C'est quand rien ne bouge qu'il faut se faire du souci.

– Je ne suis pas d'accord. (Elle posa le menton sur son genou.) C'est vrai, je sais que le changement est nécessaire pour grandir, et tout et tout. Mais j'aimerais qu'il y ait une chose au moins dans ma vie qui soit… stable. J'ai besoin d'une pierre de touche. Quelque chose de réel.

Holiday arqua les sourcils.

– Shadow Falls est réel, Kylie. La voilà, ta pierre de touche.

– Je sais que ma place est ici, c'est juste que je ne sais toujours pas laquelle c'est. Et je t'en prie, ne va pas me dire que je dois en faire ma quête. Parce que ça l'est depuis que je suis ici, et je ne suis pas plus avancée qu'avant.

– Ce n'est pas vrai. (Holiday remonta ses genoux et, dans le fauteuil à bascule immense, sa silhouette fine paraissait encore plus menue.) Regarde tout le chemin que tu as parcouru. Comme tu viens de le dire, tu as compris que ta place était là. C'est un grand pas. Et tes dons affluent de tous côtés.

– Des dons que la plupart du temps je ne sais pas contrôler, ni prévoir quand ils risquent de refaire leur apparition. Mais je ne me plains pas.

Kylie posa son front sur ses genoux et poussa un profond soupir.

Holiday gloussa.

Kylie leva les yeux.

– J'ai l'air pathétique, n'est-ce pas ?

Holiday fronça les sourcils.

– Non, tu as l'air frustrée. Et pour être honnête, après ce qui t'est arrivé ce week-end, tu peux te sentir frustrée. Voire un peu pathétique.

– Personne n'a le droit d'être pathétique.

– Je ne sais pas. Je crois que j'ai un peu mérité ce droit quelquefois dans ma vie.

Holiday ralentit le balancement du rocking-chair.

Kylie la regarda avec attention. Elle eut le sentiment très net que Holiday ne lui avait toujours pas dit tout ce qu'elle savait sur elle.

– Ai-je senti un nouvel esprit tout à l'heure ? demanda-t-elle.

– Oui. (Kylie se cala dans sa chaise.) Cette femme ne fait rien de logique. Prétend qu'elle est perdue. (Elle se rappela les vilains points de suture sur la tête du fantôme.) À mon avis, elle est morte d'une tumeur au cerveau ou autre chose du genre. Elle avait le crâne rasé et des cicatrices.

– Hum… fit Holiday.

– Et je crois qu'elle est enterrée au cimetière de Fallen.

– Vraiment ? Elle te l'a dit ?

– Non, mais je me souviens l'avoir prise là en stop. En venant ici ce matin, ma mère passait devant le cimetière quand le fantôme a sauté sur la banquette arrière.

– J'imagine que ça se pourrait.

– Mais tu n'en es pas sûre ? demanda Kylie qui ne comprenait pas la logique de Holiday.

– Je ne prétends pas que ça ne pourrait pas être aussi simple, mais j'ai découvert que pour la majorité des esprits qui viennent nous voir... ça n'a aucun rapport avec le fait que nous passons en voiture devant un cimetière. Attention, je ne dis pas que nous ne rencontrons pas de fantômes par hasard parfois, parce que c'est le cas. L'autre jour, j'ai reçu la visite d'un vieil homme trempé, nu comme un ver. Il est mort sous la douche dans sa maison de retraite. Il souhaitait que je demande à l'infirmière de le faire sortir.

Holiday secoua la tête.

– Qu'as-tu fait ? voulut savoir Kylie.

– J'ai appelé la maison de retraite. J'ai prétexté que j'étais une amie de la famille et que j'avais essayé de joindre M. Banes dans sa chambre, mais qu'il ne répondait pas.

– Et il est parti ?

– Immédiatement.

– J'espère que cet esprit-là est aussi facile. Je ne serais pas contre un petit break.

Puis Kylie se souvint des propos du fantôme.

– Tu sais... l'esprit a affirmé qu'il y avait des gens qui tenaient à ce qu'elle me transmette quelque chose.

– Quoi ?

– J'ai demandé, mais... elle a répondu un truc du style « Des gens meurent et des gens vivent ». Ça ne voulait rien dire.

– Au début, c'est rare.

Kylie se mordit la lèvre.

– Est-ce que mon père pourrait essayer de me dire quelque chose ? Il a tenté d'apparaître juste avant que je ne voie les Brighten – ou quels qui soient.

Holiday arrêta de se balancer.

– Qu'a-t-il dit ?

– Il n'arrivait pas à se manifester complètement. Je n'ai

intercepté que quelques mots. (Kylie fronça les sourcils.) Pourquoi doit-il cesser de venir me voir ?

L'expression de Holiday s'emplit de compassion.

– La mort est un nouveau commencement, Kylie. On ne peut pas recommencer de zéro si on n'a pas laissé tomber ce qui est ancien. Il s'est bien trop longtemps raccroché au passé. Il a besoin d'aller de l'avant. Tu comprends ?

Kylie cessa de s'agiter sur sa chaise.

– Si je comprends ? Peut-être. Si ça me plaît ? Non. (Dans un soupir, elle se leva.) J'ai dit à Miranda et Della que je les retrouverais au bungalow.

– D'accord. (Holiday hésita un instant.) J'ai pensé que ça pourrait être le bon moment pour évoquer tes nouveaux dons.

– Qu'y a-t-il à en conclure ? Parce que j'ai traversé un mur de béton ?

Kylie usait du sarcasme pour dissimuler l'absence de réponse à sa question.

Holiday se contenta d'un grand sourire.

– Et tu as guéri Sara. Et Lucas.

Kylie se rassit.

– Nous espérons que j'ai guéri Sara.

– D'après ce que tu as dit, je serais surprise que tu ne l'aies pas fait. (Holiday continua de l'observer.) Si parmi tes dons tu as celui de protectrice, Kylie, cela pourrait marquer le début de tes talents. Je suis étonnée que tu ne me mitrailles pas de questions.

– Peut-être que j'aimerais avoir quelques réponses avant d'en poser d'autres. Et je ne parle même pas de ce que je suis, mais de qui sont les Brighten. Et de ce que mon père essayait de me dire.

Le regard de Holiday s'emplit de compréhension.

– Tout cela arrive très vite, n'est-ce pas ?

– Oui, et l'évoquer ne changera rien du tout.

Sa poitrine se gonfla d'émotion.

– Peut-être que si. Parfois les choses ne semblent pas réelles tant que nous n'en avons pas parlé.

Kylie poussa un soupir.

– Je ne suis pas sûre de vouloir que ce soit plus réel, pour l'instant.

– Et si on allait se balader jusqu'aux cascades ?

– Non, répondit la jeune fille, pas très sûre de pouvoir se rendre là-bas sans s'énerver si elle n'obtenait de ces eaux magiques qu'une voix lui disant d'être patiente (ne l'avait-elle pas été assez longtemps ?). Pourrons-nous discuter plus tard ?

– Très bien. (Holiday s'approcha pour la toucher, puis recula.) Mais c'est simplement un report provisoire. Il faut vraiment que nous parlions.

– Oui, je sais.

Kylie se releva et fit mine de prendre l'enveloppe.

– Puis-je les garder un moment ? demanda la directrice.

Le cœur de la jeune fille se serra.

– Je....

– Juste quelques jours. Je suis sûre que Burnett voudra vérifier s'il s'agit de copies ou d'originaux.

Kylie hocha la tête.

– Elles comptent beaucoup pour moi.

Holiday sourit, compréhensive.

– Je sais.

Kylie descendit du perron et se retourna.

– Tu me tiens au courant dès que tu apprends quelque chose de Burnett ou Derek, d'accord ?

– À la minute, la rassura Holiday.

Kylie tourna les talons puis revint sur ses pas pour la serrer dans ses bras. La serrer très fort.

– Merci, dit-elle.

– De quoi ?

Holiday eut l'air perdue, mais cela ne l'empêcha pas d'étreindre son amie en retour.

– D'être là. D'être toi. De me supporter.

Holiday partit d'un rire moqueur.

– Tu commences à exagérer. Et tu frôles le pathétique !

Kylie rompit le câlin, lui sourit et prit le sentier jusqu'à son bungalow.

Elle n'avait pas parcouru la moitié du chemin que les poils dans sa nuque se hérissèrent et elle éprouva cette impression reconnaissable entre mille qu'on l'observait. Elle jeta un œil vers les bois à sa gauche, mais ne vit que des arbres et des broussailles. Elle regarda vers la droite et vit que la forêt vierge était tout aussi vide. Mais elle éprouvait toujours la même impression, de plus en plus fort.

En levant les yeux vers le ciel bleu sans nuages, elle cilla. Un oiseau monta en flèche. La large envergure, le bec crochu et la coloration blanche sur son abdomen laissaient à penser qu'il s'agissait d'un aigle. Kylie observa la créature, qui glissait lentement comme si elle prenait son temps, comme hypnotisée par ce qu'elle… regardait ?

Que voyait-elle ?

L'observait-elle ? Cette impression d'être espionnée venait-elle de l'oiseau ? Était-ce un aigle comme les autres ? Ou quelqu'un comme Perry, qui pouvait se transformer à volonté ? Elle continua de le scruter, mal à l'aise.

Sans prévenir, l'aigle modifia sa trajectoire. Ses mouvements s'accélérèrent quand il piqua, plus près, de plus en plus près. Elle croisa son regard. Sa férocité la fit frissonner… ou étaient-ce ses serres épaisses, écartées comme s'il se préparait à attaquer ?

Le bruissement d'air produit par ses ailes frôla son visage, et Kylie ferma brusquement les yeux.

chapitre 3

Kylie leva le bras pour se protéger, mais elle ne ressentit rien. Aucune serre ne lui entaillait la chair. Ni la tête ni le bras.

Elle entendit un glissement à ses pieds, accompagné d'un bruit de crécelle. Découvrant son visage, elle baissa les yeux. Le souffle coupé, elle fit marche arrière en titubant, quand l'aigle, avec son bec pointu et ses serres, attaqua le reptile à quelques centimètres de ses pieds. Le bruit de crécelle retentit de nouveau. Kylie remarqua les motifs en pointes de diamant sur le dos du serpent marron et fauve, puis son regard suivit le reptile lové jusqu'à l'appendice sec et brun roux au bout de sa queue.

Un crotale.

Elle recula d'un coup. Le rapace enfouit ses serres dans la chair épaisse et ronde du serpent. Ses ailes s'emballèrent quand il l'emporta, se tortillant à quelques mètres du sol. Le battement d'ailes, le bruissement de l'air et le bruit caractéristique du reptile emplirent les oreilles de Kylie. L'aigle planait à quelques mètres du sol, ses ailes battant l'air.

Arrêtée au milieu du chemin, elle regarda l'énorme oiseau s'envoler avec sa proie. À ses pieds, elle repéra des marques poussiéreuses, dans le chemin où le serpent s'était démené et avait perdu la partie. À côté des empreintes, des traces de chaussures s'enfonçaient dans la terre. Les siennes. Si l'aigle n'avait pas attaqué, aurait-elle vu le reptile ? Ou le venin du serpent à sonnette serait-il en train de l'envahir ?

Avait-elle eu de la chance, ou cela avait-il une autre signification ? Elle voulut tourner les talons pour retrouver Holiday, mais la logique l'en empêcha. Elle se trouvait dans les bois du Texas Hill Country. Son père – son beau-père – l'avait constamment mise en garde contre les serpents.

Se persuadant qu'il s'agissait seulement d'un moment étrange qu'on lui offrait pour expérimenter la nature sous ses formes les plus effrayantes, elle avança d'un autre pas. Elle releva les yeux, toutefois. L'aigle, qui tenait encore fermement le reptile entre ses serres, décrivait des cercles au-dessus de sa tête. Elle le fixa, le souffle coupé. Et aussi fou que cela paraisse, elle put jurer qu'il lui rendait son regard.

Une main en visière, elle l'observa jusqu'à ce qu'il ne soit plus qu'une tache sombre disparaissant dans l'immensité bleue. Elle pensa qu'elle aurait dû lui être reconnaissante, mais la froideur dans les yeux du rapace lui envoya un frisson dans le dos.

Kylie se dirigea vers son bungalow, lorsque son regard croisa deux autres yeux froids. Fredericka. Kylie se souvint de la fureur de celle-ci quand elle les avait surpris, Lucas et elle, derrière le bureau. Non pas qu'ils fissent quoi que ce soit d'autre que de regarder des photos de Daniel et bavarder.

– Qu'est-ce que ça fait d'être un jouet ?

La voix de Fredericka vibrait de fureur, le genre de colère qui pourrait faire sortir les griffes. Et la trace orange dans ses yeux indiquait que c'était tout à fait envisageable.

Kylie inspira, pensant à ne pas montrer sa peur.

– La jalousie te va mal.

– Je ne suis pas jalouse. (Fredericka la gratifia d'un sourire suffisant.) Surtout en ce moment.

Comment ça ? voulut demander Kylie. Mais cela aurait rendu la petite brute crédible, et Kylie s'y refusait. Alors elle tourna les talons. Elle s'enjoignit de l'oublier, elle avait d'autres problèmes pour l'instant. Elle sortit son téléphone pour voir si Derek l'avait rappelée au sujet du détective. Non.

– La lignée de Lucas est pure, c'est quelque chose qu'il apprécie, cracha Fredericka derrière elle. Les aïeux apprécient cela, eux aussi. Ils l'ont clairement exprimé. Donc, quand viendra le moment pour lui de chercher sa véritable moitié, il ne salira pas sa lignée avec des personnes comme toi.

Absurde ! se dit Kylie, qui continua d'avancer. Fredericka racontait n'importe quoi. Ses grands-parents ou pseudo-grands-parents étaient son sujet de préoccupation, elle ne laisserait donc pas ce loup-garou l'énerver. Puis le souvenir du rapace l'envahit. Peut-être devrait-elle s'en soucier aussi.

Moins d'une heure plus tard, toujours sans nouvelles de Derek, de Perry ou de Burnett, Kylie était assise à la table de la cuisine dans son bungalow avec Miranda et Della. Elle leur avait parlé du serpent et de l'aigle, et confié qu'elle pensait l'incident moins bénin qu'il n'en avait l'air.

– Je l'aurais senti si c'étaient des intrus, la rassura Della.

– Et je l'aurais senti si on se servait de la magie pour dissimuler les traces de quelqu'un, ajouta Miranda.

– Vous comprenez pourquoi j'ai besoin de vous, les filles, leur dit Kylie. Vous m'empêchez de perdre la boule.

Elle se cala dans sa chaise, regrettant que leur confirmation n'ait pas chassé tous ses doutes. Peut-être n'étaient-ce pas ces incertitudes qui la dérangeaient, mais tout le reste, tout ce qu'elle avait à faire par ailleurs.

L'animal domestique de Kylie, Socks – le chaton que Miranda avait accidentellement transformé en mouffette –, sauta sur ses genoux. Si Kylie se sentait toujours en pleine tempête émotionnelle, faire quelque chose d'aussi banal que de papoter autour de la table de la cuisine en buvant du soda light lui apportait un certain réconfort.

Miranda, la première à prendre la parole sur les petits malheurs de leur week-end, leur raconta de nouveau tout sur la compétition des sorcières où elle était arrivée deuxième.

– J'étais tellement contente d'être parvenue si haut, dit-elle. Je pensais que ma mère serait fière, mais non. (Miranda hésita.) Deuxième signifie pour elle que tu es le premier loser, expliqua-t-elle. Je voulais l'impressionner, et pendant une minute j'ai cru que j'y étais enfin arrivée pour de bon. Je ne ferai jamais plaisir à cette femme.

Della roula des yeux.

– Pourquoi voudrais-tu lui faire plaisir ?

– Parce que c'est ma mère, répondit Miranda, avec une telle honnêteté que la tristesse envahit le cœur de Kylie.

Elle se souvint avoir ressenti à peu près la même chose envers sa propre mère avant qu'elles se soient réconciliées.

– Flash info ! lança Della en agitant la main. Ta mère est la plus grosse cloche dont j'aie jamais entendu parler.

Au moins, si mes parents réagissent comme ça, c'est parce qu'ils ont peur que je me fasse du mal en me droguant, et non parce qu'ils ne sont pas contents de moi.

Des larmes étincelèrent dans les yeux de Miranda, et la colère durcit son expression quand elle fixa Della du regard.

La tension devint palpable.

– Je pense que Della veut dire que… commença Kylie.

– Je suis désolée. (Della l'interrompit. La mine sarcastique du vampire se mua rapidement en un froncement de sourcils.) Ça a eu l'air méchant, mais… En fait, si mes parents connaissaient la vérité, ils préféreraient probablement que je sois une droguée plutôt qu'un vampire. (Della regarda Miranda et soupira.) Ça me rend juste furieuse contre ta mère. Je sais tous les efforts que tu as faits pour l'impressionner. Et tu es arrivée deuxième, c'est fabuleux !

– Merci, dit Miranda, dont la colère se dissipait, mais dont les yeux se mouillaient de plus en plus.

– De quoi ?

Della se rassit lourdement sur sa chaise, comme si elle avait conscience d'avoir montré un aspect plus doux de sa personnalité. Elle laissait rarement ce côté transparaître. Non pas que Kylie et Miranda ne l'aient pas vu. Enfin, Kylie. Miranda avait eu plus de mal à percer la circonspection de Della.

Miranda passa de nouveau sa main sur sa joue et se redressa sur sa chaise.

– Assez parlé de ça ! J'ai d'autres choses à vous annoncer. Todd Freeman, un sorcier, est venu me demander mon numéro de portable. C'est, genre, le plus beau gosse de mon ancienne école ! Y en a au moins un qui a remarqué que j'avais assuré dans ce concours ! (Elle eut un grand sourire.) Mais je ne crois pas que ce soit mon trophée qui l'intéresse. Je l'ai surpris à me mater. Trois fois !

– L'enfoiré ! lança Della. J'espère que la seule chose que tu lui aies montrée, c'est ton majeur !

– T'es sourde ou quoi ? Le plus beau gosse de l'école ! Pourquoi ne lui aurais-je pas donné mon numéro ?

– Oh, je ne sais pas... Peut-être parce que tu meurs toujours d'envie d'embrasser un certain métamorphe ?

– Arrête, j'ai complètement oublié Perry ! la rembarra Miranda.

Della se tapota le bout du nez.

– Les phéromones ne mentent jamais.

– Interdiction de se disputer le premier jour, intervint Kylie. Demain, vous deux pourrez menacer de vous arracher les membres, mais aujourd'hui... fichez-moi un peu la paix, merci ! (Elle ôta Socks de ses genoux et le déposa sur la table.) De plus... vous allez énerver Socks et nous nous retrouverons toutes arrosées.

Della et Miranda regardèrent Socks. Le chaton-mouffette, qui n'aimait pas être le centre d'attraction, se rapprocha de Kylie à toute allure.

– La paix ? demanda celle-ci, en caressant le corps tremblant de l'animal effrayé.

Heureusement, Della et Miranda acquiescèrent.

Miranda se pencha vers elles.

– Je crois que j'ai trouvé comment retransformer notre petite boule puante en chaton. Mais pour le faire, j'ai besoin des premiers rayons du soleil.

Elle fit mine de câliner Socks, mais il recula et sauta de nouveau sur les genoux de Kylie.

– Sacrée canaille ! lança Della, tout sourires. On ne peut

pas savoir en quoi tu le métamorphoseras accidentellement la prochaine fois.

Miranda fronça les sourcils.

– Peut-être que c'est toi que je transformerai en mouffette.

– Et que moi je t'arracherai le cœur pour le donner à manger à notre animal préféré.

– Et la trêve alors ? geignit Kylie.

Socks fourra encore plus son nez sous son aisselle.

– Bien. (Miranda souffla et regarda Della.) À toi. Racontenous donc ton week-end.

– Tu veux dire, à part qu'on me demande constamment d'uriner sur une languette ? Ils m'ont testée quatre fois. Je pense que l'un était un test de grossesse. Comme si j'avais fait des trucs avec quelqu'un ! (Della prit sa tasse de sang et lui jeta un regard dur.) La seule chose que nous ayons faite, c'était de regarder un film, un vieux classique que ma mère adorait. Gonflant. Au moins, j'ai pu aller me coucher sans devoir expliquer pourquoi j'ai eu l'air si fatigué en plein milieu de la journée. (Elle soupira bruyamment.) Voilà donc mon week-end. Rien de transcendant. Rien de rien.

Elle fixa de nouveau sa tasse de sang.

Ce ne fut pas le fait qu'elle évitait leur regard qui la trahit, mais plutôt le « rien de rien ». Miranda jeta un coup d'œil rapide à Kylie, signifiant qu'elle avait entendu elle aussi. Le vampire se retenait… comme d'habitude.

Si Kylie doutait qu'il soit judicieux de pousser Della à s'ouvrir davantage, Miranda, qui tournait rarement sa langue dans sa bouche, décida de mettre les pieds dans le plat.

– Menteuse ! l'accusa-t-elle. Si je pouvais percevoir les battements de ton cœur en ce moment, je parie que ça le prouverait aussi. Que s'est-il passé ? Que nous caches-tu ?

Della grogna après Miranda. Kylie sentit la trêve fragile se briser.

– Chan n'est pas venu, c'est ça ? s'enquit la sorcière.

Kylie n'avait pas pensé à ça.

– Est-il venu ? demanda-t-elle, appuyant la question de Miranda.

Non par curiosité, mais par inquiétude.

Chan, le cousin de Della, était également un vampire, et l'avait aidée lors de sa métamorphose. Toutefois, il était aussi soupçonné de meurtre par l'URF. Après avoir rencontré Chan aux yeux fous quand il n'avait pas respecté le règlement de l'école et était passé lui rendre visite quelques semaines auparavant, Kylie n'était pas tout à fait sûre qu'il ne soit pas l'auteur du crime. Mais elle n'en dirait rien à Della.

– Non, il n'est pas venu, répondit Della. Mais il m'a envoyé un e-mail.

Miranda fit un bruit bizarre. Kylie la dévisagea.

– Grenouille dans ma gorge, expliqua-t-elle et de nouveau elle foudroya Della du regard.

Comme tout le monde se taisait, Della regarda Kylie.

– À toi. C'est beaucoup plus passionnant que ce qui m'est arrivé.

– Comment ça, « ce qui t'est arrivé » ? demanda Kylie.

– Je le savais ! (Miranda se pencha.) Il s'est bien passé quelque chose. Crache le morceau ! C'est une histoire de mec ? Vas-y, raconte ! Accouche, vamp' !

chapitre 4

– Non, c'est mon tour, dit Kylie qui regrettait sa question. (Elle leva une main dans l'espoir d'éviter la guerre entre ses deux meilleures amies et inspira profondément.) Je vous ai déjà presque tout raconté au téléphone. Mais ce qui m'échappe encore, c'est que j'ai guéri Lucas et Sara. Il s'agit donc d'un autre don que vous pouvez ajouter à mon fatras déjà existant. Une idée de ce que ça pourrait signifier ? Parce que j'aimerais vraiment comprendre ce que je suis.

– Nous ne pouvons pas deviner ce que tu es, affirma Miranda. Tu es simplement un drôle d'oiseau.

Elle ricana, et même Della eut un sourire rapide.

Kylie fronça les sourcils.

Miranda chassa tout humour de son visage.

– Je plaisante. Mais, sérieusement, tu es… différente. Rien que le fait que personne ne puisse lire ta configuration et qu'elle change, eh bien, ce n'est pas normal. (Elle plissa les yeux et fixa le front de son amie.) Je n'ai jamais vu de configuration cérébrale bouger comme ça, sauf chez un métamorphe pendant sa transformation.

Kylie se mordit la lèvre : elle doutait maintenant du bien-fondé de sa question. Mais si elle ne pouvait pas interroger ses deux meilleures copines, alors qui ?

– Que savez-vous des protecteurs ?

Le silence envahit la pièce. Puis Miranda échangea un regard rapide avec Della.

– Pourquoi ? demanda-t-elle.

– Ouh, la vache ! s'écria Della. Tu es une protectrice ? Je n'en ai jamais rencontré, mais à ce que je sais, elles sont genre… super super rares.

Kylie leva la main pour l'empêcher de tirer des conclusions hâtives.

– Rien n'est sûr, mais Holiday a l'air de croire que c'est possible. Elle a dit que ça expliquerait comment Daniel est mort – parce qu'il ne pouvait pas se protéger. Et aussi pourquoi je n'ai rien pu faire avec le vampire.

– Mais si ! Tu as détruit un mur en béton ! rappela Miranda.

– Seulement après avoir entendu l'escroc rouer Lucas de coups.

Les yeux de Miranda s'écarquillèrent.

– Et tu as pu te battre contre Selynn quand tu as cru qu'elle avait fait du mal à ta mère. Mince alors, je suis la coloc d'une protectrice ! C'est vrai, quoi, personne ne viendra plus m'embêter ! (Elle éleva la voix.) Je suis l'amie d'une protectrice ! Sais-tu que ça fait de moi quelqu'un de cool ?

Miranda et Della se tapèrent dans la main en signe de victoire.

Kylie les regarda fixement.

– Savez-vous que, moi, ça me rend encore moins cool ?

– Mais non, répondit Della. Ça fait de toi quelqu'un de génial. Si tu savais tout ce que j'ai entendu sur les protecteurs ! En gros, quand tu auras tous tes pouvoirs, tu deviendras encore plus forte que moi. (Une lueur maussade traversa ses yeux noirs.) Je ne sais pas si ça me plaît, mais c'est tout de même génial !

– Mais je ne veux pas être géniale, juste découvrir ce que je suis, et puis vivre ma vie de surnaturelle hybride avec mes dons pas-si-magnifiques-que-ça. Aider un fantôme ou deux, et, oui, ce sera chouette de guérir quelques personnes. Ça me conviendrait parfaitement. Parce que… (Kylie hésita, ne sachant pas trop si elle devait se montrer complètement honnête, puis elle se ravisa.) En réalité, ce n'est pas tant le fait que je ne veuille pas être géniale, c'est que je ne sois pas si sûre de me montrer à la hauteur… Je ne suis pas comme toi. (Elle désigna Della.) Je ne suis pas intrépide, et encore moins courageuse. J'aime ce qui est facile, bas et sans risque.

Miranda s'éclaircit la voix, comme si elle attendait que Kylie l'ajoute à sa déclaration.

– Je ne suis pas comme toi non plus, dit Kylie. Je ne suis pas…

– Ne t'inquiète pas, dit Miranda. Je sais que je ne suis pas du genre à casser des gueules.

– Tu es beaucoup plus courageuse que moi. Et tu n'as jamais peur de dire ce que tu as sur le cœur. Tu te fiches bien de l'avis des autres. Moi, je ne me teindrais jamais les cheveux, de crainte que ça ne déplaise à quelqu'un.

– Pourtant, le jour où tu t'es battue avec Selynn, tu n'as pas eu peur, intervint Della. Tu as agi, point barre. Et en fin de compte, tu t'habitueras à t'exposer. Ce n'est pas si difficile.

Pour Kylie, ça l'était.

– Les protecteurs sont-ils pour la plupart une espèce à part ?

Si c'était le cas, elle espérait que ça pourrait l'aider à découvrir ce qu'elle était.

– Non, déclara Miranda. Ils peuvent être n'importe quoi. Mais ils sont bien connus pour être bons et purs. Un peu la Mère Teresa des surnaturels.

– Ce que je ne suis absolument pas, souligna Kylie.

Della et Miranda se regardèrent, puis reposèrent les yeux sur leur amie.

– Si, bien sûr que si ! s'écrièrent-elles en même temps.

– Non ! Je ne suis pas meilleure que vous deux. Rappelez-vous ce que j'ai fait à Selynn et à Fredericka.

– Parce que tu protégeais quelqu'un d'autre. Et c'est justement ce que font les protecteurs.

Miranda haussa les épaules comme pour s'excuser quand elle remarqua le froncement de sourcils de Kylie.

– Mais je ne suis pas une sainte. L'autre matin, j'ai failli pousser Socks hors du lit pour m'avoir réveillée. Et… un jour j'ai écrasé un écureuil.

– Délibérément ? demanda Della.

– Non.

– Alors, c'est bon. Je parie que tu as même pleuré et que tu t'es sentie coupable.

Kylie se rembrunit encore plus.

Della leva un sourcil entendu.

– Tu vois ? C'est ce qui te rend si bonne. Tu ne te mets presque jamais en colère.

– Si. Je suis tout le temps furieuse contre vous, les filles. Souvenez-vous…

– Attends, il y a quelque chose qui ne tient pas, dit

Miranda. Je n'ai jamais entendu parler d'un protecteur qui ne soit pas surnaturel à cent pour cent.

– Vous voyez ? C'est la preuve. (Kylie posa ses mains sur la table, souhaitant y croire.) Je ne suis pas si gentille que ça. Et je sais que je suis la fille de ma mère. Donc, je ne suis pas une protectrice.

– Peut-être es-tu simplement la première protectrice hybride qui existe, dit Miranda. C'est vrai, d'habitude il ne naît qu'un protecteur tous les cent ou deux cents ans. Mais assez avec ça. Parlons de ce qui s'est passé de positif cette nuit-là.

Elle agita les mains en l'air, comme pour écarter cette pensée.

– Quel point positif ? demanda Kylie.

La bouche de Miranda s'étira en un sourire parfait, du genre à pouvoir vendre des bandelettes pour blanchir les dents.

– Arrrêêêttte ! Tu étais là-bas tard le soir, et pendant des heures seule avec Lucas. Qui en l'occurrence est le loup-garou le plus canon sur terre. C'est vrai, je ne suis pas branchée loup-garou, mais même moi je le reconnais : il est sublimissime. Alors… (Elle tendit les deux mains.) Que s'est-il passé ? Et ne viens pas nous dire « rien ». Parce que je perdrai complètement, totalement foi dans les histoires d'amour s'il ne s'est rien passé.

Kylie ouvrit la bouche pour répondre, puis elle vit Della se pencher, tourner légèrement la tête comme pour écouter ses pulsations, et vérifier si elle avait essayé de mentir.

– Cette petite sorcière a raison ! lança Della. Ça pourrait bien être le point positif.

Kylie regarda Della en fronçant les sourcils. Pour une fille qui aimait garder ses secrets, elle n'était pas du genre à ficher la paix aux autres. Puis elle scruta Miranda, qui retenait son souffle en attendant que Kylie se mette à nu.

– Désolée, dit-elle. Il ne s'est rien passé.

– Pouah ! s'exclama Miranda.

Elle laissa tomber ses bras sur la table, puis posa sa tête dessus.

Della la regarda fixement, et Kylie comprit que le vampire écoutait ses pulsations et vérifiait de nouveau si elle mentait. Franchement, Kylie ne savait pas trop ce qu'elle pouvait entendre. Ce n'était pas du tout un mensonge. Il ne s'était rien passé. À part… Elle s'était sentie tellement en sécurité lorsque Lucas l'avait prise dans ses bras, sauf qu'elle s'était transformée en Wonder Woman dès qu'elle avait entendu l'escroc lui faire du mal. Qu'est-ce que ça signifiait ? Kylie ne le savait pas, alors comment pourrait-elle l'expliquer ?

Miranda releva la tête.

– Tu comprends ce que je veux dire ? Tu es Mère Teresa. Pure. Sans désir sexuel.

– Non, rétorqua d'un ton sec Kylie, qui ne tenait pas à ce qu'on la considère comme une sainte. J'éprouve… du désir.

Della et Miranda échangèrent un regard pensif.

– Désolée, dit Della. Ça ressemble à une sainte, c'est doré comme une sainte, mais ce n'est pas une sainte.

– Mais il m'a serrée dans ses bras, expliqua Kylie. Tout contre lui. Et je me suis endormie sur son épaule. C'était agréable et… bouillant.

Même si par là elle entendait qu'il faisait très chaud, elle se moquait bien qu'elles en tirent leurs propres conclusions.

– Oui ! (Miranda lui fit encore un sourire extralarge.)

T'a-t-il embrassée ? Comme le baiser fantastique à la crique la première fois que tu y es allée ?

– Non, répondit Kylie.

Ses deux amies se regardèrent de nouveau.

– Mère Teresa ! s'exclamèrent-elles en chœur.

– Mais il m'a embrassée quand je suis revenue ici, lâcha étourdiment Kylie, décidant qu'elle préférait dire la vérité plutôt que passer pour une sainte. Et il a failli recommencer quand il m'a suivie dans le bureau tout à l'heure.

Miranda poussa un cri perçant et Della rit.

– Alors comme ça il t'en a roulé une ?

Kylie regarda l'ironie sur le visage de ses colocs et ne trouva pas ça drôle du tout.

– Je suis tellement paumée.

Elle laissa retomber sa tête sur la table. Socks, qui était remonté dessus, fourra son nez contre sa figure et renifla ses cheveux comme s'il était inquiet.

– À cause de quoi ? demanda Miranda.

Kylie leva la tête, et posa son menton dans sa paume.

– De mes sentiments pour Lucas. Et à cause de Derek. Pour ne pas dire énervée. Je suis vraiment furieuse contre lui en ce moment.

Socks, en manque d'affection, donna de légers coups dans sa main. Estimant qu'elle aussi en avait bien besoin, elle en prodigua un peu au petit animal.

– Et tu as de quoi être énervée ! (Della gratifia Miranda d'un regard étrange.) Elle doit savoir.

Savoir quoi ?

En regardant ses deux amies échanger des regards, Kylie eut un mauvais pressentiment.

Elles n'eurent pas l'occasion de répondre, car Kylie entendit un craquement et la porte du bungalow s'ouvrit d'un coup. Burnett entra, suivi de Holiday. Derrière celle-ci se tenait Perry.

Avaient-ils du nouveau au sujet des Brighten ? Le cœur de Kylie loupa un battement.

– Je vous ai demandé de frapper ! lança Holiday à Burnett d'un ton sec.

– Je l'ai fait.

– Eh bien, en général, après avoir frappé, on attend que l'on vous dise d'entrer.

Burnett adressa un sourire coincé à Holiday.

– J'imagine qu'il vous faudra être plus précise la prochaine fois.

Il lança de nouveau un coup d'œil à Kylie, qui décela de l'inquiétude dans son regard.

– Que se passe-t-il ?

Kylie regarda Perry qui semblait presque coupable. Mais de quoi ? Zut ! que s'était-il passé ?

– Je suis désolé.

Les yeux de Perry devinrent vert foncé.

La poitrine de Kylie se serra.

– Désolé de quoi ?

Perry regarda Burnett puis Holiday.

– Désolé de quoi ? répéta Kylie. Les Brighten vont bien ? Répondez-moi !

Perry, rongé de culpabilité, resta planté sur place.

– Si j'étais toi, je lui répondrais, dit Della à Perry de sa voix de râleuse. Sinon, elle pourrait s'en prendre à tes oreilles.

chapitre 5

– Je ne sais pas ce qu'il s'est passé, déclara Perry.

Il se rapprocha et ses yeux devinrent vert émeraude.

– Comment pourrais-tu ne pas le savoir ? (Kylie regarda Burnett puis Holiday, attendant que l'un des deux prenne la parole. Comme ils n'en faisaient rien, elle reporta son attention sur Perry.) Tu les suivais.

Brusquement, la culpabilité qu'elle avait lue sur son visage fit un bond et l'envahit. S'il était vraiment arrivé quelque chose de grave aux Brighten, c'était sa faute. C'est elle qui avait voulu les contacter. Mais à ce moment-là, elle avait la certitude que c'était la chose à faire.

– Ils ont disparu, annonça Perry. Ils roulaient tranquillement le long de l'autoroute dans leur Cadillac métallisée, et pouf ! une seconde plus tard, plus personne. (Il agita les mains devant lui.) Ils avaient disparu. La Cadillac et tout le reste. Disparus. Comme ça !

Un poids opressa la poitrine de Kylie.

– Les êtres humains ne s'évaporent pas comme ça, comme par enchantement.

Elle réussit à ne pas parler trop fort, mais la frustration teinta son ton de sarcasme.

Puis la vérité lui apparut. Il n'y a pas si longtemps, elle ne croyait pas que l'on puisse se transformer en licorne, ni même que les vampires ou les loups-garous existaient. Elle n'aurait jamais imaginé pouvoir utiliser ses rêves pour communiquer ou démolir un mur de béton. Alors, qui pouvait savoir si on se volatilisait ou pas ? Et dans ce cas, est-ce que cela signifiait que…

Son estomac se noua.

– Sont-ils morts ?

Holiday se renfrogna.

– Ne nous mettons pas à faire des suppositions…

– Nous ne savons pas, l'interrompit Burnett. J'ai des agents qui travaillent dessus, en revanche. L'agence va m'envoyer des photos des Brighten d'une minute à l'autre. Au moins, nous découvrirons s'ils étaient des imposteurs.

Son téléphone sonna et il l'ouvrit d'un coup.

– Qu'avez-vous trouvé ? (Son expression se durcit.) Impossible. Je les ai vérifiées ce matin.

Il marqua une pause et regarda Holiday se rapprocher de lui.

Della se pencha vers Kylie.

– Les caméras ne fonctionnent pas.

Son ouïe sensible avait à l'évidence entendu toute la conversation.

Des bruits de pas retentirent sur le porche du bungalow et Lucas passa le seuil. Son regard trouva celui de Kylie, son inquiétude pour elle se lisait dans ses yeux, et il s'arrêta à côté d'elle. Son bras effleura le sien, et elle sentit sa chaleur. Le souvenir de son baiser lui revint à l'esprit, et elle culpabilisa un peu de l'avoir partagé avec Miranda et Della.

Kylie vit Lucas jeter un coup d'œil sur elles en hochant la tête. Ce n'était pas vraiment amical. Elle avait entendu dire que les loups-garous étaient très froids, et elle supposa que c'était vrai. À part Lucas, elle n'avait sympathisé avec aucun autre au camp.

– Burnett a déjà reçu les photos de tes grands-parents ? demanda-t-il en la regardant.

– Je ne sais pas.

Elle se surprit à contempler ses grands yeux bleus. Pendant une seconde, elle regretta d'avoir remis en question ses sentiments pour lui. Regretta qu'il soit une autre partie de sa vie sans réponse. Ce serait si bon de céder. Alors pourquoi s'en abstenait-elle ?

– Tu vas bien ?

Il articula ces mots plus qu'il ne les prononça. Elle fit un signe d'acquiescement, mais n'était pas sûre que ce soit très vrai.

– Alors, quelqu'un les a trafiquées !

Burnett faisait les cent pas dans le séjour.

– Avez-vous eu le service des cartes grises pour les Brighten ? Je veux voir une photocopie de leur permis pour déterminer s'ils sont bien ceux qu'ils prétendent.

Il serra les mâchoires et jeta un regard à Kylie. La compassion qu'il éprouvait pour elle brilla dans ses yeux, mais elle disparut en un éclair. Montrer de l'émotion, ne serait-ce que par une étincelle dans le regard, paraissait trop pour lui.

Tout chez cet homme semblait dur et obscur. Et visiblement cela lui plaisait. Il avait des cheveux bruns, une peau mate, un corps musclé qui tenait à distance la plupart des hommes et faisait espérer une proximité à la plupart des femmes de son âge. Kylie vit Holiday observer Burnett et rectifia cette dernière pensée. En dépit de l'attirance évidente entre eux, Holiday ne le laisserait pas se rapprocher.

– Je ne comprends pas pourquoi ils mettent tout ce temps, dit Burnett d'un ton sec. Ça n'a rien de compliqué de tirer des photos ! J'aurais pu le faire moi-même. (Il poussa un long soupir de frustration.) Envoyez-les-moi dès qu'elles arrivent.

Il raccrocha, glissa son téléphone dans la poche de sa chemise et regarda Holiday.

Ses yeux se plissèrent de contrariété.

– On a trafiqué nos caméras. J'ai vérifié ce matin et tout fonctionnait. Comme par hasard, elles sont tombées en panne une heure avant l'arrivée des Brighten. Je crois savoir ce que ça signifie.

Burnett jeta un regard à Kylie. Elle le savait, il pensait que les Brighten étaient des imposteurs. Et peut-être devrait-elle espérer qu'il avait raison. Parce que dans ce cas, ce n'étaient pas les parents adoptifs de Daniel qui avaient disparu soudainement sur l'autoroute. Mais Kylie voulait des preuves. Des preuves de l'identité des disparus.

Elle posa une main sur son front pour chasser une migraine imminente.

– Quand auront-ils des photos des Brighten, d'après eux ?

– D'une minute à l'autre. S'ils connaissent leur intérêt.

Le ton grave de Burnett était sincère.

Kylie se surprit à prier pour que les parents de Daniel aillent bien. Pour qu'ils ne soient pas ceux qui leur avaient rendu visite tout à l'heure. Mais elle ne savait pas si elle était tirée d'affaire émotionnellement. Imposteurs ou pas, elle n'était pas sûre que ce vieux couple mérite de… Elle s'empêcha mentalement de prononcer le mot « mourir ». Disparaître ne signifiait pas forcément mourir.

Le dos de la main de Lucas effleura la sienne. Elle le savait, ce contact délibéré était censé la réconforter. Et c'était le cas.

Le portable de Burnett bipa. Il le sortit brusquement de sa poche, appuya sur une touche et regarda l'écran. Levant les yeux, il tendit l'appareil à Holiday.

– Ce sont les mêmes personnes ?

Elle regarda le téléphone, puis Kylie.

– Non, ce n'est pas eux.

Kylie lui faisait confiance, mais elle voulait vérifier. Elle avança d'un pas, prit le portable de Burnett et fixa les deux images, côte à côte. Un vieil homme quasiment chauve et une dame plus âgée, aux cheveux gris et aux yeux vert vif, lui rendaient son regard depuis l'écran du téléphone.

– Ce sont les Brighten ? demanda-t-elle.

Burnett acquiesça.

– Envoyé par le service des immatriculations.

– Ça ne leur ressemble pas du tout, observa Kylie.

Elle ne pouvait nier le soulagement qui l'envahit. Elle se rappela pourtant le contact de la vieille dame, le chagrin qu'ils semblaient partager, et même les larmes qui brillaient dans ses yeux. Tout cela avait-il été de la comédie ? Kylie regarda Holiday.

– Tu as dit toi-même qu'elle paraissait sincère. Comment avons-nous pu nous tromper l'une comme l'autre ?

Holiday se renfrogna.

– Comme je te l'ai dit, la lecture des émotions n'est jamais fiable à cent pour cent.

Kylie réprima sa déception à l'idée qu'ils aient pu jouer avec ses sentiments. Au moins, quand Derek ou Holiday l'avaient fait, ç'avait toujours été dans le but de l'apaiser ou de l'aider. C'était différent. Là, on avait voulu la tromper. Voire plus.

Elle ravala sa colère. Diriger sa rage vers eux ne lui semblait même pas légitime.

– Mais je ne comprends pas ce qu'ils cherchaient à faire en se faisant passer pour mes grands-parents.

– Manifestement, ils ne sont pas venus pour te caresser la joue et t'offrir des gâteaux, observa Burnett. Heureusement, Derek en a eu vent, et quoi qu'ils aient eu l'intention de faire, leur projet a été contrecarré.

Kylie croisa le regard de Burnett.

– Mario est derrière tout ça ?

– Qui d'autre ?

Kylie faisait toujours de son mieux pour comprendre.

– Mais pourquoi enverrait-il un couple de personnes âgées, alors qu'il aurait pu envoyer quelqu'un de bien plus puissant ?

– Parce qu'il pensait que nous serions dupes, et ça a failli être le cas. (Burnett se renfrogna.) À partir de maintenant, nous allons devoir nous montrer plus prudents. J'affecterai quelqu'un à ta protection.

– Quoi !

Kylie en était sûre, cela ne lui plairait pas.

– Quelqu'un qui t'accompagnera, explicita Holiday. Quelqu'un qui restera à tes côtés jour et nuit.

Elle avait raison, ça ne lui plaisait pas.

– Je le ferai, proposa Lucas.

– Non, moi, dit une autre voix grave depuis la porte ouverte.

La voix de Derek envoya de petites aiguilles de douleur

dans la poitrine de Kylie. Elle leva la tête et fixa ses yeux vert-doré – presque noisette.

Son cœur eut un soubresaut. Ses cheveux châtains étaient un peu ébouriffés, comme s'il avait passé ses mains dedans une fois de trop. Son T-shirt délavé moulait son torse musclé et son jean usé préféré mettait en valeur sa taille et ses jambes. Son regard captiva l'attention de Kylie, tant il exprimait d'émotion. Elle n'avait pas réalisé combien il lui avait manqué jusqu'à présent.

Elle voulait aller le voir, se laisser aller contre lui. S'assurer qu'il allait bien.

La chaleur de l'épaule de Lucas s'intensifia.

Derek plissa un tout petit peu les yeux, comme s'il avait remarqué combien elle était proche de Lucas. Puis il fronça les sourcils.

Une tempête d'émotions agita Kylie. Un sentiment domina les autres. La colère. Derek n'avait pas le droit d'être énervé parce que Lucas se tenait tout près d'elle. Il était parti, en dépit de ses supplications. Alors pourquoi ressentait-elle ce désir urgent d'ajouter un peu de distance entre Lucas et elle ?

– Je crois que tu en as suffisamment fait en impliquant ce détective ! lança Lucas, dont les yeux bleus transpercèrent Derek.

Celui-ci se mit immédiatement sur la défensive.

– M. Smith n'est pas derrière tout ça.

– Peut-être que non ! lança Lucas, la voix tendue. Mais c'est par lui que sont arrivés les problèmes.

L'atmosphère s'épaissit tellement que respirer devint une corvée.

Burnett le regarda.

– Il n'y a aucune raison de rejeter la faute sur lui.

– Burnett a raison, ajouta Kylie. C'est moi qui ai contacté M. Smith.

Elle sentit Lucas se tendre à côté d'elle et comprit qu'il lui déplaisait qu'elle prenne la défense de Derek. Elle ne savait pas si elle voulait le faire, pas quand sa colère envers lui cognait encore dans sa poitrine. De toute façon, elle ne supporterait pas qu'on lui reproche d'avoir essayé de l'aider. Elle continua à fixer le demi-Fae ; elle aurait bien voulu pouvoir lire dans ses pensées, ou du moins ses émotions, comme lui pouvait lire celles de tout le monde.

– M. Smith va mieux ?

Derek croisa de nouveau son regard. La colère étincela dans les mouchetures dorées de ses yeux. Elle ne savait pas s'il reflétait ses propres émotions, ou s'il était lui-même en colère. Les deux, probablement.

– Il vivra.

Son regard lâcha le sien, et une sensation de vide s'empara d'elle. Quelque chose lui souffla qu'elle allait devoir s'habituer à ce sentiment, parce que rien n'avait changé entre eux.

Rien.

– Je peux assurer la protection de Kylie, proposa Della.

– Moi aussi, ajouta Miranda.

Burnett les regarda toutes les deux.

– Comme vous partagez son bungalow, vous pourrez vous en charger chacune votre tour.

– Elle sera plus en sécurité avec moi, affirma Lucas.

– Redescends sur terre… marmonna Della.

– Exact ! ajouta Miranda, et elle tendit son petit doigt comme si elle braquait une arme.

Kylie laissa son regard aller de Della à Miranda, puis de Derek à Lucas. Ils parlaient d'elle comme si elle n'était pas là. Bien sûr, elle savait qu'ils essayaient de l'aider, et pour cela elle les aimait tous. Enfin... elle les aimerait quand elle ne serait plus énervée...

Burnett regarda de nouveau Lucas, puis Derek.

– Je crains que vous ne soyiez tous les deux trop liés à l'affaire.

– Raison pour laquelle nous serions excellents, lança Derek.

– Raison pour laquelle *je* serais excellent, corrigea Lucas.

Derek le regarda de travers.

– Tu es un véritable enfoiré, Parker.

Les deux garçons se mirent à s'insulter.

– Les gars ! lança Kylie d'un ton sec. Ça devient...

– Stop ! leur ordonna Burnett. (Et aussitôt Lucas et Derek se turent.) C'est bien ce que je pensais. Tous les deux, vous avez autre chose en tête, concernant Kylie.

Celle-ci se sentit rougir, plus de colère que de gêne.

– J'ai une idée. Si on me demandait ce que je pense de...

– C'est ridicule ! lança Lucas d'un ton railleur.

Elle le regarda en cillant puis comprit qu'il faisait allusion à la réflexion de Burnett, pas à la sienne.

Les épaules de Burnett se crispèrent et son regard passa de Lucas à Derek.

– Pour l'instant, je ne crois pas que l'un de vous pensera à protéger Kylie quand vous serez avec elle. Je ne dis pas qu'on ne vous demandera pas de donner un coup de main à l'avenir, mais...

– Toujours aussi ridicule. (Lucas se raidit au côté de Kylie et elle aurait pu jurer avoir senti sa température grimper encore d'un ou deux degrés.) Je mourrais avant...

– Moi aussi ! aboya Derek.

– Et mon boulot consiste à m'assurer que personne ne mourra, répliqua Burnett.

Au moins sur ce point, Kylie était tout à fait d'accord avec lui.

Une heure plus tard, après que Burnett et Holiday furent retournés dans le bureau pour affecter des escortes à Kylie, celle-ci frissonnait dans son lit ; fixant le plafond, elle se demandait quand et comment sa vie lui avait échappé à ce point. Juste après le départ de Burnett, Lucas avait de nouveau été convoqué par sa bande. Du regret dans ses yeux bleus, et peut-être encore un peu de colère contre elle pour avoir défendu Derek, il lui avait annoncé qu'il la reverrait dès qu'il en aurait fini avec sa meute. Kylie ne lui en avait pas voulu de s'en aller, elle avait plus ou moins besoin d'être seule. Mais elle ne pouvait s'empêcher de penser à ce que Fredericka avait affirmé : « La lignée de Lucas est pure, c'est quelque chose qu'il apprécie. Les aïeux apprécient cela, eux aussi. Ils l'ont clairement exprimé. » Ces paroles avaient-elles été prononcées pour semer le doute chez elle ? Ou se passait-il autre chose ?

Kylie ferma les yeux et grommela. Socks s'enfonça plus loin sous les couvertures près d'elle, tandis qu'une morte chauve faisait les cent pas dans la pièce et baragouinait qu'elle ne se souvenait de rien. Kylie poussa un profond soupir, et de la vapeur s'échappa de ses lèvres avant de serpenter lentement vers le plafond.

– *Me souviens pas*, marmonna le fantôme. *Juste un blanc.*

La femme était loin de s'imaginer combien Kylie l'enviait à ce moment même. Si seulement elle pouvait oublier. Oublier la colère qu'elle avait vue dans les yeux de Derek, oublier la tension brusque qu'elle avait sentie dans le corps de Lucas quand elle avait défendu Derek. Oublier qu'elle pourrait être responsable de la mort d'un vieux couple et d'avoir envoyé M. Smith, le détective privé, à l'hôpital.

– *Comment ça s'appelle quand on ne se souvient pas de qui l'on est ? N'y a-t-il pas un mot pour cela* ? demanda le fantôme.

– L'amnésie.

Kylie envisagea d'expliquer à Jane Doe – l'esprit avait besoin d'un nom et Jane Doe n'était pas plus nul qu'un autre – que sa perte de mémoire était peut-être plus due à la cicatrice de vingt centimètres qui lui traversait la tête qu'à une amnésie quelconque. Mais peu importait la raison de l'amnésie de Jane. Le fait qu'elle n'ait pas de mémoire n'était pas le problème. Mais comment donc était-elle censée aider un fantôme qui ne savait même pas qui il était ?

Kylie se dit que si elle posait cette question à Holiday, celle-ci lui dirait de chercher des indices dans le comportement de la femme et dans la façon dont elle était habillée. Le jean et le T-shirt qu'elle portait ne l'avançaient pas à grand-chose. Quant au crâne chauve et à la cicatrice, oui, ils pourraient constituer des indices. Toutefois, lorsque Kylie avait rencontré Jane pour la première fois, celle-ci avait des cheveux et son ventre présentait un trou béant. Était-ce une piste, ça aussi ?

Punaise ! Kylie ignorait même si la femme savait qu'elle était morte. Lui poser la question comme ça, d'un coup, était quelque peu impoli.

– *Je ne comprends pas pourquoi je ne me souviens de rien*, disait Jane.

Kylie appliqua sa paume sur sa tempe douloureuse. Elle n'était pas d'humeur à gérer cette situation. Mais elle n'avait pas le choix. Jusque-là, les fantômes ne semblaient pas réagir aux requêtes du style « Remettons ça à demain ».

– *Tu m'écoutes ?* demanda le fantôme.

Ouvrant les yeux, Kylie se redressa un peu dans son lit. La queue noir et blanc pelucheuse de Socks dépassa de sous le drap.

– Oui, c'est juste que…

– *As-tu mal à la tête, toi aussi ?*

Kylie contempla la vilaine cicatrice.

– Un peu.

Elle remonta l'édredon pour se protéger du froid.

– Mais ce sont surtout des problèmes avec les garçons.

– *Des problèmes avec les garçons ?* (Jane fronça les sourcils.) *Fais attention. Les garçons, et les hommes, peuvent vraiment te faire du mal.*

Ces paroles semblaient venir du fond du cœur. Était-ce un autre indice ?

– Quelqu'un t'a fait du mal ? demanda Kylie.

La femme cessa de bouger et son front se plissa.

– *Peut-être. Je ne m'en souviens pas.*

– Réfléchis. Tu as dit que tu te souvenais de quelque chose.

Plus vite Kylie amènerait le fantôme à se rappeler qui elle était, plus vite elle pourrait découvrir ce qu'il lui fallait et l'aider à aller de l'avant.

L'esprit posa son index sur son front.

– *Non, rien, c'est vide là-dedans.*

Sur le côté de son cuir chevelu, elle passa un doigt sur sa cicatrice. Kylie ignorait si elle reprenait conscience de son existence.

– Te souviens-tu de ce qui s'est passé ? De comment tu as eu cette entaille sur la tête ?

Comment es-tu morte ? Holiday lui avait expliqué que, la plupart du temps, si un décès avait été brusque ou traumatisant, l'aptitude de l'esprit à s'en souvenir était faible. Toutefois, pour les aider à passer de l'autre côté, les détails de leur mort pouvaient avoir une importance capitale.

– *Non.* (Jane recommença à faire les cent pas.) *Et je ne supporte pas de ne pas savoir.*

Après de nouveaux tours de la pièce, elle cessa de parler et Kylie repensa à Derek, à son cœur dont les battements se précipitaient dès qu'elle le voyait. Elle ne pouvait s'empêcher de s'interroger : cela signifiait-il que ses sentiments pour Lucas n'étaient pas aussi intenses qu'elle l'avait craint au départ ?

Soudain, le fantôme s'arrêta au bout du lit et la fixa.

– *Je t'ai donné le message, n'est-ce pas ?*

Kylie s'assit plus droite.

– Tu en as parlé, mais qu'est-ce que c'était, déjà ?

Peut-être que ce n'était pas simplement un message, mais un indice.

– *L'un vit, l'autre trépasse.* (Sa voix, qui n'était plus qu'un murmure, semblait tout droit sortie d'un film d'épouvante.) *C'est ce qu'ils m'ont demandé de te dire.*

Socks, comme s'il réagissait à l'intonation lugubre de la voix de l'esprit, se blottit davantage contre Kylie.

– Saurais-tu par hasard ce que ça signifie ?

Passant une main sous la couette, Kylie repoussa délicatement le museau de la mouffette. Dans la mesure où ce petit animal avait peur des fantômes, le destin s'était bien planté en les réunissant tous les deux.

– *Je…* (L'esprit roula des yeux comme s'il essayait de réfléchir.) *Ils n'ont pas dit.*

– Qui ça, « ils » ?

La mention de la mort inquiétait Kylie. Mais vu qu'elle

avait affaire à un fantôme amnésique, elle ne savait pas trop quel crédit accorder à ce message.

Jane avança jusqu'au bord du lit, ses yeux vert clair emplis de peur.

– *Tu sais bien qui.*

– Non, je ne sais pas.

Jane se mordit la lèvre comme si dire le nom la mettait mal à l'aise. Puis elle se pencha, et approcha sa bouche légèrement bleue du visage de Kylie.

– *Les anges de la mort.*

Des cristaux glacés s'éloignèrent de ses lèvres en flottant et tombèrent en cascade sur l'édredon de Kylie.

Socks surgit de sous les couvertures et alla se cacher sous le lit.

– Les anges de la mort ? (Kylie tâcha de se faire à cette réponse.) Comment les connais-tu ?

Elle se rendit soudain compte qu'elle n'avait pas vérifié si la femme était une surnaturelle.

Fixant le front de l'esprit, Kylie fronça les sourcils. Rien. Cela signifiait forcément quelque chose. Tout le monde avait une configuration cérébrale, n'est-ce pas ? Kylie avait vu celle de Daniel, et Holiday avait affirmé en avoir cherché une chez Nana : voilà comment Kylie avait appris que les fantômes ne la perdaient pas à leur mort. Alors pourquoi cet esprit n'en avait-il pas ?

Kylie ferma les yeux et se concentra de nouveau. Toujours rien. Le froid glacial du fantôme s'intensifia, mordant la peau de Kylie. Remontant le drap jusqu'à son menton, elle s'éloigna de l'esprit et posa la question qu'elle-même ne supportait pas qu'on lui pose :

– *Qu'es-tu ?*

chapitre 6

Une heure plus tard, Kylie tournait en rond dans sa chambre minuscule, dans les pas du fantôme. Ce dernier avait disparu sans même essayer de répondre à sa question. Mais Kylie avait eu le temps de remarquer la terreur absolue sur son visage avant qu'il ne se volatilise.

Kylie compatissait.

Combien de fois avait-elle entendu cette question maudite : « Qu'es-tu ? » Ou plutôt : « Mais qu'es-tu donc ? » Franchement, elle n'aimait pas ça.

Ces questions insufflaient-elles la crainte ou la panique ?

La frustration sans doute, mais la peur ? D'accord, peut-être qu'au début ça l'avait terrorisée, mais seulement après qu'elle eut accepté l'éventualité de ne pas être humaine. Devrait-elle supposer que le fantôme la soupçonnait de ne pas être humaine ? Kylie se souvint de l'expression que faisait naître cette question sur le visage de l'esprit, comme le drapeau rouge d'un souvenir oublié. Et pas un bon.

Un froid glacial et sinistre emplit l'air, annonçant le retour du fantôme. Kylie releva ses jambes contre sa poitrine.

– Je suis désolée, dit-elle. Je sais que tu es perdue.

Crois-moi, je sais ce que tu ressens. Il y a un tas de choses que j'essaie de comprendre, aussi sur moi-même.

Le froid se calma peu à peu. Alors comme ça, le fantôme n'avait pas envie de discuter. Là encore, Kylie comprenait parfaitement.

Elle avait failli courir voir Holiday pour la mitrailler de questions sur l'absence de configuration cérébrale du fantôme. Mais, comme elle s'imaginait que Holiday voudrait aborder tous les autres sujets dont elles devaient parler, elle décida de remettre ses interrogations à plus tard. Et par « sujets », Kylie entendait son tout nouveau don de guérison, celui de démolir des murs en béton, et l'éventualité qu'elle soit une protectrice. La guérison et les murs, Kylie pourrait s'y faire. Mais toute cette histoire de protectrice à la Mère Teresa ? Non merci. Elle s'en passerait bien encore un peu.

On ne pouvait pas dire qu'elle fasse traîner les choses, ce dont Holiday l'accusait si souvent. Elle avait ses priorités, voilà tout. Pour l'heure, sa priorité numéro un était Derek et les signaux *On / Off* qu'il émettait de nouveau. Comment pourrait-il être son escorte, alors que deux semaines auparavant il refusait de la regarder ? Avait-il changé d'avis ? Et elle, le voulait-elle ?

Elle y réfléchit. Se souvint comme elle s'était sentie proche de lui quand ils s'étaient enfuis en douce et qu'il l'avait embrassée. Il avait le don de tout transformer en conte de fées, et même cela lui manquait. Que ne donnerait-elle pas pour se retrouver dans un conte en ce moment, et ne pas avoir à affronter la situation !

Mais s'il lui présentait des excuses, lui pardonnerait-elle pour autant ? Après quelques tours de plus, elle en vint à la conclusion que son cœur était bien trop confus pour savoir ce qu'il voulait.

Comme pour enfoncer le clou, elle se rappela ce qu'elle avait ressenti lorsque Lucas l'avait embrassée. Pas de vision de conte de fées, mais elle ne pouvait le nier, ç'avait été vraiment génial.

Mince alors !

Elle se jeta sur le lit. Elle était paumée. Elle asséna un coup de poing dans son oreiller, puis hurla dans la couette rembourrée.

Un profond soupir plus tard, elle se redressa brusquement. Elle devait faire quelque chose, même si ce n'était pas la chose à faire. Après avoir enfilé ses tennis, elle attrapa sa brosse, donna un coup rapide à ses cheveux blonds, passa un débardeur blanc propre et sortit de sa chambre comme une flèche.

Della se leva du canapé.

– Salut !

– Salut !

Kylie se dirigea vers la porte. Elle ne tenait pas à dire où elle se rendait, car s'entendre le formuler haut et fort risquait de la faire changer d'avis. Et elle ne voulait pas hésiter, elle ne s'était même pas décidée… mais elle devait agir. Elle en avait assez de rester dans l'incertitude.

– Où vas-tu ? demanda Della.

– Je sors.

Kylie tendit la main vers la poignée, mais à la place attrapa la taille de Della : en un éclair, celle-ci avait traversé la pièce et lui bloquait la sortie.

– Excuse-moi.

Kylie tâcha de ne pas laisser transparaître son état d'esprit. Aussi grincheuse que fût Della, elle n'avait aucune patience pour la mauvaise humeur des autres. Et se prendre la tête avec son amie ne faisait pas partie des projets immédiats de Kylie.

– Où allons-nous ? demanda Della.

– *Nous* n'allons nulle part. *Je* vais quelque part.

– Alors, je t'accompagne.

– Non.

– Si, intervint Miranda qui sortit de sa chambre. Kylie Galen, je te présente ta première escorte, Della Tsang.

– À vot' service !

La voix du vampire dégoulinait de sarcasme, elle lui adressa même une petite révérence.

– Va te faire voir ! lança Kylie. Je ne sors pas du camp. Tout ira bien.

Della fronça les sourcils.

– Tu ne quittes pas le bungalow sans moi.

Sa main droite atterrit sur sa hanche droite, comme pour ponctuer ses propos.

Kylie inspira et s'efforça de se calmer avant que la situation ne dégénère.

– Écoute, je veux parler à Derek, OK ? Et je suis désolée, mais je refuse que tu m'accompagnes. C'est privé.

L'expression énervée de Della disparut et se transforma en un semblant de compréhension. Elle jeta un coup d'œil à Miranda.

– Tu crois toujours que ne rien lui dire est la meilleure des choses ?

– Et mince ! (Miranda s'affala sur le canapé.) Tu as peut-être raison. Mais ne lui dis rien, montre-le-lui.

Kylie regarda de nouveau Miranda et se souvint aussitôt que ses amies s'étaient montrées bien cachottières avant l'arrivée de Burnett dans le bungalow.

– Ne pas me dire quoi ? Me montrer quoi ?

Della sortit brusquement son téléphone de la poche de son jean et tapa quelque chose.

– C'est Chan qui me l'a envoyée. Je voulais t'en parler tout de suite, mais Miranda m'a dit qu'avec ton enlèvement et tout et tout, on n'allait pas en rajouter.

– Envoyé quoi ?

Kylie se retrouva presque nez à nez avec le vampire. Elle était à bout de patience.

– Purée ! (Della recula d'un bond.) Attends ! Tu te comportes comme si c'était encore la pleine lune. (Elle observa Kylie.) Ce n'est pas le cas, non ? (Puis Della reposa les yeux sur Miranda, toujours étalée sur le canapé.) Les loups ont déjà leurs règles, ou quoi ?

Kylie réfléchit à sa question, craignant presque que Della n'ait raison. Était-ce le cycle lunaire qui la mettait de mauvaise humeur, ou tout ce qui s'était passé ces jours-ci ?

– Non. (Miranda se leva d'un coup et avança.) Il nous reste encore une semaine avant le syndrome prémenstruel lunaire.

Kylie fronça les sourcils. Elle ne s'était pas changée en loup depuis la dernière pleine lune, mais visiblement elle avait connu les sautes d'humeur types qui touchaient les loups-garous juste avant leur métamorphose. Et à l'évidence, pour ses deux colocs il était encore possible qu'elle en soit un, en fin de compte. Non pas que Kylie ne trouve pas cette réflexion intéressante. Au point où elle en était, elle pouvait très bien se transformer en n'importe quoi.

– Une de vous deux a intérêt à parler ! lança-t-elle. Et vite !

– Mon Dieu ! la rembarra Della. Je la cherche. Tiens, la voilà. (Elle leva les yeux.) Mon cousin Chan m'a envoyé quelques photos et m'a demandé si c'était l'un de nos campeurs. Tu sais qu'il vit dans cette communauté de vampires en Pennsylvanie, n'est-ce pas ?

Elle tendit le téléphone et Kylie regarda l'image.

– C'est Derek. (Quelques secondes s'écoulèrent.) Que faisait-il en Pennsylvanie ?

Mais, bon, elle ne savait pas où l'URF l'avait envoyé, ni où le demi-Fae était parti chercher son père.

– J'ai une meilleure question. (Della reprit son portable, appuya sur une autre touche, puis le remit sous le nez de son amie.) Que fiche Derek à rouler une pelle à un vampire en Pennsylvanie ?

Le cœur de Kylie eut un loupé lorsqu'elle vit Derek embrasser une brune – un vampire – à pleine bouche. Leurs lèvres n'étaient pas les seules à être collées. Les jambes de la fille entouraient sa taille, et les mains de Derek – qui tenaient manifestement la fille tout contre lui – reposaient sur son jean, pile au bon endroit.

Une douleur s'installa dans la poitrine de Kylie.

– Qui… comment… quoi ?

– J'ai posé la question « qui », répondit Della. Elle s'appelle Ellie Mason, et venait d'arriver dans cette communauté de vampires. Chan a affirmé que quelqu'un avait raconté que Derek venait de Shadow Falls et il voulait simplement vérifier si cette source disait la vérité.

Ellie ? Kylie se souvint que Derek lui avait confié être sorti avec un vampire, une dénommée Ellie. Elle le revit aussi lui expliquer qu'il avait donné du sang à Ellie. Bizarre qu'elle ne s'en soit pas souvenu plus tôt, mais à présent cela semblait gravé dans sa carte mémoire.

– Ellie…

Quand ce prénom quitta ses lèvres, son cœur se serra

et une corde sensible vibra. Elle devait être connectée à ses sentiments, parce qu'une dizaine d'émotions différentes s'agitèrent dans sa poitrine, comme des oiseaux sauvages poursuivant une colonie de papillons de nuit. Colère, jalousie, trahison, méfiance… la liste était infinie.

– J'en ai besoin.

Elle prit le téléphone de Della et tâcha de l'écarter de son chemin. Mais cet effort ne la mena nulle part. Della resta clouée sur place.

– Désolée, je ne peux toujours pas te laisser partir toute seule, déclara-t-elle. Sérieux, je suis ton escorte.

– Très bien, viens. Mais ne te mets pas en travers de mon chemin. Et reste loin. Très loin. J'ai besoin de lui parler en tête à tête.

Des larmes picotèrent les yeux de Kylie.

Parce qu'elle savait qu'elle n'avait pas le droit d'éprouver ces émotions. Elle ne laisserait pas libre cours à ses larmes. Mais elle les sentit tout de même, surtout quand elle les refoula dans sa gorge et qu'elles lui brûlèrent la poitrine.

Le téléphone serré bien fort dans sa main, Kylie fila à travers bois en direction du bungalow de Derek, espérant qu'il serait là. Elle ne savait pas du tout ce qu'elle lui dirait quand elle le verrait. Elle ne voulait pas réfléchir, juste y arriver. Elle sauta par-dessus des buissons épineux, passa sous des branches basses, filant à toute allure. Les pas de Della retentissaient près d'elle – son amie prenait son boulot d'escorte très au sérieux.

Trop au sérieux.

Le bruit sourd des pieds de Kylie touchant la terre résonna, une odeur de pluie flottait dans l'air. Une tempête d'été se préparait quelque part au loin. Pas si loin, car le tonnerre grondait dans le ciel.

Au silence succéda une grosse déflagration. Un éclair envoya de fines gouttelettes de lumière argentée qui grésillaient dans les feuilles sur la terre humide. Kylie continua à courir, à avoir mal. Elle sentait la tempête, l'énergie, sa puissance dans l'air. De nouveaux éclairs suivirent.

Soudain, un bruissement bruyant se fit entendre sur sa droite, un gros cerf – aux bois assez massifs pour décorer le mur d'un chasseur – surgit d'un coup et s'arrêta brusquement en plein milieu de son chemin. Choquée, Kylie s'arrêta aussi. À quelques centimètres près, elle aurait pu s'empaler sur les bois de l'animal. Elle n'avait pas encore repris son souffle qu'un éclair vint toucher le tronc d'un vieil arbre à trois cents mètres à peine. La lumière continuait à grésiller quand Kylie sentit Della la bousculer.

– Qu'est-ce qui se passe ? demanda celle-ci.

Le cerf releva la tête, ses bois lourds retombèrent en avant presque comme une menace, puis il déguerpit. Mais Kylie eut le temps de sentir son regard froid et quelque peu mauvais.

Les poils sur sa nuque se hérissèrent. Ce regard calculateur avait une signification. Comme celui dont l'aigle l'avait gratifiée un peu plus tôt. Elle aspira de l'oxygène dans ses poumons, espérant que cela lui éclaircirait les idées et qu'elle se rendrait compte qu'elle s'était trompée.

Elle ne voulait rien ajouter à sa liste de problèmes à résoudre. Mais respirer profondément n'eut aucun effet.

La terre continuait à grésiller et à produire des bruits secs, tandis que de minuscules étincelles dansaient autour du tronc qui avait été touché en plein cœur. L'odeur de bois brûlé et de pluie imprégna l'air. Kylie se demanda si c'était son imagination, car elle sentait des courants d'énergie lui piquer les talons.

– C'était flippant, observa Della.

– Ouais.

– Mince alors, il a failli te toucher !

– Mais il ne l'a pas fait.

Kylie fixa le téléphone dans sa main et se souvint de Derek.

– Bon sang ! répéta Della. Si le cerf n'avait pas déboulé…

– Peu importe.

Kylie voulait qu'il en soit ainsi. Elle entendit le bruit de la pluie tombant à verse sur les feuilles au-dessus d'elle avant de la sentir lui piquer la peau. Le jour s'était presque transformé en nuit. La tempête était arrivée, le temps reflétait parfaitement son humeur. Elle abrita de sa main le portable de Della pour le protéger de l'eau, et reprit sa course.

Quelques minutes plus tard, à peine essoufflée mais trempée, Kylie arriva chez Derek tandis que Della restait derrière elle. La vue de ce chemin fit ressurgir un souvenir. Elle était déjà venue chercher Derek auparavant et avait vu du sang sur le perron. Croyant qu'on l'avait attaqué, elle avait fait irruption chez lui pour le trouver… sous la douche.

Ç'avait été un régal pour ses yeux, ce jour-là, et quand il se fut habillé ils étaient restés assis ici, dos au bungalow, et avaient discuté.

Partagé.

Ri.

Elle ne se souvenait pas s'être sentie aussi proche de qui que ce soit. Comment les choses avaient-elles pu changer si vite entre eux ?

Elle s'approcha et frappa. La porte s'ouvrit à la volée sur Chris, le coloc vampire de Derek.

– Salut ! (Ses yeux s'écarquillèrent.) Concours du T-shirt mouillé ? la taquina-t-il.

Kylie baissa les yeux, faisant danser de lourdes mèches trempées sur ses épaules. Son débardeur blanc et son soutien-gorge fin étaient presque invisibles. Elle fronça les sourcils et plaça ses cheveux devant ses seins.

– Derek est là ?

– Ouais ! dit-il. Qu'il vienne à la porte, c'est une autre histoire. Il déprime dans sa chambre depuis son retour. (Il regarda derrière son épaule et cria :) Derek, tu as de la visite !

Ne souhaitant pas continuer à se faire mater par Chris, Kylie recula et attendit au bord du porche. S'efforçant de contrôler les battements de son cœur, elle décolla son T-shirt trempé de sa poitrine et agita le tissu en espérant qu'il sèche.

Quelques minutes plus tard, des pas familiers s'approchèrent de la porte. Elle se retourna face à Derek, et dut se faire violence pour ne pas courir se jeter dans ses bras.

Elle s'avança, puis s'arrêta. S'il la rejetait, cela lui ferait très, très mal.

chapitre 7

Derek passa une main nerveuse dans ses cheveux. Qui semblaient plus longs qu'à son départ. Et plus doux. Elle se revoyait les écarter de son front et elle mourait d'envie de recommencer. Elle voulait appuyer sur la touche « Retour arrière » pour revenir là où ils en étaient restés. Quand tout allait si bien entre eux. Mais la vie ne proposait pas cette option.

– Salut !

Il fourra les mains dans les poches de son jean.

– Salut !

Le cœur de Kylie battit un peu plus vite, et lui fit encore plus mal quand elle le vit. Elle tâcha de ne pas regarder les muscles de ses bras ni son T-shirt qui moulait son torse. Elle inspira profondément.

S'il avait cessé de pleuvoir, l'odeur de la pluie imprégnait toujours ses vêtements et ses cheveux. Elle imprégnait encore l'air. Mais elle ne dissimulait pas le parfum bien caractéristique de Derek.

Elle sentit le téléphone dans sa main et y jeta un coup d'œil.

– Désolé de ne pas t'avoir appelée plus tôt, dit-il, comme s'il pensait que c'était la raison de sa présence. J'avais coupé mon portable quand j'étais à l'hôpital avec Brit.

Elle opina du chef, sans trop savoir si elle le croyait, et sentit l'émotion lui nouer la gorge. Elle avait mal aux sinus. Mais jamais de la vie elle ne pleurerait. Du moins pas maintenant. Du moins pas ici.

– Où es-tu allé quand tu as quitté Shadow Falls ? demanda-t-elle.

– Faire un boulot pour Burnett. (Il hésita.) Je ne suis pas censé en parler.

Elle se sentit blessée. Elle savait qu'il lui disait probablement la vérité, mais à une époque ils n'avaient eu aucun secret l'un pour l'autre.

Son regard croisa le sien, et elle vit les mouchetures dorées s'harmoniser avec ses iris verts. Elle y distingua de l'émotion. De la douleur, de la jalousie, de la trahison, de la colère. Elle comprit alors qu'ils ressentaient tous deux exactement la même chose.

Durant une seconde, elle se dit qu'il n'avait pas le droit d'éprouver tous ces sentiments, mais elle n'avait jamais su mentir, pas même à elle-même. Lucas l'avait embrassée. Elle avait des sentiments pour lui, bien que confus, mais elle en éprouvait tout de même. Comment pouvait-elle être aussi furieuse contre Derek et ne pas accepter qu'il mérite sa propre colère ?

Elle cilla et le malaise s'amplifia en même temps que le silence.

– Je suis venue te demander… (Elle tendit le téléphone puis laissa retomber sa main contre son flanc.) Mais voilà que je me rends compte que tu ne me dois aucune réponse. Je suis désolée, je…

Incapable de terminer, elle tourna les talons.

Il la rattrapa. À peine la peau de la jeune fille se fut-elle réchauffée à son contact qu'il la lâcha brusquement. Et cela lui fit mal aussi. La toucher lui était-il désagréable au point que cela le fasse tressaillir ?

– Me demander quoi ? (Il fronça les sourcils.) Qu'est-ce qui t'énerve à ce point ?

– Rien. Je vais bien.

Elle recommença à s'éloigner.

– Zut alors, Kylie ! (Il se planta devant elle d'un bond.) Ne me mens pas. Je le ressens, tu te souviens ? Je ressens tout ce que tu ressens, puissance dix. Tu es hyper énervée. Tu es venue ici me dire quelque chose, alors vas-y.

Elle hésita puis alluma le téléphone de Della.

Il l'observa.

– Qu'est-ce que tu...

– Tu verras.

Elle trouva la photo et la lui montra.

De coléreuse, son expression passa... à autre chose.

– Merde !

Il se passa une main sur le visage.

– C'est bon, dit Kylie. Je me rends compte que tu ne me dois aucune explication. Vraiment, j'ai exagéré.

Elle tâcha de le contourner, mais il l'attrapa de nouveau. Cette fois, sa main s'attarda quelques secondes.

– Je t'en prie, ne pars pas. Écoute, c'est Ellie. Je t'ai parlé d'elle à notre première rencontre. Je suis sortie un moment avec elle. Nous nous sommes retrouvés par hasard quand j'ai fait ce boulot pour Burnett. Elle était... contente de voir quelqu'un qu'elle connaissait.

– Oui, elle a l'air contente en effet, observa Kylie avant

d'avoir pu empêcher les mots de sortir, teintés d'une pointe de sarcasme.

– Ça a l'air pire que ça ne l'est en réalité, ajouta-t-il, mais il fut incapable de dissimuler la culpabilité qui étincelait dans ses yeux.

– Tu n'es vraiment pas obligé de t'expliquer, reprit Kylie, qui se rendit soudain compte que c'était injuste de lui faire une scène.

La dernière chose qu'elle souhaitait, c'était qu'il lui parle de Lucas. Elle referma le téléphone et le remit dans sa poche.

– Tu n'es pas…

– Si, je te dois une explication, répliqua Derek. (Il aspira une grande bouffée d'air et hésita avant de reprendre.) Écoute, je comptais t'en parler de toute façon.

– Non, c'est faux, rétorqua-t-elle, trouvant la chose impossible à croire. Mais je ne t'en veux pas. Nous ne sortions pas vraiment ensemble. Tu n'es pas obligé de me dire quoi que ce soit.

– J'allais t'en parler. Je n'ai pas le choix.

Elle le regarda attentivement, sans comprendre ce qu'il voulait dire, et décela plus de culpabilité dans ses yeux.

– Écoute, reprit-il, Ellie est là. Je l'ai ramenée au camp.

L'éclair qui était apparu devant Kylie quelques minutes plus tôt l'avait moins choquée que ne le fit l'aveu de Derek. Mais elle fut fière de ne rien en laisser paraître. Il pouvait la lire, mais ça ne l'empêchait pas de faire semblant. Et si elle faisait semblant assez longtemps, elle pourrait même réussir à s'en convaincre.

– C'est bon.

Elle se força à sourire.

– J'étais obligé, Kylie. Elle s'était enfuie de chez elle et elle vivait dans une communauté pourrie. Elle avait besoin d'aide.

– Je suis contente que tu aies été là pour elle.

– Bon sang, Kylie ! Arrête donc de faire comme si je ne pouvais pas te lire ! C'est moi, voyons !

– Alors, arrête !

La gorge de Kylie se noua instantanément. Les larmes étaient imminentes, mais elle les refoula.

– J'aimerais bien. Ça résoudrait tous nos problèmes. Si seulement je pouvais arrêter !

Il balança une main furieuse en l'air.

– Comment ça ? demanda-t-elle.

Il secoua la tête.

– Tu ne comprends toujours pas, n'est-ce pas ? Être proche de toi, c'est comme enfoncer mon doigt dans une prise de courant affectif. Je ne sais pas pourquoi. Ce n'était pas comme ça au début. C'est vrai, je pouvais te sentir plus que les autres, mais ce mois-ci ça s'est multiplié par dix. Quand je suis avec toi, c'est comme être bombardé… attaqué par des émotions. Je n'arrive pas à réfléchir. Ni à rationaliser. Et si on mentionnait le nom de Lucas, je pourrais percevoir tes émotions en rapport avec lui et…

Il inspira de nouveau profondément.

– Peut-être que ce que je ressentais était encore pire que ce que tu ressentais… mais je ne pouvais pas le supporter. Et il n'y avait pas que Lucas. Si tu étais énervée contre ton beau-père, j'éprouvais la colère que tu ressentais, et je voulais tuer ce salaud. Tout ça m'était devenu insupportable.

Elle recula d'un pas, dans l'espoir qu'un peu plus de distance l'aiderait.

– Pourquoi tu ne m'as rien dit ?

– Je l'ai fait, en tout cas j'ai essayé. Simplement tu ne

m'as pas entendu. Oh, je n'ai sûrement pas été clair, parce que je ne comprenais pas moi-même et je ne comprends toujours pas. Je sais juste qu'être près de toi me rend fou. (Il passa de nouveau les doigts dans sa chevelure.) J'espérais que ça aurait changé à mon retour.

– Ce n'est pas le cas ?

Il secoua la tête.

– Non.

– En as-tu parlé à Holiday ?

Une brise agita ses cheveux mouillés, mais elle apporta l'odeur du soleil, comme si la tempête était passée. Si seulement celle qui était en elle avait fait la même chose.

– Non. Je refuse de…

– Lui demander de l'aide, finit-elle à sa place.

Un rayon de soleil éclatant surgit derrière un nuage bas et la fit ciller.

– Il n'y a pas que ça. Je ne veux pas qu'elle essaie d'entrer dans ma tête pour lire mes émotions. J'ai vu des choses dans l'esprit d'autres personnes qu'elles ne souhaiteraient pas que je voie. Je préfère que ma tête reste privée. C'est un peu comme voir quelqu'un tout nu.

Il eut un demi-sourire.

Elle tâcha de répondre par un autre sourire, mais n'y parvint pas. Premièrement, parce que ça signifiait que son orgueil comptait plus pour lui qu'essayer de résoudre le problème. Et deuxièmement, parce qu'elle ne pouvait pas s'empêcher de se demander combien de ces émotions brutes la concernaient et combien concernaient Ellie.

– Nous sommes surtout amis en ce moment, répondit Derek, qui avait à l'évidence perçu sa jalousie.

Surtout ? Elle se demanda ce que signifiait précisément « surtout ». Le baiser avait dû se produire durant l'un de ces instants où ils n'étaient pas « surtout » amis. Puis elle se rappela celui qu'elle avait partagé avec Lucas, et se sentit coupable d'avoir jugé Derek.

Elle croisa de nouveau son regard.

– Tu n'es pas obligé de t'expliquer.

Il l'observa... et elle comprit qu'il décortiquait ses émotions. Lisait sa jalousie, suivie par le fil de sa culpabilité, puis son sentiment de se montrer injuste envers lui. Et il comprenait probablement ce qui s'était passé.

Il fronça les sourcils et recula d'un pas, comme si se tenir trop près d'elle le faisait souffrir.

– Alors, Lucas et toi... ?

Elle chercha la bonne façon de lui répondre, puis décida de reprendre la sienne :

– Surtout amis.

La douleur étincela dans ses yeux, et elle sut qu'il comprenait parfaitement ce qu'elle voulait dire. Bien qu'elle ne l'ait vraiment pas dit pour le blesser, elle reformula :

– J'essaie encore d'y voir clair, lança-t-elle, espérant amortir le choc, parce qu'elle savait exactement ce qu'il ressentait. À leur insu, ils s'étaient fait exactement la même chose.

Il hocha la tête et croisa son regard.

– Ça me tue.

La douleur dans ses yeux fit écho à ses paroles, et le nœud dans sa poitrine se resserra. Les larmes qu'elle avait juré de ne pas laisser couler lui piquèrent de nouveau les yeux.

– Pareil pour moi. Je devrais y aller.

Elle recula d'un pas.

– Attends, tu n'es pas censée avoir une escorte avec toi ?

Pour une raison quelconque, sa question lui fit penser à l'éclair.

– Della n'est pas loin.

– Et elle écoute.

Il fronça les sourcils.

– Je lui ai demandé de ne pas le faire.

– Bien sûr.

Sa voix était pleine de cynisme.

Kylie recula d'un autre pas, mais la question lui échappa avant qu'elle puisse la retenir.

– Pourquoi as-tu proposé de me protéger si c'est si dur pour toi d'être près de moi ?

Il frotta sa tennis sur le plancher du perron.

– Parce que te garder en vie est plus important que tout le reste. (Il soupira.) Mais peut-être que Burnett a raison, je suis trop proche de tout ça. Qu'on veuille te faire du mal me rend fou. (Il baissa les yeux puis les releva.) De plus… d'autres prétendent ressentir la même chose.

La jalousie résonna dans sa voix.

Elle ne savait pas quoi répondre, alors elle se tut.

– Tu sais parfaitement que Brit, le détective, n'a rien à voir dans tout ça. Je ne comprends pas comment on a pu s'en prendre à lui.

Kylie se souvint que Lucas l'avait accusé de faire partie du problème.

– Je ne lui reproche rien. Je suis désolée qu'il soit blessé. Il va bien, c'est sûr ?

Derek hocha la tête.

– Oui.

– Il se rappelle quelque chose ? demanda-t-elle, dans l'espoir que cela puisse être résolu aussi facilement.

– Non. Et c'est très étrange. C'est presque comme si on

avait effacé sa mémoire. Et il n'y a pas grand monde capable de ça.

– Peut-être est-ce juste une commotion cérébrale…

– C'est ce que le médecin pense et ce que Burnett croit, mais… (Il se passa de nouveau la main dans les cheveux.) Fais attention, Kylie. J'ai entendu parler de ce qui s'est passé – de ce Mario et de son petit-fils. (Il baissa les yeux.) Je suis désolé de ne pas avoir été là pour t'aider.

– Tu devais faire ce que Burnett t'avait demandé, dit-elle, même si elle se voyait encore le supplier de ne pas y aller.

– Je suis sérieux, quand je te conseille de faire attention. Je pense qu'il faut se méfier de tout ce que l'on ne voit pas.

– Du genre ? demanda-t-elle.

Il secoua la tête.

– Je ne peux pas l'expliquer. Je me souviens juste m'être battu avec cet escroc dans le parc naturel cette nuit-là, et il semblait différent. Sinistrement différent.

– J'ai eu la même impression, avoua-t-elle.

– Fais attention.

Il tendit le bras comme pour la toucher, puis le retira.

– Je ferai attention.

Elle le regarda fourrer ses mains dans ses poches. Leurs regards se croisèrent de nouveau, et Kylie se fit violence pour ne pas lui demander de parler à Holiday afin d'essayer de résoudre son problème. Elle décida de s'en aller. Son instinct lui disait que c'était la seule chose à faire.

Alors, pouvait-on lui expliquer pourquoi ça lui faisait aussi mal ?

À la minute où Kylie parvint en lisière des bois, elle se mit à courir… souhaitant effacer la douleur vivace dans sa poitrine. Quelques secondes plus tard, Della était à son côté.

– Ça va ?

Ses pieds avançaient dans un bruit sourd, en rythme avec les pas de Kylie.

– Non, répondit Kylie, et elle passa sous une grosse branche.

– Où allons-nous ? demanda Della lorsque son amie se retourna et partit dans la direction opposée à leur bungalow.

– Je veux courir, déclara-t-elle.

– OK, acquiesça Della en restant près d'elle.

Elles coururent, coururent. Dès que Kylie repéra le portail qui clôturait le terrain de Shadow Falls, elle s'arrêta et s'effondra sur le sol. Entourant de ses bras ses jambes repliées, elle posa son front sur ses genoux. Ses poumons s'emballèrent quand elle les remplit de l'air boisé qui transportait encore l'odeur de la pluie.

Della, même pas essoufflée, s'assit à côté d'elle. Les bruits de la forêt les entouraient : un oiseau s'agitait dans les arbres, une espèce de créature sans nom traînait dans les broussailles pas très loin. Mais surtout Kylie entendait les battements de son propre cœur, bruit sans fin dans ses oreilles.

– Ton cœur bat encore vite, observa Della.

– Je sais.

Kylie gardait la tête baissée.

– Il disait la vérité.

Elle savait que Della parlait de Derek.

– Je sais.

– J'ai essayé de ne pas écouter, mais c'était impossible.

J'ai envisagé de m'éloigner, mais je n'aurais pas fait mon boulot d'escorte.

Kylie leva la tête. Son regard se posa sur le portail et elle se rendit compte de l'endroit où elles se trouvaient. De l'autre côté des barbelés, il y avait les traces de dinosaure. Et la crique où Lucas l'avait embrassée. Elle s'autorisa à y penser, une seconde seulement.

Puis elle regarda de nouveau Della.

– Tu écoutes mes conversations privées, mais toi, tu ne partages pas.

– Partager quoi ? demanda Della, perplexe.

Kylie leva un sourcil.

– Que s'est-il passé quand tu étais chez toi ? Je sais que tu mentais. Miranda aussi.

– Oh, ça…

Elle arracha une longue herbe et l'enroula autour de son doigt.

Kylie croyait que son amie allait répondre, puis…

– Je suis allée voir Lee.

Elle se doutait bien qu'elle n'avait pas cessé de penser à son ex. Mais Della ne l'avait pas avoué.

– Et ?

– Il est pratiquement fiancé à une autre. Ses parents le poussent à officialiser. Ils l'aiment bien.

La douleur dans la voix de Della équivalait à celle qu'éprouvait Kylie à propos de Derek.

Kylie serra les genoux.

– Je suis désolée.

– Ce n'est pas la peine. C'est mieux comme ça. Il n'aurait jamais pu accepter le fait que je sois un vampire.

– Ce n'est pas pour autant que ça ne fait pas mal.

Et ça, Kylie était bien placée pour le savoir.

Della hésita.

– Elle est asiatique à cent pour cent. Pas un micmac comme moi.

– C'est ce qu'il a dit ?

Kylie n'aimait vraiment pas ce type.

– Pas tout à fait, mais il a dit que ses parents l'avaient poussé à sortir avec elle. Et je sais qu'ils ne m'appréciaient pas parce que je suis à moitié blanche.

– Il faut que tu ailles de l'avant.

– C'est déjà fait.

Della jeta l'herbe par terre.

C'était un mensonge, mais Kylie pensait que le rappeler à Della ne servirait à rien. Elle s'allongea et contempla les arbres. L'humidité de la pluie récente trempait ses vêtements, mais elle s'en moquait. Le froid était agréable dans la chaleur du Texas. Un geai bleu voleta d'une branche à l'autre. Les émotions de Kylie en faisaient autant, visiblement.

Elle observa l'oiseau, innocent et sans souci. Della poussa un soupir exagéré, comme si elle pensait encore à Lee.

– Steve t'aime, lui fit remarquer Kylie.

– Non, il ne m'aime pas.

– Si, il t'aime. (Kylie jeta un coup d'œil à son amie.) Je l'ai vu au réfectoire tout à l'heure, il te cherchait. Tu devrais te laisser tenter.

– S'il m'aime, il viendra me le dire.

– Tu ne dois pas forcément lui sauter dessus… Sois sympa, c'est tout. Rends-toi plus abordable.

– Je le suis, rétorqua Della.

À peu près autant qu'un serpent à sonnette, se dit Kylie.

Della arracha une autre herbe puis s'étendit à côté de son amie. Leurs épaules se touchaient presque.

– Ce n'est pas facile.

– Crois-moi, dit Kylie, je le sais.

Elles restèrent allongées sur le sol humide pendant de longues minutes sans parler. La lumière du soleil filtrait entre les arbres, créant des ombres dorées brillantes à travers les bois. Entre les feuilles, Kylie vit le ciel peint en une rangée de nuages orageux, dans une grande variété de couleurs. Sans raison, son esprit dériva de nouveau vers Derek.

– Je n'arrive pas à croire qu'il ait amené Ellie avec lui.

L'idée de voir Derek avec elle lui serra le cœur.

– Oui, ce sera dur. C'est vrai, si je devais voir Lee avec sa copine, je finirais par assassiner quelqu'un.

– Non, tu ne le ferais pas. (Kylie s'assit bien droite, passa ses cheveux sur une épaule et en ôta quelques brindilles.) Tu ferais exactement ce que je vais faire.

– C'est-à-dire ?

Della s'assit.

– Faire comme si ça ne me touchait pas, et espérer plus que tout qu'un beau jour ça ne fasse vraiment plus mal.

– Pas question ! Je préférerais encore tuer quelqu'un. (Della se releva et décolla l'herbe mouillée de son pantalon. Puis elle regarda Kylie.) Ça veut dire que tu vas offrir une vraie chance à Lucas ?

Kylie se leva et se donna quelques tapes sur les fesses pour enlever la plus grosse partie de l'herbe.

– Peut-être. S'il le veut lui aussi.

– Si… ! Tu ne l'as pas entendu se prendre la tête avec Burnett pour être ton escorte ? Il est fou de toi. Je sais que tu as mal à cause de Derek, mais il ne mérite pas que tu angoisses par sa faute. Tu as une chance avec Lucas. Saisis-la.

Kylie hésita à répondre… mais ça sortit tout seul.

– Fredericka a dit quelque chose qui laisse à penser que sa bande n'a pas envie que nous nous fréquentions.

– N'écoute pas cette bêcheuse. Elle racontera n'importe quoi pour s'immiscer entre Lucas et toi.

Kylie hocha la tête. Della avait raison, elle le savait. Ou, du moins, elle l'espérait.

L'oiseau dans l'arbre poussa son cri. Kylie leva les yeux et se demanda si c'était l'appel du mâle ou de la femelle. Les oiseaux vivaient-ils des histoires ? Avaient-ils des chagrins d'amour ? Elle devait reconnaître qu'il avait l'air affreusement seul sur son perchoir. Presque autant qu'elle en bas.

– Faisons un marché, proposa Della. Tu donnes une chance à Lucas et j'en donne une à Steve, d'accord ?

Kylie sourit.

– Tu t'inquiètes à ce point pour moi, ou tu as seulement besoin d'une excuse pour courir après le beau métamorphe ?

– Les deux, peut-être. (Della lui adressa un grand sourire.) Marché conclu ?

Kylie y réfléchit, et elle cessa d'essayer de résister, de résoudre une situation qui semblait insoluble et s'ouvrit à d'autres éventualités.

– D'accord.

Della partit et Kylie avança d'un pas. Puis le froid l'envahit. Elle se retourna et vit l'esprit de Jane Doe se matérialiser dans le rayon de soleil.

La femme croisa son regard.

– *Sais-tu ?*

– Je sais quoi ? demanda Kylie.

Della se retourna.

– Quoi ? (Elle fixa son amie quelques secondes puis

dit :) Oh non, pas encore. (Elle recula.) Je ne flippe pas, je ne flippe pas, pas du tout. Je ne flippe pas.

Kylie leva une main pour la faire taire et regarda fixement le fantôme qui se rapprochait.

– *Sais-tu ce que je suis ?*

Jane parlait à voix basse, comme si elle murmurait à travers les arbres. Le geai bleu gazouillait très fort.

– Non. Je ne sais pas.

L'oiseau babilla bizarrement, et tomba de l'arbre, sur le sol, aux pieds de Jane.

chapitre 8

– Qu'est-ce que c'était ? demanda Della.

Kylie regarda fixement le geai. Il ne bougeait pas. Restait silencieux. Était-il… ? Son cœur se serra.

– C'est quoi, ce bazar ? Il pleut des oiseaux morts ! Maintenant je flippe pour de bon. On peut y aller, s'il te plaît ?

L'esprit laissa aller son regard du geai bleu à Kylie.

– *Il est mort ?* (Elle s'agenouilla et le regarda fixement. Quand elle leva la tête, elle avait les larmes aux yeux.) *Il est mort. Comme moi. Les anges de la mort nous ont prévenus. L'un vit, l'autre trépasse.*

– Personne ne va mourir.

Kylie ramassa l'oiseau. Sa tête tomba sur le côté. Elle le revit si plein de vie un instant plus tôt. Que s'était-il passé ? Elle reposa les yeux sur lui.

– L'as-tu tué ?

– Non, répondit Della. Attends, ce n'est pas à moi que tu parles, n'est-ce pas ? Est-ce un ange de la mort ou juste un fantôme ?

– *Non.* (Jane regarda autour d'elle, comme si elle avait

aussi peur que Della. Elle se rapprocha.) *Les autres l'ont fait. Ils ne sont pas gentils.*

Kylie frissonna à cause du froid spectral.

– *Quels autres ?*

– *Chuuut !* (L'esprit porta un doigt à ses lèvres.) *Ils arrivent.*

Elle disparut.

Della s'écarta et continua à regarder son amie fixement. Kylie mit ses mains en coupe autour du geai bleu. Elle avait guéri Sara. Était-il possible qu'elle… ?

Elle ferma les yeux et s'efforça d'avoir des pensées de guérisseuse.

Le geai trembla. Kylie ouvrit les mains et les ailes de l'oiseau se déployèrent. Ses plumes, blanc et bleu roi vif, reflétèrent un rayon de soleil et étincelèrent dans la lumière, puis l'oiseau se remit sur pattes et s'envola. Kylie le regarda disparaître entre les cimes des arbres, en proie à des sentiments ambivalents. D'un côté, elle avait rendu la vie à quelque chose et c'était cool. Et de l'autre… eh bien, c'était trop flippant.

– As-tu fait ce que je pense ? demanda Della. As-tu ressuscité cet oiseau ?

Kylie leva les yeux.

– Je n'en suis pas sûre.

D'un seul coup, le silence emplit la forêt. Les paroles de l'esprit résonnèrent dans la tête de Kylie. *Ils arrivent.*

L'absence de bruit semblait de sinistre présage.

Elle regarda Della.

– Peux-tu sentir quelqu'un par ici ?

Della renifla.

– Non, mais c'est bien trop silencieux.

– On devrait y aller… chuchota Kylie.

– Inutile de me le dire deux fois.

Della détala.

Kylie se trouvait juste derrière elle, espérant distancer le silence, la sensation de danger, et une autre prise de conscience surprenante à propos de ses pouvoirs.

– Tu es sûre qu'il était mort ? demanda Holiday.

– Je n'ai pas écouté les battements de son cœur. (Kylie faisait les cent pas dans le petit bureau.) Mais les oiseaux ont-il l'habitude de tomber des arbres, inconscients ?

Holiday réprima un sourire.

– Je ne pense pas.

Pour une raison quelconque, cette nouvelle n'avait pas l'air de surprendre la directrice autant que Kylie. Celle-ci, toujours essoufflée à cause de sa course, était venue directement retrouver Holiday. Della, qui prenait son job d'escorte au sérieux, attendait à l'extérieur.

– Le fantôme était là. Tu crois que c'est sa présence qui a provoqué ça ? Peut-être que je n'y étais pour rien. Le geai bleu a ressuscité quand elle est partie. Si ça se trouve, c'était seulement elle.

– Peut-être… Mais je n'ai jamais entendu parler de la présence d'un fantôme qui tuait la faune et la flore, même temporairement. Peut-être que l'oiseau était simplement assommé. Peut-être que tout cela est un indice…

– De quoi ? demanda Kylie, frustrée.

– De son identité, probablement.

Kylie s'arrêta devant le bureau.

– Comment un oiseau mourant pourrait-il me dire qui elle est ?

– Parfois les esprits ont des façons vraiment absurdes de communiquer.

Kylie fit rouler quelques informations dans son esprit déjà confus, puis se souvint.

– Jane Doe n'a pas de configuration cérébrale. Rien. Elle est vide.

– Vide ?

Cette fois, Holiday eut l'air vraiment perplexe.

– Oui. Je n'ai pas arrêté d'essayer de me reconcentrer, pensant que je ne la voyais pas bien. Parce que je croyais que nous avions tous des configurations cérébrales. Comme des empreintes.

Kylie s'affala dans la chaise en face de la directrice.

– Je n'en ai jamais vu de vide, mais…

– À mon avis, c'est une surnaturelle, déclara Kylie en se mordant la lèvre.

– Qu'est-ce qui te fait penser ça ?

– Elle connaissait les anges de la mort.

Holiday sembla y réfléchir.

– Elle t'a sûrement entendu en parler.

– Sans doute. Mais… elle a vraiment peur de quelque chose.

– La mort peut être effrayante quand on n'y est pas préparé.

– Il n'y a pas que ça, je crois.

– Quoi alors ?

– Je ne sais pas encore. Mais il y a… quelque chose.

– Attends ! (Holiday posa une main sur son bureau.) Tu ne m'avais pas dit qu'elle avait subi une sorte d'opération cérébrale ?

– Si. (Kylie se toucha la tempe.) Elle a des points de suture et le crâne rasé.

– C'est sûrement une tumeur. Je n'ai jamais vu personne qui en ait une, mais il paraît que les tumeurs peuvent provoquer des choses étranges dans notre configuration cérébrale.

– Mais est-ce qu'une tumeur peut la faire disparaître ? demanda Kylie. Et pourquoi Jane a flippé comme une malade quand je lui ai demandé ce qu'elle était ? Je crois vraiment que c'est une surnaturelle…

– Je ne dis pas qu'elle n'est pas comme nous… Mais nous nous attardons rarement dans les parages longtemps après notre mort. Pendant toutes ces années où j'ai eu affaire à des fantômes, je n'ai vu que trois surnaturels.

– Mon père est resté dans les parages…

– Mais il avait une très bonne raison de le faire : garder un œil sur toi.

Kylie replia sa jambe sur sa chaise et enserra son mollet. Son esprit passa à toute allure de Jane à son père, puis de nouveau à Jane.

– Je ne sais pas… Elle a quelque chose de… différent. Souviens-toi, elle m'a dit qu'elle avait reçu des messages.

– Ce n'est pas inhabituel. Je reçois souvent des esprits qui me disent quelque chose pour quelqu'un d'autre.

Holiday fit tourner un stylo entre ses mains.

– Mais des anges de la mort ? demanda Kylie.

– Non, mais comme je l'ai expliqué, elle aurait pu t'entendre parler d'eux et tout confondre, simplement. A-t-elle de nouveau évoqué le message ?

– Oui, chaque fois, comme si c'était important. (Kylie fronça les sourcils.) Elle n'arrête pas de dire « L'un vit, l'autre trépasse ». Et je n'aime pas le « trépasse ».

Elle serra sa jambe plus fort.

– Moi non plus, répondit Holiday. Mais, comme tu l'as appris, les fantômes ne sont pas les meilleurs communicants.

Alors, ne panique pas. Continue simplement à poser des questions et à chercher des indices.

– Est-il possible qu'elle soit là uniquement pour me transmettre ce message ?

– Peu probable. Elle est sûrement là pour autre chose.

Kylie fronça les sourcils.

– Comment faire pour l'aider si elle ne se souvient même pas de qui elle est ?

Holiday laissa reposer son menton dans la paume de sa main.

– Ça risque d'être difficile.

– Comme si ce que j'avais vécu jusque-là avait été facile… J'aimerais vérifier une chose.

– Quoi donc ?

– Le cimetière de Fallen. Je sais, tu as dit qu'elle aurait pu venir de n'importe où, mais je continue à trouver étrange qu'elle ait décidé de surgir dans la voiture de ma mère à cet endroit.

Holiday fronça les sourcils.

– Je ne vais pas t'interdire d'y aller, mais les cimetières ne sont pas les meilleurs endroits pour qui sait communiquer avec les fantômes. Tu dois maintenant être capable d'en voir plus d'un, et il y en a plein qui traînent autour des cimetières depuis longtemps.

Kylie se souvint.

– Aux funérailles de Nana, j'ai eu une terrible migraine.

– C'étaient sûrement eux qui essayaient de communiquer avec toi. Et c'était avant que tu puisses les voir. Parfois, ils viennent tous te voir d'un seul coup, et ça devient… difficile.

– Mais si c'est la seule piste que j'aie, je dois tenter le coup, non ?

– Tu n'es pas obligée, souligna Holiday. Au début, je n'aurais jamais refusé d'aider un esprit. Mais j'ai appris que parfois tu dois dire non pour ta propre santé mentale.

– Mais ils continueront à revenir.

Holiday inclina légèrement la tête.

– Tu ne te souviens pas quand nous nous demandions comment les isoler ?

Kylie fronça les sourcils.

– Je me souviens, mais je n'ai pas très bien maîtrisé ça.

– Nous pourrions récapituler, mais… (Holiday consulta sa montre) j'ai un rendez-vous.

– Je tiens à l'aider. Elle a quelque chose de spécial.

Kylie n'était pas amnésique, mais elle ne connaissait pas tant de choses dans sa vie, des choses qu'elle voulait connaître.

Holiday acquiesça.

– Je comprends. Et je soutiendrai tout ce que tu estimeras légitime. Mais veille à m'en parler avant d'y aller, et… comme Burnett l'a dit plus tôt, tu n'iras nulle part sans escorte.

– Cette histoire d'escorte ne m'emballe pas vraiment.

– Jusqu'à ce que nous voyions comment la situation évolue.

Kylie se mordit la lèvre en se souvenant des autres sujets dont elle devait discuter avec Holiday. Tout ce processus de guérison, et cette histoire de protectrice. Sans parler des questions qui la taraudaient, à propos de son effet surpuissant soudain sur les émotions de Derek.

Et il y avait… elle ne se débarrasserait jamais des escortes si elle avouait ses autres soucis. Mais ne pas en parler était stupide. Et Kylie n'était pas stupide.

– Nos caméras de surveillance sont-elles réglées pour les… métamorphes ?

Holiday se pencha.

– Je pense que oui, pourquoi ?

– Ce n'est probablement rien, mais il s'est passé deux trois trucs. Si ça se trouve, ça n'a aucune importance, mais je ne crois pas.

Holiday cessa de faire tourner le stylo entre ses mains.

– Quel genre de trucs ?

– Quand je suis partie pour regagner le bungalow, j'ai rencontré un serpent à sonnette. Mais je ne l'avais pas vu, jusqu'à ce qu'un aigle me tombe dessus en piqué et le ramasse d'un seul coup. C'était flippant.

– T'a-t-il poursuivie ?

L'inquiétude obscurcit ses yeux verts.

– Non, il n'en a pas eu l'occasion. Mais tout ça était étrange.

– Dans quel sens ?

– L'aigle s'est carrément laissé tomber sur moi.

Kylie eut soudain l'impression d'exagérer.

Holiday ajouta :

– Les serpents à sonnette sont très répandus à cette époque de l'année. Et j'avoue que voir un rapace descendre en piqué peut être…

Kylie lui coupa la parole.

– Quand je suis partie en courant dans les bois, un gros cerf a déboulé en plein milieu de mon chemin. Je me suis arrêtée, et une demi-seconde plus tard la foudre a frappé juste à côté du cerf. S'il ne m'avait pas retardée, elle aurait pu me toucher.

Holiday fronça les sourcils.

– Ça ne me dit rien qui vaille.

– Le cerf et l'aigle… ils m'ont… fixée comme s'ils essayaient de me dire quelque chose.

Le front de Holiday se plissa.

– Tu crois que tu peux communiquer avec les animaux ?

– Non, je ne crois pas… Ils avaient l'air méchant.

Holiday inclina la tête sur le côté.

– Le cerf et l'aigle avaient l'air méchant ? (Comme Kylie acquiesçait, Holiday sembla encore plus perplexe et inquiète.) Que ces deux événements étranges se soient produits… cela ne peut pas être un accident. Mais, si je te comprends bien, l'aigle et le cerf t'ont tous les deux empêchée d'être blessée. Comment alors auraient-ils pu avoir l'air méchant ? Ils te protégeaient, non ?

Kylie ramena une mèche de cheveux par-dessus son épaule et la tressa.

– Je sais, ce n'est pas logique, mais c'est l'impression que j'ai eue.

Holiday posa le stylo sur la table et attrapa son téléphone.

– Nous ferions mieux d'informer Burnett… Attends. (Elle raccrocha.) Burnett est parti en réunion à l'URF, je ne veux pas le déranger pour l'instant, mais je lui en parlerai dès son retour.

Kylie entendit la porte du bungalow s'ouvrir.

Holiday consulta sa montre et fronça les sourcils.

– J'ai un autre rendez-vous, mais nous devons en rediscuter. Peux-tu attendre que j'aie terminé pour que nous puissions continuer ?

– Je peux revenir plus tard, suggéra Kylie qui ne tenait pas vraiment à traîner au bureau. (Elle aurait eu l'impression d'être une enfant qu'on envoyait chez le principal.) Au fait, Burnett a toujours besoin des photos de mon père ? J'aimerais bien les récupérer.

– Il va les faire examiner pour voir s'il s'agit de copies ou d'originaux. Ça ne devrait pas prendre plus de quelques jours.

– Salut ! fit une voix inconnue dans le dos de Kylie. Je suis désolée. Je ne savais pas que tu avais quelqu'un. Je peux attendre dans le…

– C'est bon ! lança Holiday.

Le cœur de Kylie fit une petite cabriole quand elle reconnut la brune collée à Derek sur la photo du téléphone de Della.

– Kylie, dit Holiday, voici Ellie Mason. Elle va entrer à Shadow Falls.

C'est l'heure de vérité, pensa Kylie. *Je dois faire comme si je n'avais pas mal.* Elle se força à sourire.

– Salut !

– Es-tu Kylie Galen ?

Kylie acquiesça, ne sachant pas trop à quoi s'attendre.

– Derek m'a parlé de toi. (Elle sourit, puis fronça les sourcils pour vérifier la configuration cérébrale de Kylie.) Waouh ! ça alors, tu as une drôle de configuration !

Elle fit une grimace, comme si elle était embarrassée.

– Oui, acquiesça Kylie, tout le monde me le dit.

Son sourire forcé s'évanouit.

– Je suis désolée, dit Ellie. Je ne voulais pas être grossière. Derek ne raconte que des choses super à ton sujet.

– Ne crois pas tout ce qu'il raconte.

Kylie tâcha d'adoucir le ton de sa voix, parce qu'elle se sentait garce de ne pas l'aimer. Mais comment aurait-elle pu l'apprécier, alors qu'elle avait une seule idée en tête : Ellie était très probablement l'une des quatre filles avec lesquelles Derek avait couché… Puis elle se demanda s'ils n'avaient partagé qu'un baiser en Pennsylvanie.

– Je crois toujours Derek. Surtout quand il me parle des gens.

Ellie avança d'un pas.

Kylie détestait le reconnaître, mais la jeune fille était jolie. Yeux bleus, épais cheveux bruns, et fossettes.

Le sourire sincère d'Ellie s'élargit.

– Derek n'a pas l'habitude d'exagérer. Et en tant que demi-Fae, c'est un fin psychologue. S'il aime quelqu'un, alors cette personne le mérite.

Kylie aurait bien voulu ne pas être d'accord. Pas tant parce qu'elle ne tenait pas à ce qu'on la considère comme méritante. Mais parce que, à l'évidence, Derek aimait suffisamment Ellie pour la ramener ici.

Le sentiment d'être une garce frappa de nouveau Kylie, qui s'efforça de le repousser.

– J'ai dû le surprendre un mauvais jour. (Elle s'attacha à mettre un grain de taquinerie dans sa voix, et se leva.) Je dois y aller.

– Kylie, et si je passais te voir dans une demi-heure ? proposa Holiday, l'inquiétude rendant son ton plus grave.

La jeune fille accepta.

– Et fais attention.

– Oui, lui assura-t-elle. (Elle s'arrêta en s'approchant d'Ellie.) Bienvenue à Shadow Falls…

Elle essaya d'être sincère.

– Merci, répondit Ellie.

– Est-ce que mon ouïe de vampire déconne ? As-tu vraiment dit « Bienvenue à Shadow Falls » ? demanda Della d'un ton sarcastique quand Kylie sortit. Moi, à ta place, je l'aurais giflée !

– Non, tu ne l'aurais pas fait.

Kylie constata que l'orage s'était calmé.

– Peut-être, mais j'aurais bien voulu, avoua Della.

L'inquiétude obscurcit les yeux du vampire.

– Et tu crois que moi, non ? (Les incertitudes pleuvaient sur Kylie.) Elle est jolie, non ?

– Non, répondit Della, mais elle mentait et son amie le savait.

Ellie était mignonne et sympa, et elle avait sûrement couché avec Derek.

Le cœur de Kylie se serra de jalousie malgré elle, et son esprit créa une image d'Ellie et Derek ensemble. Qui s'embrassaient… qui…

Kylie se dirigea vers son bungalow, en marchant vite. Della resta près d'elle. Mais elle avait dû percevoir l'humeur de son amie, parce qu'elle ne prononça plus un mot.

Kylie rentra chez elle sans rien dire, mais arrivée sur le perron, elle affronta Della.

– Tu crois qu'ils ont couché ensemble ?

– Je…

Della fit une drôle de grimace.

– Je sais que ça devrait m'être égal. Mais j'imagine que non. Et tant pis, mais pourquoi faut-il qu'on ramène tout au sexe ? Je commence à détester ça, je n'ai pourtant jamais fait l'amour. Des images apparaissent dans ma tête. C'est comme un film porno et je n'arrête pas de les voir…

Della colla sa main sur la bouche de Kylie et posa les yeux sur un point au-dessus de l'épaule de son amie.

Celle-ci enleva sa main de ses lèvres.

– Y a-t-il quelqu'un derrière moi ?

Elle pria pour que la réponse fût négative.

Le sourire malicieux de Della lui indiqua que sa prière n'avait pas été entendue.

Ravalant une grosse boule de gêne, Kylie tâcha d'imaginer la pire personne qui puisse se trouver derrière elle. Ellie ? Derek ? Non. Elle croisa de nouveau le regard de Della et articula silencieusement « Lucas ».

Je vous en prie, je vous en prie. Faites que ce ne soit pas Lucas.

Della hocha la tête. Kylie réprima un gémissement. Pas tout à fait prête à l'affronter, elle fixa les bois au loin. À travers un dédale d'arbres, elle vit le soleil s'enfoncer à l'horizon. Si seulement elle pouvait le suivre et disparaître !

– Tu peux nous laisser une minute ?

La voix de Lucas surgit juste derrière elle.

Sachant la rencontre inévitable, Kylie se retourna. Son visage la brûla quand elle se souvint de ses propos au sujet du film porno, et de toute sa conversation. Super !

– Peux pas, répondit Della. Je suis son escorte.

– Je prends le relais, dit-il, presque en grognant.

– C'est bon, dit Kylie à Della.

Celle-ci fronça les sourcils.

– S'il lui arrivait quelque chose pendant mon tour de garde, je jure que je ne te lâcherais pas.

– Il ne se passera rien.

Les yeux bleus de Lucas s'obscurcirent et, sur les bords, Kylie décela des mouchetures orange foncé, l'équivalent de la colère.

Elle ne put s'empêcher de se demander si cette colère était dirigée contre Della ou…

– Très bien.

Della entra dans le bungalow comme un ouragan et elle claqua la porte si fort que le perron trembla.

Kylie croisa le regard de Lucas. Il semblait encore à moitié énervé.

– Allons nous promener, proposa-t-il.

Kylie se souvint qu'il s'était raidi lorsqu'elle avait pris la défense de Derek. Était-il en colère contre elle aussi ? L'idée de le blesser alors qu'il avait risqué sa vie pour la sauver lui fit mal au ventre. Il ne méritait pas ça. Mais Derek ne méritait pas non plus qu'on lui en veuille pour avoir essayé de l'aider.

Il s'éloigna du perron et regarda derrière lui.

Ses yeux étaient d'un orange plus vif. Kylie se souvint d'un temps où elle aurait été morte de peur en voyant un loup-garou furieux. Elle se rappela l'époque où elle croyait que les loups-garous, en colère ou non, n'existaient pas.

– Tu viens ? demanda Lucas.

chapitre 9

Elle aurait pu dire non, mais ne le souhaitait pas. Le soleil était bas, pourtant sa lumière collait au ciel. Mais quand ils entrèrent dans le bois et furent sous la protection des arbres, les dernières lueurs du jour s'obscurcirent en crépuscule. Ils avancèrent en silence.

Kylie se souvint de l'oiseau mort et de l'annonce du fantôme. La peur effleura son cou. Presque comme si elle pouvait sentir le souffle chaud de quelque chose de mauvais dans sa nuque, elle leva la main et tenta de chasser cette sensation. Tout semblait s'obscurcir.

Elle entendit un frémissement, regarda sur sa gauche. Et elle se cogna au dos de Lucas, n'ayant pas vu qu'il s'était arrêté. Il se retourna et elle le vit relever le visage, comme pour humer l'air.

– Tu as peur de moi ? demanda-t-il.

Même dans l'obscurité, elle lut la colère sur ses traits.

– Non. D'autres choses.

Elle ne savait pas comment les nommer.

– Peur que Derek apprenne que tu es partie avec moi ?

Son ton était accusateur.

– Non.

Il se retourna et se remit en route. Elle cala son pas sur le sien. Il s'arrêta brusquement et lui fit face.

– J'ai dit que je serais patient et je le serai, mais je refuse qu'on se fiche de moi.

– Je ne me suis pas moquée de toi.

– Tu as défendu Derek.

– J'ai simplement énoncé les faits. Tu as eu tort de l'accuser.

Sa gorge se serra de nouveau. Elle avait lutté contre ses larmes toute la journée, et cette fois, lorsqu'elles remontèrent, elle se retrouva impuissante.

Elle se détourna, espérant les endiguer avant qu'il ne les voie. Mais quand elle leva la main pour essuyer la première, il la lui prit. Qu'il ait pu se planter devant elle sans faire un seul bruit était déconcertant.

Il laissa échapper un profond soupir.

– Je ne voulais pas te bouleverser, c'est juste que…

Elle voulut lui dire que ce n'était pas lui qui la faisait pleurer, mais l'inquiétude dans son ton avait fait doubler de volume le nœud dans sa gorge. Puis, sans prévenir, elle se retrouva contre lui, ses larmes et ses sanglots presque silencieux absorbés par son T-shirt bleu clair et son torse extra chaud.

Elle sentit ses bras autour d'elle et sa joue se poser sur sa tête. Elle se sentait en sécurité. Et autre chose. Elle se sentait aimée. Sa façon de la tenir dans ses bras, dont chaque parcelle de sa peau l'étreignait – elle voulait rester ainsi. Savourer.

– Je suis désolée, marmonna-t-elle, son visage toujours enfoui contre lui. Je ne devrais pas baver sur ton T-shirt.

– C'est fini ?

Ses paroles chatouillèrent le sommet de son crâne.

– Qu'est-ce qui est fini ? Ma crise de larmes ?

Elle n'était pas prête à abandonner le mur de muscles, ni ses bras autour d'elle. Ni à ce qu'il la voie toute rouge.

– Non. Derek et toi.

Son ton devint plus grave et elle sentit qu'il lui était pénible de poser la question.

– Oui.

Elle hocha la tête, toujours contre lui.

Ses bras se resserrèrent autour d'elle. Elle faillit soupirer d'aise tant c'était agréable.

– Alors, tu es la bienvenue pour salir mon T-shirt, dit-il, et la colère sous-jacente disparut. Je n'ai pas beaucoup de règles, mais celle-ci en fait partie. Seules les filles libres peuvent baver sur mon T-shirt.

Kylie gloussa.

– Est-ce un sourire que je sens ?

Ses paroles firent s'agiter ses cheveux.

– Un sourire baveux.

Elle remonta sa main entre leurs corps pour s'essuyer le visage avant de lever les yeux.

– Je parie qu'il est tout de même magnifique.

Il recula légèrement et, dans la lumière boisée obscure, elle sentit son regard sur elle.

– Tu pourrais bien perdre le pari.

Elle voulait se cacher le visage, mais elle se sentait idiote.

– Tu as raison, j'aurais perdu. (Il rit.) Pleurer ne te réussit pas.

Elle donna de petits coups sur son torse musclé. Il rit de nouveau.

– Viens…

Il prit sa main dans la sienne et se remit en route,

s'enfonçant dans les bois. Avec les bruits de la nuit autour d'eux, elle resta à l'affût et attendit que le silence se fît – attendit que quelque chose de mauvais apparût brusquement.

Elle tira légèrement sur sa main.

– Faisons demi-tour.

Il se retourna et la regarda.

– De quoi as-tu peur ?

– Si nous sortons des bois, je te le dirai.

Elle tâcha de prendre à la légère la terreur qui lui rongeait le ventre.

Il fronça les sourcils.

– Je ne laisserais rien te faire du mal.

– Je sais, mais je me sentirais mieux si nous partions dans l'autre sens.

Elle indiqua la direction de la clairière d'un signe de tête.

– Très bien. (Il repartit dans la direction opposée.) Mais parlons… De quoi as-tu peur ? Est-ce toujours le vieux couple ?

– Non.

Si seulement elle pouvait voir la clairière devant elle, mais la nuit semblait l'envelopper.

Brusquement, quelque chose de sombre tomba d'un arbre dans un bruissement. Elle recula en titubant et entraîna Lucas avec elle. Son cœur fit un saut dans sa poitrine. Elle serra sa main dans la sienne et, de toutes ses forces, partit en courant. Il courut avec elle, deux personnes qui avançaient dans un seul mouvement, solide et fluide, leurs mains s'étreignant fermement.

Quand ils furent arrivés dans la clairière, Kylie s'arrêta, se pencha et inspira avidement.

Enfin, elle se redressa et le regarda. Sous le fourré d'arbres, la nuit n'était pas tout à fait tombée, alors elle parvenait à distinguer ses traits.

Il la contemplait. Il ne haletait pas, ne se tenait pas non plus l'estomac comme elle. Zut alors ! Il n'avait même pas l'air essoufflé.

La curiosité emplit ses yeux.

– C'était juste un aigle.

– Vraiment ?

Elle leva la tête vers le ciel, seulement orné de quelques couleurs restant du coucher du soleil, et pria pour que l'oiseau ne les ait pas suivis. Heureusement, seules les premières étoiles de la nuit scintillèrent en guise de réponse. Pas d'aigle. Du moins, elle ne le voyait pas.

– Est-ce qu'il nous a suivis ? demanda-t-elle, se souvenant que Lucas avait une meilleure vue qu'elle.

– Non. (Il la regarda attentivement.) Il s'est passé quelque chose, n'est-ce pas ?

– Oui. Peut-être. Des trucs bizarres.

Elle se rendit compte qu'elle lui tenait encore la main et que sa paume était agréable sur la sienne. Elle la réchauffait, comme une tasse de chocolat chaud, un sentiment réconfortant. Si son contact ne détenait pas la magie du demi-Fae pour calmer sa peur, il l'apaisait bien.

– Viens !

Il repartit en courant. Vite. Puis plus vite.

Chaque fois qu'elle se donnait à fond pour aller aussi vite que lui, il accélérait. Il lui jeta un coup d'œil comme pour s'assurer qu'elle ne faisait pas trop d'efforts. Elle avait le sentiment qu'il la testait, qu'il voulait voir jusqu'où elle pouvait aller.

– Où allons-nous ? demanda-t-elle, presque incapable de parler.

– Jusqu'à la crique.

Sa voix était calme.

Il ne cessait d'avancer de plus en plus vite. Dans le but de l'impressionner et oubliant l'aigle, elle se donna à fond dans leur course. Enfin, il s'arrêta. Non préparée à cette pause, Kylie continua. Elle sentit qu'il tirait sur son bras d'un coup sec, et soudain il lui enserra la taille.

Déséquilibrée, elle lui tomba dessus, et tous deux chancelèrent. Sans se faire mal, en tout cas pour elle, car elle atterrit sur lui.

– Ça va ?

Le cœur battant la chamade, la poitrine montant et redescendant au rythme précipité de sa respiration haletante, elle prit conscience de la familiarité avec laquelle son corps reposait contre le sien.

Il rit.

– Si ça va ? C'est toi qui n'arrives pas à respirer.

Il la prit dans ses bras. Ses mains se posèrent sur le bas de son dos.

– J'arrive… à respirer…

Elle rit et elle se rendit compte qu'elle aimait être avec lui. Qu'elle aimait être si près de lui. Peut-être trop.

Elle sentit chaque parcelle de son corps sous le sien. Et cela lui coupa encore plus le souffle. Elle roula par terre. La terre et l'herbe sous son dos étaient fraîches, surtout après la chaleur qu'il dégageait. Les bruits de la nuit, des criquets et quelques oiseaux chantaient autour d'eux. Elle regarda à travers un rideau de cheveux le ciel bleu nuit et se concentra sur une étoile qui brillait en tremblotant dans les cieux.

– Je suis impressionné. Je ne savais pas que tu pouvais courir comme ça.

Il roula sur le côté, se mit en appui sur un coude et dégagea ses cheveux de son visage.

– Si.

Un seul mot, c'était tout ce qu'elle pouvait prononcer. Elle cilla et fixa sa figure. Même dans la nuit, elle pouvait voir et apprécier les angles et les lignes de ses traits. Il était si masculin. L'avait toujours été, même quand il avait sept ans. Mais là, avec une légère barbe, il était vraiment sublime.

La tentation de lui toucher la joue, de passer le bout de ses doigts sur sa barbe naissante, lui traversa l'esprit.

Elle inspira, les poumons toujours en manque d'oxygène. D'un seul coup, le bruit de l'eau qui gouttait à proximité emplit ses sens.

– Sommes-nous… ?

Elle leva la tête et vit qu'ils étaient arrivés à la crique où elle avait amené sa mère, le jour où elle l'avait interrogée sur Daniel.

La tristesse chuchota en elle à l'idée qu'elle ne reverrait peut-être plus jamais son père. Elle la repoussa, s'efforçant de ne pas laisser la joie de cet instant se dissiper.

– On a fait vite, observa-t-elle quand elle se rendit compte jusqu'où ils avaient couru.

– Depuis combien de temps sais-tu que tu cours comme ça ? demanda-t-il.

– Seulement depuis que je suis arrivée ici. Mais je vais de plus en plus vite.

Il lui attrapa une mèche épaisse et la regarda glisser de sa paume. Son visage ne se trouvait qu'à quelques centimètres du sien. Elle le vit froncer les sourcils quand il vérifia sa configuration.

– C'est toujours un mystère, déclara-t-elle.

Il croisa son regard.

– Tu ne te doutes même pas de ce que tu es ?

Elle se rembrunit.

– Si seulement !

Il arracha une longue herbe et la fit tournoyer entre ses doigts. Puis il regarda par-dessus son épaule la lune à moitié pleine seulement.

– Quand j'étais petit et que j'habitais juste à côté de chez toi, lorsque je me transformais, j'enjambais le portail de ton jardin et je t'observais par la vitre de ta chambre, attendant et espérant que je te verrais te transformer.

– Tu m'as espionnée par ma fenêtre ?

Il sourit.

– Ce n'est pas comme si tu étais nue ni rien. Tu portais surtout cette chemise de nuit… la Petite Sirène. (Un rire se déversa de sa gorge.) Tu avais l'air d'un ange. Parfois, je restais là la moitié de la nuit à me dire que tu te métamorphoserais peut-être.

Elle le regarda au fond des yeux.

– As-tu cru que j'étais un loup-garou ?

– Je l'espérais.

Il toucha le bout de son nez avec l'herbe. Puis il la fit glisser sur ses lèvres. Cela la chatouilla, la titilla même.

Il continuait à la fixer, comme s'il se souvenait.

– Je voulais galoper dans les bois avec toi. Te montrer comme je pouvais aller vite. T'emmener à mon point d'eau préféré, afin que nous puissions nous poursuivre au printemps et jouer au clair de lune.

– Espères-tu encore que je sois un loup-garou ?

Il hésita.

– Oui. Je ne devrais probablement pas te le dire, mais, oui, je le souhaite. Cela faciliterait tellement les choses.

– Quoi, par exemple ?

Elle songea aux propos de Fredericka.

– Tout. (Il remit l'herbe entre ses lèvres.) Je ne serais pas obligé de m'éloigner de toi lorsque je me transforme. Nous pourrions chasser ensemble. Tu serais avec moi quand je dirige la bande.

La perspective de chasser ou de tuer des animaux sauvages ne l'emballait pas plus que ça. Même le fait de faire partie du groupe de loups-garous auquel appartenait Fredericka ne lui paraissait pas très sexy, mais elle tâcha de ne rien laisser paraître.

– Nous formerions une super équipe.

– Et si je n'étais pas un loup-garou ?

Il sourit, mais pendant une seconde elle crut lire la déception dans son regard.

– Nous formons déjà une super équipe.

– Est-ce que tout le monde pense la même chose ? demanda-t-elle sans vouloir prononcer le nom de Fredericka.

– Comment ça ?

– Les deux dernières fois où nous étions ensemble, quelqu'un de ta bande est venu te chercher, comme s'ils refusaient que tu sois avec moi.

– Ce n'est rien.

– Tu en es sûr ?

Il lui chatouilla la joue avec le brin d'herbe.

– Fais-moi confiance.

– Je te fais confiance.

– Tu ne m'as pas dit ce qui te faisait peur.

Elle se mordit la lèvre. Il lui picota la bouche avec l'herbe.

– Vas-y !

Elle lui parla de l'aigle et du serpent, puis de l'immense cerf et de l'éclair.

Il fronça les sourcils.

– Crois-tu que c'est Derek qui fait cela ? Il communique avec les animaux.

– Non, il ne ferait jamais ce genre de choses.

– Tu dis ça comme si tu lui faisais confiance.

Le ton de Lucas devint plus grave.

– Je lui fais confiance. S'il te plaît, ne comprends pas tout de travers. C'est terminé entre nous, mais je sais qu'il n'essaierait jamais de me faire du mal ni de m'effrayer. Il se soucie de moi.

– Et toi de lui ?

Ses yeux bleus devinrent presque orange.

– Oui. Mais c'est tout de même fini.

Elle devina que s'il n'aimait pas l'entendre dire cela, il semblait comprendre. Pendant une seconde, elle se demanda combien de temps il lui faudrait pour qu'elle puisse le comprendre elle-même.

Il regarda de nouveau la lune.

– Si ce n'est pas lui, alors qui ?

– Holiday et Burnett croient que Mario et Red sont derrière tout ça. Et qu'ils ont envoyé les imposteurs qui se sont fait passer pour mes grands-parents. Mais après, Della a dit que c'étaient des vampires, pas des métamorphes, et qu'ils ne pouvaient pas le faire tout seuls.

– Peut-être que Mario a un métamorphe qui bosse pour lui. Bien qu'il soit rare que deux espèces travaillent ensemble de cette manière. (Il repoussa une mèche de cheveux derrière son oreille.) Je ne laisserai pas cet abruti poser de nouveau un seul doigt sur toi.

Elle savait qu'il ne pouvait pas vraiment tenir cette promesse, mais elle aimait l'entendre.

Puis, parce que ça lui faisait du bien d'en parler, elle évoqua le fantôme et l'oiseau qui était tombé de l'arbre.

Il eut l'air inquiet.

– Tu crois que c'est un ange de la mort ?

Il était visiblement plus perturbé par le fantôme que par le fait que Kylie avait ramené un oiseau mort à la vie.

– Non, je crois que c'est une surnaturelle.

– Tu as vérifié sa configuration ?

– C'est une partie du problème. Elle n'en a pas.

– Tout le monde en a une, assura-t-il.

– Mais pas elle. Avant de disparaître, elle m'a assuré que les autres arrivaient.

– Quels autres ? D'autres fantômes ?

Lucas regarda autour de lui.

– Je ne crois pas. On aurait dit qu'elle parlait de personnes mauvaises.

– Et les fantômes ne sont pas malveillants ? demanda-t-il, incrédule.

– Pas vraiment. En tout cas, aucun de tous ceux que j'ai rencontrés.

Il secoua la tête.

– Je me vois mal avoir affaire à eux.

Elle hésita avant de répondre.

– C'était dur au début. C'est toujours flippant, mais de moins en moins difficile. (Elle croisa son regard.) De plus, je m'imagine mal me transformer en loup-garou.

Il sourit.

– C'est du gâteau. J'espère que tu arriveras à comprendre ça toute seule...

Il souhaitait vraiment qu'elle soit un loup-garou. Sans vouloir le vexer, elle n'était pas sûre de partager son espoir.

– Il paraît que tu as eu des sautes d'humeur le mois dernier. Tu as aussi connu des changements hormonaux, comme la plupart des femelles loups-garous.

D'accord, elle avait grandi de deux centimètres et demi, et pris une pointure. Rien d'étonnant, sauf si on se rendait compte que c'était arrivé du jour au lendemain. Mais elle n'appréciait pas vraiment qu'on le lui rappelle. Son visage s'échauffa.

Elle chassa son embarras.

– C'est vrai, mais il existe tout autant de preuves que je ne suis pas un loup-garou. Selon Holiday, vous communiquez rarement avec les fantômes. Vous commencez très jeunes à vous transformer, et vous n'avez pas le don d'entrer dans les rêves par effraction.

Un léger sourire apparut dans ses yeux et, mince alors ! elle sut parfaitement à quoi il pensait. Le rêve. Celui où ils nageaient, pratiquement nus et…

– J'imagine que nous devrons vérifier dans quinze jours, quand la lune sera pleine.

Il frotta de nouveau l'herbe sur ses lèvres, puis sur son menton.

Elle faillit avoir le souffle coupé quand l'herbe glissa sur le renflement de sa poitrine, au-dessus du décolleté de son débardeur. Ce n'était qu'un bout d'herbe mais ç'aurait aussi bien pu être son doigt, vu la sensation de douceur qui l'envahit.

Il se baissa, ses lèvres à quelques centimètres des siennes.

– J'ai une requête.

– Laquelle ?

Elle pouvait à peine penser, et encore moins parler.

Il remonta l'herbe et la fit tourner autour de son front.

– Quand tu fermes les yeux et que des images te viennent en tête…

Ses paroles lui rappelèrent ce qu'il l'avait entendue dire à Della à propos du film porno. Son visage s'échauffa de nouveau.

– Je veux que nous soyons les héros du film qui passe dans ta tête. Et seulement nous.

Elle sentit la chaleur de sa bouche puis, en un éclair, il l'enjamba d'un bond. Il atterrit à quatre pattes et se releva lentement, un grognement bas sortant de sa gorge quand il regarda fixement la rangée d'arbres.

Elle se redressa, non sans mal.

– Qu'est-ce que c'est ?

Il reposa les yeux sur elle. Ils brillaient de cet orange foncé vif.

– Quelqu'un arrive…

chapitre 10

Le cœur de Kylie battit la chamade.

– Il faut courir ?

– Non. (La posture défensive de Lucas se relâcha.) C'est juste…

– Moi, fit une autre voix masculine grave.

Kylie la reconnut avant de voir Burnett derrière elle. Même dans l'obscurité, elle était suffisamment près pour lire le mécontentement sur son visage. Ses yeux ne brillaient pas, il n'y avait donc pas de danger, mais tout dans son expression indiquait sa contrariété. Et il la regardait, elle.

Qu'est-ce qui pouvait l'énerver à ce point ?

Il approcha d'un pas, sa présence pesante.

– Holiday est…

Ces deux mots suffirent à lui donner la réponse dont elle avait besoin.

– Mince ! Holiday était supposée passer me voir à mon bungalow. Je suis désolée.

– Oui, dit-il. Et elle s'est fait beaucoup de souci parce que nous ne trouvions pas Della qui était censée te suivre partout.

Puis il se concentra sur Lucas et sa grimace s'accentua.

– Où est Della ? demanda Kylie. Elle va bien ?

– Elle va bien. Miranda et elle sont parties nager. Mais rien de tout cela ne se serait produit si on n'avait pas insisté pour qu'elle soit relevée de ses fonctions d'escorte.

– C'est ma faute, persista Kylie.

– Ce n'est la faute de personne. (Les épaules de Lucas se raidirent.) Je n'aurais rien laissé arriver à Kylie.

– Là n'est pas le problème, gronda Burnett dans la nuit. Compte tenu de ton affiliation à l'URF, s'il y a bien quelqu'un qui aurait dû comprendre l'importance de respecter le protocole, c'est toi. J'ai affecté Della en tant qu'escorte à Kylie et ce n'est pas à toi de modifier mes ordres. En agissant ainsi, tu as provoqué cette situation.

– Je n'aurais pas été obligé de les modifier si, pour commencer, vous me l'aviez affectée comme je l'avais demandé et, compte tenu de mon affiliation, vous devriez me faire confiance pour la protéger.

Kylie laissa aller son regard de Burnett à Lucas et vice versa.

– C'est moi qui ai oublié Holiday. S'il y a des reproches à faire à quelqu'un…

– C'est moi qui suis venu te chercher, la rembarra Lucas, comme s'il refusait qu'elle endosse la moindre responsabilité.

Il regarda Burnett fixement. Les yeux de Lucas commencèrent à changer de couleur.

Un hibou hulula dans les bois. La demi-lune sembla s'éclaircir alors qu'eux deux, vampire et loup-garou, se tenaient face à face, les yeux dans les yeux.

Burnett fut le premier à ciller, en signe non pas de faiblesse mais plutôt de raison.

– La confiance se mérite. Ta suffisance ne te servira pas à grand-chose à l'URF.

– Ma suffisance n'a d'égale que la vôtre, déclara Lucas. Et je pense que c'est une des raisons pour lesquelles l'URF s'intéresse à moi.

– Peut-être, mais la frontière est ténue entre indomptable et arrogant. Et l'arrogance ne sera jamais acceptée au sein de l'URF.

Burnett sortit son portable de sa poche et appuya sur une touche.

Kylie vit les mâchoires de Lucas se crisper, et elle comprit qu'il lui était pénible de se faire réprimander par Burnett, surtout devant elle.

Lucas détourna les yeux, cependant elle eut le temps de les voir étinceler de colère. Mais il dit ensuite :

– Veuillez m'excuser si j'ai causé un problème.

Il était peut-être en colère, mais restait prêt à faire des concessions.

Burnett hocha la tête et parla au téléphone.

– Holiday, je l'ai retrouvée... Elle va bien... Oui, je le ferai. (Il raccrocha et se reconcentra sur Lucas.) Je te retrouve au bureau dans un moment. J'ai besoin de parler à Kylie.

Lucas croisa son regard, comme pour lui demander si elle était d'accord.

Elle hocha la tête.

– À plus tard.

Il s'en alla et en quelques secondes ne fut plus qu'une tache bougeant entre les arbres éclairés par la lune dans les bois. Burnett le regarda disparaître puis reposa les yeux sur elle.

Kylie parla avant lui.

– J'aurais dû me souvenir que Holiday devait venir me voir.

– Exact. Mais Lucas n'aurait pas dû te demander de quitter ton escorte sans en référer d'abord à moi.

– Il n'est pas hautain comme vous l'avez affirmé.

Elle fronça les sourcils.

– Si, il l'est. (Burnett ricana.) Mais je l'étais aussi à son âge, ça lui passera.

Kylie n'aimait pas sa réponse, mais elle se sentit mieux de savoir qu'il n'en voulait pas à Lucas.

Comme Burnett n'abordait pas de lui-même le sujet dont il souhaitait parler avec elle, elle posa sa question :

– Des nouvelles de ceux qui se sont fait passer pour mes grands-parents ?

– Non, mais on a retrouvé la voiture qu'ils conduisaient. Elle était répertoriée parmi les véhicules volés. Nous cherchons des empreintes.

Kylie hocha la tête et contempla de nouveau la lune tandis qu'un nuage fin comme de la dentelle passait devant, assombrissant le ciel. Quand elle regarda derrière elle, Burnett la fixait et ses sourcils se froncèrent comme s'il vérifiait sa configuration. La perplexité envahit ses yeux.

Elle aurait dû y être habituée, mais parfois elle avait envie de porter un bouclier sur le front.

– Holiday est-elle en colère contre moi ? demanda-t-elle.

– Plus inquiète qu'en colère. Elle garde toute son hostilité pour moi.

Il lui adressa un petit sourire.

– Mais vous êtes encore là. Ça doit bien signifier quelque chose.

– Que je suis un peu masochiste…

Il hésita et si ses paroles étaient teintées d'humour, ses yeux n'exprimaient pas la même émotion.

– Non, je voulais parler du fait qu'elle a accepté que vous soyez actionnaire de Shadow Falls : ça doit vouloir dire quelque chose.

Il fronça les sourcils.

– Elle avait besoin de mon argent.

Kylie dut se mordre la langue pour ne pas lui parler de l'autre investisseur.

– Vous l'aimez vraiment, n'est-ce pas ?

Elle souffrait pour lui. Mais il ne voulait pas de sa compassion. Et peut-être était-ce pour cette raison qu'elle la ressentait. Quand quelqu'un d'aussi fort et orgueilleux souffrait, c'était impressionnant.

– Ce n'est pas grave.

Si, ça l'est. Kylie vit le rejet traverser le regard de Burnett. D'une manière ou d'une autre, elle pousserait Holiday à cesser de se montrer aussi têtue, pour laisser une chance à cet homme. Ça n'avait aucun sens qu'elle hésite à ce point. S'il était laid ou odieux, Kylie comprendrait. Mais Burnett n'était rien de tout cela. Et il aimait tellement Holiday qu'elle pouvait presque le ressentir.

– Je ne dirais pas que ce n'est pas grave, rétorqua-t-elle.

Il haussa les épaules.

– Parle-moi de l'incident avec l'aigle et le cerf.

Kylie raconta les deux histoires pour ce qui lui semblait être la centième fois. Au moins, maintenant, elle pouvait le faire sans hyperventiler. Quand elle eut terminé, Burnett resta immobile, son front sombre plissé et ses lèvres serrées.

– Vous croyez que je dramatise, pas vrai ?

Il fronça encore plus les sourcils.

– Non, je suis d'accord avec Holiday. Ça ne peut pas être une coïncidence.

– Alors, le système de sécurité ne fonctionne pas ? demanda-t-elle.

– Non, il ne marche pas.

– Alors comment…

– C'est ce que nous ignorons. Un métamorphe a infiltré le camp, en te prenant expressément pour cible. Et cela ne me plaît pas du tout !

Kylie sentit ses entrailles se tordre. Il n'était pas le seul.

*

* *

Cette nuit-là, le rêve arriva lentement. Mais il était différent des autres. Kylie ne bougeait pas, elle venait juste de se réveiller. Elle vit Lucas debout près du lac, où ils s'étaient rendus en courant, et ces différences n'avaient aucune importance. Avant qu'elle aille dormir, il avait tapé à sa vitre. Quand elle l'avait ouverte, il s'était hissé à l'intérieur et l'avait embrassée rapidement sur les lèvres.

– Bonne nuit, avait-il dit, et il était redescendu.

Tout sourires, elle l'avait regardé s'éloigner. Et était allée se coucher en regrettant qu'il soit parti si vite.

D'un seul coup, le rêve devint sa réalité, relié au monde de l'esprit où tout paraissait si réel. Elle se tint derrière Lucas, appréciant d'être aussi proche. Tendant la main, elle toucha son bras et il se retourna – pas étonné qu'elle soit là, mais ravi de la voir. Un bref instant, quelque chose lui sembla bizarre, mais quand il l'attira contre lui, elle chassa cette sensation.

– Avez-vous été toujours aussi belle, Kylie Galen ?

Les mains de Lucas lui enserrèrent la taille.

Elle lui fit un grand sourire.

– Pourquoi tu ne me le dis pas ? Tu m'espionnais par ma fenêtre quand j'avais cinq ans.

– Quelle honte !

Il se rapprocha. L'incertitude la rongeait. Quelque chose était étrange, mais elle ne parvenait pas à savoir quoi.

Elle lui sourit.

– Dis-moi ce qui te ferait plaisir.

Sa déclaration éveilla la confusion.

– Comment ça ?

– Veux-tu un manoir ? Une nouvelle voiture ? Aller au Mexique et boire de la bière sur la plage ? Je peux t'offrir tout cela, et même plus.

Elle secoua la tête.

– Je ne veux rien de tout ça.

– Alors, quoi ?

Ces questions ne ressemblaient pas à Lucas, mais elle se sentit obligée d'y répondre.

– Je souhaite que tout le monde s'entende, Miranda et Della se sont encore disputées hier soir. Je souhaite que mon père puisse venir de nouveau me rendre visite. Je souhaite que les Brighten aillent bien. Je veux savoir ce que je suis. Et je veux régler le problème que rencontre ce nouveau fantôme, quel qu'il soit.

– Je peux te donner presque tout ça. Tu n'as qu'à dire oui.

– Dire oui à quoi ?

Et ce fut alors qu'elle comprit. Qu'elle se rendit compte de ce qui n'allait pas. Lucas n'était pas chaud.

– Tu es froid. (Elle recula d'un pas rapide, se dégageant de ses bras.) Que se passe-t-il ?

– Je voulais te voir. Je savais que tu partirais si…

D'un seul coup, ce n'était pas Lucas qui se trouvait là. C'était Red, le vampire escroc, le petit-fils de Mario, celui qui avait tué les filles. Celui qui l'avait kidnappée et qui avait battu Lucas. Elle hurla, puis se rendit compte que ce n'était qu'un rêve, qu'elle pouvait se réveiller.

– Mon grand-père et ses amis pensent que l'on ne peut pas te convaincre de travailler avec nous. Je veux juste aider…

Ses dernières paroles s'évanouirent alors que Kylie s'asseyait d'un coup sur son lit, le souffle coupé. Elle se souvint que son bon sens lui avait signalé, au début du rêve, que quelque chose clochait. Si seulement elle avait écouté son instinct, cela ne se serait pas produit. Puis elle se souvint que Holiday avait dit qu'elle pourrait provisoirement le maîtriser. Dès qu'elle fut en mesure de raisonner, elle se rallongea et effectua la visualisation.

Le voir dans ses rêves – ou dans la réalité – était vraiment la dernière chose qu'elle souhaitait.

.

Le lendemain matin, Kylie sentit les pattes de sa petite mouffette lui piétiner la poitrine, puis un nez pointu mouillé donner de petits coups contre son menton, comme si elle la sommait de se réveiller.

Elle resta allongée quelques secondes, immobile et sans ouvrir les yeux, tâchant de savoir ce qui clochait. Sa première pensée fut pour son rêve, mais… non, ce n'était pas ça. Puis la lumière vive filtra par les coins de ses yeux. Elle les ouvrit.

Elle s'assit prudemment, donna à Socks sa caresse

matinale habituelle, et regarda autour d'elle. Le soleil filtrait à travers les stores, projetant des ombres horizontales sur le sol.

Quelle heure était-il ? Elle dégagea son visage, écartant ses cheveux.

Elle posa brusquement les yeux sur le réveil. Sept heures. Était-ce cela qui lui semblait étrange… qu'un esprit impatient ne soit pas venu la réveiller d'un coup de coude ? Jane Doe n'était-elle pas du matin ? Mais, bon, peut-être l'amnésie l'empêchait-elle d'évaluer le temps.

Kylie ne se plaignait pas. Son dernier fantôme l'avait rarement laissée dormir une minute après l'aube.

Quand elle vit son téléphone, Kylie se souvint de Holiday. Elle attrapa aussitôt l'appareil, espérant voir que celle-ci lui avait téléphoné ou envoyé un texto. Avant que Kylie et Burnett soient retournés au bureau, Holiday avait appelé Burnett pour lui demander de prendre le relais au camp pour un jour ou deux, car une urgence familiale la contraignait à s'en aller. Elle n'avait dit qu'une chose à ce propos : elle devait s'en charger toute seule.

Burnett s'inquiétait lui aussi. Kylie avait perçu la frustration dans sa voix quand il avait parlé avec Holiday, qui refusait de préciser de quel genre d'urgence il s'agissait.

Kylie avait appelé Holiday, puis lui avait envoyé un texto, mais n'avait pas obtenu de réponse avant d'aller se coucher.

Vérifiant le journal de ses appels, elle découvrit deux textos. Un de Sara, son ancienne meilleure amie qu'elle venait probablement de guérir d'un cancer, un autre de Holiday.

Elle poussa un soupir de soulagement quand elle lut le message de Sara – elle se sentait bien – puis lut rapidement celui de Holiday. Il était court et concis. « Tt va bien. je reviens vite. »

Souhaitant être un peu plus rassurée, elle composa le numéro de la directrice.

– Salut ! répondit Holiday. Tout va bien ?

Kylie faillit lui parler de son rêve avec le vampire, mais elle pensa que Holiday avait sûrement d'autres préoccupations. De plus, elle lui avait déjà expliqué comment agir, et si elle avait écouté son intuition cela ne se serait pas produit.

– Oui, je me faisais juste du souci pour toi. Es-tu rentrée au camp ?

– Pas encore. Je devrais être là dans l'après-midi. (Elle se tut.) Je suis désolée d'avoir dû filer avant que nous ne parlions. Tout se passe bien pour toi ? Il n'est rien arrivé d'autre, n'est-ce pas ?

– Non, ça va. Nous étions juste inquiets pour toi.

– Nous ? s'enquit Holiday.

– Burnett et moi, expliqua Kylie, se souvenant de s'être promis de jouer les entremetteuses. Que s'est-il passé ? demanda-t-elle d'un ton hésitant, ne souhaitant pas outrepasser ses droits.

Mais sa relation avec Holiday dépassait largement le simple rapport entre directrice de colo et campeuse. Elle l'aimait véritablement.

Holiday garda le silence un instant.

– Ma grand-tante est décédée.

– Oh, Holiday, je suis vraiment désolée… Est-ce que je peux faire quelque chose ?

Le froid envahit la pièce. Kylie l'ignora, se concentrant sur la conversation téléphonique. Elle s'occuperait de Jane Doe dans une minute.

– Non, je vais bien, répondit Holiday. Son heure

était venue. Mais elle n'avait pas réglé sa succession, et maintenant…

Kylie sentit son matelas s'incliner. Elle leva la tête : une vieille dame en robe d'intérieur jaune et portant un magnifique collier en cristal bleu clair en forme de larme était assise au pied de son lit.

– *Le testament est scotché au fond du tiroir gauche de ma coiffeuse. Mais je veux qu'elle récupère tous mes bijoux en cristal. Que Mary ne les prenne pas. Et elle essaiera ! C'est une petite idiote sournoise !*

Kylie regarda les cheveux gris de la femme qui pendouillaient sur ses épaules puis vit que ses yeux étaient d'un vert clair qui lui semblait vaguement familier.

Elle serra le téléphone bien fort et frissonna. Holiday l'avait prévenue qu'elle finirait par voir plus d'un fantôme à la fois. Apparemment, le moment était venu. Saurait-elle y faire face ?

– *Dis-lui,* insista le fantôme.

Kylie comprit alors pourquoi les yeux verts lui étaient si familiers. Elle fronça les sourcils et vérifia la configuration cérébrale de la femme.

Holiday lui parlait.

– S'occuper de l'héritage va être hyper…

– Holiday ? la coupa Kylie. À quoi ressemble ta grand-tante ?

– Pourquoi ?

– Parce que je crois qu'elle est assise au bout de mon lit. Si c'est elle, le testament est scotché au fond du tiroir gauche de sa coiffeuse.

Le fantôme flotta vers le ciel, comme si quelque chose l'entraînait.

– Longs cheveux gris, répondit Holiday. Et yeux verts.

– C'est elle, affirma Kylie en regardant l'esprit qui flottait près du plafond. Tu ferais mieux de jeter un œil à sa coiffeuse.

Le fantôme sourit.

– *Merci.*

– Merci Kylie, dit Holiday.

La jeune fille eut un autre frisson et remonta un peu sa couette.

– De rien.

Le fantôme se volatilisa dans le plafond, puis s'arrêta et redescendit en glissant.

– *Failli oublier. Ils voulaient que je te dise quelque chose. L'un vit, l'autre…*

Elle disparut, laissant sa phrase en suspens.

Mais Kylie connaissait la suite.

– Trépasse, termina-t-elle, et elle ferma les yeux.

« L'un vit, l'autre trépasse. » Ce message n'était donc pas seulement le radotage d'un fantôme amnésique et fou. Mais comment Kylie pourrait-elle arranger les choses si elle ne savait pas quoi faire ?

chapitre 11

Habillée et luttant toujours contre le sentiment que quelque chose clochait, Kylie sortit de sa chambre une heure plus tard. Soit Miranda et Della étaient déjà parties, soit elles dormaient encore. Tant mieux ! Kylie était ravie de ne pas devoir les affronter. Premièrement, elle espérait trouver Helen, la fée qui avait aussi le don de guérir. Kylie ignorait si le message « L'un vit, l'autre trépasse » signifiait qu'elle pourrait empêcher une mort, mais elle devait essayer. Puis elle envisagea de parler à Burnett pour lui dire ce qu'elle savait sur Holiday. Mais Kylie ne ferait pas une telle chose dans le dos de la directrice.

Avant qu'elles ne raccrochent, Kylie avait voulu savoir si elle pouvait partager leur conversation avec Burnett. Comme Holiday avait hésité, elle lui avait demandé ce qu'elle ressentirait si celui-ci disparaissait pour « une urgence » sans s'expliquer.

– Bien, répondit Holiday.

Mais cela n'avait pas du tout eu l'air de lui plaire.

Quelques minutes plus tard, Kylie sortit du bungalow, trébucha et atterrit à moitié sur l'immense labrador noir roulé en boule sur le paillasson.

– Flûte alors ! (Abasourdie, elle se releva non sans mal et marcha sur la queue du chien. Celui-ci glapit, sans doute de douleur, et la culpabilité envahit Kylie.) Désolée !

L'animal était-il blessé ? Une fois, ils avaient trouvé un chien accidenté sur le pas de leur porte quand elle était petite. Sa mère avait demandé à son beau-père de l'emmener chez le vétérinaire et, en fin de compte, ils avaient dû le faire piquer. Kylie avait pleuré, et accusé sa mère d'avoir tué la pauvre bête. Les empreintes émotionnelles de ce souvenir faisant vibrer sa corde sensible, elle s'accroupit.

– Désolée… répéta-t-elle au chien. (Et elle le laissa renifler sa main avant de le caresser doucement.) Tu es blessé ? Tu t'es fait renverser par une voiture ?

– Non, tu m'as marché sur la queue et bien sûr que ça fait mal, répondit le chien.

Kylie, toujours assise sur ses talons, tomba sur les fesses et foudroya du regard l'animal qui parlait.

– Quoi ? fit celui-ci.

– Ne fais pas ça !

– Quoi ?

– Parler.

Les étincelles qui éclataient tout autour d'eux et la couleur changeante des yeux lui indiquèrent qu'il s'agissait de Perry, mais voir un chien parler continuait à la faire flipper.

Elle se releva d'un bond, et jeta un regard mauvais à l'animal. Il lui fallait un chien punching-ball pour chasser sa frustration et elle venait d'en trouver un. Un labrador noir qui en ce moment même se métamorphosait.

Elle attendit que Perry ait terminé sa transformation.

– Que font donc tes fesses de chien sur mon perron ?

– J'avais peur que Miranda sorte et si elle savait que c'était moi, elle m'aurait menacé de son petit doigt et aurait fait apparaître des boutons, un truc comme ça.

– OK. (Elle plissa les yeux.) Mais cela n'explique pas ce que tu fais sur mon perron.

– Ben, je t'attendais, répondit-il d'un air détaché. Je suis ton escorte pour la journée.

– Oh mince, j'ai oublié… ça.

Elle respira profondément et tâcha de se résigner à traîner un pot de colle qui ne la lâcherait pas de toute la journée… comme un chiot perdu.

Perry la scruta de ses yeux or.

– Tu es furieuse contre moi, n'est-ce pas ?

– Non, dit-elle en réprimant sa frustration. Tu as raison. Miranda t'aurait infesté de boutons. Mais tu me fais flipper quand tu parles sous la forme d'un animal. (Elle se prit la tête dans les mains.) Ça me fait mal au cerveau.

– Non, je voulais dire furieuse à cause des merdes qui sont arrivées hier.

Kylie se contenta de le regarder fixement.

– Tu vas devoir te montrer plus précis, parce qu'il y en a eu beaucoup hier.

Son grand sourire s'évanouit rapidement.

– Comment j'ai perdu la trace du vieux couple qui se faisait passer pour tes grands-parents… (Une excuse sincère emplit ses yeux.) Je me suis planté.

– Ce n'était pas ta faute.

– Si. Qui d'autre est coupable, à part moi ? C'est moi qui étais censé les suivre.

– Et si on disait que personne n'y est pour rien ?

Elle commença à descendre le chemin menant au bureau.

Il s'aligna sur son pas.

– Ça me va, répondit-il.

Ils marchèrent quelques minutes en silence. Kylie vit que le ciel était empli de nuages, du genre gros, blancs et pelucheux. Et elle s'efforça de ne pas penser au vieux couple que Perry avait suivi, ou plus exactement à ce que leur disparition signifiait.

– Crois-tu qu'ils sont morts ? demanda-t-elle.

– Qui est mort ?

– Le vieux couple.

Les traits de Perry se durcirent.

– Je ne sais vraiment pas. Je n'ai jamais vu d'humains disparaître comme ça.

Tous deux se turent de nouveau. La température matinale n'avait pas encore atteint un niveau inconfortable, mais elle la sentait grimper.

Perry lança sa question suivante.

– Crois-tu que Miranda va accepter mes excuses ?

Kylie le regarda.

– Tu t'es excusé ?

Il eut l'air sincèrement perplexe.

– Je lui ai parlé. C'est la même chose.

Kylie secoua la tête.

– Oh non ! Parler à quelqu'un n'est pas s'excuser, Perry. Ce que tu as fait, l'embrasser comme ça, puis la snober, c'était vache.

Il fronça les sourcils et donna un coup de pied dans une pierre.

– Elle a embrassé Kevin. J'étais furieux.

– Je comprends, dit Kylie se souvenant de la photo de Derek embrassant Ellie. Et je sais que ça fait mal, mais c'est

Kevin qui l'a vraiment embrassée. Même, on ne répare pas une injustice par une autre.

Elle le surprit occupé à vérifier sa propre configuration cérébrale puis fronça les sourcils. Il continua d'avancer, mais baissa les yeux. Ils se turent un instant, puis elle lâcha étourdiment :

– Tout le monde raconte que ma configuration bouge comme celle d'un métamorphe à présent. C'est vrai ?

– Oui, dit-il, mais la nôtre se modifie seulement quand nous nous transformons.

Elle s'arrêta de marcher, et se planta en face de lui.

– Y a-t-il autre chose qui indique que ma configuration ressemble à celle d'un métamorphe ? Vois-tu un signe que je puisse en être un ?

Il sourit.

– Tu veux être un métamorphe ?

– Non. *(Oh que non !)* Enfin, pas nécessairement… j'aimerais juste découvrir ce que je suis. (Elle se mordit la lèvre et décida d'aborder le sujet directement.) Quel âge avais-tu quand tu as commencé à te transformer ?

– Oh ! j'étais très jeune, trop jeune. Cinq ans de moins que la plupart des métamorphes. Genre, deux ans à peine. Essaie de gérer une colère chez un sale gosse de deux ans, un métamorphe en plus ! J'ai fait flipper mes parents. Et gâché leur mariage.

Kylie décela de la douleur dans sa voix.

– Ils ont divorcé ?

– Ouais.

– Je suis désolée.

– Hé… ce n'était pas mon problème.

Oh ! que si, ça l'était. Même ses yeux arboraient une teinte morne de brun sourd.

– Avec qui as-tu vécu ? Ta mère ou ton père ?

Il ne répondit pas immédiatement.

– Aucun des deux.

Elle hésita à poser la question, mais eut l'intuition qu'il le voulait presque.

– Pourquoi ?

– Soi-disant que j'étais ingérable à ce point.

– Où es-tu allé ?

– L'URF a un programme d'accueil, tu sais, pour les enfants abandonnés dont personne ne veut plus. J'ai erré ici et là quelque temps.

Kylie se dit qu'elle comprenait Perry mieux que jamais. Et elle lui pardonnait presque de jouer au petit malin de temps en temps.

– C'était affreux ? demanda-t-elle, et soudain elle comprit qu'elle avait perdu tout droit de pleurnicher sur sa propre vie.

– Non, je suis un métamorphe. J'ai appris à m'intégrer… quasiment partout. Bien sûr, parfois on ne m'a jamais réinvité.

Il rit, mais, comme Kylie s'en était déjà doutée, Perry cachait une grande douleur derrière son sens de l'humour.

Elle avait aussi le sentiment qu'il taisait beaucoup de choses. Mais elle ne lui en voulait pas. Car elle ne pouvait même pas imaginer ce que c'était d'être trimballé d'un foyer à un autre.

– Tu sais, dit-il, comme s'il voulait brusquement changer de sujet, certains métamorphes ne commencent pas avant leur adolescence. Peut-être que tu es l'une d'eux.

– Peut-être… mais je ne serais qu'un demi-métamorphe. Est-ce que les hybrides ont différents dons ? Comme guérir et tout et tout ?

– Pas à ma connaissance. Certains de mes cousins sont des hybrides, limités dans leur capacité de transformation. Il y en a un qui ne peut se changer qu'en oiseau. Avant je me transformais en chat, et je l'ai poursuivi, et une fois...

– Ne me dis pas que tu l'as mangé ! s'écria Kylie.

– Je l'ai juste torturé un peu, avoua-t-il, tout sourires. Hé, quand il s'est retransformé, il allait bien. (Il soupira et parut presque perdu dans ses souvenirs.) Tu sais, je devrais peut-être essayer de retrouver mes cousins.

Kylie se demanda s'il avait jamais pensé à rechercher ses parents. Mais, comme elle ne voulait pas se montrer indiscrète, elle ne lui posa aucune question.

– Oh oui, fit-elle, tout sourires, tentant de prendre les choses à la légère. Je suis sûre qu'ils seraient ravis de te voir.

Quelques minutes plus tard, ils avaient atteint le bout du chemin où se trouvaient les bungalows abritant le bureau et le réfectoire. Elle jeta un regard alentour pour vérifier si elle voyait Helen, la fée timide qui avait recherché une tumeur dans son cerveau, mais elle ne la vit pas.

Comme Helen était elle aussi une guérisseuse, Kylie en déduisit qu'elle serait la bonne personne à interroger à propos de ce don. Des questions du style : « As-tu déjà ressuscité quelque chose ? » Mais Helen ne faisait pas partie des ados qui traînaient devant le réfectoire. En revanche, Kylie vit Burnett entrer dans le bureau et se souvint qu'elle avait à lui parler à lui aussi.

Elle se tourna vers Perry.

– Je dois bavarder un peu avec Burnett. Je te retrouve dans quelques...

– Non, pas question ! protesta Perry. Où tu vas, je vais. Je ne sais même pas si tu pourras faire pipi aujourd'hui. (Il lui sourit largement.) Et j'ai l'autorisation de Burnett de me transformer en fourmilier géant, de casser des gueules et de poser des questions si jamais quelqu'un essaie de me piquer mon job.

Kylie roula des yeux. Elle savait que Burnett parlait de Lucas. Et en pensant à lui, elle jeta de nouveau un œil autour d'elle, mais il ne se trouvait pas non plus dans la foule.

Reposant les yeux sur Perry, elle ajouta :

– D'accord, mais je vais voir Burnett. Je ne suis pas sûre que tu sois obligé d'être là-bas.

Il carra les épaules.

– Où tu vas, je vais. Sauf si Burnett me renvoie.

– Bon, d'accord, viens…

*
* *

Le petit déjeuner avait commencé bizarrement. Comme entrer dans le bureau de Holiday, Perry à ses basques, et trouver Burnett assis au bureau de Holiday pour la deuxième fois. Heureusement, celui-ci avait congédié Perry le temps de leur conversation. Kylie avait demandé des nouvelles du vieux couple qui s'était fait passer pour ses grands-parents, on lui répondit qu'il n'y avait rien de nouveau.

Elle faillit parler à Burnett du rêve avec Red, mais à la dernière minute elle décida qu'elle voulait se montrer capable de gérer au moins une chose toute seule. Et c'était celle-ci. Si ça se produisait de nouveau, elle en parlerait à Holiday, mais pour l'heure elle volait en solo sur cette mission. Aussi fou que cela puisse paraître, c'était plutôt agréable. Elle voulait croire qu'elle pourrait prendre soin d'elle.

Quand elle avait parlé à Burnett du décès de la grand-tante

de Holiday, celui-ci avait eu l'air choqué et… autre chose. Il lui fallut une seconde, mais elle avait reconnu l'émotion dans ses yeux. De la douleur.

– Pourquoi ne m'avoir rien dit ? avait-il demandé.

– Je suis sûre qu'elle gère ça toute seule.

Kylie avait tenté de le rassurer, mais elle devina que ses efforts étaient inutiles. Et alors qu'elle se préparait à s'en aller, sans savoir ce qui la forçait à agir ainsi, elle regarda par-dessus son épaule et dit :

– Soyez patient avec elle. Elle le mérite.

À présent, au réfectoire, Perry toujours à ses basques, Kylie fixait son petit déjeuner : bacon, œufs et tartines. Pour une fois, les œufs ne dégoulinaient pas et le bacon n'était ni tout sec ni brûlé. Mais elle n'avait avalé que quelques bouchées et après avoir eu douloureusement conscience que tout le monde fixait de nouveau son front, elle décida qu'elle avait dû laisser son appétit au bungalow.

Une symphonie de bruits – des gens qui jacassent, des fourchettes qui tintent, et des plateaux déposés sur les tables – résonnait dans le vaste réfectoire. Miranda et Della étaient toujours aux abonnés absents, et Kylie n'avait vu ni Helen ni Lucas.

Malheureusement, elle avait remarqué Derek et Ellie.

Ils étaient assis ensemble à une table dans le fond. Il était on ne peut plus normal que Derek soit avec elle, étant donné qu'elle était nouvelle au camp. La veille au soir, en fixant le plafond pendant deux bonnes heures, Kylie s'était résignée à ne pas détester Ellie ni Derek, mais à accepter les événements, même s'il lui faudrait les voir en couple – et à passer à autre chose.

Kylie s'était aussi résignée à tenir sa promesse à Della et à donner une chance à Lucas. Toutefois, même après toutes ces bonnes résolutions, voir Derek et Ellie se parler à l'oreille la piquait comme une morsure de fourmi rouge entre les orteils.

Du temps, se dit-elle. *Avec le temps, ça ne fera plus mal.*

– Il me faut un bouton « Avance rapide », murmura-t-elle.

– Un quoi ? demanda Perry.

– Rien. Je parle toute seule, c'est tout.

Elle leva les yeux et vit encore trois ou quatre personnes qui la regardaient en agitant les sourcils. Elle se tourna vers Perry.

– Qu'est-ce qu'elle fait en ce moment ?

– Qu'est-ce qu'elle fait… qui ?

– Ma fichue configuration. Tout le monde me fixe de nouveau.

Perry agita les sourcils.

– Oh merde ! Elle fait encore ce truc changeant. En plus rapide.

Kylie ferma les yeux.

– Je suis lasse d'être la source du divertissement général. D'être l'animal de foire que l'on exhibe.

– Tu n'es pas un animal de foire, dit Perry, l'air inquiet. Tu es juste différente. (Il lui donna un petit coup de coude.) Mais tout le monde t'aime, de toute façon.

En ouvrant les yeux, elle murmura :

– Merci.

– Vas-tu manger ce morceau de bacon ? s'enquit Perry.

– Non.

Elle poussa l'assiette vers lui. Miranda arrivait à grandes enjambées, son plateau de petit déjeuner entre les mains. Elle s'arrêta, prête à s'affaler à côté de Kylie, puis remarqua Perry.

Elle resta figée sur place.

– Qu'est-ce qu'il fiche là ? demanda-t-elle, comme si Perry ne pouvait pas l'entendre.

– Il prend son petit déjeuner, répondit Kylie, qui espérait ainsi empêcher Perry de lâcher une parole sarcastique. Quand elle le vit ouvrir la bouche, elle lui donna un bon coup de pied sous la table. Il tressaillit, mais garda le silence.

– Bien, je vais rejoindre mes sœurs sorcières aujourd'hui et vous laisser profiter l'un de l'autre.

Miranda tourna les talons.

Kylie l'attrapa par le bras, la fit s'arrêter un peu brutalement, et les œufs de Miranda manquèrent faire un bond.

– Assieds-toi, s'il te plaît, l'implora-t-elle. (Comme Miranda semblait sur le point de râler, elle ajouta :) Je ne serais pas contre un minimum de soutien...

Les yeux rivés sur Derek et Ellie.

Et c'était vrai, elle ne serait pas contre un peu de soutien, mais elle ne pouvait pas non plus nier qu'elle voulait pousser son amie sorcière à dépasser son dégoût pour Perry. Ce n'était vraiment pas un sale type.

Miranda se laissa fléchir, et s'assit sur le banc. Kylie articula silencieusement : « Merci » puis demanda :

– Où est Della ?

– Partie boire du sang avec les autres vamp's, répondit Miranda tout en fourrant une tartine dans sa bouche.

Kylie attrapa son verre et le sirota longuement, tout en cherchant un sujet de discussion qui pourrait inciter sa copine et Perry à discuter.

– Alors, dit-elle en faisant tomber la brique de lait à moitié vide, quelqu'un sait-il si Holiday a déjà embauché des profs pour l'année scolaire à venir ?

Perry, comme s'il avait compris ce qu'elle avait en tête, prit aussitôt part à la conversation.

– Quand j'étais dans le bureau hier soir avec Burnett, il a reçu un appel d'une espèce de Fae, un mec que Holiday avait soi-disant engagé. Je crois qu'il est censé arriver et emménager dans son bungalow la semaine prochaine.

Miranda, comme si elle aussi avait compris ce que Kylie avait en tête, entreprit de fourrer ses œufs dans sa bouche à l'aide de sa fourchette.

Kylie et Perry discutèrent quelques minutes du professeur Fae, et que ça ferait bizarre d'aller en cours au camp à la rentrée. Miranda continua à s'enfourner de la nourriture comme s'il lui fallait un prétexte pour ne pas parler.

Reconnaissant que cette conversation était un fiasco complet, Kylie saisit de nouveau son verre et chercha d'autres sujets. Enfin, reposant son verre, elle regarda Miranda et dit ce qui lui vint à l'esprit.

– Savais-tu que Perry avait failli manger son cousin quand il avait deux ans ?

chapitre 12

Kylie vit Miranda laisser tomber sa fourchette, qui vint heurter bruyamment le plateau, se pencher en avant et, pour la première fois, fixer Perry.

– Quoi ?

Perry sourit. Rien que le fait de sentir le regard de Miranda sur lui le faisait rayonner, et ses yeux prirent une jolie teinte bleue. Durant une seconde, Kylie se demanda quelle était leur vraie couleur.

– Je n'ai pas « failli » le manger, expliqua-t-il. Je l'ai juste mâché un peu, puis je l'ai recraché. J'étais un chat, et lui un oiseau… Il était un peu plus âgé que moi et il me piquait toujours mes gâteaux en forme d'animaux.

Perry continua à parler et Miranda, à l'écouter. Leurs regards se croisèrent, et tous les deux eurent l'air hypnotisés. Kylie, qui se tapait mentalement dans la main en signe de victoire, se cala dans sa chaise afin de s'assurer qu'elle n'empêchait pas les deux tourtereaux de se voir. Puis le téléphone de Miranda sonna. Elle quitta Perry des yeux et attrapa d'un coup son portable, posé à côté de son plateau.

Vérifiant le nom, elle laissa échapper un petit cri excité.

– C'est Todd Freeman. Oh mon Dieu, il m'appelle !

Le grand sourire de Miranda illumina ses yeux et elle fit une petite danse, les fesses toujours sur le banc.

Kylie mit une demi-seconde à réaliser que Todd Freeman était le sorcier, alias le plus beau gosse de l'ancienne école de son amie, qui lui avait demandé son numéro lors du concours de sorcières. Et il lui fallut une autre demi-seconde pour comprendre que ce n'était pas forcément une bonne chose. Pas pour Perry en tout cas.

Miranda reposa brusquement les yeux sur le métamorphe blond et, durant une nanoseconde, elle eut l'air coupable. Ce n'était pas grand-chose, mais cela donna un peu d'espoir à Kylie.

– Excusez-moi, dit Miranda, et elle se leva, le téléphone à la main, puis sortit du réfectoire comme un ouragan.

Perry la regarda partir, puis dévisagea Kylie. Ses yeux, désormais d'un vert plus clair et légèrement plissés, exprimaient un soupçon de colère. Puis ce rougeoiement de contentement, présent quelques secondes auparavant sur ses joues, disparut, volatilisé.

– Devrais-je demander qui est Todd Freeman, ou vaut-il mieux que je l'ignore ?

Des milliers de questions traversèrent l'esprit de Kylie, quand elle essaya de trouver les mots.

– C'est juste…

Au moment où elle pensait savoir quoi lui dire, un truc qui l'apaiserait et qui avec un peu de chance n'attiserait pas sa colère, elle remarqua Derek et Ellie qui sortaient du réfectoire. La main de Derek reposait sur les reins d'Ellie. Un contact innocent, certes, mais pas aux yeux de Kylie.

– C'est juste qui ?

Perry avait mordu à l'hameçon.

Kylie se tourna vers lui. Pourquoi, se demanda-t-elle, tenait-elle tant à essayer d'arranger la vie sentimentale des autres, alors qu'elle ne parvenait même pas à mettre de l'ordre dans la sienne ?

– Je ne sais pas quoi te dire, Perry. La vie est dure. L'amour encore plus.

Une demi-heure après le petit déjeuner, Kylie – avec Perry qui la suivait toujours comme un petit chien – cherchait encore Helen devant le réfectoire. Elle pensait que la jeune fille se trouverait parmi la foule bruyante attendant que soient annoncés les noms pour la séance « Une heure pour faire connaissance ».

Mais non.

Lucas arriva, suivi de Fredericka.

– Salut !

Il s'approcha suffisamment pour que ses épaules effleurent les siennes. Sa chaleur rappela à Kylie le rêve de la nuit précédente, où il n'était pas chaud du tout. Elle le préférait tellement ainsi ! Elle préférait qu'il soit lui-même, et non pas une espèce de vampire psychopathe.

– Salut ! dit-elle, s'efforçant d'ignorer Fredericka, qui passa devant eux d'un pas tranquille.

– Tout va bien ? demanda Lucas, puis il regarda d'un air renfrogné Perry, qui se tenait de l'autre côté de la jeune fille.

Mais cela ne fit rien à Perry. Il hocha la tête.

Fredericka ralentissait de plus en plus et, incapable de s'en empêcher, Kylie leva les yeux. Le loup-garou la gratifia d'un sourire insolent, souhaitant à l'évidence remuer le couteau dans la plaie et lui prouver qu'elle était avec Lucas.

Lequel baissa un peu la tête.

– Désolé d'avoir loupé le petit déjeuner. J'avais des trucs à régler avec la bande.

Des trucs avec la bande ? Kylie ne put s'empêcher de se demander si cela ne consistait simplement pas à les séparer, Lucas et elle. La frustration l'envahit. Il lui était déjà pénible que Fredericka complote contre elle, mais se dire que toute la bande était aussi contre elle, c'était trop. Elle regarda Lucas.

– Je… je dois y aller.

– Tu es sûre que ça va ?

Il se pencha, l'inquiétude envahissant ses yeux bleus. Elle ne savait pas s'il avait capté le semblant de peur que son rêve de la nuit passée lui avait inspiré, ou si c'était l'expression de sa jalousie envers le petit métamorphe qui la suivait partout comme un chiot égaré.

– Ouais, mentit-elle, et elle s'en alla.

– Où allons-nous ? demanda Perry, ses pas se calant sur les siens.

– Trouver Helen, répondit Kylie, et elle regarda droit devant elle, même quand elle sentit Lucas la dévisager.

Elle n'était sûrement pas en mesure de résoudre ses problèmes de cœur, mais peut-être Helen pourrait-elle faire la lumière sur tout le processus de guérison et le fait que Kylie avait ramené à la vie un oiseau mort. Holiday partie, elle avait besoin de toute l'aide possible. Un geai bleu descendit en piqué et voltigea devant elle pendant un millième de seconde avant de s'envoler. La situation pourrait-elle devenir encore plus folle ?

Kylie secoua la tête. Où avait-elle donc l'esprit ? Elle se trouvait à Shadow Falls. Donc, oui, la situation pouvait devenir encore plus folle.

Alors que Kylie se rapprochait du bungalow d'Helen, elle se tourna vers Perry et lui dit :

– J'aimerais parler à Helen en tête à tête.

– Non, c'est non.

Elle fronça les sourcils.

– Perry, je suis sérieuse !

– Moi aussi, rétorqua-t-il sans la moindre trace d'humour ni de sarcasme – et pour Perry, c'était rare. Écoute, je sais que tu ne veux pas que je sois toujours à tes basques, mais Burnett m'a raconté ce qui s'était passé avec l'aigle et le serpent puis avec le cerf. Et comme je souhaite par-dessus tout qu'aucun méchant de mon espèce ne te fasse du mal, je ne peux pas tout ficher de nouveau en l'air. J'ai déjà tout fait foirer en perdant la trace de ce vieux couple, je ne foirerai plus. Tu vas devoir faire avec.

Kylie fronça les sourcils, mais elle comprenait parfaitement. Qui voulait tout ficher en l'air ? Et autant elle ne voulait pas accepter le fait qu'elle était en danger, autant elle ne pouvait remettre en question l'éventualité que Burnett ait raison. Elle ne voulait pas non plus qu'un méchant de l'espèce de Perry lui fasse du mal.

Elle regarda Perry droit dans ses yeux jaunes, et y décela une touche d'insécurité. Elle se sentit mal.

– Je dois juste poser des questions à Helen et je ne suis pas sûre qu'elle soit à l'aise pour me répondre si tu es là.

– Et si je me transformais et que j'attendais ?

Kylie eut soudain une idée. Elle ignorait si ça marcherait, parce qu'elle ne savait pas comment fonctionnait toute cette histoire de transformation, mais ça valait le coup d'essayer.

– Et si tu te métamorphosais en chat blanc aux yeux bleu clair ?

– La dernière fois que je me suis changé en matou, tu

t'es énervée, tu m'as fait mal aux oreilles et tu as menacé de me castrer.

– Tu n'avais qu'à pas jouer les voyeurs devant la fenêtre de mon bungalow ! Là tu ne courras aucun danger. Assure-toi juste d'être blanc aux yeux bleus. Oh… et il faut que tu sois un mâle.

– Comme si j'allais me transformer en femelle !

– Alors, vas-y.

– Bien.

Il secoua la main et des étincelles apparurent. En quelques secondes, Perry disparut, et un chat blanc à poils longs, au joli petit museau de glouton et aux yeux bleus magnifiques surgit à sa place, agitant sa queue d'avant en arrière.

L'animal était si adorable que Kylie dut se faire violence pour ne pas le prendre dans ses bras et le câliner.

– Très mignon, souligna-t-elle.

Le chaton, alias Perry, inclina la tête de côté comme s'il était perplexe. Il leva la patte et se gratta l'oreille droite bien fort.

Ça a marché. Kylie se rappela pourquoi elle avait insisté pour cet animal en particulier et sourit.

– Je n'entends rien, dit-il. Comment as-tu fait ça ?

Elle dut se mordre la lèvre inférieure pour ne pas sourire.

– Je n'ai rien fait. La plupart des chats blancs aux yeux bleus sont sourds. (Elle prononça lentement les mots pour qu'il puisse lire sur ses lèvres.) Tu peux voir. (Elle désigna son œil.) Mais tu ne peux pas entendre.

– C'était sournois, observa Perry, qui savait manifestement lire sur les lèvres.

Kylie sourit.

– Non, c'était génial. Maintenant, recule.

– Mais toi, reste à portée de vue, que je puisse te voir.

– D'accord.

Elle fila en direction du bungalow d'Helen et resta à l'affût de tout métamorphe non désiré.

Helen répondit presque immédiatement quand Kylie frappa à sa porte.

– Hé, tu es là !

Elle la serra si fort dans ses bras et affichait un si grand sourire que Kylie culpabilisa un peu de ne pas lui avoir rendu visite plus tôt. Helen était… un peu réservée et n'avait pas beaucoup d'amis.

Toutefois, sa culpabilité s'évanouit en partie quand elle se souvint avoir proposé à Helen de venir la voir dans son bungalow une demi-douzaine de fois. La fée avait décliné systématiquement, parce qu'elle consacrait tout son temps libre à Jonathon, son nouvel amour.

– Entre, dit Helen.

Kylie allait entrer lorsqu'elle se rappela la présence de Perry.

– Je ne peux pas.

– Pourquoi ? demanda Helen, et elle passa une main dans ses cheveux couleur de sable.

– J'ai une escorte.

– Ah oui ? (Les yeux noisette de la jeune fille s'écarquillèrent d'inquiétude.) Jonathon me racontait justement ce qui s'était passé. Ils croient qu'une espèce de métamorphe a violé la sécurité. Tu vas bien ? Enfin, après ton week-end, et maintenant ça…

Helen sortit et ferma la porte de son bungalow. Elle se

rapprocha du bord du perron et s'assit sur les planches en bois blanchi à la chaux.

– Oui, je vais bien, répondit Kylie.

C'était un petit mensonge, mais elle ne voulait pas déverser ses problèmes sur son amie.

– C'est vrai que tu as vu l'intrus ? demanda celle-ci.

Kylie se laissa tomber à côté d'elle. Leurs pieds se balançaient dans le vide.

– C'était un aigle, et un serpent, et un cerf. Et nous ne sommes même pas sûrs qu'il s'agisse de ça. Si ça se trouve, ce n'étaient même pas des métamorphes.

Du moins, c'était ce que Kylie se racontait. Et comme il ne s'était rien passé d'autre aujourd'hui, il devenait plus facile de le croire – tant qu'elle ne revoyait pas l'expression malveillante dans les yeux du cerf et de l'aigle.

Kylie se rendit soudain compte que deux oiseaux montaient en flèche au-dessus de sa tête. Un frisson de peur descendit le long de son dos. Et elle regarda en direction des arbres pour vérifier si elle pouvait voir Perry.

Il ne semblait pas inquiet. Il avait trouvé un coin où le soleil se déversait à travers les arbres et s'était allongé, comme pour absorber la chaleur.

– Qui est ton escorte ? s'enquit Helen, qui, ayant suivi le regard de Kylie, n'avait manifestement pas remarqué le chat.

– C'est Perry. Je l'ai fait se transformer en chat blanc aux yeux bleus.

Helen arqua un sourcil en signe de compréhension.

– Pour qu'il ne puisse pas nous entendre. Bien joué !

Elle chassa une fourmi de son genou.

Elles restèrent assises quelques minutes en silence, balançant doucement leurs pieds d'avant en arrière.

Enfin, Kylie prit la parole.

– J'espérais que ça ne te dérangerait pas de répondre à quelques questions sur la guérison…

– C'est vrai, il paraît que tu as guéri ton amie. Et puis Lucas aussi. Cool…

Kylie se mordit la lèvre.

– Oui, c'est cool. Enfin, j'essaie toujours de me faire à cette idée, mais j'aime savoir que je l'ai fait. C'est ce que je voulais te demander : comment ça marche, au juste ?

D'un seul coup, un millier de questions se déchaînèrent dans sa tête. Pourrait-elle guérir n'importe qui ? Pourrait-elle aller à l'hôpital et soigner n'importe qui ?

– Holiday ne t'en a pas encore parlé ?

Helen replia l'une de ses jambes.

– Elle a essayé. Mais je n'étais pas prête à entendre. Et puis elle a dû partir, sa grand-tante est morte. Mais elle est censée revenir demain après-midi.

– C'est triste, observa Helen, sincère. (Puis elle ajouta :) Holiday a dit que nous nous rencontrerions d'abord toutes les deux pour discuter du processus de guérison. J'ai lu beaucoup de choses à ce sujet, mais je suis loin d'avoir abordé tout ce qu'il y a à savoir là-dessus.

– Il existe des livres sur la guérison surnaturelle ? s'enquit Kylie, surprise.

– Oui, et une bibliothèque entière sur tous les sujets du surnaturel.

– Vraiment ? Je n'en ai jamais entendu parler.

– Oh si, il y a des tonnes d'ouvrages sur chaque sujet.

Chaque sujet ? Kylie ne put s'empêcher de se demander s'il n'existait pas des informations quelque part sur des anomalies comme elle.

– Qui ? Enfin… où puis-je les obtenir ?

– À la bibliothèque de l'URF. Si on peut appeler ça une bibliothèque… Plutôt une cave remplie de bouquins. Il a fallu près d'un mois pour que j'aie le droit d'aller y jeter un œil. Burnett a fini par intervenir et m'y a autorisée.

– Pourquoi refuseraient-ils que tu lises des livres sur la guérison ou… sur tout ce qui concerne les surnaturels ?

– Ça me dépasse.

Kylie y réfléchit un instant puis demanda :

– Alors, qu'as-tu appris à propos de la guérison ?

– On parle surtout d'homéopathie. Mais aussi des questions de base comme les différentes sortes de guérisseurs.

– Il en existe différentes sortes ?

Helen acquiesça.

– Et de divers niveaux.

– Y a-t-il des livres qui traitent de ton genre d'espèce ?

– Oui, certains. Ce don est surtout commun aux fées et aux sorcières. Mais on le rencontre aussi chez toutes sortes d'hybrides. J'ai même lu un livre qui affirmait que certains hybrides pouvaient avoir plus de pouvoirs de guérison que les pur-sang.

Kylie s'efforça d'assimiler tout ce que Helen disait.

– Quelles sont les différentes espèces ?

– Certains d'entre nous peuvent simplement apaiser la douleur, sans vraiment la guérir. Certaines sorcières peuvent opérer des guérisons à l'aide de brassages et de certains rituels. Et d'autres soignent des maladies internes comme le cancer grâce au toucher. Et puis il y en a de très rares, comme toi.

– Comment ça, comme moi ? s'enquit Kylie, confuse.

– Qui peuvent guérir des problèmes internes comme le cancer, en même temps que des blessures physiques, comme tu l'as fait pour Lucas.

– Toi, tu ne peux pas guérir des blessures physiques ?

– Non. J'aimerais bien… Jonathon est tombé il y a un moment et il s'est coupé à la main. J'ai essayé à plusieurs reprises de le soigner, mais sans succès.

Kylie s'appliquait à enregistrer ces nouvelles informations. Ce qu'elle avait surtout appris, c'est qu'elle était une anomalie. Pour une fois, ne pouvait-elle pas être comme tout le monde ?

– Tu as l'air inquiet, observa Helen.

– Un peu, reconnut Kylie. Je suis encore bouleversée.

– Hé, estime-toi heureuse de ne pas être du genre hyper bizarre.

– C'est-à-dire ?

– Ceux qui peuvent réveiller les morts. Et chaque fois qu'ils le font, ils abandonnent un morceau de leur âme. Ce serait glauquissime, tu ne crois pas ?

Une peur glaciale serra le cœur de Kylie.

– Oh oui, ce serait super flippant.

Kylie reçut un texto de Holiday en retournant à son bungalow.

« Pbs. Peux pas rentrer avt demain. Tt va bi1 ? »

Si je vais bien ? Kylie faillit éclater de rire. Bien sûr que non, elle n'allait pas bien. Elle avait abandonné un morceau de son âme à un geai bleu et ne savait pas ce que ça signifiait.

Dès que Perry eut accompli son devoir d'escorte, et que Della l'eut remplacé, Kylie attrapa son portable et sortit de son bungalow, désespérée. Si Holiday était absente, Burnett était là. Peut-être n'avait-il pas de réponses, mais au moins elle pourrait lui annoncer en personne qu'elle voulait une carte de bibliothèque pour accéder à la réserve de livres de l'URF. S'il y avait la moindre chance que leur bibliothèque recèle une information à propos de ce qu'elle était, alors elle se sentait prête à se plonger dans n'importe quel livre pendant des années.

– Où allons-nous ? s'enquit Della en la suivant au-dehors.

_ Parler de mon problème à Burnett.

– Lequel ?

– Tu as un souci ? demanda Miranda quand elle les rejoignit sur le perron du bungalow.

– C'est n'importe quoi, répondit Kylie, ne sachant pas trop si elle tenait à tout leur expliquer, et elle se mit en route.

– Quel genre de n'importe quoi ? demanda Miranda. Cela a-t-il un rapport avec le fait que Perry soit amoureux de toi ?

– Quoi ? cracha Kylie, à bout de patience.

– J'ai bien remarqué qu'il te tournait autour toute la journée.

– Allez ! Il me tournait autour parce qu'il me sert d'escorte. (Elle soutint le regard de Miranda sans se démonter.) Bon écoute, je ne le répéterai pas. Perry est amoureux de toi. Mais si tu n'arrêtes pas de jouer à te faire désirer, tu vas finir par perdre ta chance avec lui.

– Amen, ma sœur ! lança Della.

Les traits de Miranda se durcirent et elle les foudroya toutes deux du regard.

– Depuis quand vous prenez son parti, vous deux ?

Kylie ferma les yeux d'exaspération.

– Très bien, il a été idiot de faire ça, mais tu as reconnu que tu avais eu un peu tort d'embrasser Kevin, toi aussi. Il est temps de passer l'éponge et d'oublier.

– Avec toi, tout est si simple…

Le ton de Miranda révélait sa peine.

– C'est simple, dit Della. Un bisou, et c'est reparti !

Miranda l'ignora et fixa Kylie.

– Comme si toi, tu n'avais pas de problèmes avec Derek ! (Elle se tourna vers Della.) Et toi avec Lee.

– Ce n'est pas pareil ! rétorqua Della, les yeux brillants et aussitôt sur la défensive.

Non, il n'y avait aucune différence, convint Kylie.

– Écoutez, la vérité c'est que nous sommes toutes les trois dans la même galère. Celle de l'amour merdique. Et Della et moi avons conclu un pacte hier.

Elle jeta un coup d'œil à Della, espérant ne pas la contrarier en partageant ça avec Miranda. Mais, bon, elles formaient un trio, non ?

Heureusement, la vamp' n'eut pas l'air agacée et Kylie poursuivit :

– Nous tournons la page. Je vais oublier cette histoire entre Derek et Ellie, et donner une chance à Lucas. Della essaiera d'être plus sympa avec Steve et on verra ce qui se passe. Tu veux te joindre à notre pacte ?

Miranda fronça les sourcils.

– Mais Todd Freeman m'a appelée ce matin. Il a dit qu'il pourrait bien venir me voir ce week-end.

– Qui est Todd ? s'enquit Della.

– Le sorcier beau gosse de son ancienne école, expliqua Kylie, et elle regarda de nouveau Miranda. Écoute, si tu ne veux pas, ou si tu ne peux pas pardonner à Perry, c'est une chose. Mais tu ne peux pas ménager la chèvre et le chou.

– Oui, tu choisis : la chèvre, ou le chou, railla Della.

– Je ne ménage ni la chèvre ni le chou, insista Miranda.

– Si, répliqua Kylie. Tu tiens toujours à lui, sinon tu ne serais pas jalouse.

Et Derek et elle, alors ? Kylie mit cette question de côté.

– Mais si je virais Todd et qu'ensuite Perry redevenait un enfoiré ?

– Il n'y a aucune garantie, riposta Kylie. Ni en amour ni dans la vie. Mais tu ne peux pas avancer dans la vie sans prendre de risques. Et c'est ce que nous avons toutes décidé de faire. Vider nos cœurs. Prendre un risque avec un garçon. Peut-être que nous souffrirons, peut-être pas.

Miranda, immobile, l'air pincé, semblait réfléchir à la proposition.

– OK, et si je passais un pacte pour parler à Perry et essayer d'arranger les choses ?

– Parler, c'est un bon début, observa Kylie.

– Se rouler une pelle, ce serait mieux ! lança Della, tout sourires.

Kylie repartit, suivie de Miranda et Della.

– Alors, c'est quoi ce problème dont tu dois discuter avec Burnett ? demanda Miranda.

Kylie soupira.

– J'ai abandonné un morceau de mon âme et je crois que j'aimerais le récupérer.

chapitre 13

– Qu'est-ce qui ne va pas ? cria Burnett depuis le bureau de Holiday, lorsque Kylie entra quelques minutes plus tard.

Holiday avait installé son collègue au fond du bungalow, mais apparemment Burnett préférait utiliser le bureau de la jeune femme en son absence, et Kylie ne lui en tenait pas rigueur.

La pièce était petite, mais agréable. Un canapé brun foncé contre le mur laissait suffisamment de place pour une table et deux meubles à classeurs. La directrice avait apporté sa touche personnelle au minuscule espace. Des plantes, différentes sortes de fougères et même quelques herbes, ornaient chaque coin de la pièce où flottait le parfum de Holiday – un léger arôme floral. Et sur le grand classeur en fer, trônaient plusieurs cristaux de teintes variées. La lumière se déversait par la fenêtre et, attirée par les minéraux, renvoyait les couleurs de l'arc-en-ciel sur les murs.

Burnett referma quelques dossiers et se cala dans le fauteuil de Holiday. Kylie ne put s'empêcher de se demander s'il occupait ce bureau uniquement parce que la présence de la jeune femme était si manifeste dans la pièce.

– Qu'est-ce qui ne va pas ? s'enquit-il de nouveau.

Elle lâcha étourdiment :

– Vous vous y connaissez en pouvoirs de guérison ?

Elle se laissa tomber sur la chaise face à la table.

– Pas vraiment, juste un peu.

– Si je fais ressusciter quelque chose, est-ce que je perds un morceau de mon âme ?

Le front de Burnett se plissa davantage.

– Que s'est-il passé ? Quelqu'un a été blessé ? As-tu dû…

– Pas quelqu'un, répondit Kylie. Un oiseau.

– Oh, Holiday m'en a parlé. (Burnett se pencha.) Mais elle a précisé que tu ignorais s'il était vraiment mort.

– Il en avait l'air, précisa Kylie. Et j'aimerais juste savoir si j'ai perdu un morceau de mon âme quand je l'ai ramené à la vie. Et ce que ça signifie.

Burnett croisa les bras sur le bureau.

– Je suis loin d'être aussi calé sur le sujet que Holiday, mais elle n'était pas inquiète. Donc, à mon avis, tu n'as aucun souci à te faire.

Incapable de se contenter de cette réponse, Kylie se souvint de l'autre problème dont elle souhaitait discuter.

– J'aimerais obtenir une carte de bibliothèque.

– Une quoi ?

– Je veux pouvoir lire les livres que l'URF possède dans sa bibliothèque.

Il fronça les sourcils.

– Ce n'en est pas une, en tout cas pas une bibliothèque normale. Avant que tu aies le droit d'emprunter un livre, il faudra qu'on te donne le feu vert.

– Pourquoi ?

– Parce que parmi tous ces bouquins, il y a beaucoup de documents de l'URF.

– Et que cache l'agence ?

Sa question sembla presque le contrarier.

– Nous ne cachons rien. Mais nous ne pouvons pas laisser des normaux mettre la main sur nos livres.

Elle colla un doigt sur son front.

– Ai-je l'air normale pour vous ?

– Nous devons rester prudents.

– Vous êtes donc en train de me dire que je ne peux pas consulter vos livres.

Burnett plissa encore plus le front.

– Je veillerai à t'en obtenir quelques-uns sur la guérison, ajouta-t-il comme une consolation.

– Quel autre genre de bouquins avez-vous ?

– Ce n'est pas une bibliothèque, Kylie, déclara-t-il avec fermeté, puis il se rassit et se tut.

Son silence gêné poussa Kylie à poursuivre ses questions.

– Des nouvelles sur le vieux couple qui s'est fait passer pour mes grands-parents ?

L'expression circonspecte de Burnett s'effaça.

– Je viens de recevoir un coup de fil. Les empreintes que nous avons pu trouver appartiennent aux propriétaires du véhicule. Je crains que cela ne nous serve pas à grand-chose. Je suis désolé. Mais je peux te rendre cela. (Il lui donna l'enveloppe marron qui contenait les photos de son père.) Tu lui ressembles vraiment.

L'inquiétude sincère dans ses yeux et son ton auraient dû la rassurer, mais cela ne fit que confirmer ses soupçons : il n'avait pas été complètement honnête à propos de l'URF et de la bibliothèque. Que cachait donc l'URF ?

Kylie prit l'enveloppe.

– Merci, dit-elle.

Si elle ne se méfiait pas encore de Burnett, elle se montrerait cependant prudente avec lui.

Kylie était sur le point de partir lorsque celui-ci jeta un coup d'œil vers la porte, et lança :

– Entre !

C'était Lucas. Il soutint le regard de Burnett.

– J'aimerais avoir l'autorisation de raccompagner Kylie à son bungalow.

– Cela dépend d'elle, répondit Burnett.

– Sans escorte, précisa Lucas.

Kylie comprit que demander cette permission blessait l'orgueil de Lucas. Elle se souvint que Della avait dit que les loups-garous ne supportaient pas d'être soumis. Et demander une autorisation était un geste de soumission.

Toutefois, vu l'expression de Burnett, la demande de Lucas lui avait fait gagner du respect et, avec un peu de chance, quelques minutes avec elle. Burnett regarda attentivement Kylie comme pour s'assurer qu'elle était d'accord, et elle hocha la tête.

– Jusqu'au bungalow, c'est tout. Et restez sur le chemin. (Burnett regarda par la fenêtre.) Della prendra le relais dès que Kylie sera arrivée là-bas. Compris, Della ?

– Oui, lui répondit-elle.

Kylie roula des yeux, se demandant si son amie écoutait toujours les conversations.

*
* *

Della et Miranda étaient parties lorsque Kylie et Lucas sortirent du bureau. La chaleur de l'après-midi était supportable. Quelques campeurs traînaient devant le réfectoire. Kylie vit Will, un autre loup-garou, qui les observait. Elle remarqua aussi que Lucas le foudroyait du regard.

– Viens, dit celui-ci, et il se dirigea vers le chemin.

C'est seulement après avoir franchi le premier virage, et quand ils furent hors de vue, que Lucas lui prit la main. Kylie se dit alors que Fredericka ne mentait pas quand elle disait que la bande ne l'aimait pas.

Elle voulut interroger Lucas, mais il prit la parole le premier.

– Tout va bien ? (Il s'arrêta, se tourna vers elle et la scruta de ses yeux bleus.) Pendant une seconde, tu as eu peur de moi ce matin, et puis tu es partie avec Perry comme si tu étais en colère.

Elle hésita à le lui dire, mais comme elle voulait que Lucas soit honnête avec elle, elle devait l'être aussi avec lui.

– Ce n'était pas toi qui me faisais peur. Hier soir, j'ai été entraînée dans une effraction de rêve. Je ne savais pas trop ce qui se passait, mais tu étais là.

– Non, répondit-il.

– Je sais maintenant que ce n'était pas toi. C'était Red. Le petit-fils de Mario. Au début, il est apparu sous tes traits.

Lucas ne bougea pas, comme s'il réfléchissait.

– C'est un vampire. Ils ne pratiquent pas l'effraction de rêve.

– Eh bien, si ! J'ignore comment, mais il l'a fait.

– C'était peut-être un rêve normal.

Elle secoua la tête.

– Je connais la différence à présent.

– Tu en as parlé à Burnett ?

– Non… j'ai géré ça toute seule. Je sais comment y

mettre un terme. Si ça se reproduit, je lui en toucherai deux mots. Ou je le dirai à Holiday.

Il fronça les sourcils.

– Que faisait ce monstre dans ton rêve ? Il ne t'a pas...

Elle comprit ce qu'il lui demandait.

– Il a juste posé ses mains sur ma taille. Puis je me suis aperçue qu'il n'était pas chaud comme toi.

Pour la première fois, elle se demanda pourquoi Red n'avait pas essayé d'aller plus loin. Mais, bon, elle devait simplement se réjouir qu'il ne l'ait pas fait. L'idée de l'embrasser, c'était trop pour elle.

Lucas l'attira contre lui.

– Je tiens vraiment à attraper ce lèche-bottes de vamp'.

Il la prit dans ses bras. Elle y resta quelques secondes, la joue collée contre sa poitrine, absorbant son étreinte. Enfin, elle releva la tête et le regarda.

Il colla ses lèvres aux siennes. Ce n'était pas vraiment un baiser sulfureux, mais il était agréable. Suffisamment pour qu'elle ne lui parle pas des sentiments que lui inspirait Fredericka, toujours à ses basques.

– Donc tu n'es pas fâchée contre moi ?

– Un peu, avoua-t-elle.

Il eut l'air perplexe.

– À cause de quoi ?

Comme elle ne voyait pas du tout comment le lui expliquer, elle lâcha tout simplement :

– Chaque fois que je te vois, Fredericka est avec toi.

Il colla son front au sien.

– Je t'ai dit qu'il ne se passait rien entre nous.

– Je sais, et je te crois, mais elle est tellement... suffisante.

Il sourit à moitié.

– C'est un loup-garou. L'arrogance, c'est instinctif.

– Je m'en moque. Ça ne me plaît pas.

Son demi-sourire s'évanouit.

– Elle fait partie de ma bande. Je ne peux pas l'éliminer sans raison valable, ni sans conséquences graves pour elle.

Le fait qu'il se soucie de Fredericka la blessa. Néanmoins, elle se rendit ensuite compte qu'elle n'aurait pas voulu qu'il arrive quelque chose à Derek. Mais Fredericka n'était pas la seule à l'origine du problème.

– Ta bande refuse qu'on se voie, c'est ça ?

Il parut quelque peu choqué. Elle faillit lui répéter ce que Fredericka lui avait dit, mais elle ne tenait pas à passer pour une petite copine jalouse.

– C'est ridicule. Peu importe ce qu'elle veut.

– Vraiment ?

– Oui, vraiment, insista-t-il avec fermeté. Je refuse de laisser quiconque me dicter qui je dois aimer. Et puis, tu pourrais bien être l'une de nous en fin de compte.

– Et si ce n'était pas le cas ?

– Peu importe, lui assura-t-il, mais la conviction dans sa voix avait diminué.

– Que se passera-t-il ?

– Rien. Parce que je ferai en sorte qu'il ne se passe rien. (Il lui toucha la joue.) C'est mon problème, laisse-moi m'en occuper.

Une demi-heure plus tard, Kylie entrait dans sa chambre glaciale… Elle avait un visiteur fantôme, mais se sentait bien déterminée à l'ignorer. Elle devait réfléchir longuement à sa conversation et à ses soupçons à propos de Burnett, ainsi qu'à sa discussion avec Lucas. L'attitude de sa bande, c'était son problème à lui, certes, mais elle était concernée. Elle voulait aussi passer du temps à contempler le visage de son père. Aussi fou que cela puisse paraître, elle espérait que les photos le rapprocheraient d'elle.

L'un vit, l'autre trépasse.

Kylie fronça les sourcils. OK, ignorer l'esprit serait probablement plus difficile qu'elle ne le croyait, d'autant plus que le prétendu message du fantôme était censé lui être envoyé par les anges de la mort.

Idem pour la grand-tante de Holiday, passée la voir la veille.

– Qui vit et qui trépasse ?

Kylie se retourna pour voir la femme fantôme flotter derrière elle. Elle avait de nouveau des cheveux, de longs cheveux noirs qui tombaient sur ses épaules.

– *Ils ne l'ont pas dit. Mais ils ont bien précisé que ce n'était pas ta faute.*

– Qu'est-ce qui n'est pas ma faute ?

L'esprit haussa les épaules.

– *Ils n'expliquent jamais rien. Ils me demandent juste de te transmettre le message.* (Elle se mordilla la lèvre inférieure.) *Ils me font peur.*

Kylie se laissa tomber sur le lit. Elle remarqua alors autre chose à propos du fantôme. La femme était enceinte. Le T-shirt rose collait à son ventre rond.

Réprimant sa frustration, elle montra le petit abdomen de la femme.

– Tu es enceinte.

Celle-ci baissa les yeux et posa ses mains sur son estomac.

– *Comment cela est-il arrivé ?*

Kylie secoua la tête.

– Si j'étais chez moi, je pourrais te donner une brochure te l'expliquant étape par étape. Un spermatozoïde rencontre un œuf, etc. Ma mère m'en distribue tous les mois. Mais en gros, ça signifie que tu as couché avec quelqu'un.

L'esprit eut l'air perplexe.

– *Couché ?*

– Arrête, ne me dis pas que tu ne sais pas ce que c'est, parce que je suis trop jeune pour te servir le grand discours sur le sexe. Je n'y ai même pas encore eu droit. J'ai juste lu les brochures.

– *Je sais ce qu'est le sexe. C'est juste que… avec qui ai-je couché ?* demanda-t-elle. *Je n'en ai aucun souvenir.*

– Ce n'est pas moi qui vais te le dire !

L'esprit se rapprocha, le froid glacial aussi. Elle se laissa tomber sur le lit à côté de Kylie, les paumes toujours posées sur son ventre tendu. Fermant les yeux, elle resta assise en silence. Kylie sentit qu'elle se creusait les méninges, tâchait de se souvenir.

Elle se couvrit les épaules d'une couverture pour ne pas avoir froid. Après quelques minutes de silence, le fantôme ouvrit les yeux, mais continua à fixer son ventre rond. Ses mains se mirent à le caresser tendrement, comme pour témoigner de l'affection au petit qu'elle portait.

Kylie n'avait jamais vu tant d'amour exprimé par un seul contact. Le temps d'une folle seconde, elle se demanda ce que ce serait de porter un enfant dans son propre ventre.

Quand l'esprit leva la tête, il avait les larmes aux yeux.

– *Je crois que mon bébé est mort.*

Le chagrin sur le visage du fantôme et dans sa voix fit naître une boule dans la gorge de Kylie.

– Je suis désolée.

Puis l'esprit ôta les mains de son abdomen. Ses paumes étaient ensanglantées. Kylie retint son souffle en voyant que le ventre rond avait disparu et que le devant de son

T-shirt était trempé de sang. *Non.* Le sanglot profond et douloureux de l'esprit envahit la petite chambre et sembla se répercuter d'un mur sur l'autre.

Kylie ouvrit la bouche pour lui demander si elle pouvait se souvenir de ce qui s'était passé, pour lui manifester sa sympathie et lui offrir sa compassion. Mais avant qu'elle puisse dire quoi que ce soit, la femme disparut.

Le froid de l'esprit se volatilisa, laissant une vague de tristesse glacée et un chagrin si intense qu'il emplit Kylie de douleur. Et pas n'importe quelle douleur : le chagrin d'une mère qui perdait un enfant. Kylie saisit son oreiller et le serra bien fort.

Quelques minutes plus tard, Kylie sortit les photos de l'enveloppe et les regarda longuement. Quand elle tomba sur un cliché de sa mère et de Daniel parmi d'autres personnes, elle attrapa son téléphone.

– Salut, ma belle.

Rien que le fait d'entendre la voix de sa mère fit ressurgir un peu de sa sollicitude pour l'esprit.

– Salut, maman…

Bizarre : il n'y a pas si longtemps, la jeune fille était sûre que sa mère ne l'aimait pas, ne voulait même pas d'elle. Aujourd'hui, elle n'avait plus le moindre doute sur son attachement. Elle se demanda si ça faisait partie du passage à l'âge adulte. Lorsque les ados cessent de voir leurs parents comme des instruments qui sont là pour détruire leurs vies, et commencent à les considérer comme des humains.

Pas parfaite, bien sûr. Kylie savait que sa mère avait des défauts, des tonnes même, mais aucun n'altérait son amour pour elle. Et aucun n'empêchait Kylie de l'aimer.

– Je suis contente que tu m'aies appelée, observa sa mère. Entendre ta voix me manquait.

– Moi aussi.

Kylie réussit à le dire sans s'étrangler, et elle aurait bien voulu que sa mère soit là pour la serrer dans ses bras. Elle aurait bien voulu lui parler des photos, mais alors elle devrait s'expliquer à propos des Brighten, et elle ne pensait pas que ce soit possible. Pas encore, en tout cas.

– J'allais t'appeler ce soir si je n'avais pas eu de tes nouvelles, déclara sa mère.

– Je suis désolée. Ça a été de la folie depuis mon retour.

– Je m'en doute. Sara a téléphoné et m'a raconté qu'elle avait essayé de te joindre, mais que tu ne l'avais pas rappelée. Elle avait l'air en forme. Elle m'a dit que c'était une espèce de miracle… son cancer a disparu comme par enchantement !

– Je suis sûre que c'est un de ses traitements, répondit la jeune fille en se mordant la lèvre, et se demandant comment elle allait gérer tout le problème.

Sara. Kylie ne l'avait pas rappelée, car elle avait d'abord voulu en parler à Holiday. Pauvre Holiday ! À son retour, elle lui réservait une sacrée liste de sujets à aborder.

– J'imagine, dit sa mère. Mais j'aimerais croire aux miracles.

– Alors crois-y, répondit Kylie qui ne savait pas du tout quoi lui dire à ce propos.

Elle, plus que jamais, savait que les miracles existaient. Le fait qu'elle en ait accompli un elle-même la mettait tout de même mal à l'aise.

– Tu vas bien ? lui demanda sa mère, comme si elle devinait son état d'esprit.

– Oui.

– Non. Je le perçois dans ta voix. Qu'est-ce qui ne va pas, ma chérie ?

– Juste… des problèmes de garçons.

– Quel genre ? s'enquit sa mère.

La tension dans sa voix indiquait qu'elle craignait que cela n'ait un rapport avec le sexe.

– Ce n'est rien. (Cherchant à changer de sujet, Kylie lança :) Comment ça s'est passé au boulot aujourd'hui ?

– C'était étrange. J'ai eu un nouveau client.

– Pourquoi est-ce étrange ?

Sa mère travaillait dans la publicité et elle avait toujours de nouveaux clients.

– Il est étrange.

– Dans quel sens ? demanda l'adolescente, ravie de la tournure que prenait la conversation.

– Il avait l'air plus intéressé par moi que par la… campagne.

Elle gloussa.

Kylie fronça les sourcils.

– Définis « intéressé ».

– Oh, je ne sais pas… C'est juste sa façon de se comporter, expliqua sa mère, comme si elle essayait de prendre le sujet à la légère. Nous sommes censés dîner ensemble ce soir et discuter de ses idées pour la promotion spéciale sur sa nouvelle gamme de vitamines.

– C'est un dîner professionnel ou… galant ?

– Ne sois pas idiote ! C'est le boulot.

– En es-tu sûre ? C'est vrai, si tu semblais l'intéresser…

– Je pense que c'est professionnel, répondit sa mère, qui ne semblait plus si affirmative. Mais… si c'était un dîner galant, qu'en penserais-tu ?

Kylie inspira profondément. Une image de son beau-père

envahit son esprit. Elle le revit, assis au bord de son lit, quelques semaines auparavant, pleurer en lui avouant qu'il avait commis une terrible erreur. Elle savait qu'il voulait se réconcilier avec sa mère. Et si Kylie ignorait s'il méritait une deuxième chance après avoir trompé sa femme, elle ne pouvait pas nier qu'elle souhaitait qu'une chose au moins dans son monde revienne à la normale.

– Tu ne réponds pas, observa sa mère.

Kylie ravala une grosse boule d'indécision nichée dans sa gorge et regarda fixement la photo de sa mère avec Daniel. Était-il juste de sa part de vouloir qu'elle pardonne à son beau-père, rien que pour ramener un semblant de normalité dans sa vie ? D'autant qu'elle sentait que l'homme que sa mère aimait vraiment était mort. La question tournait dans sa tête et elle décida de se montrer honnête.

– C'est parce que je ne sais pas quoi dire. J'imagine qu'une partie de moi espérait que papa et toi pourriez arranger les choses. Tu ne l'aimes plus ? L'as-tu jamais aimé ?

– Je l'ai aimé, répondit-elle après un long silence. Et je l'aime probablement encore, avoua-t-elle enfin. Mais je ne sais pas si je pourrai lui pardonner. Ou lui refaire confiance. Et depuis que nous avons parlé de Daniel, je... je ne suis plus sûre qu'épouser Tom n'ait pas été une grosse erreur. Et si c'est vrai, nous remettre ensemble en serait une aussi. Mais je ne devrais pas t'en parler, Kylie.

– Pourquoi pas ?

– Parce que, ma chérie, ce n'est pas ton problème.

– Tu es ma mère. J'ai le droit de me faire du souci.

Et Kylie se rendit compte qu'en effet ça l'inquiétait que sa mère soit seule et se sente seule. Mais souhaitait-elle pour autant qu'elle rencontre des hommes ? Qu'elle exclue complètement l'hypothèse de retourner avec l'homme que Kylie avait aimé et considéré comme son vrai père toute sa vie ?

– Non, dit sa mère. Tu inverses tout. Les mamans ont le droit de se faire du souci pour leurs enfants, pas le contraire.

– Alors il faudra juste que nous tombions d'accord…

– Tu es bien trop têtue, tu le sais, n'est-ce pas ?

– Je me demande de qui je tiens ! rétorqua Kylie en gloussant.

Le portable de sa mère bipa, indiquant un appel.

– Je te laisse, dit Kylie. Mais maman…

– Oui ?

– Profite de ton dîner. Fais juste attention. Et ne tombe pas amoureuse ni rien. Ah ! et interdiction de s'embrasser lors du premier rendez-vous. C'était notre règle, tu te souviens ?

Sa mère gloussa.

– Je suis sûre que ce n'est qu'un dîner d'affaires. Je te rappellerai demain.

Lorsque Kylie raccrocha, elle entendit taper à sa vitre. Elle y jeta un œil, s'attendant à voir Lucas, mais à sa place se trouvait le geai bleu perché sur le rebord de sa fenêtre. Il battit des ailes, plana juste un peu, puis s'envola quelques secondes plus tard.

Super ! Le geai bleu qu'elle avait ressuscité la harcelait. Qu'est-ce que ça signifiait ?

*

* *

La mélancolie que lui inspirait le fantôme et les sentiments mitigés qu'elle ressentait pour sa mère, ainsi que l'éventualité d'avoir donné un morceau de son âme au geai bleu... rien de tout ça n'avait complètement disparu une heure plus tard lorsque Miranda et Della firent irruption dans sa chambre.

– Prépare-toi ! lança Della.

– Pour quoi ? demanda Kylie, allongée sur son lit, toujours en train d'étreindre son oreiller.

– Burnett a accepté qu'on organise une fête ce soir, expliqua Miranda. C'est l'occasion de mettre notre pacte en œuvre. Steve sera là, Lucas aussi, et même Perry. On commandera des pizzas et on mettra de la musique. Peut-être même qu'on dansera. Je crois que je porterai le nouveau jean que j'ai acheté le week-end dernier.

– Tu ne nous as pas dit que tu avais fait du shopping ! lança Della.

– Si, et je me suis même offert une jupe en jean ! (Miranda regarda Della.) Elle serait fabuleuse sur toi. Pourquoi tu ne me l'empruntes pas ?

– Vraiment ? fit celle-ci. Tu me la prêterais ?

– Bien sûr, ça m'arrive de te trouver sympa, parfois, railla Miranda avec un petit coup de coude.

La bouche de Kylie était prête à dire : « Allez-y sans moi, vous deux », mais elle décela une lueur d'excitation dans les yeux de Della. Elle se souvint que, comme le vamp' avait été nommé escorte, si elle n'y allait pas, Della n'irait pas non plus.

Alors, Kylie se leva et décida d'inspecter son armoire.

– Moi, je propose qu'on se sape super bien et qu'on en mette plein la vue aux garçons !

Une demi-heure plus tard, elles entraient toutes les trois

dans le réfectoire, prêtes à faire des ravages. Della avait emprunté à Miranda sa nouvelle jupe en jean qui lui allait très bien, surtout avec le haut à bretelles ultra fines et au motif Art déco noir et rouge, dont le tissu plissait et retombait sur le devant. Miranda portait son nouveau jean, avec un caraco décolleté en dentelle rose qui mettait sa poitrine en valeur. Quand Kylie avait fait ses bagages pour retourner au camp, elle avait rapporté d'autres vêtements. Sa robe en tricot noir n'était pas très sexy, mais elle lui allait très bien, surtout depuis sa récente poussée de croissance : la robe était un peu plus courte, et le décolleté rond, un peu plus moulant. Si son enthousiasme était feint au début, le fait de bien s'habiller lui avait donné très envie d'aller à cette soirée.

On entendait déjà de la musique, et les cartons de pizzas étaient entassés sur l'une des tables poussées contre les murs, laissant la place pour danser. La plupart des campeurs étaient déjà là, et discutaient. Une odeur de pepperoni et de sauce tomate piquante flottait dans l'air. Puis Chris sortit de la cuisine, portant un gros broc et des tasses en plastique.

– Waouh, ça sent bon !

Della leva la tête et Kylie reconnut l'odeur de baie sauvage du sang. Et bien qu'elle n'aimât pas l'avouer, sa bouche salivait davantage à cause de cette odeur que de celle de la pizza.

Non pas qu'elle en ait rebu depuis qu'elle y avait goûté lors de la cérémonie des vampires. Si Kylie devait en fin de compte se révéler un vampire, elle ferait avec. Mais en attendant, l'idée de boire du sang, même s'il avait un goût d'ambroisie, n'était pas sa tasse de thé.

Miranda avait dû fermer la porte un peu trop fort car elle

claqua, et la foule leva les yeux. Kylie sentit tous les regards braqués sur elle, sur son front, pour vérifier l'activité de sa configuration cérébrale qui changeait en permanence.

Elle remarqua deux yeux bleus qui ne regardaient pas son front, mais la regardaient, elle.

Elle savait que Lucas aimait sa robe. Ou du moins qu'elle lui plaisait dans cette robe. Et n'était-ce pas ce qu'elle désirait ?

Elle eut l'envie de procéder à un autre balayage visuel de la pièce pour vérifier si Derek était là, mais la réprima. Ce soir, c'était Lucas. Et vu comme il la regardait, elle avait le sentiment qu'il ne serait pas contre.

chapitre 14

Lucas ne souriait pas. Pas avec ses lèvres en tout cas. Ses yeux, eux, souriaient, et leur chaleur submergea Kylie lorsqu'il s'avança vers elle. Il marchait lentement, à pas réguliers, comme s'il avait toute la vie devant lui… mais ce qui comptait, c'était qu'il s'approchait d'elle. Au début, quand elle vit tous les loups-garous agglutinés, elle craignit qu'il n'ait pas envie de les quitter. Puis elle sentit qu'il faisait ça délibérément pour leur envoyer un message, à elle et à sa bande. Et soudain elle fut ravie d'avoir pris la décision de venir à la fête.

Lucas se trouvait au milieu de la pièce quand elle sentit une autre paire d'yeux sur elle. Arrachant son regard du jeune homme, elle remarqua Fredericka. Refusant de se laisser intimider par cette petite brute, ou qu'elle gâche sa belle humeur, Kylie ignora le loup-garou et se concentra de nouveau sur Lucas. Il était beau lui aussi, ce soir. Il portait un jean parfaitement ajusté, et une ample chemise bleu-vert, couleur qui rendait ses yeux plus bleus.

Quand il s'arrêta à son côté, son odeur naturelle emplit

l'air et elle sentit son pouls s'emballer. Il ne lui dit pas qu'elle était belle, il ne la toucha même pas. Mais ses yeux firent les deux.

– Salut ! lança-t-il.

Elle sourit.

– Salut !

Il posa les yeux sur Della.

– Burnett a dit que je pouvais prendre le relais.

Della hocha la tête.

– Tu veux quelque chose à boire ? demanda-t-il à Kylie, et il se dirigea vers les sodas, au fond, où il n'y avait personne.

Lucas n'aimait pas trop la foule. Ce soir, Kylie se sentait comme lui.

Elle hocha la tête et se tourna vers ses deux colocs.

– À plus. (Puis elle se pencha vers elles.) N'oubliez pas le pacte.

Miranda sourit et agita ses sourcils d'excitation. Della qui, comme Kylie le savait, se démenait avec tous ses problèmes de cœur, fronça les sourcils.

– Non non, dit Della. Mais je ne tiens pas à me ridiculiser.

– Rends-toi juste plus abordable, murmura Kylie, et elle se tourna vers Lucas.

Ils traversèrent la salle ensemble et elle sentit tout le monde les regarder. Elle se força à les ignorer.

Lucas se rapprocha encore.

– Que se passe-t-il entre ces deux-là ? demanda-t-il, ayant manifestement surpris la conversation de sa copine avec Della et Miranda.

– Pas grand-chose, répondit-elle.

Il prit un verre pour chacun, puis poussa deux chaises

pliantes en fer contre le mur. Quand Kylie s'assit, il en tira une et s'installa à côté d'elle. Sa cuisse gainée de jean se colla contre sa jambe nue. Elle sentit sa chaleur à travers le tissu, et cela fit palpiter son ventre.

Lucas se pencha pour qu'elle l'entende malgré la musique.

– Je suis content que tu sois venue ce soir.

– Moi aussi, répondit-elle.

– Tu n'es plus fâchée ?

La paume de sa main bougeait sur son avant-bras et elle sentit ses doigts gagner délicatement son coude.

– Je crois que je m'en suis remise.

– Tant mieux. (Il la parcourut des yeux.) Tu fais s'emballer mon sang, déclara-t-il, si bas qu'elle l'entendit à peine.

Elle sourit.

– Vraiment ?

– Vérifie par toi-même.

Il lui prit la main et la posa sur le dos de son poignet. La palpitation, plutôt une vibration, était si rapide qu'elle en devenait presque électrique. Le premier réflexe de Kylie fut de vouloir retirer sa main, mais le regard calme et tendre de Lucas fit qu'elle laissa ses doigts sur sa peau chaude. Et en une seconde, ce n'était plus du tout flippant.

– C'est un truc de loup-garou ? demanda-t-elle.

Il se rapprocha un peu jusqu'à ce qu'elle sente la chaleur de son souffle sur son oreille.

– Oui.

Elle frissonna légèrement.

– Donc je n'y suis pour rien ? s'enquit-elle, quelque peu déçue.

Un vague sourire effleura ses lèvres.

– Si, tout est ta faute. Cela ne se produit que quand je suis… captivé par quelque chose ou par quelqu'un.

Elle lui rendit son sourire.

– Alors, je suis ravie de t'avoir captivé.

Le sourire dans ses yeux disparut brusquement et elle aurait pu jurer entendre un léger grondement dans sa gorge.

Elle n'eut pas l'occasion de se demander ce qui se passait, parce que Perry se plantait devant eux.

Il gratifia Lucas d'un signe de tête, comme pour lui faire comprendre qu'il n'avait pas du tout peur de lui.

– Tu veux danser ? proposa-t-il à Kylie.

Elle fut si surprise qu'elle se demanda si elle avait mal compris. Puis elle sentit Lucas se tendre à côté d'elle.

– Euh, pas maintenant, répondit-elle, en essayant de garder un ton léger. Mais merci d'avoir demandé.

Perry disparut dans un groupe de campeurs. Quand elle reposa les yeux sur Lucas, il lança d'un air renfrogné :

– Vais-je devoir donner une leçon à un métamorphe qui se la joue ?

– Non.

– Je n'arrive pas à croire qu'il t'ait draguée alors que…

– Il ne m'a pas draguée.

Kylie regarda la foule et vit Perry en retrait des autres, qui matait Miranda, entourée d'un groupe de garçons. Durant une seconde, Kylie se sentit mal. Perry avait probablement voulu l'interroger sur Miranda et elle l'avait écarté.

– Je n'y crois pas, dit Lucas, d'un ton grave.

– Il n'a d'yeux que pour Miranda, lui assura Kylie. Regarde-le, il est vert de jalousie.

Et ses yeux avaient littéralement changé de couleur, ils étaient devenus vert vif.

– Mais oui, bien sûr.

– C'est vrai, crois-moi, il se fiche bien de moi.

Il baissa un peu la tête.

– Et toi, tu ne craques pas pour lui ?

Elle lui adressa un grand sourire.

– Serais-tu jaloux ?

– Non. (Il se redressa.) Je suis simplement… possessif, déclara-t-il comme si les deux traits étaient différents. Et tu n'as pas répondu à ma question.

– Perry ne me plaît pas, l'assura-t-elle. Nous sommes juste amis.

– Très bien. Alors, qui te plaît ? demanda-t-il, et ses yeux bleus capturèrent les siens.

– On pourrait dire que je craque pour un loup-garou jaloux en ce moment.

À son tour, il lui adressa un grand sourire et effleura rapidement son avant-bras du dos de la main.

– Eh bien, ne me dis pas son nom, sinon je risque de botter ses fesses jalouses.

Ils rirent tous les deux, puis se dévorèrent du regard jusqu'à ce que cela en devienne gênant. Non que cela paraisse bizarre, mais il semblait logique que l'un des deux se penche et conclue l'instant par un baiser. Mais aucun des deux ne semblait vouloir prendre l'initiative. Kylie se dit que sa raison à lui était la même que la sienne. Trop de monde. Elle espérait simplement que ce n'était pas à cause de sa bande.

– Je voulais te demander… Holiday t'a-t-elle répondu sur cette histoire d'oiseau ?

Quand elle se souvint de la petite visite du geai cet après-midi, elle sentit la frustration la chatouiller.

– Non.

Elle sirota son soda, se concentra sur la musique et tenta

de repousser toutes les pensées négatives. Malheureusement, elles revenaient sans cesse.

– Savais-tu que l'URF avait une bibliothèque remplie de livres sur tout ce qui est surnaturel ?

– Oui, j'en ai entendu parler. Pourquoi ?

– Sais-tu pourquoi ils ne nous laissent pas les lire ?

– Je crois que certains contiennent des documents du gouvernement.

– Mais pourquoi auraient-ils besoin de cacher quoi que soit ?

Il haussa les épaules.

– Pour la même raison que le gouvernement américain dissimule certaines choses… qui ne sont peut-être pas éthiques. Et si des informations tombent entre les mains des mauvaises personnes, ce pourrait être préjudiciable.

La musique changea et un slow passa. Kylie leva les yeux et vit plusieurs couples se diriger vers le centre du réfectoire pour danser. Helen et Jonathon, main dans la main, furent parmi les premiers à se frayer un chemin jusqu'à la piste. Ils oscillèrent au rythme de la musique. Ils n'avaient même pas l'air de danser, ils se tenaient tout simplement et, de temps à autre, effectuaient un petit pas de côté. Mais ça n'avait rien de ringard. Au contraire, c'était plutôt mignon.

Quelques autres couples gagnèrent la piste et commencèrent à danser. La chanson parlait d'amour, d'être l'un contre l'autre, et de baisers. La lumière baissa, et comme Kylie croyait qu'il n'y avait pas de variateur, elle pensa que l'une des sorcières avait fait appel à la magie.

Peut-être avait-elle même ajouté un peu de potion d'amour dans l'air, car brusquement Kylie voulut se retrouver sur la piste elle aussi. Sentir les mains de Lucas sur sa taille quand elle poserait sa joue sur son épaule.

Elle lui jeta un coup d'œil, se pencha et demanda :
– Veux-tu danser ?
Il fit une drôle de grimace, comme si elle lui avait proposé de se mettre debout sur la tête.
– Je… non… désolé.
– J'imagine que cela pourrait un peu trop énerver tes gardes, non ?
Elle regarda la meute de loups qui les observait.
– Ce n'est pas ça. (Lucas laissa échapper un profond soupir.) Viens.
Il lui prit des mains la tasse en plastique remplie de soda et la déposa par terre à côté de leurs chaises. Il l'aida à se relever. Un bref instant, elle crut qu'il avait l'intention de l'emmener sur la piste de danse, mais il se dirigea vers la sortie du réfectoire.
– Où allons-nous ?
– Dehors.
Il l'entraîna si vite à travers la foule que Kylie n'eut pas le temps de lui demander pourquoi. Ils s'éloignèrent du réfectoire.
Seuls.
On entendait encore la musique, mais elle n'était plus qu'un bourdonnement lointain et semblait accompagner les bruits nocturnes. Des criquets et quelques oiseaux chantaient sur la mélodie.
– N'est-ce pas mieux ?
Il lui prit les mains, les passa autour de son cou et mit les siennes autour de sa taille, comme pour danser.
– Donc ta bande ne nous verra pas ? demanda-t-elle, inquiète.
– Non, insista-t-il. As-tu vu un seul loup-garou sur la piste ?

Elle réfléchit, puis secoua la tête.

– Non.

– Nous n'aimons pas attirer l'attention sur nous en public.

L'air était chaud, mais pas autant que la main de Lucas sur sa hanche. Kylie leva les yeux et vit la demi-lune qui offrait un minimum de lumière à la nuit. Pourtant, il ne faisait pas très sombre, on aurait dit que les astres se bousculaient. Pas un seul nuage dans le ciel, qui semblait même constellé d'étoiles. Elle avait du mal à y trouver un seul espace dépourvu de minuscules diamants étincelants scintillant dans la nuit d'une lueur argentée. Lentement, il se dirigea vers la musique lointaine.

– Mais en privé, c'est une autre histoire.

Il ne se balançait pas seulement, il dansait. Et manifestement il savait s'y prendre, parce que ses pas encouragèrent les pieds de la jeune fille à suivre le même chemin que les siens.

Sans effluves de pizza ni de sang pour parfumer l'air, la propre odeur de Lucas ressortit et se mêla aux senteurs boisées de l'atmosphère nocturne.

Elle le regarda de nouveau.

– Qui t'a appris à danser ?

– Ma grand-mère. Elle m'a dit que c'était ainsi que l'on conquérait le cœur d'une femme, expliqua-t-il, sa voix murmurant légèrement à son oreille. (Sa tête se pencha encore et ses lèvres se posèrent sur sa joue.) Personnellement, je crois que quand deux personnes deviennent aussi intimes, ça devrait se passer en privé.

Ses paroles lui firent comprendre qu'ils étaient vraiment très proches. Elle le regarda de nouveau dans les yeux et sa bouche toucha la sienne. Ils dansèrent et s'embrassèrent pendant ce qui lui sembla une éternité. Mais elle ne s'en plaignait pas. Elle avait l'impression qu'ils flottaient, perdus dans l'instant. Son baiser ne la força pas à donner plus que ce qu'elle était prête à faire. Ce n'était qu'un doux effleurement de ses lèvres sur les siennes, la langue du garçon glissant de temps en temps sur sa lèvre inférieure.

Le baiser prit fin. Elle posa la paume sur son torse tiède, juste à côté de l'endroit où reposait sa tête, et écouta les battements très rapides de son cœur.

– Ton sang s'emballe-t-il encore ? s'enquit-elle.

Elle leva la tête et lui sourit.

– Plus qu'avant.

Sa voix était plus grave. Il plaça ses mains sur sa taille et elle sentit ses pulsations s'accélérer au contact de son poignet.

– Tu le sens ? demanda-t-il.

– Ouais.

Reposant sa tête contre lui, elle se dit qu'elle resterait bien ici pour toujours, le souffle de Lucas dans ses cheveux. Fermant les yeux, elle savoura sa proximité et la délicieuse sensation d'être enlacée, aimée.

Son oreille collée sur sa poitrine, elle entendit un doux bourdonnement, presque un ronronnement. Le bruit emplit sa tête, et elle eut l'impression qu'il palpitait en elle. Elle sentit qu'il l'avait attirée plus encore contre lui, sa proximité la réchauffait de partout, et la sensation de flottement revint, plus forte encore. Elle mourait d'envie d'être encore plus près.

Ses doigts se pressèrent sur sa taille, créant comme de minuscules entailles de bas en haut. Le léger contact provoqua une palpitation tout au fond de son ventre. Puis les paumes de Lucas remontèrent sur ses côtes, presque jusqu'à ses seins. Une infime mise en garde chuchota dans sa tête, mais elle la chassa. C'était trop bon pour…

Il inspira brusquement, et elle crut l'entendre jurer, puis il ôta ses mains et recula.

Sans son soutien, elle avait le vertige. Confuse, elle leva les yeux sur lui.

– Que…

– Nous devrions… nous devrions rentrer.

Quand elle croisa son regard, ses yeux étincelaient d'un bleu plus vif.

– Quelque chose ne va pas ? demanda-t-elle.

– Non. C'est juste… qu'il y a moins de risques à l'intérieur.

– Par rapport à quoi ?

Elle regarda autour d'elle, pensant qu'il avait vu quelque chose. L'aigle ou le cerf étaient-ils revenus ? Et pourquoi pas le geai bleu…

– À moi, souffla-t-il, et il fourra ses mains dans ses poches. Je n'ai pas beaucoup de volonté ce soir, Kylie. Environ une semaine et demie avant la métamorphose, j'ai tendance à marcher davantage à l'instinct qu'à la logique. Et pour l'instant, mon instinct me dicte de t'entraîner dans les bois, de trouver un coin d'herbe douce et de parvenir à mes fins avec toi.

Elle s'avança vers lui et posa une main sur sa poitrine.

– Je te connais suffisamment pour savoir que tu ne me forcerais jamais à faire quelque chose dont je n'aie pas envie.

Il prit sa main et la tint délicatement dans la sienne.

– Je ne te contraindrai jamais à rien, Kylie. Jamais. Mais je ne répugne pas à l'idée d'essayer de te persuader. Et… (Il releva la tête de la jeune fille comme pour s'assurer qu'elle le prenait au sérieux.) Les loups-garous sont des champions de la persuasion. Et ce n'est pas comme ça que je veux que les choses se passent.

Elle cilla et s'efforça de comprendre ce qu'il disait. Son estomac lui semblait toujours liquide, et sa chaleur lui manquait. Elle tâcha de se rapprocher pour la retrouver, mais il recula encore d'un pas.

Il porta sa main à ses lèvres et, après avoir déposé un baiser rapide sur ses doigts, resserra son étreinte et l'entraîna vers le réfectoire d'un geste sec.

Elle fit quelques pas. Puis, essayant toujours de le comprendre, elle écrasa sa pédale de frein mentale.

– Qu'entends-tu par « champions de la persuasion » ?

chapitre 15

Lucas ne répondit pas. Il se contenta de la tirer par la main et elle se laissa entraîner dans le réfectoire. Mais plus elle pensait à ce qu'il avait dit, plus elle voulait des réponses. Pendant une minute, elle s'était presque sentie ivre… de passion. Les loups-garous, comme les fées, n'avaient-ils pas le don de manipuler les émotions d'une fille afin qu'elle leur donne… tout ce qu'ils voulaient ?

Kylie fixa Lucas, qui lui tenait la main et la ramenait à l'endroit où ils se trouvaient auparavant. Mentalement, elle fit le tri dans ses sentiments.

Elle n'était pas en colère contre Lucas, elle ne regrettait même pas leur slow au clair de lune. Au contraire, elle en avait adoré chaque seconde. Alors, où était le problème ?

Une toute petite voix intérieure répondit à sa question. Le problème était qu'elle ne voulait pas croire qu'on puisse la persuader de faire quelque chose qu'autrement elle n'aurait peut-être pas fait.

Et pourtant, une autre petite voix murmurait : n'était-ce pas cela, la passion et la séduction ? Tous les magazines disaient que les femmes désiraient qu'on les séduise. Alors, était-ce mal ?

D'accord, elle était perdue. Elle regarda sa main, là où les doigts de Lucas s'entremêlaient aux siens pour l'entraîner. Elle le suivait tandis qu'il se frayait un chemin à travers une petite foule de campeurs pour retrouver leurs chaises. De nouveau installés sur leurs sièges, elle se demanda quand cela deviendrait plus simple.

– Tu veux boire autre chose ? proposa-t-il, élevant la voix pour se faire entendre par-delà la musique et les voix.

– Ça va.

– Pizza ?

– Pas tout de suite.

Elle faillit lui demander une explication sur ce qu'il venait de lui dire. Puis elle comprit que le bruit et la foule rendraient impossible toute conversation longue et privée. Elle jeta un regard à Lucas et le surprit en train de l'observer, de regarder dans ses yeux comme s'il essayait de lire ses pensées.

Il se pencha et posa son front contre le sien.

– Es-tu en colère contre moi ?

– Non, dit-elle honnêtement.

Ce n'était pas de la colère qu'elle ressentait, juste de l'incertitude, de la confusion. Parce que même si Lucas avait le don de la séduire pour l'amener à faire certaines choses, il ne l'avait pas fait.

Lui offrant un sourire, elle décida que ce soir, du moins à la soirée, ce n'était pas le moment pour discuter de tout ça. Toutefois, avant qu'elle danse de nouveau au clair de lune ou qu'elle l'embrasse près du ruisseau, il lui fallait des réponses.

Elle se rappela les paroles de Holiday la semaine

précédente, quand elles parlaient de garçons et de sexe. *Ce que je te demande, c'est que quand tu décides de faire quelque chose, ce soit quelque chose de réfléchi. Pas une décision sur un coup de tête, que tu risquerais de regretter plus tard.*

Les paroles de sagesse de Holiday avaient-elles encore plus de sens que Kylie ne l'avait pensé ?

Une heure plus tard, ils s'étaient goinfrés de pizza et avaient bu suffisamment de soda light pour noyer un poisson italien. Le nombre de couples qui dansaient avait diminué ; presque tout le monde mangeait et papotait. On avait même rallumé les lumières. Lorsque des campeurs s'arrêtèrent pour discuter avec eux, Kylie crut que Lucas disparaîtrait. Mais il resta là et se montra même aimable, ce qui ne ressemblait pas du tout à un loup-garou. Il faisait ça pour elle et elle appréciait cet effort.

Della et Miranda s'étaient toutes les deux arrêtées près d'elle en allant chercher des sodas et de la pizza. Kylie voulut leur demander si leurs « pactes » se passaient bien, mais elle ne put trouver le moyen de le faire sans qu'on l'entende, et décida donc d'attendre un moment plus propice.

Dès qu'il n'y eut plus de pizza, on baissa de nouveau les lumières et plusieurs couples se dirigèrent vers la piste de fortune. Tandis que la vision de Kylie s'adaptait au changement d'ambiance, ses yeux tombèrent par hasard sur Della qu'un garçon conduisait sur la piste. Chris.

Elle balaya immédiatement la salle du regard à la recherche de Steve, et elle fut quasi sûre qu'il s'agissait du type en T-shirt noir debout dans le coin d'ombre, qui parlait à deux filles, dont l'une était Fredericka. L'autre ressemblait à… Ellie.

Pendant une brève seconde, elle parcourut la salle du regard à la recherche d'un certain demi-Fae. Elle ne le trouva pas. S'il n'était pas venu, se dit-elle, c'était peut-être parce qu'il savait qu'elle serait là.

Je ne pense pas à Derek. Elle ferma les yeux et se répéta ces paroles mentalement, comme un nouveau mantra.

Quand elle rouvrit les yeux pour trouver Della, elle vit Miranda qui bougeait sur la piste avec Clark. Kylie ne le connaissait pas très bien mais savait que c'était un sorcier réputé perturbateur.

Que faisaient Della et Miranda ? Qu'était-il arrivé à leur pacte ? Pourquoi ne couraient-elles pas après les bons garçons ?

– Quelque chose ne va pas ? s'enquit Lucas.

Elle lui jeta un coup d'œil et vit qu'il fronçait les sourcils.

– Pas vraiment, c'est juste que…

Elle regarda de nouveau la foule, gagnant du temps, essayant de trouver ce qu'elle pourrait lui expliquer au juste. Avant même qu'elle ne trouve une réponse appropriée, elle remarqua Perry. Perry, qui semblait suffisamment en colère pour « mâcher des clous et recracher des agrafes ». Son regard croisa le sien et il se dirigea vers la porte.

– Donne-moi une minute, s'il te plaît, dit-elle à Lucas, et elle courut après Perry.

Le temps que Kylie sorte, Perry était introuvable. Puis elle le vit. Enfin, ça devait être lui. Un de ces gros oiseaux préhistoriques se tenait devant le bureau principal.

– Perry ! cria-t-elle, et elle courut pour le rattraper.

Ses ailes, d'une envergure d'un mètre et demi environ, étaient grandes ouvertes et il semblait prêt à s'envoler.

– Ne t'enfuis pas ! cria-t-elle d'un ton sec.

– Je ne m'enfuis pas, je vole. Et pour une sacrée bonne raison. Si je dois rester ici à la regarder flirter avec tous ces mecs, je finirai par blesser quelqu'un.

Kylie regarda le bec de l'oiseau qui montait et descendait quand il parlait.

– Premièrement, reprends ta forme humaine avant de me parler. Deuxièmemement, tu n'as rien à faire ici. Va donc lui demander de danser.

Des étincelles en forme de diamants apparurent autour de l'oiseau. De là où se tenait Kylie, à un mètre de lui seulement, l'air sembla se raréfier. Elle ne savait pas trop ce qui se passait quand Perry se transformait, mais cela devait faire des trucs bizarres à l'ozone.

L'une des étincelles s'éleva en flottant et, en descendant, elle frôla son bras et éclata comme les bulles de savon avec lesquelles elle jouait quand elle était petite. Mais au lieu d'être chatouillée, Kylie reçut une décharge électrique dans le bras.

D'un seul coup, Perry avait remplacé le ptérodactyle. Ses yeux étaient rouges, son regard, en colère.

– L'inviter à danser pour qu'elle me rejette devant tout le monde ? J'ai l'air de quoi ? D'un idiot ?

– Non, pour l'instant tu as l'air d'un lâche qui a peur de prendre des risques pour obtenir ce qu'il désire.

– Je ne suis pas un lâche, grommela-t-il. J'ai plus de pouvoir dans mon petit doigt que dix surnaturels comme toi.

– Alors, prouve-le. (Comme il n'avait pas l'air convaincu, Kylie ajouta :) J'ai la conviction qu'elle ne te rejettera pas.

Il se contenta de la fixer, incrédule, et ses yeux rouges redevinrent bleus, de leur couleur habituelle.

– Crois-moi ! lança Kylie.

Elle voyait bien qu'il voulait capituler. Mais il agita une main vers la porte.

– Elle danse déjà avec quelqu'un.

– Alors interromps-la.

Kylie se rembrunit quand elle vit Lucas tapi dans l'ombre. Puis elle se souvint qu'il jouait son rôle d'escorte. Il ne devait pas la lâcher d'une semelle.

– L'interrompre ? dit Perry, comme s'il ne connaissait pas ce mot.

– Va taper sur l'épaule du type et dis-lui que tu veux danser avec elle.

– Et il se mettra de côté et me laissera faire ? Mais où as-tu donc pêché une telle idée ?

– Ce n'est pas une idée, ça se fait. Quand un garçon veut danser avec une fille déjà prise, il est censé taper sur l'épaule du type et dire : « Veuillez m'excuser. »

Perry se rembrunit.

– Et s'il répond non ?

– Il n'est pas censé le faire.

Perry roula des yeux.

– Dans le monde humain, peut-être, mais…

– Oh, bon sang ! (Elle leva des yeux furieux.) Essaie !

– Bien. Mais s'il me prend la tête, je pourrais bien lui faire du mal.

Ses yeux redevinrent rouges. Rouge sang.

– Non, tu ne peux pas…

Avant qu'elle puisse terminer sa phrase, Perry retourna à l'intérieur à toute vitesse. Elle le suivit à toute allure. Oh super ! Ce n'était peut-être pas la meilleure des idées, après tout.

Lucas l'appela, mais elle ne ralentit pas.

Kylie était à peine entrée qu'elle perçut le brouhaha. Elle se rua vers la piste.

– J'ai dit que j'étais désolé de vous interrompre !

La voix de Perry se fit entendre par-dessus la musique et le bavardage des autres campeurs.

Kylie tâcha de se frayer un chemin à coups de coude, espérant les rejoindre à temps pour éviter que la situation ne dégénère, mais une foule les encerclait déjà et ses coudes ne devaient pas être assez durs, parce que tout le monde grommela et l'ignora.

– Et moi je te dis d'aller te faire voir ! répondit une voix, celle de Clark, à l'évidence.

– Et ce que moi je veux, ça compte ? demanda Miranda.

Kylie se dressa sur la pointe des pieds pour mieux voir, mais ne vit toujours rien.

Les éclats d'une rixe envahirent la salle. La plupart des campeuses se mirent à hurler, tandis que les mecs encourageaient à la bagarre.

– Arrêtez ! cria Kylie, et elle bondit sur place, dans l'espoir de voir ce qui se passait.

– Attention ! hurla quelqu'un, et comme une vague, tout le monde tomba par terre alors qu'une boule de feu de la taille d'un ballon de volley fendait l'air.

– Merde ! cria Kylie, et elle profita du fait que tout le monde était allongé pour avancer.

Quand elle eut enjambé deux ou trois personnes, s'excusant lorsqu'elle sentait des doigts ou des pieds sous ses pas, elle repéra Miranda qui faisait sa fête à Clark.

– J'ai dit que je voulais danser avec lui ! hurla-t-elle.

Perry observait la scène et écoutait Miranda, un grand sourire sur le visage.

Celle-ci continua de fulminer, et Kylie ne parvint pas à

l'entendre à cause du jacassement de tous les autres, mais elle put voir le visage de Clark rougir de colère. Miranda lui donna un coup dans la poitrine. Clark riposta en la poussant et en la traitant de tous les noms.

Miranda n'avait pas repris son équilibre que des étincelles de diamant éclatèrent comme des feux d'artifice. Un immense dragon vert de la taille d'un très gros camion apparut à la place de Perry. De la fumée s'éleva en volutes du long museau bosselé de l'animal. La plupart des campeurs s'enfuirent en courant, comme des cafards dans une pub pour un insectiside.

Enfin, tout le monde sauf Kylie, Miranda et Clark. Kylie prit son amie par le bras dans l'espoir de l'éloigner du danger. Mais la petite sorcière échappa à son emprise et resta plantée là, à dévisager le dragon avec ce qui ressemblait à de l'admiration.

– Waouh, qu'il est beau ! murmura-t-elle.

Kylie leva les yeux sur l'immense bête verte, et si elle n'était pas d'accord avec sa copine, elle décida de ne pas donner son avis. D'autant plus que Perry, agitant une queue de cinq mètres dans la salle, fit tomber plusieurs spectateurs audacieux et en envoya quelques autres à travers la pièce. Le bâtiment trembla de nouveau, puis tous ceux qui restaient encore debout reculèrent.

Della surgit d'un coup, et hurla à Kylie et Miranda de partir. Celle-ci l'ignora aussi, refusant de s'en aller.

– Il ne me fera pas de mal, rétorqua Miranda.

Puis elle posa ses yeux furieux sur Clark. Elle agita son petit doigt et entonna un chant.

Malheureusement, juste à ce moment-là, Burnett arriva et atterrit pile devant Clark. Il avait l'air suffisamment en colère pour tuer des chiots innocents. Il ouvrit la bouche, sans doute pour leur passer un savon à tous, mais avant qu'il ne parle, un tourbillon aux couleurs de l'arc-en-ciel tournoya autour de lui comme un faisceau de rubans. Puis le vampire énervé disparut dans l'air empli de fumée, et un kangourou très excité le remplaça.

– Oh non ! s'écria Kylie.

– Oh merde ! hurla Miranda.

Burnett, le kangourou extrêmement mécontent, bondit partout comme un Marsupilami sous amphétamines. Miranda tremblait et dansait d'un pied sur l'autre, tenait son petit doigt en l'air et marmonnait si vite que Kylie n'en comprit pas un mot.

Perry, alias le gros dragon incontrôlable, avança d'un pas vers Clark.

Clark, qui semblait prêt à se faire dessus, envoya d'autres boules de feu. L'une d'elles loupa sa cible et toucha le mur du réfectoire. Une autre heurta la poubelle remplie de cartons à pizza, qui prit immédiatement feu. Une troisième fendit l'air, se dirigeant droit sur… Miranda.

Kylie se sentit bouillir de rage. Sans réfléchir, sans même se rendre compte de ce qu'elle faisait, elle sauta en plein dans la trajectoire de la boule de feu, l'attrapa et la balança à l'autre bout de la salle.

Perry émit un son menaçant, moitié rugissement, moitié cri. De la fumée s'échappait de ses narines. Clark jeta une autre boule de feu. Avant que Kylie ne puisse l'arrêter, celle-ci toucha Perry sous sa forme de dragon, et brûla légèrement ses écailles vertes.

L'odeur de dragon carbonisé et des cartons à pizza qui brûlaient imprégna l'air. De la fumée s'élevait jusqu'au toit.

Perry dressa la tête et rugit si fort qu'il fit trembler le réfectoire jusqu'à ses chevrons. Ce n'était pas tant un hurlement de douleur qu'un cri d'avertissement et de fureur absolue.

Lucas apparut soudain à côté de Kylie et lui prit la main. Il regarda sa paume. Puis, l'air perplexe, il la prit par le coude et la tira d'un coup sec. Elle se libéra et sauta par-dessus des chaises retournées pour attraper Miranda.

Juste au moment où Clark jetait une autre boule de feu, Della redescendait en piqué : la flamme cylindrique la toucha à la hanche. Della repoussa le petit vampire d'un bon mètre et demi, et il s'écroula comme une masse.

Miranda psalmodia plus fort, Perry cracha davantage de feu et Kylie bondit en hurlant par-dessus les chaises pour rejoindre son amie.

Avant même qu'elle n'arrive à son côté, Della, apparemment indemne, se releva d'un bond. Mais Kylie ne l'avait jamais vue aussi énervée. Ses yeux étincelaient d'un vert vif, ses crocs dépassaient de sa lèvre inférieure. Et si un regard avait pu tuer, Clark n'aurait plus été qu'un asticot. Grognant d'une rage brute, Della s'élança à la poursuite du garçon. Burnett, dans toute sa splendeur de kangourou, se posta d'un bond devant elle, lui bloquant le chemin et l'empêchant d'attaquer.

Perry laissa échapper un souffle de feu qui fila dans la pièce, dessinant des marques noires sur les murs en rondins et au plafond.

Miranda, le petit doigt toujours en l'air, psalmodiait de plus en plus fort. Puis un autre tourbillon aux couleurs de l'arc-en-ciel traversa la salle, et Burnett retrouva brusquement sa forme de vampire. Mais un vampire pas ravi ravi.

Les yeux étincelant d'un rouge fluorescent, il poussa un hurlement qui n'avait rien à envier au cri du dragon.

– Arrêtez, tout le monde ! Immédiatement !

Le brouhaha s'interrompit. Même la foule postée devant le bâtiment cessa de jacasser. Le silence se fit.

Burnett posa d'abord les yeux sur Clark.

– Jette une autre boule de feu et tu seras expulsé de Shadow Falls jusqu'à ma mort. Et j'ai l'intention de vivre très vieux. (Il regarda Lucas.) Pourrais-tu sortir la poubelle en flammes avant que le camp tout entier ne prenne feu ? (Pirouettant sur lui-même, il s'adressa à une Della furieuse.) Moi, j'adorerais te laisser arracher la tête de ce type – il foudroya Clark du regard –, mais je ne pense pas que Holiday soit d'accord. Alors, va te calmer ailleurs.

Il lui indiqua la porte.

Avant qu'il ait baissé la main, Della était partie, laissant juste une masse floue et enragée dans son sillage.

En inspirant profondément, Burnett posa son regard furieux sur le dragon.

– Retransforme-toi immédiatement !

Perry poussa un grognement de protestation, mais des étincelles flottèrent ensuite du plafond vers le sol. Kylie constata que tous les autres savaient éviter les petites bulles électriques. Étrange que personne ne le lui ait appris.

Une seconde après la pluie de bulles de diamants chargées d'électricité, le dragon disparut et Perry réapparut devant Burnett. Il ne semblait pas moins en colère que le directeur. Puis, comme pour montrer que Kylie avait raison, il franchit Burnett d'un bond et atterrit sur Clark. Les coups tombèrent immédiatement.

Burnett n'eut aucun mal à se glisser dans la bagarre. Il tira Perry d'un coup sec par le col de sa chemise et le souleva à dix centimètres du sol en béton.

– Interdiction de se battre.

Il le laissa retomber sur ses pieds.

Perry foudroya Clark du regard, puis dévisagea Burnett.

– Il a poussé Miranda, déclara Perry d'un ton furieux. On ne fait jamais, jamais de mal à une femme. C'est vous qui me l'avez inculqué quand j'avais six ans.

Six ans ? Kylie laissa aller son regard de Burnett à Perry. Cela signifiait-il que Burnett était au courant… ?

– Je sais, répondit Burnett. Et je lui parlerai de ça plus tard. Mais tu dois apprendre à gérer des situations sans te métamorphoser systématiquement, sinon tu ne pourras jamais coexister avec les humains.

– Il jetait des boules de feu ! protesta Miranda. C'est normal que Perry se transforme en dragon pour les combattre !

Kylie vit Perry regarder Miranda. Sa colère disparut et il la fixa avec une sorte d'étonnement. Kylie comprit que le garçon n'était pas habitué à ce qu'on le défende. Alors, elle ressentit encore plus de chagrin pour le métamorphe, abandonné par ses parents.

Burnett laissa échapper un profond soupir et reposa son regard furieux sur Clark.

– Retourne dans ton bungalow. Je te rejoindrai bientôt pour te dire quelle sera ta punition.

Clark déguerpit, non sans se moquer de Miranda. Pendant une seconde, Kylie crut que Perry allait réattaquer. Burnett aussi, car il lui agrippa le bras.

– Ne pense même pas à te métamorphoser.

Kylie remarqua de nouveau la familiarité avec laquelle Burnett s'adressait à Perry. À l'évidence, la période que Perry avait passée dans une famille d'accueil de l'URF l'avait mis en contact avec Burnett. Et elle sentait que celui-ci avait pris le métamorphe orphelin sous son aile. Cela atténua les doutes que Burnett lui avait inspirés tout à l'heure, à cause de la bibliothèque. Elle ne s'en était pas complètement remise, mais tout en elle lui disait que ce n'était pas lui l'ennemi.

Lucas revint, imprégné d'une odeur de fumée, et se posta au côté de Kylie. Elle jeta un œil à la poubelle qui, quelques minutes plus tôt, avait craché des flammes vers le plafond. Le feu était éteint, et seules quelques volutes s'élevaient encore de la corbeille.

Lucas prit la main de Kylie, l'ouvrit et l'examina. Puis il se pencha et lui murmura à l'oreille.

– Tu es sûre que tout va bien ?

– Oui, répondit-elle.

Sa question la plongeait dans la perplexité.

Il fixa de nouveau sa main et passa tendrement un doigt sur sa paume.

– Cela aurait dû te brûler.

Elle se revit attraper une boule de feu qui visait Miranda.

– Eh bien non.

Puis elle se souvint qu'elle avait eu la sensation que son sang s'était transformé en soda et qu'elle l'avait senti pétiller dans son cerveau.

L'expression d'admiration de Lucas se transforma en un léger froncement de sourcils.

– Quoi qu'il en soit, la prochaine fois que j'essaie de te tirer d'une situation dangereuse, ne te bats pas contre moi.

Elle le regarda à son tour en se renfrognant.

– Je ne me battais pas contre toi. Seulement, je ne voulais abandonner ni Miranda ni Della.

Il secoua la tête, comme si elle l'exaspérait.

– Tu es une véritable protectrice, pas vrai ?

– Peut-être suis-je simplement une bonne amie.

Pour une raison absurde, elle sentit qu'il ne voulait pas

qu'elle soit une protectrice. Pourquoi ? Cela réduisait-il ses chances d'être un loup-garou ?

Burnett se tourna vers le groupe de campeurs qui les observait.

– Vous autres, retournez dans votre bungalow. La fête est finie.

Dès qu'ils furent partis, il scruta Miranda.

– Si tu t'avises encore ne serait-ce que d'agiter le petit doigt vers moi, je te…

– Della dit qu'elle le lui arrachera, gloussa Miranda, que Burnett n'intimidait pas le moins du monde.

Ce dernier laissa échapper un grognement : il n'appréciait pas la candeur de la sorcière.

– Elle n'avait pas l'intention de vous transformer, s'exclamèrent Kylie et Perry en même temps.

– Elle visait Clark, ajouta Perry, en regardant Burnett d'un air renfrogné.

– Je m'en moque, répondit celui-ci. Ça ne se reproduira plus. Tu comprends ?

Il jeta un regard encore plus noir à Miranda.

La jeune fille hocha la tête.

– Compris. Je suis désolée.

Kylie devina qu'elle avait dû faire un effort pour avoir l'air désolée, mais ses excuses étaient sincères. Elle se rendit alors compte que tous les campeurs avaient accepté Burnett comme l'un de leurs directeurs. Il n'avait peut-être pas la même facilité que Holiday pour créer des liens avec eux, mais il compensait par bien d'autres moyens.

Il croisa les bras sur sa poitrine.

– Maintenant, vous regagnez tous vos bungalows.

Ils tournèrent les talons. Lucas glissa sa main dans celle de Kylie, pour lui faire comprendre qu'il la raccompagnait.

Mais Burnett ajouta :

– Tous, sauf Kylie.

Génial. Quoi encore ?

Elle s'arrêta et se tourna vers Burnett.

chapitre 16

Dès que le bruit de la lourde porte d'entrée en bois se fermant retentit dans le réfectoire vide et encore fumant, Kylie décida de passer aux aveux et d'en finir.

– Je sais, c'est ma faute. Je vous présente mes excuses. Je croyais être utile.

Burnett, les bras toujours croisés, la regarda fixement.

– Qu'est-ce qui est ta faute ?

– Ça, répondit-elle.

Elle regretta brusquement d'avoir endossé la responsabilité avec un tel zèle. Mais elle n'avait pas le choix.

Burnett continua de la fixer alors que les secondes s'écoulaient, ce qui intensifia encore le besoin croissant de Kylie de combler le silence.

– Bien, écoutez... dit-elle. C'est moi qui ai suggéré à Perry d'aller interrompre Miranda et Clark.

Il hocha la tête.

– Oui, j'ai entendu. J'étais dans le bureau.

Elle fronça les sourcils, se demandant s'il avait aussi surpris sa conversation avec Lucas.

Il laissa tomber ses bras de côté, ce qui le rendait moins intimidant.

– Mais ce n'est pas pour ça que c'est ta faute.

– Donc vous n'allez pas me faire la morale parce que je suis à l'origine de tout ce bazar ?

– Non.

Il redressa deux chaises et lui fit signe de s'asseoir.

– Ai-je des problèmes pour une autre raison ? demanda-t-elle en prenant place.

Il retourna sa chaise d'un coup et s'y installa à califourchon.

– Non, je voulais juste te parler. (Ses paumes agrippèrent le dos du siège.) Ta main va bien ?

Elle la lui montra.

– Oui.

Il regarda sa main, puis son visage.

– Holiday a appelé. Elle se faisait du souci pour toi.

– Pourquoi ?

Il sembla se démener pour trouver les mots justes.

– Je lui ai répété ta question sur l'oiseau.

– Qu'a-t-elle répondu ?

Kylie se pencha un peu, prête à obtenir une réponse minimale à sa longue liste d'interrogations.

– Que tu ne devrais pas t'inquiéter. Si tu as bien ressuscité l'oiseau, ça ne coûtera qu'un tout, tout petit morceau de ton âme.

– Donc, j'en ai donné un bout ?

– Possible.

Kylie hésitait à lui poser la question, mais comme il fallait qu'elle sache, elle l'interrogea :

– A-t-elle dit quelque chose sur l'oiseau qui me harcèle ?

– Te harcèle ?

– Oui, il volait autour de moi aujourd'hui, mais à mon avis ce n'était pas le hasard : il s'était posé sur ma fenêtre un peu plus tôt, et il a tapé du bec dessus.

Les yeux de Burnett s'écarquillèrent de surprise, puis il recouvra son expression énigmatique.

– Es-tu sûre qu'il s'agit du même oiseau ?

– Non, mais ça fait beaucoup de coïncidences, vous ne trouvez pas ?

– Peut-être. As-tu ressenti une espèce de menace de la part de l'oiseau ? Comme avec l'aigle et le cerf ?

– Non, rien, il était tout paisible et serein.

– Bien. (Il regarda ses mains comme s'il avait autre chose à ajouter et que ça n'allait pas être facile.) Écoute, pour la bibliothèque de l'URF…

– Oui ? fit-elle, immédiatement nerveuse.

– Je ne veux pas que tu croies que je mentais tout à l'heure. Mais, étant donné que je travaille pour l'URF, je ne suis pas autorisé à en dire plus.

– Donc, vous m'avez raconté des histoires ?

– Non. (Il pinça les lèvres, l'air contrarié.) Je t'ai dit tout ce que je pouvais. La vérité, c'est qu'il y a des livres que même moi je n'ai pas le droit de lire.

Elle eut brusquement froid, le genre de frisson lié à la peur. À celle de découvrir la vérité sur elle-même.

– Il existe des ouvrages… sur d'autres gens comme moi, n'est-ce pas ? demanda-t-elle. D'autres qui ignorent qui ils sont.

Il hésita de nouveau puis entrelaça ses doigts en une boule serrée.

– Je ne sais même pas tout ce qu'il y a, mais s'il existait ce genre de livres, je doute très sérieusement de pouvoir obtenir la permission de te laisser les lire.

– Pourquoi ?

– L'URF estime que quatre-vingt-dix pour cent de sa collection sont classés top secret.

La frustration l'envahit.

– Quel est ce grand secret ? Si ça se trouve, la clé pour comprendre ce que je suis se trouve dans cette bibliothèque. Et vous m'empêchez d'y entrer. Comme c'est frustrant ! On dirait que vous cherchez délibérément à me dissimuler mes pouvoirs, mon identité.

– On ne te cache rien du tout. Et la clé pour comprendre ce que tu es se trouve très probablement ailleurs – ici, dans le monde extérieur – et pas dans cette bibliothèque. Il y a des tonnes d'informations secrètes en jeu, mais rien que nous essayions de te cacher.

– En tout cas, ça m'en a tout l'air ! lança-t-elle. Dites-moi la vérité, s'il vous plaît. Savez-vous ce que je suis ?

– Non, répéta-t-il, et son instinct lui assura qu'il ne lui mentait pas. Écoute, reprit-il, j'ai abordé le sujet pour une seule raison : je ne veux pas perdre ta confiance. Tout cela me laisse aussi perplexe que toi.

Kylie s'effondra sur sa chaise, résignée à l'idée qu'il ne lui donnerait rien de plus – et en aurait été bien incapable.

– Très bien.

Il hocha la tête et passa le réfectoire en revue.

– Tu crois que nous pourrions convaincre les autres de ne pas parler de ce désastre à Holiday ?

Kylie leva les yeux vers le bois légèrement brûlé qui portait les traces du souffle du dragon et des boules de feu de Clark.

– Ça risque d'être difficile.

Il regarda autour de lui et se rembrunit.

– J'imagine, mais merde alors ! je voulais lui prouver que je pouvais faire tourner la baraque sans tout ficher en l'air !

– Vous n'avez rien fichu en l'air, dit Kylie. Tout est bien qui finit bien. Il n'y a pas de blessé.

Il laissa échapper un grand soupir.

– On m'a juste transformé en kangourou.

Kylie ne put s'empêcher de ricaner. Puis Burnett rit lui aussi et, même si elle n'aurait pu le jurer, elle pensa qu'elle l'entendait rire pour la première fois.

– Celle-là, elle va plaire à Holiday, pas vrai ?

Kylie continua à sourire.

– Oh que oui ! Je peux lui raconter ?

– Bien peur que non… (Puis il la gratifia de ce qu'elle aurait pu jurer être un sourire.) Si ça peut la faire rire, je me réserverai volontiers ce plaisir.

Elle l'observa quelques minutes, percevant une fois de plus son dévouement pour Holiday. Pensant au dévouement et à Burnett, elle décida de lui poser l'autre question qui la titillait.

– Perry et vous, vous avez des antécédents, pas vrai ?

Il marqua une pause, puis dit :

– En quelque sorte, pourquoi ?

– Votre façon de communiquer tous les deux.

Il hocha la tête, mais sans lui donner plus de détails.

– C'était par l'intermédiaire du programme d'accueil, c'est ça ? demanda-t-elle. Vous étiez un genre de travailleur social, quelque chose comme ça, à l'époque ?

Burnett resta stoïque.

– Il t'en a parlé ?

– Oui.

Il hocha la tête.

– Oui. Nos chemins se sont croisés *via* ce programme.

Comme il n'avait pas l'air disposé à en dire plus sur son passé, Kylie décida de laisser tomber, du moins momentanément.

– Perry ne va pas avoir trop de problèmes à cause de ce qui est arrivé, n'est-ce pas ? (Son visage se ferma.) C'est vrai, c'est moi qui suis plus ou moins à l'origine de cette situation. Il partait et je l'ai arrêté.

Burnett leva un sourcil.

– En vérité, il s'est extrêmement bien comporté... en fin de compte. (Il regarda de nouveau autour de lui.) Si tu savais tout ce que j'ai dû réparer à cause de lui !

Kylie imagina Burnett portant secours à un Perry plus jeune – un Perry qui n'avait personne, abandonné par ses parents. Ses doutes sur Burnett et sur la confiance qu'elle hésitait à lui accorder s'évanouirent. Sans réfléchir, elle lança :

– Vous savez, vous n'êtes pas aussi dur à cuire que vous aimeriez le faire croire.

Burnett fronça les sourcils, comme s'il ne voulait pas qu'on le considère comme quelqu'un de bien.

– À ta place, je ne compterais pas là-dessus. Demande à Holiday. (Il se leva.) Viens, je vais te raccompagner à ton bungalow, je dois m'occuper de Clark avant qu'il ne soit trop tard.

– Pas la peine. Je peux me débrouiller toute seule.

– Pas question. Tu es toujours sous escorte.

Quand ils sortirent du réfectoire, Kylie apprécia l'air nocturne sans odeur de fumée. Le souvenir de sa danse avec Lucas lui chatouilla l'esprit, mais elle le repoussa, ne souhaitant pas y penser avec Burnett à son côté. D'autant plus qu'elle redoutait un peu que celui-ci ait entendu toute leur conversation.

Ils redescendirent le sentier en direction de son bungalow. Quelques créatures nocturnes firent bruisser les sous-bois sur leur chemin. Burnett regardait à gauche et à droite, toujours en alerte, toujours sur ses gardes.

– On ne t'a pas encore menacée, n'est-ce pas ? demanda-t-il.

– Non.

– Tout ce qu'on peut éviter grâce à une escorte me surprend tous les jours.

Kylie leva les yeux vers lui dans l'obscurité.

– Croyez-vous que ce soit seulement pour cette raison que ça ne s'est pas reproduit ? Que quelqu'un, très probablement Mario ou son petit-fils, attende encore pour me mettre la main dessus quand je serai toute seule ?

Elle envisagea de lui parler du rêve, mais ne voyait pas en quoi cela pourrait l'aider.

– Je crois qu'on n'est jamais trop prudent.

Kylie sentit un frisson familier à son côté, et elle comprit qu'ils avaient de la compagnie. Elle jeta un œil alentour pour vérifier si l'esprit s'était matérialisé, mais elle ne vit rien.

Pourtant, la sensation d'infinie tristesse qui s'insinua en elle lui indiqua qu'il s'agissait de Jane Doe. Kylie pensa de nouveau à la morte et à la perte de son enfant. Le besoin de l'aider lui serra le cœur. Si Holiday était là, elle lui en parlerait. Mais elle voyait mal Burnett lui donner un coup de main, côté fantômes. Surtout si Jane Doe attendait un bébé.

– Qui me suivra demain matin ? demanda-t-elle.

– Je crois que c'est Della, répondit Burnett et il regarda autour de lui, presque comme s'il sentait la présence spectrale.

– Ça vous dérangerait si on allait au cimetière de Fallen demain ?

Burnett s'immobilisa.

– Qu'iriez-vous faire là-bas ?

Kylie se frotta les bras pour tenter d'éliminer le frisson.

– Ça a un rapport avec mon tout dernier esprit.

– Raison de plus pour ne pas y mettre les pieds.

Kylie se rembrunit à l'idée que Holiday et elle soient les seules à ne pas être anti-fantômes.

– L'esprit n'arrive pas à se souvenir de qui il est, et comme la première fois qu'il m'est apparu c'était quand ma mère et moi passions devant le cimetière, je pense qu'il pourrait bien y être enterré. J'ai demandé à Holiday si je pouvais y aller et elle m'a répondu que oui, à condition que quelqu'un vienne avec moi, et que vous autres sachiez où je suis.

Son expression ne changea pas, mais quelque chose dans la position de ses épaules lui indiqua qu'il avait capitulé.

– Laisse-moi vérifier auprès de Holiday. Si elle dit que c'est bon… je… je t'accompagnerai.

– Vous n'êtes pas obligé. Je suis persuadée que Della et moi…

– Non. (À son ton, elle comprit qu'il n'en démordrait pas.) Tant que nous ne serons pas sûrs que la menace n'est pas éradiquée, tu ne quitteras pas le camp sans moi. (Son regard sévère ponctua ses paroles et il poursuivit :) Je suis sérieux, Kylie. Je ne veux pas te faire peur, mais si c'est Mario ou Red, ils ne laisseront pas tomber. Ils attendent le moment où tu seras la plus vulnérable pour réattaquer. Et la prochaine fois, tu n'auras peut-être pas autant de chance.

Kylie, suivie par un nuage de froid spectral, entra dans le bungalow quelques minutes plus tard. Della et Miranda papotaient, installées à la table de la cuisine.

Miranda surgit :

– Tu as vu Perry ? Il était hyper méga canon, non ? Il s'est même battu pour moi, quand il était humain.

– Oui, j'ai remarqué, dit Kylie.

Elle resta un peu en retrait, car elle ne souhaitait pas gâcher l'instant en leur faisant sentir la présence de l'esprit. Elle regarda Della, dont les yeux brillaient encore de colère.

– Est-ce que Burnett va mettre Clark à la porte ? demanda Della. Parce que sinon je devrai donner une sacrée leçon à ce sorcier, une leçon qu'il n'oubliera jamais.

Kylie revit Della se faire toucher par la boule de feu, et elle savait que pour un vampire c'était sûrement embarrassant – d'autant plus que Kylie avait réussi à en rattraper une au vol et à s'en débarrasser.

– Je crois que Burnett doit passer le voir d'une minute à l'autre, mais je ne sais pas ce qu'il a prévu de faire.

– Il a brûlé la nouvelle jupe de Miranda !

Della brandit le vêtement carbonisé.

Miranda agita une main.

– Je t'ai dit que ce n'était pas grave !

– Si, c'est grave ! rétorqua Della. Si Kylie n'avait pas été là, il aurait pu te blesser.

– Et toi ? demanda Kylie à Della. La boule de feu t'a cramée ?

– Un peu, mais je suis déjà guérie. (Le regard de la jeune fille se posa sur la main de Kylie.) Toi aussi, tu dois guérir vite.

– Oui.

Kylie décida de ne pas leur préciser que la boule de feu de Clark ne l'avait pas brûlée. Du moins qu'elle n'en avait pas eu la sensation. Elle se rappela la remarque de Lucas : « Tu es une véritable protectrice. » Et une fois de plus, elle se demanda pourquoi cette éventualité ne semblait vraiment pas lui plaire.

Le froid de l'esprit se rapprocha, et Kylie se frotta les avant-bras, où la chair de poule courait sur sa peau. Elle s'appuya au bord du canapé.

– Burnett est vraiment en colère contre moi pour l'avoir transformé en kangourou ? s'enquit Miranda.

Kylie lui adressa un grand sourire.

– Je crois qu'il s'en est remis.

– Si j'étais toi, je continuerais à l'éviter pendant quelques jours, suggéra Della. C'est vrai, tu as remarqué comme il était furax quand tu l'as retransformé ? (Elle aussi eut un grand sourire.) Mais pas autant que moi. À sa place, je t'aurais cogné les fesses, juste après avoir donné des coups de poing à Clark, façon kangourou. Mais ce que c'était drôle de voir Burnett sauter dans tous les sens !

– Je ne l'ai pas fait exprès, dit Miranda. Je n'avais même pas opté pour le kangourou.

– Qu'avais-tu choisi ? s'enquit Kylie.

– Un cacatoès… J'imagine que je n'ai pas récité la bonne formule. (Elle pinça la bouche, comme si elle réfléchissait.) Mais au moins j'ai trouvé comment le retransformer. On pourrait tout de même me remercier pour ça !

– Te remercier ? (Della gloussa.) Si tu n'avais pas réussi à lui redonner sa forme initiale, je pense qu'en ce moment même tu servirais de nourriture pour kangourou.

Miranda soupira.

Kylie décida de changer de sujet et regarda Della.

– Alors, ce pacte ?

Della fronça les sourcils.

– Disons qu'il n'a pas aussi bien fonctionné pour nous. Mais ne parlons pas de nous. Comment ça s'est passé avec Lucas ? Je vous ai vus sortir un moment tous les deux.

Kylie se mordit la lèvre inférieure, indécise sur ce qu'elle voulait partager.

– Ça s'est bien passé.

– Comment ça, bien ? demanda Miranda qui n'avait jamais été du genre à apprécier l'intimité à sa juste valeur.

La petite sorcière, d'une impatience frivole, se frotta même les mains.

– Très bien, répondit Kylie.

Elle se souvint de ce qu'elle avait ressenti en dansant avec Lucas, en l'embrassant, comme s'ils l'avaient fait toute la nuit. Le souvenir chassa une partie du froid spectral qui picotait ses bras nus. Kylie regarda de nouveau autour d'elle, pour s'assurer que Jane Doe ne s'était pas manifestée.

– Bien, du genre on a franchi la première étape ? La deuxième ? (Les yeux noisette de Miranda s'agrandirent.) Ou parlons-nous de la troisième ?

– On s'est juste embrassés. (Se souvenant d'avoir été accusée de frôler la sainteté, Kylie ajouta :) Et on a dansé un slow au clair de lune. C'était très, très romantique.

– Romantique ou sexy ? demanda Della. Il y a une différence, tu sais.

Kylie fronça les sourcils.

– Non, il n'y en a pas.

– Oh que si ! (Della se la joua.) Romantique, c'est genre : « Oh, il est trop chou ! » Et sexy, c'est : « Il est trop beau gosse, ma petite culotte va prendre feu ! » Alors, c'était comment ? Romantique ou sexy ?

– « Ma petite culotte va prendre feu » ?

Kylie roula des yeux.

– C'est juste une expression, mais tu vois ce que je veux dire, insista Della. Hein, c'était quoi ? Romantique ? (Elle tendit une main.) Ou sexy ? (Elle tendit l'autre.)

Kylie réfléchit à sa question et avoua la vérité.

– Les deux.

Miranda poussa un petit cri perçant.

– C'était aussi chaud que le baiser de la crique ?

Kylie se rappela être allée au bord de l'eau avec Lucas plus d'un mois auparavant. Elle était tombée sur lui et ils s'étaient embrassés. Embrassés passionnément, l'eau froide coulant sur eux, le corps chaud de Lucas collé au sien. Et elle décida que Della avait peut-être raison à propos de la différence entre sexy et romantique. Le baiser à la crique avait été sexy. Ce soir, ç'avait été… eh bien, plus romantique, mais toujours sexy.

– Vous savez, les filles, il va falloir que vous vous mettiez à faire vos virées en amoureux, vous aussi. J'en ai marre d'être la seule à raconter ma vie !

– On travaille dessus, expliqua Miranda. (Et elle haussa les épaules.) Alors ? Des détails ! Ce soir, c'était aussi chaud que le célèbre baiser de la crique ?

Socks sortit de sa chambre en se dandinant et donna des petits coups de son museau pointu sur la cheville de Kylie.

– Pas tout à fait aussi chaud, dit celle-ci en se penchant pour prendre la mouffette dans ses bras. (Elle la serra contre elle et caressa son nez de ses lèvres.) Mais presque.

Au souvenir de ce soir « presque aussi chaud », Kylie regarda ses deux meilleures amies et se demanda si elles connaissaient la réponse à la question qu'elle avait l'intention de poser à Lucas plus tard.

– Les filles, que savez-vous sur les loups-garous et leurs pouvoirs ? s'enquit-elle.

– Qu'ils sont loin d'être aussi puissants que les vampires, dit Della.

– Je ne parle pas de la force physique. D'autres sortes de dons.

– Lesquels ? voulut savoir Della.

Kylie essaya de le lui expliquer.

– Celui de persuader une nana de faire des trucs ?

– Des trucs ? Quel genre ? (Della jeta un regard à Miranda dont les yeux devinrent ronds comme des billes.) Tu veux dire… ?

Elles se tournèrent toutes les deux vers leur amie.

– OK, crache le morceau ! insista Della. Que s'est-il donc passé au clair de lune ?

– Oui, ajouta Miranda, et n'oublie pas un seul détail croustillant.

chapitre 17

Kylie se sentit rougir.

– Bon, ce n'est pas ce que vous pensez…

Mais elle sut aussitôt qu'elle mentait.

– Bon, très bien. C'est exactement ce que vous pensez.

La bouche de Miranda s'ouvrit en grand.

– Tu veux dire… Avez-vous…

– Non. (Kylie lui flanqua une tape.) Mais non ! Comme je vous l'ai expliqué, nous avons juste dansé et nous nous sommes embrassés. Mais…

– Mais quoi ? fit Della.

– Oui, insista Miranda. Mais quoi ?

Kylie inspira profondément.

– Mais… il a dit quelque chose qui m'a fait penser qu'il avait peut-être le don de me convaincre de vous savez quoi.

Elle rougit de nouveau.

– De faire la danse horizontale ? lança Della. La bête à deux dos ? Une partie de jambonneaux ?

Kylie roula des yeux.

– Mais où vas-tu chercher tout ça ?

Della eut un grand sourire.

– Je voyage.

Miranda gloussa.

– Hum-hum. (Kylie sentit ses joues chauffer davantage encore.) Enfin, bref, oui, c'est ce que je veux dire, ajouta-t-elle avant que la vamp' « Mme Je-sais-tout » ne puisse sortir d'autres termes mi-vulgaires mi-hilarants sur le sexe. J'aimerais simplement savoir si les loups-garous ont des pouvoirs particuliers, d'accord ?

Della se cala sur sa chaise.

– Peut-être insinuait-il juste qu'il te séduirait d'un baiser ? Voyons les choses en face : il est super beau gosse, et tu as dit qu'il embrassait comme un dieu. Hé, il me fait défaillir ! et pourtant je suis un vampire avec une aversion naturelle pour les loups-garous !

– Il est canon, ajouta Miranda.

Kylie s'efforça de ne pas penser à ses deux colocs que Lucas faisait défaillir.

– Donc d'après vous, ce pouvoir n'existe pas ?

– Si, dit Miranda, et son front se plissa comme si elle réfléchissait. J'en ai entendu parler. Rien de très clair, juste des rumeurs.

– Qu'as-tu entendu ? demandèrent Della et Kylie à l'unisson.

Kylie posa Socks par terre, s'approcha de la table et se laissa tomber sur une chaise. Pour une raison quelconque, le fantôme avait décidé de poursuivre son chemin, ce qui ne la dérangeait pas du tout. Elle ne serait pas contre une période *off*.

Surtout en ce moment.

– Je ne me souviens pas des détails, reprit Miranda. Juste que c'est un peu dangereux de sortir avec un loup-garou. Ça a un rapport avec les phéromones animales. En gros, ce sont des animaux, et ils ont tous une facilité naturelle pour attirer le sexe opposé.

– L'attirer comment ? insista Kylie.

– Eh bien, dit Miranda, les lézards ont un truc aux couleurs vives en forme de ballon qu'ils font gonfler dans leur gorge et il paraît que les femelles lézards trouvent ça hyper sexy.

Kylie secoua la tête.

– Lucas n'a pas de ballon dans la gorge !

– Hé ! ajouta Della. Avez-vous déjà vu ce genre de merles… des quiscales, je crois… faire la danse nuptiale ? Ils sautent partout sur un pied, et ébouriffent leurs plumes. On raconte que ça excite les femelles rien que de voir les mâles le faire. C'est celui qui a les plus belles plumes qui gagne toujours… ou qui a les plus grosses ?

Miranda partit d'un rire moqueur.

– Et il paraît que les babouins mâles ont le derrière tout rouge et qu'ils n'arrêtent pas de montrer leurs fesses aux femelles. Ce serait hyper excitant !

Si Kylie tenait vraiment à trouver des réponses, elle ne put pourtant s'empêcher de rire.

– Je ne crois pas que Lucas ait les fesses rouges non plus. En tout cas, je n'en ai rien vu.

Elle s'esclaffa encore plus fort.

Avant la fin de leur conversation, Della, installée à l'ordinateur, recherchait d'étranges comportements nuptiaux qui incluaient toutes sortes de choses, depuis des testicules qui explosaient jusqu'au lancer d'excréments avec la queue, et elles rirent aux larmes jusqu'à minuit passé. C'était, décréta Kylie quand elle se glissa enfin dans son lit, exactement le type de soirée qu'il lui fallait.

Bien qu'elle n'ait toujours pas la réponse à sa question : quel genre de pouvoir Lucas possédait-il au juste ?

Et pouvait-elle lui faire confiance pour ne pas l'utiliser à mauvais escient ? Son instinct lui affirmait que oui. Mais des influences extérieures ne pouvaient-elles agir sur son instinct ?

La sensation de flottement emplit la tête de Kylie plusieurs heures après qu'elle se fut couchée ce soir-là. Les alarmes mentales se déclenchèrent. Était-ce encore Red ? Puis elle comprit la différence : elle flottait, elle était donc la seule à bouger.

Elle envisagea d'arrêter. Mais elle était trop fatiguée, alors elle se laissa aller. Se laissa flotter et traverser l'air comme une flèche, fendre des nuages de sommeil.

La sensation de liberté était grisante. Elle n'avait pas la moindre idée de l'endroit où elle se rendait, et elle s'en moquait. Manifestement, son subconscient avait un plan. Mais lequel ?

Puis elle le vit. Il était si beau, allongé sur son lit, qu'elle en eut le souffle coupé et elle freina son élan. En plus, il était torse nu. Les couvertures lui arrivaient à la taille, juste en dessous du nombril. Elle leva les yeux, puis les posa sur sa poitrine. Il y avait une jolie surface de peau à admirer.

Ensuite, elle observa son visage. Si paisible dans son sommeil. Ses cils reposaient sur ses joues, et ses cheveux, sur son front, tout ébouriffés, comme s'il y avait bien trop passé les doigts. Son cœur eut des ratés, puis elle sentit qu'elle se rapprochait de lui, dans la chambre, dans le lit, dans sa… tête.

Non ! Elle s'en empêcha, au dernier moment.

Elle s'était juré d'oublier Derek. De ne plus penser à

lui. Malheureusement, son subconscient n'avait pas reçu le message. Puis, comme si la pesanteur, ou peut-être sa propre volonté, la tirait en arrière, elle s'autorisa à naviguer à travers les nuages, à retourner dans l'univers du sommeil.

Elle se réveilla en sursaut, comme si elle avait brusquement regagné son corps. Reprenant son souffle, elle attrapa son oreiller et le serra fort contre sa poitrine. La vision de Derek endormi emplit sa tête.

Non ! Non ! Ne pense pas à Derek ! Pense à Lucas !

Lucas, qui avait dansé avec elle au clair de lune. Lucas, qui l'avait embrassée si tendrement. Lucas, dont le sang s'emballait dès qu'elle était avec lui.

En fermant les yeux, elle se perdit de nouveau dans le sommeil. Le doux néant du sommeil. Puis, sans crier gare, elle se retrouva dans une pièce de nuages, devant Lucas. Elle pensa à Red, mais Lucas parla. « C'est moi, touche-moi, je suis chaud. » Il prit sa main dans la sienne. Son contact envoya de la chaleur dans ses paumes et dans son cœur.

Elle se souvint s'être adjurée de penser à Lucas, et elle se demanda si elle apprenait à contrôler ses effractions de rêves. Un petit frisson la parcourut tandis qu'une impression d'accomplissement l'emplissait. Avec autant d'inconnues et de problèmes incontrôlables, c'était super de se dire qu'elle avait maîtrisé quelque chose.

Il lui sourit de ses yeux bleus ensommeillés.

– Je commençais à craindre que tu ne viennes plus jamais me rendre visite dans mes rêves.

D'un seul coup, les nuages s'évaporèrent comme un brouillard non désiré et ils se retrouvèrent dehors, là où ils avaient dansé un peu plus tôt ce soir-là. La lune et les étoiles projetaient de belles ombres autour d'eux. Sauf que cette fois, c'était la nuit qui offrait la musique. Des criquets et un oiseau chantaient en harmonie avec une brise légère qui agitait les feuilles du maquis et faisait frémir les chênes verts.

– On danse ?

Il lui tendit la main.

Elle allait la saisir quand elle vit qu'il était torse nu. À la place d'un jean, il portait un long boxer ample. Comme ceux que les garçons mettaient la nuit – s'ils ne dormaient pas nus. Comme ceux que les stars de cinéma portaient d'habitude sur les photos sexy.

Elle réprima un picotement nerveux. Il était très beau. Chaud et tellement proche ! Et presque nu. Comme s'il suffisait qu'il claque des doigts pour se retrouver dans le plus simple appareil.

– Euh… (Elle agita une main de bas en haut.) Et si tu te mettais quelque chose sur le dos ?

Il se fendit d'un grand sourire puis rit carrément – ce qu'il ne faisait pas souvent.

– C'est ton rêve, Kylie. Tu m'as vêtu pour l'occasion. Tu es responsable de ce que je porte. Donc, la meilleure question, c'est… est-ce comme ça que tu souhaites que je sois habillé ?

Elle sentit son visage s'échauffer, et aurait bien voulu le nier, mais Holiday lui en avait parlé au cours de leurs conversations sur l'effraction de rêve. Elle contrôlait tout, depuis la personne à qui elle rendait visite jusqu'à ce qui se passait durant ce moment. Alors, cela signifiait-il qu'elle était d'abord passée voir Derek ?

Et pourquoi avait-elle tenu à ce que Lucas soit à moitié habillé ?

D'accord, question stupide.

– Oh…

Elle se tut, ne sachant trop quoi dire. Elle remarqua alors ce qu'elle-même portait. Le même pyjashort qu'elle avait mis pour aller se coucher – un petit haut bleu moulant sans manches et un boxer de garçon bleu foncé près du corps. Un maillot de bain aurait révélé plus de peau, mais elle se sentait tout de même un peu nue.

Elle ne savait pas trop comment changer leurs vêtements, et se concentra quelques secondes. Quand elle rouvrit les yeux, elle constata qu'elle avait remis sa robe de soirée noire – bien plus appropriée. Lucas portait un jean et un T-shirt blanc, orné d'un gros smiley jaune.

Il examina son T-shirt, puis la gratifia d'un drôle de froncement de sourcils.

– Sérieux ? C'est ce que tu as choisi ?

– Je débute ! se défendit-elle. Mais ça va, y a pire !

– Un smiley ? (Il gloussa encore.) Rappelle-moi de ne jamais te laisser choisir mes vêtements !

Elle rit et il lui tendit de nouveau la main.

– Sommes-nous ici pour danser ?

Cette fois, elle l'autorisa à l'attirer contre lui.

Lorsqu'il la prit dans ses bras brûlants et que sa poitrine se fondit contre la sienne, cela lui évoqua la sensation de se glisser dans un lit chaud par temps très froid. Elle soupira tant c'était agréable qu'il la tienne de nouveau dans ses bras. Quand elle posa la joue contre son buste, sa main à lui se déplaça autour de sa taille, et son pouls presque électrique palpita dans le creux de ses reins. Cette palpitation sembla s'insinuer en elle et fit s'emballer son sang.

Elle se rappela la question qu'elle devait lui poser, leva la tête puis reposa son menton contre sa poitrine. Il baissa les yeux et croisa son regard. Un zeste de passion voilait ses yeux bleus et elle se demanda si les siens trahissaient la même émotion.

– Puis-je te demander quelque chose ?

– C'est ton rêve, murmura-t-il. Nous pouvons faire tout ce que tu veux.

Il insista sur le mot « tout », ce qui suscita chez elle un brin de nervosité.

Tout ce que tu veux.

Respirant un bon coup, elle cessa de danser et remonta sa main sur sa poitrine, où elle sentit son cœur battre la chamade.

– Ce soir, tu as dit que tu étais un champion… de l'art de la persuasion.

Un sourire s'ébaucha sur ses lèvres.

– Oui, je m'en souviens.

Sa voix avait cette tonalité sensuelle et taquine qui lui donnait envie de frissonner et de se coller encore plus contre lui.

– Que… qu'entendais-tu par là ?

Son sourire se fit ultra sexy.

– Je préférerais te montrer.

Elle mordilla sa lèvre inférieure, réfléchissant à sa proposition. Elle était tentée – oh que oui ! Et où serait le mal à accepter, juste cette fois ? Après tout, ce n'était qu'un rêve. Tout ce qui se passait ici n'aurait aucun effet sur sa vraie vie. N'est-ce pas ?

– Détends-toi, Kylie. Ce n'est qu'un rêve.

Les paroles du garçon exprimaient ses propres pensées. Puis ses lèvres chaudes effleurèrent son front et la gêne qui parcourut son corps s'intensifia.

– Ce n'est peut-être qu'un rêve, répondit-elle, mais il me

paraît réel et je… je préfère que tu répondes à ma question à l'ancienne.

Il acquiesça. Pendant une seconde, il sembla ne pas vouloir continuer, puis il dit :

– Ce n'est pas un piège ni rien. Ça fait partie de ce que je suis. C'est instinctif.

– Qu'est-ce qui est instinctif ?

– Lorsqu'un loup-garou se trouve avec une éventuelle partenaire, son corps réagit d'une certaine manière. (Il marqua une pause, comme s'il savait que son explication ne suffirait pas.) La nuit dernière, quand tu avais ta tête sur ma poitrine, tu as entendu le bruit… le grognement bas.

– Comme un ronronnement ou un petit ronflement, fit-elle, se souvenant que ce doux bruit l'avait apaisée.

Il hocha la tête.

– Eh bien, cette réverbération est censée être plus ou moins hypnotique. Elle encourage notre éventuelle partenaire à vouloir se rapprocher.

Se rapprocher et se déshabiller, se dit Kylie, mais elle garda le silence.

– Ça nous donne aussi le vertige, dit-elle, se souvenant de ce qu'elle avait éprouvé la nuit précédente.

Il prit son visage entre ses mains.

– Peut-être un peu, j'imagine. (Il effleura sa joue de son pouce.) Mais ce n'est pas un stratagème pour attirer les filles dans notre lit. C'est juste un truc naturel que font les loups-garous mâles. Si c'est ce qui te préoccupe…

– Ça ne m'inquiète pas vraiment, dit-elle.

Et c'était vrai.

Parce que le ronronnement d'un loup-garou avait beau être potentiellement dangereux, elle ne pensait pas devoir craindre que Lucas en abuse. Hier soir, il avait eu une chance de laisser les choses s'intensifier entre eux, et pourtant il y avait mis un terme.

– Comme je te l'ai dit, reprit-elle, je te fais confiance.

Et c'était encore le cas.

Il scruta son visage.

– Mais ?

D'accord, il y avait un « mais ». Elle chercha les bons mots.

– Mais savoir, c'est pouvoir. J'aime savoir à qui j'ai affaire. Et j'aime être assise sur le siège conducteur, si tu vois ce que je veux dire.

Il fronça légèrement les sourcils, comme s'il n'appréciait pas sa réponse.

– Ce n'est pas comme un piège. Une femelle doit être proche, vraiment très proche d'un loup-garou avant même de s'en rendre compte.

Kylie sourit.

– Alors, j'imagine que je vais devoir être prudente en me rapprochant de toi.

– Ou pas. (Il se pencha et l'embrassa doucement sur les lèvres.) Je… je vous aime beaucoup, Kylie Galen.

– Et moi aussi, Lucas Parker.

Elle se haussa sur la pointe des pieds pour déposer un baiser rapide sur ses lèvres.

Ses yeux croisèrent les siens et il laissa échapper un profond soupir.

– OK.

– OK quoi ? demanda-t-elle, sentant que sa remarque signifiait quelque chose.

– OK, je serai un peu plus patient. OK, cela me convient. D'être simplement si proche de toi.

Il la fit virevolter dans ses bras.

Elle lui adressa un grand sourire lorsqu'il la reposa par terre.

– Merci, dit-elle.

Et elle effleura ses lèvres de ses doigts.

Il lui prit la main.

– Il va juste falloir être un peu plus prudents quand nous ne rêverons pas.

– Comment ça ?

– Comme je te l'ai expliqué hier soir… plus la pleine lune approche, plus je fonctionne à l'instinct. Et parfois, mes instincts sont à bout de patience.

Elle n'aimait pas ce que cela présageait.

– Tu veux dire que nous ne pourrons pas nous voir une fois le moment de ta métamorphose venu ?

– Je n'ai pas dit cela. (Il fronça les sourcils.) Nous pouvons nous voir. Mais nous ne devrions pas… danser trop longtemps au clair de lune. Ni rouler dans l'herbe près de la crique. (Il lui fit un grand sourire.) Ni prendre des bains de minuit dans le ruisseau.

Son ton sembla devenir plus grave.

– C'était juste un rêve.

Elle se sentit rougir.

– Un beau rêve. (Il sourit. Puis il prit une grande inspiration comme pour se calmer.) Mais en gros, tout ira bien pour nous tant que nous ne jouerons pas trop avec le feu jusqu'à ce que ma métamorphose se produise. (Il passa une main dans son rideau de cheveux et en mit une poignée sous son nez.) À moins que tu ne changes d'avis. Tu sais que ce qui se produit dans les rêves n'est pas forcément vrai, n'est-ce pas ? Nous pourrions…

D'un seul coup, elle sentit quelque chose la tirer brusquement par-derrière et l'entraîner loin de Lucas. L'entraîner dans un endroit où elle ne voulait pas aller.

Lucas hurla son nom. Mais un nuage apparut entre eux. Elle réalisa que deux types en blouse de labo blanches l'avaient empoignée. Un par chaque bras. Ils la serraient si fort qu'elle ne pouvait pas s'enfuir. Le camp avait disparu. À présent, elle se trouvait dans une espèce d'immeuble, et les deux hommes l'entraînaient dans un couloir sombre et lugubre. Elle hurla et tenta de se libérer de leur étreinte, mais elle était sans défense.

Son cœur martelait sa poitrine, et elle sentait la peur sur sa langue. Rien n'avait de sens. Puis elle se souvint – c'était un rêve. Tout ce qui lui restait à faire, c'était se réveiller.

Elle ferma les yeux d'un coup. Fort. Puis plus fort.

Réveille-toi. Réveille-toi. Réveille-toi.

Soudain, une lumière vive brilla dans ses yeux. Tout avait encore changé. Les hommes qui l'avaient emmenée de force avaient disparu. Elle était désorientée, perdue, seule, vide. Elle se sentait vide. Que lui arrivait-il ?

La lumière passa d'un œil à l'autre, et elle vit le visage d'un homme à quelques centimètres de son nez. Elle comprit qu'elle était allongée sur un lit. Pas le sien, en revanche. Ni les lits jumeaux du camp, ni le grand matelas chez elle. Celui-ci était différent. Elle essaya de bouger, mais elle était engourdie. Non, pas engourdie – paralysée.

– Est-ce qu'elle va bien ? fit une voix de femme.

Kylie regarda sur le côté pour voir sa nouvelle ravisseuse, mais elle se trouvait hors de son champ de vision. Et Kylie n'arrivait pas à tourner la tête. La panique lui serra de nouveau la gorge.

– Elle devrait, répondit l'homme, qui braquait la lampe de poche sur ses yeux.

Kylie cilla et quand elle ouvrit les yeux, elle distingua sa configuration. C'était un vampire.

Puis il fit tourner son menton dans ses grosses mains et passa un doigt sur sa tête. Bizarrement, Kylie se rendit compte qu'il touchait son crâne chauve. Elle n'avait plus de cheveux.

Plus de cheveux ?

Elle cilla de nouveau et se souvint de son fantôme, Jane Doe. Était-ce ce qui se produisait ? Était-ce une vision que la morte amnésique lui envoyait ? L'une de ces folles visions où Kylie devenait carrément l'esprit ? Elle sentit la peur l'envahir. Elle regarda sur le côté et fixa les yeux de l'homme jusqu'à ce qu'elle y décelât son propre reflet. Ou celui du fantôme.

Ça aurait dû la calmer, mais sa panique grandit encore. Elle voulait sortir d'ici. Elle n'avait pas demandé à être là, pour commencer. Elle avait déjà perdu tout ce qui comptait. Pensées, sentiments et émotions se heurtèrent dans sa poitrine, et elle ignorait lesquels étaient les siens, et lesquels appartenaient à l'esprit.

– *Réveille-toi, Kylie, réveille-toi !*

Elle pouvait entendre des voix qui venaient de loin. Mais elles s'évanouirent ensuite, et elle sentit de nouveau la main du vampire sur sa tête.

– Elle guérit bien, déclara-t-il. Peut-être lui faudra-t-il un peu plus de temps pour reprendre connaissance. Faisons-lui une autre IRM. (L'homme se leva et agita ses sourcils en la regardant.) Mais, bon, ça pourrait être long. Sa configuration n'est toujours pas apparue. (Il fronça les sourcils.) Je ne comprends pas… il y a quelque chose qui ne va pas.

– Que dois-je dire à son mari ? Il s'est réveillé il y a plusieurs heures et il la demande, fit la voix de femme.

Kylie n'avait pas encore vu la propriétaire de cette voix.

Aidez-moi ! hurla-t-elle dans sa tête parce qu'elle n'arrivait pas à faire fonctionner sa gorge.

– Dis-lui qu'elle va bien. Mais nous la gardons en observation. Relâche-le s'il peut sortir.

– Crois-tu qu'elle vivra ? redemanda la femme.

– Je ne sais pas. (Il glissa sa lampe de poche dans sa veste.) Mais j'imagine qu'il est inévitable que nous perdions quelques sujets. Nous devons juste nous souvenir que c'est pour une bonne cause.

– J'imagine, fit la voix féminine.

– Faites-moi parvenir les résultats du test. Toutefois, si elle n'est pas réveillée d'ici ce soir, allez-y, effacez-la.

Effacez-la ?

La peur de Kylie monta d'un cran.

Noooooooooooooooooooooooon !

chapitre 18

– Mince ! Elle ne respire pas ! fit une voix d'homme familière et tonitruante dans les oreilles de Kylie, et, plus que tout, elle voulait lui répondre.

Elle tenta de bouger, en vain. Elle était encore paralysée.

Aidez-moi. Je vous en prie…

– Elle a déjà fait ça une fois.

C'était Della qui parlait à présent, mais la panique s'entendait dans sa voix. Della ne montrait jamais ni peur ni panique. Au contraire, le vampire était intrépide.

– Kylie, réveille-toi ! fit la voix grave masculine, et cette fois Kylie la reconnut : elle appartenait à Lucas.

D'un seul coup, les poumons de la jeune fille s'ouvrirent et exigèrent de l'air. Elle haleta puis toussa comme si ceux-ci voulaient rejeter l'oxygène. Roulant sur le côté, elle continua à tousser, sûre qu'elle allait s'exploser un poumon. Enfin, elle ouvrit les yeux, et vit qu'elle se trouvait par terre dans la cuisine de son bungalow.

Après quelques secondes, sa toux s'arrêta et Kylie se concentra sur sa respiration. Quelqu'un l'attrapa, la prit sur ses genoux et l'étreignit. La chaleur l'entourait. Il était chaud. Si chaud. Et elle avait froid, si froid.

Elle se focalisa sur le visage de la personne qui la berçait si tendrement. Si proche. Si chaude. Et les yeux si bleus. Lucas.

Puis sa tête disparut et elle vit une étrange figure de femme se rapprocher. La sensation des bras de Lucas autour d'elle ressemblait à un souvenir que le temps lui arrachait morceau par morceau, à chaque instant.

– Elle a encore arrêté de respirer ! cria Lucas. (Et il la berça.) Qu'est-ce que je fais ? Quelqu'un, dites-moi quoi faire !

– Holiday dit que ça va aller.

Kylie reconnut la voix de Burnett, mais elle semblait venir d'ailleurs, de loin, de très loin.

– Holiday pense qu'elle a sûrement une vision. Que parfois…

Elle n'entendit plus la voix.

La vision reprit soudain Kylie, et elle observa, horrifiée, un groupe de femmes placer quelque chose devant son visage. Seulement, ce n'était pas elle. Elle vivait la vie de Jane Doe, qui lui paraissait aussi réelle que la sienne.

Elle sentit qu'on lui enfonçait de force une épaisse serviette dans la bouche. Elle haleta, essaya de bouger mais n'y parvint pas. Elle – Jane Doe – était paralysée. Et quelqu'un était en train de l'étouffer.

L'injustice de la situation lui piqua la gorge, alors que ses poumons réclamaient de l'air. Tout devint noir, puis elle vit l'esprit au-dessus d'elle. Elle se pencha, ses lèvres bleues toutes givrées.

– *Ils m'ont tuée. Ils m'ont vraiment tuée,* dit-elle. *Tu dois respirer, pourtant. Tu dois vivre.*

Les poumons de Kylie réclamaient de l'oxygène, mais elle se sentait incapable d'aspirer l'air qui lui était nécessaire. Puis elle prit conscience qu'elle était de retour dans la cuisine.

Kylie reconnut Miranda qui psalmodiait au loin. Elle entendait Della expliquer à Lucas qu'il devait lui faire du bouche-à-bouche. Et Burnett ne cessait de poser des questions à Holiday au téléphone.

– Respire, bon sang ! criait Lucas.

Elle colla son front contre le torse nu de Lucas et aspira de grosses bouffées d'oxygène. Des larmes emplirent ses yeux. Et elle pleura pour cette vie qu'on lui avait si brutalement arrachée. Pleura pour la femme dont elle ignorait le nom. Pleura pour la femme qui, en plus d'avoir perdu sa vie, avait perdu son enfant. Tout cela n'était-il pas injuste ?

– Elle respire encore ! s'écria Lucas, en la berçant plus fort dans ses bras. Et elle pleure. (Il baissa la tête.) Chuuut… murmura-t-il, rien que pour elle.

Puis, aux autres :

– Je l'emporte dans son lit. Elle meurt de froid !

Kylie sentit qu'il la soulevait. Elle se souvint vaguement que c'était lui qui l'avait portée dans son lit cette nuit-là, plusieurs semaines auparavant, quand elle avait eu cette vision de Daniel, et que pour une raison quelconque il était normal qu'il soit ici en ce moment. Qu'il la dépose sur son lit, puis se glisse à côté d'elle et la tienne contre sa poitrine, ses bras autour d'elle. Étant très fatiguée, trop épuisée émotionnellement pour parler à quiconque, il lui sembla on ne peut plus normal de s'endormir la tête posée sur sa poitrine chaude.

Malheureusement, lorsque Kylie se réveilla peu après, toujours blottie dans les bras de Lucas, Burnett, Miranda et Della la fixaient tous, inquiets et sous le choc, et cela revenait un peu à se faire surprendre en train de rouler une pelle à un garçon. Sauf que ce n'était pas aussi génial.

Elle le repoussa, écarta ses cheveux de son visage, et regarda tous ses spectateurs, qui la dévisageaient comme si sa tête allait se mettre à tourner, genre. Ne savaient-ils pas que leurs propres dons et pouvoirs étaient aussi bizarres pour tous ceux qui ne les avaient pas ?

Les mots « Tu vas bien ? » et quelques variations de la même question lui vinrent de tous les quatre.

Elle hocha la tête.

– Je vais bien.

– Elle est réveillée et elle prétend qu'elle va bien, expliqua Burnett au téléphone qu'il tenait contre son oreille. Oui, je lui dirai de te rappeler dès qu'elle en sera capable.

Kylie se souvint l'avoir entendu parler à Holiday.

– Je suis désolée, dit-elle.

Elle ne savait pas pourquoi elle éprouvait le besoin de s'excuser. Ce qui s'était produit n'était pas sa faute. Bien qu'elle ne sache pas encore au juste ce qui s'était passé, sinon qu'elle s'était fait prendre dans une vision sur la mort de Jane Doe. Toutefois, elle supposait que c'était une bonne idée de s'excuser pour avoir provoqué une scène au beau milieu de la nuit.

Elle regarda Burnett.

– Comment… Pourquoi… ? (La gêne palpitait dans son ventre.) Je hurlais si fort que j'ai réveillé tout le camp ?

– Non, tu n'as pratiquement pas crié cette fois, répondit Della. Je me suis réveillée parce que tu marchais dans la cuisine, tu marmonnais et, oui, tu braillais un peu. Quand je suis allée voir si tu allais bien, tu étais, comment dire, complètement à côté de tes pompes. Les lumières étaient allumées, mais il n'y avait personne à la maison, genre... Tu n'étais pas là.

– Oui, ajouta Miranda, qui se mêla à la conversation. Et moi je me suis réveillée quand Lucas a essayé de défoncer notre porte en prétendant qu'il devait voir si tu allais bien. (Elle regarda le garçon.) Comment savais-tu qu'elle faisait encore un de ses rêves ?

Lucas ne répondit pas, et Kylie se souvint qu'elle était en pleine effraction de rêves avec lui quand la vision avait commencé. L'avait-il vue, lui aussi ? Sûrement, s'il était arrivé ici en courant.

– Je... euh...

Kylie se dit qu'il ne leur avait pas raconté qu'ils pratiquaient l'effraction de rêves ensemble, parce qu'il savait qu'elle préférerait qu'il ne partage pas ça avec tout le monde.

– Ce n'était pas un rêve, répondit Kylie, qui espérait détourner l'attention de Lucas. C'était une vision.

– C'est aussi ce que prétend Holiday ! lança Burnett, assis dans un fauteuil à côté du lit. (Comme Kylie jetait un regard vers lui, il ajouta :) Je faisais une ronde dans le camp quand j'ai entendu du bruit et je me suis précipité ici.

Kylie acquiesça et regarda le réveil sur la table de nuit : il était presque trois heures du matin.

– Vous devriez tous être au lit en train de dormir. Allez-y.

– Tu es sûre que tu vas bien ? demanda Burnett.

– Ça va, répondit Kylie, et c'était vrai.

Du moins, elle le pensait, mais elle devait arriver à comprendre seule le sens de cette vision.

– Holiday veut que tu l'appelles, ajouta-t-il.

– Je le ferai, répondit Kylie.

Et ces mots égratignèrent sa gorge sèche.

Burnett hocha la tête et fit signe à Lucas de le suivre dehors. Mais celui-ci resta assis sur le coin du lit.

– J'aimerais parler avec elle, juste une seconde, dit-il.

Burnett regarda Kylie et comme elle hochait la tête, il sortit.

– Fais vite.

– Tu as besoin de nous ? demanda Miranda en réprimant un bâillement.

– Non, vous deux, au lit ! Je vais bien, merci.

Kylie regarda ses amies sortir, puis Lucas. Il fronçait les sourcils, le front plissé et ses yeux bleus emplis d'une grande inquiétude.

Il se pencha un peu et parla à voix basse :

– Tu es sûre que tu vas bien ? C'était flippant !

– Tu l'as vue, aussi ? demanda-t-elle.

– J'ai aperçu deux types qui t'entraînaient de force. Mais d'un seul coup, ce n'était plus toi. C'était une autre femme. Puis on aurait dit que tu disparaissais dans un nuage. Je me suis réveillé, mort de trouille, et je me suis précipité ici pour m'assurer que tu allais bien. Quand je suis arrivé sur ton perron, j'ai entendu que quelque chose n'allait pas et j'ai perdu la tête. (La peur se lut soudain sur son visage.) Est-ce que ces visions de fantômes ont lieu tout le temps ?

Elle se demanda s'il savait qu'elle était aussi terrorisée à l'idée qu'il se transforme en loup-garou.

– Non, pas tout le temps.

– Qu'est-ce que c'est ? Pourquoi ça se produit ?

Kylie hésita.

– C'est la façon des esprits de me montrer ce qu'il leur est arrivé.

– Ceux qui te hantent ?

Il sembla mortifié et jeta même un œil autour de lui comme s'il pensait qu'ils étaient là.

– Oui, mais tu peux te détendre. Elle n'est pas là en ce moment.

Elle se cala de nouveau contre les oreillers. Puis :

– Ce n'est pas aussi horrible que ça en a l'air.

Elle se souvint qu'elle s'était sentie impuissante dans cette vision. Elle se souvint de la sensation terrifiante d'être étouffée, et elle éprouva de la peine pour le fantôme. D'accord, peut-être que si, c'était horrible, en fin de compte, mais si ça aidait l'esprit à continuer son chemin, alors Kylie le ferait.

Son téléphone sonna. Elle sursauta, puis se souvint qu'elle était censée appeler Holiday.

– Je devrais… c'est sûrement Holiday, dit-elle.

Il déposa un baiser rapide sur sa joue.

– Appelle-moi si tu as besoin de moi.

Elle le regarda partir puis attrapa son téléphone. Elle ne vérifia pas le numéro, sûre que c'était la directrice. Qui d'autre pourrait lui téléphoner à trois heures du matin ? Mais elle s'était trompée.

– Tu vas bien ?

La voix de Derek envahit la ligne, et son image, torse nu sur son lit, les couvertures descendues jusqu'à la taille, envahirent son esprit.

Elle rougit.

– Je vais bien. Comment as-tu… su ?

– Tu es venue me voir. Dans un rêve.

– Vraiment ?

Elle se mordit la lèvre et fixa ses genoux. Était-elle retournée le voir à son insu ? Elle vit Socks surgir de sous le lit et sauter sur ses genoux. Il avait sûrement eu peur de Lucas.

– Tu es restée une seconde, puis tu es partie.

Elle se sentit un peu mieux.

– Oh oui, j'ai compris ce qui s'est passé. Je ne voulais pas te déranger.

– Tu ne m'aurais pas dérangé, répondit-il, quelque peu déçu. Je me suis dit que tu étais peut-être passée parce que tu avais besoin de quelque chose.

– Non, je continue à apprendre le fonctionnement de l'effraction de rêves. Je me suis réveillée… là-bas.

Il marqua une pause.

– Alors, tu n'as pas besoin de moi ?

– Non, ça va.

Elle ferma les yeux et s'efforça de ne pas laisser l'affection dans sa voix la pousser à désirer des choses qu'elle n'aurait jamais. Il sortait avec Ellie, à présent. Ou peut-être pas. Peu importait. Ce qui comptait, c'est qu'il avait mis un terme à leur relation. Il n'avait même pas voulu essayer de comprendre ce qui rendait difficile pour lui le fait d'être avec elle.

Et elle avait poursuivi son chemin. Elle était avec Lucas – enfin, ils ne sortaient pas officiellement ensemble, mais presque. Et il avait été là pour elle. Il voulait être là pour elle.

– OK… je tenais juste à prendre de tes nouvelles. Je tiens vraiment à toi, Kylie. (Il se tut, et pendant un instant on aurait dit l'ancien Derek. Celui qui s'était soucié d'elle. Celui qui aurait fait n'importe quoi pour la rendre heureuse.) Tu le sais, n'est-ce pas ?

Elle déglutit avant de répondre.

– Oui, répondit-elle avec sincérité. Toi aussi, tu comptes

pour moi. (Puis elle se força à demander :) Comment va Ellie ?

Il resta silencieux une seconde comme s'il savait ce qu'elle faisait. Lui rappelait qu'ils étaient juste amis.

– Elle va bien. Elle s'adapte.

– Bien, dit Kylie. Je l'ai croisée, l'autre jour. Elle a l'air sympa.

Et elle est très jolie. Elle se mordit la lèvre.

– Elle est sympa, acquiesça-t-il.

– Oui. Je suis contente pour toi.

Kylie ignorait si c'était vrai, mais elle le souhaitait, ce n'était donc pas un si gros mensonge.

– Je t'ai expliqué que nous n'étions pas vraiment ensemble, lança-t-il, semblant contrarié.

– Oui, dit-elle, et comme il n'ajoutait rien, elle décida de faire ce qu'il fallait. Je dois y aller. Je suis censée appeler Holiday.

– OK.

Elle coupa la communication et chassa sa mélancolie. Elle avait besoin de contacter Holiday, en effet, puis elle devrait trouver ce que le fantôme avait voulu lui faire savoir par la vision.

Bien que privée de sommeil, Kylie téléphona à sa mère à la première heure le lendemain matin. Elle devait savoir ce qui s'était passé.

– Alors ?

Elle s'affala sur son lit.

– Alors quoi ?

Sa mère avait encore l'air endormie.

– Était-ce un déjeuner professionnel ou galant ?

– Oh, c'était… (Sa pause lui en dit plus qu'elle ne tenait probablement à partager.) C'était cool.

– Cool comment ?

Kylie essaya de ne pas laisser transparaître ses émotions dans sa voix alors que sa main se crispait sur le drap.

– Cool, c'est tout. Je me suis juste bien amusée. Je n'ai pas l'intention… Ce n'est pas comme si… Écoute, ma belle, nous avons passé un bon moment, mais je ne suis pas sûre qu'il en ressorte quelque chose.

– Il n'a pas demandé à te revoir ?

Kylie caressa Socks, qui avait sauté sur le lit pour attirer son attention.

– Il a dit qu'il me rappellerait. Mais tu sais que les hommes disent toujours ça. Et qu'ils ne le font jamais.

Kylie resserra son emprise sur le téléphone.

– S'il appelle, tu sortiras avec lui ?

– Je ne sais pas. Oh ! on frappe… Je ferais mieux d'y aller.

Et elle coupa.

Kylie soupira. Quelque chose lui disait qu'il n'y avait personne à la porte. Simplement, sa mère ne tenait pas à en parler. Elle ne pouvait pas lui en vouloir.

Les secondes passèrent, mais Kylie ne bougea pas. Elle resta allongée sur son lit, à contempler le plafond. Cela signifiait-il que sa mère et son beau-père ne se remettraient jamais ensemble ?

Une douche rapide plus tard, Kylie sortit de la salle de bains, une serviette autour de la taille, pour trouver Miranda debout dans le couloir, pleine d'égards, comme si elle l'attendait.

– Que se passe-t-il ? demanda-t-elle.

– Je suis ton escorte ! lança-t-elle fièrement.

– Je pensais que Della...

– Tu crois que je ne suis pas capable de te protéger ? (Elle tendit son petit doigt.) J'ai des pouvoirs, jeune fille !

À vrai dire, Kylie doutait des capacités de protection de Miranda, mais elle n'aurait pas osé le lui avouer.

– Non, je me souviens juste que Burnett avait dit que c'était Della ce matin.

– Elle est allée à sa cérémonie du lever du soleil, et je suis censée t'accompagner au bureau, où Della nous rejoindra dans cinq minutes... Alors allons-y.

Kylie baissa les yeux sur sa serviette.

– Et si je m'habillais avant ?

– J'en connais une qui n'est pas du matin en cette belle journée !

Miranda fit la grimace et Kylie fila dans sa chambre s'habiller.

Quelques minutes plus tard, elles sortirent du bungalow. Miranda se retourna vers la porte, agita les bras en tous sens, puis psalmodia. La dernière fois qu'elle avait fait ça, elle avait perçu des visiteurs non désirés. En l'occurrence, Mario et Red traînaient dans le coin et observaient Kylie.

– Que fais-tu ? demanda celle-ci. Sens-tu encore quelqu'un ?

Miranda fronça les sourcils.

– Un peu.

Elle pinça son pouce et son index droits.

– Un peu ? (Le ton de Kylie trahit son agacement.) Comment peux-tu sentir « un peu » quelqu'un ? Soit il y a quelqu'un, soit il n'y a personne, non ?

– Pas de crise ! s'écria Miranda. J'ai juste eu un pressentiment et je me suis dit que ça ne pourrait pas faire de mal de jeter un sort de protection.

– Et tu en as touché un mot à Burnett ?

– J'allais le faire, mais j'ai peur de lui parler en tête à tête après… (Elle rougit.) Tu sais…

Le souvenir d'un Burnett marsupial sautant partout dans le réfectoire, esquivant les boules de feu de Clark et le souffle de dragon de Perry, surgit dans la tête de Kylie. C'était en partie pour cette raison qu'elle doutait de l'aptitude de Miranda à la protéger.

– En tout cas, poursuivit celle-ci, tu as dit que Holiday reviendrait aujourd'hui. Alors, j'ai pensé que j'allais simplement lui en parler.

Kylie roula des yeux et voulut lui faire remarquer que si elle avait raison, s'il y avait bel et bien des intrus, Burnett devait le savoir au plus vite, mais elle se mordit la lèvre. Quelques heures ne changeraient pas grand-chose, de toute façon. De plus, Miranda avait raison : elle s'était levée du pied gauche, et il n'était pas juste que son amie en fasse les frais.

Quant à sa mauvaise humeur, eh bien, Kylie supposait qu'elle était sûrement due au fait qu'elle avait seulement quelques heures de sommeil à son actif. Holiday et elle avaient passé presque une heure au téléphone à bavarder la nuit dernière. Elles avaient discuté de tout, de la mort de la grand-tante de Holiday à la vision de Kylie et de ce que ça pourrait signifier. Quand Kylie l'avait interrogée sur ses dons de guérison, et sur toute cette histoire « d'abandonner un morceau de son âme », Holiday avait suggéré qu'elles attendent son retour pour aborder le sujet.

Kylie avait failli lui confier ses doutes sur Burnett et la

carte de bibliothèque, mais elle décida de patienter pour en parler de vive voix.

Miranda fit un autre geste vers la porte, ramenant son amie au présent.

– Ça te dérange si j'en parle à Burnett ? demanda Kylie à Miranda.

Celle-ci grimaça, puis dit :

– Non, mais je te le répète, c'est juste un pressentiment. C'est loin d'être aussi fort que la dernière fois que j'en ai eu un. Si ça se trouve, c'est rien du tout.

– Ou peut-être que c'est quelque chose, répliqua Kylie.

Et comme ce quelque chose devait forcément avoir un rapport avec elle, ça la rendait un tantinet nerveuse. Et il fallait le reconnaître, elle avait de quoi l'être.

Kylie se tenait devant les lourdes portes grinçantes et rouillées du cimetière de Fallen. Burnett à sa droite, Della, à sa gauche, en position. Aucun des deux vampires n'avait l'air ravi d'être là.

Elle ne pouvait pas le leur reprocher. Elle non plus, ça ne l'enchantait pas. Mais après son expérience de la vision de Jane Doe, Kylie était très pressée d'envoyer promener l'esprit.

– Tu es sûre de vouloir le faire ? demanda Della, la voix teintée de peur.

Kylie hocha la tête. Mais en vérité elle n'était plus sûre de rien. Elle jeta un regard autour d'elle. Si Hollywood avait besoin d'un décor pour un film d'horreur, il était là. Comme pour lui donner raison, le vent se leva, et le portail se balança et grinça. Un bruit lugubre emplit l'atmosphère.

Le vent aurait dû apporter le soleil pour s'harmoniser avec la matinée. Au-dessus d'elles, un ciel bleu sans nuage promettait une journée de carte postale, pleine de gaieté. Un soleil éclatant dardait ses rayons et faisait étinceler les vestiges de la rosée nocturne. Et pourtant, rien ne semblait ensoleillé, ni gai ni éclatant.

Au contraire, on sentait le froid – au point que la peau de Kylie se couvrit de chair de poule. Della laissa échapper un grand soupir et de la vapeur s'éleva en volutes de ses lèvres.

– Parfois, je traînais dans les cimetières, lança Della. Ils n'ont jamais été comme ça.

Elle s'emmitoufla bien pour se protéger du froid.

– Les morts ne dérangent pas autant les humains que les surnaturels, observa Burnett. (Même sa voix paraissait hésitante. Il regarda Kylie.) Si tu as peur de faire ça, dis-le et attends le retour de Holiday.

Kylie y réfléchit, puis se souvint de la douleur, du chagrin et de la confusion que le fantôme avait ressentis. Jane Doe avait autant besoin de réponses qu'elle.

– Non, ça ira.

– Tu mens ! s'écria Della.

– Je sais. (Kylie la regarda, puis regarda Burnett.) Vous n'êtes pas obligés d'entrer, vous deux.

– C'est vrai ?

L'espoir était perceptible dans la voix de Della.

– Bien sûr que non ! lança Burnett d'un ton sec et il avança d'un pas. Si tu es déterminée à le faire, finissons-en.

chapitre 19

Dès qu'ils furent entrés dans le cimetière de Fallen, un grand coup de vent ferma violemment le portail derrière eux.

Kylie sursauta. Della fit un bond et grogna, exposant ses canines allongées. Burnett ne bougea pas, mais ses yeux d'un jaune vif étincelaient.

– Ne t'inquiète pas, marmonna-t-il. Je peux démolir le portail s'il le faut.

Della regarda Kylie.

– Je ne vois pas pourquoi tu te sentirais obligée de le faire.

Kylie laissa aller son regard de Della à Burnett.

– Je peux avoir un peu d'air ? J'ai besoin de communiquer avec eux.

Elle détestait devoir mentir, mais elle espérait que ce prétexte leur éviterait l'épreuve de l'accompagner au cimetière. Elle savait qu'ils n'aimaient pas être ici. Ça semblait fou, mais les surnaturels haïssaient tout ce qui avait un rapport avec les fantômes. Peut-être au moins que le froid qu'elle ressentait toujours en présence d'un esprit ne les attaquerait pas.

– Oui, vas-y, mais pas trop loin pour que nous puissions continuer à garder un œil sur toi, lança Burnett.

Étant donné que Kylie devait encore parler du « petit pressentiment » de Miranda à Burnett, ça ne la dérangeait pas qu'il la tienne à l'œil.

Non pas que pour l'instant elle s'inquiétât de Mario et de son petit-fils. Pour l'heure, c'étaient les murmures qu'elle entendait qui la préoccupaient.

En regardant les chemins de gravier entre plusieurs rangées de tombes, elle laissa ses yeux aller d'une pierre tombale à une autre, dans l'espoir que l'une d'elles l'appelle. Certaines arboraient de petites plaques en marbre ou en béton sur lesquelles étaient simplement inscrits des noms. Sur d'autres se trouvaient des statues ornées. Certaines avaient l'air neuves, d'autres étaient couvertes de lichen ou marquées par le temps. Sur certaines, des plantes grimpantes s'accrochaient aux bras et aux jambes des saints ou des anges, comme si elles essayaient de les attirer sous la terre où seuls les morts vivaient.

Elle ne pouvait pas encore voir de fantômes, mais elle pouvait les entendre. Ils parlaient tous en même temps. Bavardaient. Comme deux ou trois radios laissées allumées simultanément, mais avec des tonnes de parasites. S'ils se parlaient entre eux ou à elle, ça, elle l'ignorait.

Certaines voix semblaient provenir d'un lointain pâté de maisons, d'autres résonnaient comme si leurs propriétaires se trouvaient si près que Kylie pouvait les toucher en tendant la main. Non pas qu'elle ait envie de le faire. Leur froid l'entourait déjà, essayait de la saisir comme des mains tâchant de se réchauffer devant un feu.

Kylie comprit, en un sens, que c'était ce qu'elle représentait pour eux. Elle était comme un feu, quelque chose qui les attirait. Elle était la vie. Sûrement la seule qu'ils aient été en mesure de percevoir depuis longtemps. Ou peut-être la seule vie qui puisse les ressentir.

Des pas résonnèrent et Kylie regarda sur sa droite. Un vieil homme, une canne à la main, avançait en traînant les pieds entre les rangées de tombes. Un bref instant, elle fut incapable de savoir à quel monde elle appartenait.

Mais elle remarqua ensuite Della et Burnett qui agitaient les sourcils en l'observant. Kylie fit pareil et ne fut pas étonnée quand la configuration cérébrale du vieillard révéla qu'il était humain. D'un seul coup, une vieille dame du même âge surgit derrière lui. Ses cheveux gris, longs et fins, pendaient sans lustre sur ses épaules. Elle portait l'une de ces robes d'intérieur que la grand-mère de Kylie avait l'habitude de mettre. Celle-ci était bleue, à impressions cachemire. À ses pieds, elle avait des chaussons bleu pastel. Il ne fallut qu'une seconde à Kylie pour se rendre compte qu'elle ne faisait pas partie de ce monde.

– *Tu ne prends pas tes médicaments comme tu devrais, n'est-ce pas ?* dit-elle au vieillard. *Je le sais, parce que tes chevilles sont gonflées. Tu es censé avaler les petites pilules rouges deux fois par jour, pas les bleues. Qu'essaies-tu de faire ? De te tuer ? Toi ? Tu m'as promis que tu prendrais soin de toi. Tu ne m'écouteras donc jamais ?*

Puis la femme tourna la tête et regarda fixement Kylie. Ses yeux gris âgés s'écarquillèrent et elle disparut. Kylie n'avait pas repris son souffle que la dame se matérialisait à quelques centimètres d'elle. Sa peau était d'un gris mortel, assorti à ses yeux. Ses cheveux soulevés par le vent, se relevèrent et flottèrent presque sans bouger autour de sa tête.

– *Sainte mère de Dieu, tu peux me voir !* dit la vieille femme.

La proximité du fantôme fit naître d'autres frissons le long de la colonne vertébrale de Kylie. Mais la baisse de température n'était sûrement pas aussi déconcertante que ce silence soudain.

Le bavardage des esprits avait cessé. Un seul bruit peuplait le cimetière, celui des pas du vieil homme. Ses chaussures, hésitantes, frottaient le gravier, tandis que sa canne tapotait la terre, cherchant un endroit stable pour s'équilibrer.

Kylie sentit davantage Burnett et Della reculer qu'elle ne les entendit le faire. Elle avait demandé à avoir un peu d'air, mais à présent elle le regrettait. Peut-être ne voulait-elle pas être seule. Mais le regrettait-elle suffisamment pour avouer sa peur ? Elle savait que quelqu'un comme Burnett respectait le courage et elle ne voulait pas en manquer.

– *Réponds-moi, jeune fille ! Tu peux me voir, n'est-ce pas ?*

La vieille dame agita une main devant le visage de Kylie… qui retint son souffle. Le silence sembla s'intensifier. L'absence de bavardages avait un sens. Les esprits écoutaient. Attendaient qu'elle réponde. Attendaient de voir si elle reconnaissait être capable de voir l'un des leurs.

D'un seul coup, l'air qu'elle aspira dans ses poumons devint si froid qu'elle en eut mal. Ils arrivaient, les esprits silencieux. Elle ne pouvait pas les voir ni même les entendre, mais elle pouvait les sentir. Le froid décupla.

La peur lui retourna l'estomac. Elle sentit une infime couche de glace se former sur ses lèvres. Durant une seconde, elle douta de l'opportunité de sa présence ici. Pouvait-elle faire semblant de ne pas avoir entendu la femme ? Était-il trop tard pour détourner les yeux du désespoir du vieil esprit ?

– *Dis-lui qu'il doit prendre deux des petites pilules rouges.*

Kylie garda encore le silence. Du givre se forma sur le bout de ses cils, et troubla sa vision.

– *Il va enfin rencontrer notre premier arrière-petit-fils. Pendant des années, il n'a fait que raconter qu'il vivait uniquement pour voir la troisième génération venir au monde. Mais s'il ne prend pas ses pilules immédiatement, il n'y arrivera jamais.*

D'un seul coup, les autres fantômes se matérialisèrent autour d'elle. Dix, puis vingt. Puis d'autres. Et alors qu'ils se rapprochaient tout doucement, le cœur de Kylie battit la chamade. La panique. Elle envisagea de courir, mais pourrait-elle les distancer ?

– *Peut-elle nous entendre ?* demanda un esprit, un homme, qui paraissait plus âgé.

– *Peut-elle nous voir ?* s'enquit un autre, plus jeune, une femme, qui approchait.

– *Vous êtes tous des idiots,* fit une autre voix masculine. *Les vivants ne peuvent plus nous voir.*

– *Mais celle-ci, si,* observa la femme plus jeune. *Regardez-la.*

Les esprits se rapprochèrent.

– *À votre avis, elle peut nous aider ?* demanda une femme.

– *Peut-être,* répondit un autre.

L'homme, l'esprit plus âgé, scruta le visage de Kylie.

– *Qu'est-elle ?*

Les esprits se serrèrent les uns contre les autres. Un déluge de nouvelles questions se déversa de leurs bouches, chacun parlait si rapidement qu'il devenait difficile de distinguer une voix d'une autre. Il y avait tellement de bruit que Kylie réprima le geste instinctif de se boucher les oreilles. Elle ne pouvait se souvenir de ce que Holiday avait dit sur la façon d'arrêter les voix. Était-il trop tard pour essayer de le faire ?

– On cherche une tombe particulière ?

Les mots s'insinuèrent dans l'oreille de Kylie et rebondirent dans son cerveau paniqué. Il lui fallut une minute pour se rendre compte que cette voix masculine était différente des autres. Les paroles ne provenaient pas des morts, mais du vivant.

Kylie parvint à jeter un coup d'œil et vit le vieil homme avancer vers elle entre deux grandes pierres tombales. Sa canne creusait des trous dans l'herbe verte et dans le sol humide. Chaque fois qu'il sortait de la terre le bout de sa canne, cela produisait une espèce de son spongieux, bien trop bruyant.

Se souvenant qu'elle n'était pas seule, Kylie jeta un regard autour d'elle et vit Burnett debout, au bout de la rangée, sur le qui-vive, prêt à attaquer au cas où le vieillard représenterait une menace.

Burnett ne se doutait pas que ce n'était pas lui qu'elle redoutait, mais tous les autres, qu'il ne pouvait pas voir. Le vieil homme continua d'avancer vers elle. Sa présence apporta une vague de calme qui atténua le chaos dans son sang. Plus il s'approchait, plus les esprits reculaient.

Kylie mit le bout de sa langue sur le givre qui fondait sur sa lèvre supérieure, et ôta en cillant les cristaux de glace brillants de ses cils.

– Tu as l'air perdue, dit-il de nouveau en s'arrêtant à quelques mètres d'elle.

Contente que sa présence lui ait accordé un sursis, elle tâcha de sourire, mais échoua, manifestement.

– Tu as perdu ta langue, mon enfant ? demanda-t-il.

– Non, répondit Kylie. (Quand elle se rendit compte qu'elle n'avait pas répondu à sa première question, elle chercha un mensonge crédible.) Oui, je cherche… la tombe de ma tante.

– Comment s'appelle-t-elle ? Je devrais pouvoir t'indiquer la bonne direction. Dieu sait que j'ai suffisamment arpenté ces terres. Je viens ici tous les jours, je rends visite à mon Ima.

– *Je suis Ima,* dit la morte, l'épouse de l'homme.

Elle se rapprocha et regarda attentivement le visage de Kylie.

Celle-ci hésita, puis jeta un œil sur sa droite et lut la plaque sur la pierre tombale.

– Lolita Cannon. C'est le nom de ma tante.

Elle ne savait toujours pas si elle devait répondre à l'épouse morte de l'homme ou non. Kylie était très indécise, et son cœur martela sa poitrine. Mais si elle ne parlait pas de ses médicaments à l'homme, il pourrait…

– Eh bien, je crois que cette tombe se trouve juste au coin, par là-bas.

Il se tourna et désigna les plaques avec sa canne, à mesure qu'il les lisait.

– *Es-tu sûr qu'elle peut nous voir et nous entendre ?*

Un autre fantôme apparut. Kylie jeta un bref coup d'œil au nouveau venu, tâchant de ne pas montrer qu'elle pouvait tous les voir. Cet esprit était une femme plus jeune, la petite trentaine, qui portait une robe sûrement à la mode dans les années soixante-dix.

– *Je suis sûre et certaine,* répondait Ima, et elle se pencha si près que sa présence glaciale brûla le bras de Kylie. *Parle-lui de ses médicaments,* l'implora-t-elle. *Sinon il va mourir sans avoir vu sa troisième génération.*

– Tiens, juste ici.

Le vieil homme brandit sa canne et l'agita, pour faire signe à Kylie de le suivre.

– Merci, dit-elle en s'arrêtant à son côté et sans trop savoir comment se comporter.

– C'est une jolie plaque, observa le vieillard, et il dut se servir de sa canne pour retrouver l'équilibre. Bien, je dois y aller. Passe un bon moment avec elle. (Il repartit, puis s'arrêta.) Tu sais, parfois je pense que mon Ima peut m'entendre, alors vas-y, parle à ta tante s'il y a quelque chose que tu veux lui dire.

L'épouse de l'homme leva les mains.

– *Je t'entends mon vieux, mais c'est toi qui n'écoutes pas un seul mot de ce que je te dis. Je ne sais pas pourquoi ça me surprend.* (La femme reposa les yeux sur Kylie.) *Ce vieux schnock ne m'écoutait jamais quand j'étais en vie. Et il me parle plus depuis que je suis morte que de mon vivant. Mais je l'aime, ce gros bêta. Et tu dois m'aider à l'aider. S'il te plaît, jeune fille. J'ignore ce que tu es, et comment tu parviens à me voir, mais je t'en supplie…*

Kylie vit le vieil homme reculer de quelques pas. Si elle le lui répétait, elle savait que le flot des esprits reviendrait, mais si elle ne le faisait pas… Kylie ne supporterait pas qu'il arrive quelque chose au vieillard.

– Attendez, monsieur, je dois…

Il se retourna.

Zut ! Comment allait-elle le lui dire ?

– Je… je n'ai pas pu m'empêcher de remarquer que vous trembliez un peu. Vous savez, c'est arrivé à ma tante, parce qu'elle avait mélangé ses médicaments. Elle prenait les mauvaises pilules deux fois par jour. Les bleues au lieu des rouges.

L'épouse morte laissa échapper un petit cri de victoire.

La femme plus jeune à côté d'elle, admirative, regarda fixement Kylie.

– *Elle peut nous entendre, Jiminy Cricket. Elle le peut. Je m'appelle Catherine. Et toi ?*

La même expression de stupéfaction qui avait traversé le visage du plus jeune fantôme gagna alors celui du vieil homme.

– Eh bien, mon enfant... je... je te jure que tu as peut-être... c'est vrai, Ima me disait toujours de faire attention. Et je ne me sens pas très bien ces jours-ci. Je crois que je vais rentrer pour vérifier mon ordonnance.

Puis il tourna les talons et se dirigea vers le portail.

Kylie se força à sourire, même si les bavardages étaient plus bruyants que jamais depuis que tous les esprits connaissaient la vérité. Savaient qu'elle pouvait les entendre. Qu'elle pouvait leur donner un coup de main. Mais le pouvait-elle ? Jusque-là, ils étaient tous venus lui demander son aide, mais pourrait-elle aider ceux avec lesquels elle était entrée accidentellement en contact ?

Juste au moment où le vieillard se préparait à partir, une autre vague de froid atterrit à côté d'elle. Le fantôme de Jane Doe se matérialisa. Elle regarda Kylie, perdue.

– *Que fais-tu là ?*

– N'est-ce pas là que tu es enterrée ? s'enquit Kylie qui bataillait pour ignorer le froid et le bruit.

– Tu dis quelque chose ?

Le vieil homme se retourna. Ses paroles se perdaient presque dans le flot des conversations bruyantes.

– Je parle toute seule, répondit Kylie, et elle pria pour qu'il se retourne avant qu'elle...

Une vague de vertige faillit la submerger. Elle se démena pour rester debout.

Les esprits avaient de nouveau avancé, ils l'entouraient et parlaient tous en même temps. Voulaient qu'elle fasse quelque chose pour eux. Lui posaient des questions. Son regard alla d'un visage mort à un autre. Son cœur était lourd de tristesse pour eux. Cela lui fit comprendre sa propre insignifiance – une seule personne et tant d'âmes en demande !

La vague de vertige la submergea de nouveau, mais plus fort, cette fois. Sa tête l'élança soudain – la douleur explosa derrière ses yeux. Se protégeant du froid, elle s'accroupit dans l'herbe verte, enveloppa ses jambes de ses bras, et laissa tomber son front sur ses genoux.

– Je ne peux pas faire ça, marmonna-t-elle.

– *Reculez,* dit Jane Doe. *Vous lui faites mal.*

Kylie sentit le froid disparaître peu à peu, et elle supposa que son fantôme parlait aux autres esprits. Le niveau sonore descendit presque jusqu'au point où écouter ne faisait plus mal.

– Ça va ?

La voix grave et inquiète de Burnett parvint à son oreille.

Kylie leva la tête et constata que seuls trois esprits étaient restés : Jane Doe, la femme du vieillard et le fantôme plus jeune.

Kylie regarda Burnett :

– Oui, je vais bien. Mieux, en tout cas.

Burnett hocha la tête et recula. Kylie regarda fixement Jane Doe, et attendit quelques secondes avant de demander :

– N'est-ce pas l'endroit où tu es enterrée ?

Le front de Jane se plissa de confusion, comme à son habitude.

– *Je... ne sais pas.*

– *Oh pffft !* fit la femme plus jeune qui avait dit s'appeler

Catherine. *Bien sûr que tu es enterrée ici. Ta tombe et ta plaque sont juste là. C'est la prison du Texas qui t'a mise sous terre. Parce que tu as tué ton propre bébé !*

chapitre 20

Kylie encaissa le choc. Jane avait tué son bébé ? Était-ce pour cette raison qu'elle était amnésique ? L'horreur de ses actes avait-elle été trop pénible à supporter ?

Jane se retourna d'un coup vers Catherine et leva les deux poings devant son visage, le corps tendu de rage.

– *Combien de fois devrai-je te dire que je ne suis pas Berta ! Je n'ai pas tué mon enfant ! Je n'aurais jamais tué mon bébé ! J'aimais mon bébé…*

Catherine regarda Kylie.

– *Elle dit n'importe quoi. Je crois qu'ils l'ont lobotomisée. Sûrement pour essayer de la réparer.*

– *Je ne suis pas Berta !* (Le hurlement de Jane Doe était si fort que Kylie tressaillit.) *Et j'en ai ras le bol que tu m'appelles comme ça !*

– *Alors comment tu t'appelles ?* rétorqua Catherine.

Jane avait les larmes aux yeux.

– *Je ne sais pas. Je ne sais pas qui je suis. Je ne sais pas ce que je suis, mais je sais qui je ne suis pas. Et je ne suis pas Berta Littlemon. Je crois que mon bébé est mort, mais je ne l'ai pas tué. J'étais l'épouse de quelqu'un. Maintenant, je suis perdue. Et vide.*

Et morte. (Elle se tourna vers Kylie comme si la vision lui revenait.) *Quelqu'un m'a assassinée.*

Des larmes ruisselèrent sur les joues de la femme, puis elle disparut.

Kylie compatissait. Elle se releva. Si elle avait tendance à croire Jane Doe, elle était venue ici trouver des réponses. Elle devait donc poser des questions.

– Qu'est-ce qui te fait croire que c'est Berta Littlemon ?

– *Je ne le crois pas, je le sais,* répondit Catherine. (Puis elle sourit.) *Et je te dirai tout à condition que tu me rendes un service.*

Kylie se tenait encore près de la tombe de Berta Littlemon quand Burnett la rejoignit une demi-heure plus tard. Cette fois, il ne lui demanda pas si elle allait bien. Il n'en avait pas besoin. Elle sentait qu'il pouvait deviner son état à la seule consternation sur son visage. Posant légèrement une main sur son épaule, il demanda :

– Cela t'a-t-il... aidée ?

– Aucune idée, répondit-elle, désorientée et perturbée par ce que Catherine O'Connell lui avait appris.

Bien sûr, elle avait obtenu des informations, mais cette expédition au cimetière de Fallen avait surtout servi à souligner qu'elle en savait très peu sur Jane Doe et qu'il serait impossible de l'aider.

– Es-tu prête ? lui demanda-t-il.

Elle hocha la tête et ils se dirigèrent vers le portail où Della attendait, aussi peu à l'aise qu'à leur arrivée. Le groupe de fantômes les suivit, se rapprocha, mais ne la bouscula pas.

– *Reviendras-tu* ? murmura un vieil esprit, un homme.

– *S'il te plaît, dis-nous que tu reviendras !* l'implora celui d'une jeune femme.

– *Ce n'est pas juste,* geignit une autre. *Pourquoi faut-il qu'elle parte maintenant ? Je n'ai même pas eu l'occasion de discuter avec elle !*

Puis tous les esprits parlèrent en même temps, rendant toute compréhension impossible, et faisant renaître aussitôt le mal de crâne de Kylie. À travers la multitude des voix, elle était vaguement consciente qu'Ima, l'épouse du vieillard, allait d'un petit groupe à un autre et leur murmurait quelque chose.

Kylie s'arrêta et se massa les tempes.

– Je suis désolée, dit-elle.

Et c'était la vérité.

Pour l'heure, tout ce qu'elle souhaitait, c'était partir loin d'eux, courir dans le soleil et ignorer les ombres. Mais même si elle voulait fuir, elle savait qu'elle ne le pouvait pas. Comment le pourrait-elle alors qu'elle sentait leur douleur, leur chagrin, aussi intensément que les siens ? Comment le pourrait-elle en sachant qu'ils avaient tous des affaires à régler, et qu'elle était leur seule chance d'y parvenir ?

Toutefois, elle devait fixer des limites. Sinon, elle risquait de perdre la boule comme Jane Doe, à l'évidence.

Et dans ce cas, Kylie ne serait plus en mesure de les aider.

– Je dois m'en aller maintenant, dit-elle, vous ne pouvez pas venir avec moi. Vous devez rester ici. Mais… je reviendrai, promis.

Cette promesse, elle avait l'intention de la tenir, mais elle n'était pas impatiente de le faire.

– Moi, je ne reviendrai pas, annonça Della.

Et elle se dirigea vers la voiture.

Burnett jeta un regard inquiet à Kylie. Elle secoua la tête, pour indiquer qu'elle allait bien. Quand ils sortirent du cimetière sans que les morts les suivent, Kylie poussa un soupir de soulagement. Elle n'avait jamais autant apprécié la chaleur du Texas.

Elle jeta un regard en arrière, sur le cimetière. Les esprits s'y trouvaient encore et la fixaient en silence. Elle se demanda si sa promesse avait suffi à les convaincre de rester là-bas plutôt que de la suivre. Ou si c'était davantage lié au message qu'Ima leur avait chuchoté. Kylie sentit un frisson le long de sa colonne vertébrale. Elle l'ignora et marcha avec Burnett et Della jusqu'à la voiture.

Le retour jusqu'à Shadow Falls fut bref. Ils restèrent silencieux. Après que Burnett se fut garé, Kylie et Della descendirent de sa Mustang noire. Kylie soutint le regard de Burnett et lui demanda si elle pouvait être exemptée des activités du camp pour la journée.

Il hésita et elle craignit qu'il refuse, mais il fronça les sourcils et lança :

– Holiday dirait-elle oui ?

Kylie hocha la tête.

– Oui, répondit-elle, honnête.

Aider les fantômes faisait partie de son job de surnaturelle. Holiday le comprendrait, tout comme les traces que cela laissait en elle. La directrice était probablement la seule à le comprendre.

Burnett hésitait toujours.

– Ça va ? As-tu besoin de parler ou d'autre chose ?

– Non, répondit Kylie.

Le soulagement se lisait tellement sur son visage que c'en était presque comique. À l'évidence, l'idée de devoir donner des conseils ou éprouver de la compassion pour les esprits ne le séduisait pas. Kylie aurait pu le taquiner à ce sujet si elle n'avait pas été aussi préoccupée par ce qu'elle venait de découvrir.

– Je voudrais juste faire deux trois choses sur mon ordinateur et vérifier des trucs que j'ai appris.

– D'accord, acquiesça-t-il, et il fit signe à Della de la suivre.

– Ne me redemande plus jamais d'y retourner ! lança Della, quand elles s'en allèrent. C'était super bizarre.

– Je suis désolée, dit Kylie.

– As-tu appris ce que tu avais besoin de savoir ?

– Pas vraiment.

– Ils n'ont pas répondu à tes questions ? Je t'ai entendue leur parler.

– Ce n'est pas si simple.

Della semblait prête à poser d'autres questions, mais elle se mura dans le silence.

Tant mieux. Kylie ne se sentait pas disposée à expliquer comment fonctionnait la communication avec les morts. Pour l'heure, elle avait besoin de se concentrer sur les enseignements de son expédition. Elle n'avait même pas commencé à réfléchir à tout cela, et à faire la part des choses.

Jane était-elle ou non un assassin d'enfant, bref, quelqu'un de méchant ? Impatiente de prouver que Catherine O'Connell se trompait, Kylie fila.

Elle coupa par le premier virage, où les arbres au-dessus d'elle faisaient de l'ombre. Elle respira les odeurs de l'été, la verdure de la forêt, l'arôme entêtant de la terre sèche. Elle avait presque réussi à calmer son esprit chaotique quand l'oiseau bleu descendit en piqué et se posa pile sur son chemin. Le geai inclina la tête et gazouilla gaiement comme s'il chantait juste pour elle.

– Allez, ouste ! cria Della.

Mais l'oiseau, très occupé à regarder Kylie, ignora Della.

– Merde ! brailla celle-ci. C'est ce satané métamorphe ?

Comme elle faisait mine de se précipiter vers l'oiseau – pour lui faire subir Dieu sait quoi –, Kylie l'attrapa par le bras.

– Arrête. Ce n'est qu'un oiseau.

Les yeux de Della s'écarquillèrent.

– Le même que celui que tu as… ressuscité ?

– Je ne sais pas, répondit Kylie, mais elle mentait.

Della agita les bras, pour faire fuir l'oiseau.

– C'est flippant.

L'oiseau continua à chanter.

– Va-t'en avant que je te brise le cou ! hurla Della.

– Fiche-lui la paix.

À la vérité, cet animal fichait une trouille bleue à Kylie aussi, mais il ne méritait pas de mourir. Ou de mourir une fois de plus.

De plus, Kylie n'était pas prête à lui donner un autre morceau de son âme en le ressuscitant.

L'oiseau finit enfin sa chanson, puis battit des ailes et plana devant le visage de l'adolescente. Un rayon de soleil filtra à travers les arbres et fit briller ses ailes bleu roi. Puis, laissant échapper un dernier chant, il s'envola. Kylie fila à toutes jambes et ne s'arrêta pas tant qu'elle n'eut pas atteint son bungalow. Della la suivit au même rythme. Peut-être qu'après avoir effectué des recherches sur Berta Littlemon, elle chercherait « harcèlement du geai bleu ». Bien qu'elle doutât que Google dispose d'informations à ce sujet.

– Alors, comme ça, tu parles aux esprits ? demanda Jonathon.

Le vampire avait remplacé Della juste après leur retour au bungalow. Bien sûr, celle-ci lui avait d'abord raconté en détail ce qui s'était passé au cimetière. Kylie posa les yeux sur Jonathon, allongé sur son canapé.

– Je peux faire mon truc sur l'ordinateur tout de suite au lieu de discuter de fantômes ?

Elle était fière d'elle. Plutôt que de céder au désir d'aller immédiatement se coucher, de mettre les couvertures sur sa tête et de pleurer un bon coup, elle avait allumé son ordinateur.

Son écran afficha la page Google et elle tapa « Berta Littlemon ». Pendant que la machine vérifiait cette information, elle regarda de nouveau Jonathon.

– Je dois juste terminer ça.

– Comme tu veux.

Son ton lui indiqua qu'il la trouvait grossière.

Et peut-être était-ce le cas, mais avec un fantôme susceptible d'être un assassin d'enfant sur les bras et un geai bleu qui la harcelait, elle n'avait pas le temps d'être polie.

– Désolée… marmonna-t-elle tout de même.

Kylie lut la liste des sites web que Google déversait sur son écran : « Meurtrières célèbres du Texas », « Mères qui tuent », « Mauvaises femmes du passé ». La jeune fille en eut la nausée. Elle cliqua sur le premier site web et se prépara au pire.

Elle ne fut pas déçue. La seule chose qu'elle ne trouva pas fut une photo correcte de Berta Littlemon, suffisamment nette pour l'identifier.

– Quelle escorte tu fais, vampire !

Kylie se retourna d'un coup et trouva Lucas sur le pas de la porte, qui fixait Jonathon dormant sur le canapé.

Jonathon ne bougea pas. Il n'ouvrit même pas les yeux quand il parla.

– Je t'ai entendu à un pâté de maisons. J'ai senti tes fesses de loup à deux pâtés de maisons.

Lucas grogna.

Kylie roula des yeux. Ah, les vampires et les loups-garous se détestaient cordialement ! L'espace d'un fol instant, elle se souvint du désir de Lucas qu'elle soit un loup-garou, en fin de compte. Et elle se demanda ce qui se passerait si – et quand – il apprendrait qu'il avait tort. Qu'adviendrait-il si elle découvrait qu'elle était un vampire ? Lucas l'aimerait-il encore ? Elle voulait tellement croire que ça ne lui ferait rien, qu'il était sans parti pris.

Mais en vérité, elle savait que ça aurait sûrement son importance.

Et cela l'effrayait plus que les geais bleus qui la suivaient partout et les fantômes amnésiques qui avaient peut-être tué leurs propres bébés.

Lucas se détourna de Jonathon pour reporter son attention sur elle.

– Tu vas bien ?

Kylie inspira profondément. Elle s'était dit que cacher son point faible à Burnett était une nécessité. Non pas qu'elle fût plus à l'aise de le confier à Della ou à Jonathon, mais un seul regard sur les yeux bleus pleins d'affection de Lucas, et elle sentit sa gorge se serrer. Un manque de câlins.

Il avait dû percevoir son stress, ou peut-être les larmes qui lui picotaient les yeux, parce qu'il s'approcha d'elle, la prit par la main, et l'accompagna dans sa chambre.

– Je suis censé garder un œil sur elle ! cria Jonathon, toujours allongé sur le canapé.

– Et si tu gardais plutôt un œil sous tes paupières, comme tu le faisais quand je suis arrivé ? riposta Lucas, et il claqua la porte de la chambre.

Si fort que le bungalow trembla.

Quand ils furent seuls, Lucas regarda Kylie.

– Que s'est-il passé ?

Il avança, la prit par le cou et l'attira contre lui.

Elle posa le front sur son torse chaud et réprima son envie de pleurer. Son manque d'affection était une chose, mais les larmes, c'était trop.

– C'était affreux, déclara-t-elle.

Et elle déglutit.

– Qu'est-ce qui était affreux ? demanda-t-il.

– Ils étaient partout. Et puis…

– Qui était partout ?

Sa main se déplaça dans son dos, et lui offrit juste le réconfort dont elle rêvait.

Elle souffrait d'avoir besoin de quelqu'un pour l'aider à comprendre cette expérience. Elle leva la tête et le regarda, mais elle resta dans ses bras.

– Les esprits. Mais ce n'était pas le pire. Je…

Il laissa échapper un autre grognement de frustration, l'interrompit. Puis il la regarda une seconde, comme s'il pesait ses mots.

– Ne t'attendais-tu pas qu'ils soient partout dans un cimetière, Kylie ? Après ce qui s'est passé dans cette vision, je ne comprends vraiment pas pourquoi tu as voulu aller là-bas.

D'accord… Lucas était donc comme les autres. Il ne comprenait pas ce qu'elle faisait. Elle ne pouvait pas vraiment le lui reprocher, en revanche. Comme Della l'avait fait remarquer le matin même, le don de parler aux fantômes faisait pratiquement d'elle un monstre. Toutefois, cela faisait mal.

Elle voulait qu'il comprenne, qu'il puisse sentir combien c'était important pour elle. Mais non. Il n'était pas… un

Fae. Il n'était pas Derek. Comme elle ne souhaitait pas avoir ce genre de pensées, elle la repoussa loin, très loin.

– Il le fallait, répondit-elle, bien qu'elle sût que cela ne changerait rien pour Lucas. C'est ce que je suis censée faire. C'est pour ça qu'ils sont venus me demander mon aide.

Il fronça les sourcils.

– Mais à quel prix ? Je n'aime pas te voir bouleversée comme ça. Je ne supporte pas de penser que tu te mets en danger pour aider une personne déjà morte. Pour ce que nous en savons, ils sont morts parce qu'ils ont fait quelque chose d'idiot et à présent ils vont essayer de te faire faire quelque chose de stupide, et en fin de compte c'est toi qui pourrais souffrir de tout ça.

Son ton, son expression, et même sa posture, indiquèrent à Kylie que lui avouer que son fantôme pourrait très bien avoir assassiné son bébé n'était pas forcément une brillante idée. Elle n'aurait plus qu'à garder ça pour elle jusqu'au retour de Holiday. Elle espérait que ce serait très bientôt.

– Mince alors ! je ne supporte pas de te voir dans cet état… marmonna-t-il entre ses dents, et il l'attira contre lui.

Elle se mordit les lèvres, se souvenant de ce qu'elle avait ressenti quand elle était recouverte de glace.

– C'était un peu flippant, mais il ne s'est rien passé.

Il lui releva le menton et la regarda dans les yeux.

– Tu es sûre ?

Ne voulant pas lui mentir, elle se mit sur la pointe des pieds et l'embrassa. Il était si délicieux – un mélange de dentifrice et de chocolat. Elle avait toujours été accro au chocolat à la menthe, alors elle ouvrit un peu plus la bouche et il accepta son invitation. Aussitôt son baiser, de doux, devint torride.

Lorsque sa langue se glissa dans sa bouche, elle se fondit

encore plus en lui, et toute inquiétude déserta son cœur. Kylie ne pensait plus qu'à l'émerveillement de cet instant. L'émerveillement de la passion.

Elle adorait qu'il soit tout contre elle. La sensation soyeuse de ses lèvres sur les siennes était si parfaite. La barbe naissante sur ses joues la chatouillait, et son torse musclé se collait au sien comme s'ils étaient faits l'un pour l'autre. Elle savourait le contact de ses mains viriles qui enserraient sa taille. Une voix tout au fond d'elle lui disait qu'elle pourrait tout affronter – le harcèlement des geais bleus, le déluge de fantômes, et même l'esprit amnésique d'une infanticide. Elle pourrait tout supporter tant que les bras et les baisers de Lucas l'attendaient, quand tout cela serait terminé. Elle pourrait survivre tant que l'émerveillement de cette proximité était là pour l'aider à s'en sortir.

– *L'un vit, l'autre trépasse.*

La voix surgit en même temps que le froid glacial qui remontait le long de sa colonne vertébrale. Kylie mit un terme à leur baiser torride et enfouit son visage dans le cou de Lucas, pour ne pas sentir ce froid. Pas maintenant. Pas si vite après la visite au cimetière et le souvenir obsédant de toutes ces âmes perdues qui avaient besoin de son aide. Pas quand elle venait d'apprendre les choses horribles que cette femme avait faites.

– *Ils n'arrêtent pas d'insister pour que je te le dise,* lança Jane, alias Berta.

– *Qui meurt ?* demanda Kylie mentalement.

– *Peut-être qu'ils parlaient de moi,* répondit l'esprit, de nouveau confus.

Kylie avait l'intuition que ça ne se tenait pas. « L'un vit, l'autre trépasse. » Les mots envahirent de nouveau son esprit. Peut-être y avait-il une seule chose que les baisers de Lucas ne pourraient pas réparer. L'idée de perdre quelqu'un qu'elle aimait lui était insupportable.

Écartant sa joue du corps chaud de Lucas, elle ouvrit les yeux et entreprit de se concentrer sur Jane Doe.

Fixant le visage du fantôme, Kylie se souvint de bribes de l'histoire qu'elle avait lue sur Berta Littlemon. Elle n'avait pas tué seulement son enfant, mais aussi celui d'un voisin.

L'esprit regarda Kylie droit dans les yeux. Sans soucis. Sans honte. Cette femme avait-elle oublié ce qui s'était passé au cimetière, que Catherine l'avait dénoncée ? Qu'à présent Kylie savait tout ?

Mais en regardant tout au fond des yeux de l'esprit, Kylie ne vit pas l'âme d'une meurtrière. Elle vit l'âme d'une femme perdue, oubliée et qui avait besoin de son aide.

Qu'est-ce que ça signifie ? se demanda Kylie.

chapitre 21

Une heure plus tard, Lucas partit assister à un cours de trekking et Kylie continua ses recherches sur Internet. Elle avait lu la plupart des articles sur les sites web qui contenaient des informations sur Berta Littlemon. Elle avait aussi effectué une recherche rapide sur Catherine O'Connell, la femme qui avait dénoncé Jane. Pas seulement parce que Kylie avait l'intention de tenir la promesse qu'elle lui avait faite – une parole est une parole –, mais aussi parce qu'elle voulait savoir si cette femme était honnête.

La recherche rapide de Kylie confirma l'information que Catherine lui avait donnée. Mais cela signifiait-il pour autant qu'elle avait raison à propos de Jane Doe ?

Jusqu'alors, Kylie avait trouvé un seul autre site avec une photo de Berta Littlemon, mais elle était trop floue pour que Kylie puisse jurer qu'il s'agissait de sa Jane Doe. D'accord, elle était châtain, et visiblement ses cheveux avaient été longs à l'époque, et les traits du visage étaient similaires, mais… il y avait encore de l'espoir.

Bien plus d'espoir quand elle se souvint vaguement que Holiday lui avait parlé d'esprits foncièrement mauvais.

Comme si la seule évocation de son nom avait agi comme une formule magique, elle entendit la voix de Holiday.

– Je peux entrer ?

Jonathon se réveilla en sursaut d'un profond sommeil, puis Kylie se leva d'un bond, traversa le séjour en courant et se jeta dans les bras de Holiday.

– Je suis tellement contente que tu sois rentrée ! s'écria-t-elle en relâchant la directrice après une longue étreinte. (Tout lui avait manqué, son écoute, sa présence et surtout leurs effusions.) J'ai tant de choses à te raconter, à te demander.

Elle était sur le point de se décharger sur elle de son traumatisme émotionnel lorsqu'elle se souvint de la raison de son absence : sa grand-tante était morte, ce qui avait complètement chamboulé l'univers de son amie.

Peut-être, se dit Kylie, *Holiday a-t-elle déjà suffisamment à faire et n'a pas besoin qu'on en rajoute.*

Elle marqua une pause pour reprendre son souffle.

– Tu vas bien ? Je suis vraiment désolée pour ta tante. Tout est réglé ?

– Je vais bien. (Holiday la prit par les épaules, comme si elle lisait dans ses pensées.) Et oui, je crois que j'ai réussi à tout mettre en ordre. La question importante, c'est de savoir si toi, tu vas bien. Alors ?

Jonathon s'assit sur le canapé, l'air à moitié endormi. Holiday n'avait pas dû le voir, car elle sursauta légèrement en l'entendant bouger.

– Oh, Jonathon ! Tu m'as fait peur !

Holiday fixa le vampire assoupi.

– Est-ce que je dois rester, maintenant que tu es là ? demanda-t-il.

Holiday consulta sa montre.

– Je devrais en avoir pour une heure, et Della sera rentrée entre-temps, donc si tu veux y aller, vas-y. (Elles regardèrent Jonathon partir, puis Holiday passa un bras autour des épaules de Kylie.) Maintenant, raconte-moi ce qui t'arrive.

Kylie soutint son regard.

– Tu es sûre que tu pourras le gérer ?

– Est-ce si grave ?

Les sourcils de Holiday se froncèrent d'inquiétude.

– Non, enfin si, mais peux-tu t'occuper de mes problèmes alors que tu as déjà les tiens à régler ? (Kylie la regarda avec compassion.) Je sais ce que c'est de perdre quelqu'un. Quand ma grand-mère est morte, je ne pouvais presque plus respirer.

Holiday sourit.

– Je vais bien. Je souffre encore un peu, ajouta-t-elle honnêtement. Mais disons que j'applique la méthode « Kylie Galen » de résolution des problèmes.

– Qui est ? demanda la jeune fille, perplexe.

Holiday lui adressa un grand sourire.

– Se concentrer sur les soucis des autres pour ne pas avoir le temps de penser aux siens. (Elle regarda Kylie dans les yeux.) Sérieusement, Kylie, je vais bien. Maintenant, dis-moi ce que tu as appris au cimetière. Et ensuite, nous devrons discuter d'un tas de choses.

Kylie se dirigea vers la table de la cuisine, puis repensa à la question qu'elle voulait poser à Holiday. Elle se tourna vers elle.

– Une chose à la fois. Tu ne m'avais pas dit, un jour, que les âmes hyper mauvaises ne restaient pas dans les parages, car l'enfer les rappelait très vite ?

– Dans la plupart des cas, oui. Mais il y en a certaines

qui… (L'inquiétude fit froncer les sourcils de Holiday.) Pourquoi ?

Kylie se rembrunit. Et d'un seul coup, elle eut l'impression de porter toute sa frustration accumulée sur ses épaules.

– Pourquoi faut-il des exceptions à tout ? Ce serait tellement bien de poser une question et d'obtenir un oui ou un non définitif. C'est soit noir, soit blanc. (Elle se laissa tomber sur une chaise de cuisine.) La vie serait beaucoup plus simple.

– Plus simple, oui, mais guère réaliste… Peu de choses sont noires ou blanches. (Holiday pencha la tête de côté, observa Kylie un moment puis fronça les sourcils.) Je t'en prie, dis-moi que tu ne t'es pas retrouvée aux prises avec un esprit qui doit aller en enfer ?

Un quart d'heure plus tard, Kylie était assise à côté de Holiday pendant que celle-ci consultait les différents articles concernant Berta Littlemon sur l'écran de l'ordinateur.

– Ça suffit. Je ne peux pas en lire plus ! (Holiday éteignit la machine.) Tu ne devrais même pas regarder ça. Tu ne dois plus avoir affaire à cet esprit.

Quelque chose dans le ton de Holiday, tellement maternel, tellement sans concession, fit se dresser plein de drapeaux d'avertissement dans l'esprit de son amie.

– Nous ne savons même pas si c'est elle, dit Kylie. Je ne peux pas simplement supposer que…

– Si ! Tu as affirmé que l'autre fantôme t'avait raconté que ta Jane Doe était sortie de la tombe de Berta Littlemon. Pour moi, c'est suffisamment clair.

Kylie fronça les sourcils.

– Oui, mais peut-être que cet autre fantôme ment. Et tu

as vu les photos de Berta. Elles sont floues. C'est vrai qu'elle ressemble plus ou moins à ma Jane Doe, mais les photos ne sont pas assez nettes pour que nous en soyons sûres.

– D'accord, mais pourquoi un fantôme mentirait-il ?

Kylie haussa les épaules.

– Parce que si elle n'avait pas eu les informations qui lui semblaient utiles, elle aurait sans doute eu peur que je n'accepte pas de l'aider.

– Attends, d'aider qui ? L'épouse du vieil homme ?

Kylie se rendit compte qu'elle avait manifestement omis cette partie de l'histoire quand elle l'avait expliquée à Holiday.

– Non, l'autre fantôme. Catherine O'Connell. J'ai accepté de lui donner un coup de main à condition qu'elle me dise ce qu'elle savait sur Jane Doe.

– Non ! s'exclama Holiday, et elle se couvrit le visage de ses mains.

– Non quoi ?

Holiday enleva ses mains.

– On ne conclut jamais de marché avec un esprit, Kylie ! Jamais !

– Pourquoi ?

– Parce que ça peut être aussi grave que de faire un pacte avec le diable. Ce qu'ils veulent est parfois impossible, et ils peuvent se montrer implacables pour nous le faire payer. S'ils pensent que tu n'as pas respecté ta promesse, les choses peuvent mal tourner.

Kylie sentit sa gorge se nouer. Elle avait tellement attendu Holiday, et tout ce qu'elle recevait, c'étaient des réprimandes.

– Je ne savais pas… marmonna-t-elle.

Holiday poussa un profond soupir.

– Je suis désolée dit-elle, et elle posa ses mains sur celles de Kylie. Je ne voulais pas te rembarrer. C'est ma faute, tout ça. Je me doutais que c'était une mauvaise idée d'aller au cimetière. J'aurais dû t'opposer mon veto sur-le-champ.

Kylie déglutit. Le nœud dans sa gorge avait quelque peu diminué au contact de Holiday.

– Ce n'était pas une mauvaise idée. Et d'accord, je n'aurais peut-être pas dû conclure de marché avec Catherine, mais même ça, ça n'avait pas l'air si grave. C'est vrai, ce qu'elle veut est faisable et c'est pour une bonne cause.

Holiday secoua la tête, l'air toujours aussi catégorique.

– Ce n'est tout de même pas une idée géniale de passer un marché avec un esprit.

– Oui, mais tout ce qu'elle veut, c'est que j'envoie des trucs de son histoire familiale à ses enfants. Elle est juive et elle leur a menti toute sa vie ainsi qu'à son propre mari parce qu'être juif à l'époque, ce n'était pas très cool. Ses parents sont morts dans des camps de concentration et ses grands-parents ont réussi à l'emmener aux États-Unis. Elle a changé de nom. Et aujourd'hui, c'est comme un mensonge.

Holiday secoua la tête.

– Kylie, je suis désolée, mais je ne peux pas te laisser faire ça.

– Non. (Kylie se leva et bien qu'elle ne haussât pas la voix, on y sentait sa détermination.) Je suis désolée, mais je n'arrêterai pas parce que tu crains que je sois complètement dépassée. Parce que tu penses que je ne pourrai pas le gérer. J'aiderai Jane Doe… je ne crois pas qu'elle soit un assassin, et je vais aussi aider Catherine O'Connell. C'est la seule chose à faire.

Holiday ferma les yeux de contrariété.

– Kylie, tu ne comprends pas que ça pourrait être

dangereux pour toi… Quand on traite avec les mauvais esprits, il y a de grands risques. Il y a tant de choses que tu ignores !

Kylie secoua la tête.

– Alors explique-les-moi. Mais crois-moi, Holiday, elle n'est pas mauvaise. Combien de fois m'as-tu répété de suivre mon cœur… que si je le faisais, alors je saurais quoi faire ? Eh bien, mon cœur me dit de faire ça, et c'est ce que je fais.

Comme Holiday ouvrait la bouche, vraisemblablement pour argumenter encore, Kylie ajouta :

– Et puis, je ne te demandais pas ton autorisation, mais des conseils.

chapitre 22

À peine eut-elle prononcé ces mots que Kylie aurait voulu les retirer. Non parce qu'elle ne les pensait pas. Mais simplement, elle regrettait la façon dont elle les avait dits.

Holiday resta assise un long moment à contempler Kylie, comme si elle réfléchissait à ce qu'elle allait dire. Kylie lui rendit son regard, regrettant que son ton n'indique pas qu'elle ne ferait pas machine arrière. Elle ne pouvait pas. Peut-être était-ce parce qu'elle compatissait pour Jane Doe et sa crise d'identité, mais c'était plus encore. Kylie savait qu'elle devait aider le fantôme amnésique. Et elle le ferait, avec ou sans la bénédiction de Holiday.

– Bon sang ! Quand suis-je devenue ma mère, et toi, une version plus jeune de moi-même ? demanda Holiday, et elle sourit.

Kylie perçut à la voix et à la posture de la directrice que sa détermination baissait. Puis la tension dans les épaules de l'adolescente s'effaça et une vague de soulagement envahit sa poitrine. Des larmes lui piquèrent les yeux.

– Je ne sais pas…

– OK, dit Holiday. Assieds-toi et essayons de trouver comment nous allons nous y prendre pour que je puisse me regarder en face et toi aussi.

Kylie la serra brièvement dans ses bras pour la remercier puis s'installa pour parler. Elles décidèrent que la jeune fille devrait se rendre à la bibliothèque pour envoyer un e-mail à la famille de Catherine O'Connell. Holiday lui réexpliqua inlassablement comment faire taire un fantôme non désiré… ou des groupes entiers. Ensuite, elle lui fit jurer que si elle découvrait que Jane Doe était bel et bien un assassin d'enfants, elle se retirerait immédiatement.

Kylie hésita à lui donner sa parole à ce sujet, mais, après avoir consulté son cœur, elle comprit qu'elle ne croyait pas que Jane était une meurtrière, alors elle promit.

Quand Kylie lui demanda de lui expliquer comment les mauvais esprits pourraient lui faire du mal, la directrice hésita. La jeune fille s'empressa d'ajouter :

– Ce n'est pas pour Jane Doe. Mais pour si jamais j'en rencontrais d'autres.

Comme Holiday ne faisait toujours pas mine de répondre, elle ajouta :

– Me laisser dans l'ignorance n'est pas la bonne façon de me protéger. Tu ne crois pas que je dois savoir ?

Holiday poussa un long soupir et hocha la tête.

– Il s'agit autant de te protéger que de savoir… que tu es capable de gérer une telle situation.

– Je le suis, je t'assure. Ça ne peut pas être pire que…

Elle désigna l'ordinateur où l'histoire de Berta Littlemon avait été postée peu de temps avant.

Holiday acquiesça.

– Tu as raison là-dessus. Mais avant, laisse-moi te répéter que la plupart des mauvais esprits ne traînent pas dans les parages. On les rappelle très vite, mais ça s'est déjà produit et ça se reproduira encore.

– Que font-ils ? s'enquit Kylie.

– Tu as eu des visions des autres fantômes, donc tu sais combien ils semblent réels. Eh bien, ces mauvais esprits peuvent te faire revivre une partie de leur vie et, crois-moi, cela peut t'arracher le cœur. Être si près du mal n'est pas une expérience que l'on peut oublier facilement.

À la façon dont elle le lui expliqua, Kylie comprit que Holiday en avait personnellement souffert. À l'idée d'en pâtir un jour elle aussi, elle eut un frisson dans le dos.

– Ils mettent le désordre dans ta tête, Kylie. Ils… (Elle soupira de nouveau.) Pour parler franchement, ils te violent mentalement, essaient de briser ton esprit, et si tu fais preuve de la moindre faiblesse, ils peuvent te posséder. On raconte aussi que, principalement, les mauvais esprits surnaturels t'emmènent avec eux quand ils vont en enfer. D'après la légende, ils pensent que s'ils peuvent emporter quelqu'un de bien avec eux, ils ont une chance de voir leur propre punition allégée.

– Alors comment puis-je éviter d'en rencontrer un ? demanda Kylie, certaine qu'elle ne voulait rien vivre de ce que Holiday venait de décrire.

– C'est bien ça le problème. Ils sont exactement comme les autres fantômes. Tu peux en rencontrer certains par hasard juste après leur mort. Et d'autres, si leurs pouvoirs sont suffisamment forts, viendront te chercher dans un but précis.

Holiday avait dû percevoir la peur de son amie, car elle reposa sa main sur la sienne.

– Si jamais tu te trouves en leur présence, tu dois rester forte.

– Comment ? demanda Kylie, qui sentait son anxiété diminuer au contact apaisant de son amie.

– C'est comme pour faire taire les fantômes. Mentalement, tu dois te rendre dans un autre endroit, un endroit où tu puisses sentir de l'amour et des choses positives, où tu vives la vie à son maximum. Et raccroche-toi bien à ta foi, parce qu'ils vont essayer de te convaincre que toutes les bonnes choses sont frivoles, qu'elles n'ont aucune importance.

– Ouh là là, tu es de retour ! cria Miranda sur le pas de la porte, et elle se précipita dans le bungalow.

À la minute où son esprit plein de vie entra dans la pièce, il chassa le nuage d'émotion lugubre qui flottait au-dessus de Kylie.

Miranda étreignit Holiday et faillit renverser sa chaise par la même occasion.

– Je suis si contente que tu sois de retour ! Nous avons besoin de toi ici. C'est vrai… Burnett est bien, mais, bon, ce n'est pas toi, quoi !

Holiday leva un sourcil.

– Il paraît qu'il n'a même plus été lui pendant un moment…

Miranda fronça les sourcils.

– Il t'a raconté cette histoire de kangourou, pas vrai ?

– Oui, dit Holiday et elle fronça les sourcils. Et je dois dire que tu me déçois beaucoup, Miranda ! (Elle prit la main de la jeune fille.) La prochaine fois que tu décides de le transformer, fais en sorte que je sois là pour en profiter !

Elles éclatèrent toutes de rire.

Une demi-heure s'écoula avant que Kylie et Holiday puissent s'éloigner de Miranda pour reprendre leur conversation privée. D'autant plus que Miranda avait confié son pressentiment à Holiday : un autre admirateur obsessionnel et mystique rôdait dans le camp. Kylie se demanda s'il ne s'agissait pas de son petit ami le geai bleu.

À présent, Kylie et Holiday étaient assises sur le porche. Le soleil de cinq heures, mâtiné d'une teinte un peu plus dorée, effleura leur visage. Kylie laissa pendre ses pieds du bord du perron. Son esprit se concentra sur les sujets dont elle devait discuter avec Holiday.

– Burnett t'a-t-il parlé de ma demande d'accès à la bibliothèque de l'URF ?

Holiday se renfrogna.

Mauvais signe.

– Oui, il m'en a parlé.

– Pourquoi refuseraient-ils de me laisser consulter des informations sur les autres surnaturels comme moi s'ils en ont dans leurs dossiers ?

La frustration s'entendait dans la voix de Kylie. Elle espérait que Holiday savait que l'attaque n'était pas dirigée contre elle.

– Je ne sais pas, répondit Holiday et Kylie la crut. Mais ce que je sais, c'est que l'URF est comme n'importe quelle organisation gouvernementale : elle a des squelettes dans ses placards. Pourquoi, des années avant ma naissance, la plupart des surnaturels considéraient-ils tous les loups-garous comme des animaux ?

– Pourquoi ? demanda Kylie, qui se sentait insultée pour Lucas et ses congénères.

– Ignorance, stupidité. Au choix. La même chose est arrivée à plein de groupes minoritaires. Les surnaturels peuvent se comporter bien plus comme des humains que tu ne l'imagines.

Holiday saisit la main droite de son amie et ouvrit sa paume.

– Il paraît que tu as rattrapé une boule de feu qui aurait touché Miranda ?

Kylie acquiesça et posa la question qui l'obsédait depuis la fameuse soirée :

– Crois-tu que ça prouve que je suis une protectrice ?

Holiday haussa les épaules comme si elle pensait que Kylie n'apprécierait pas la réponse.

– Peut-être...

Holiday avait raison. Cette réponse ne lui plaisait pas. D'autant plus qu'elle soulevait d'autres interrogations.

– Qu'est-ce que ça signifie vraiment, être une protectrice ? J'en ai entendu parler, mais... Bon, d'accord, voilà le problème. Miranda a prétendu que tous les protecteurs étaient des paranormaux purs et durs. Des vrais de vrai. Et pour moi, ce n'est pas le cas.

– Je sais.

Holiday avait l'air aussi perdue que Kylie.

– Qu'est-ce que ça pourrait vouloir dire ?

– Je ne sais pas, mais j'imagine que ça confirme ce que je sais depuis toujours. Kylie Galen est exceptionnelle. (Elle leva une main.) Je sais que tu n'aimes pas entendre ça, Kylie, mais je crois que tu devrais commencer à te faire à cette idée.

La peur, l'incertitude, et probablement une dizaine d'autres sentiments négatifs submergèrent Kylie.

– Et si je n'étais pas à la hauteur ? demanda-t-elle à voix basse. Et si j'avais trop peur de faire ce que je dois et qu'en l'occurrence je sois une très mauvaise protectrice ?

Holiday replia l'une de ses jambes, posa son menton sur son genou et regarda longuement Kylie, comme si elle avait dit quelque chose de vraiment stupide, du style que la Terre était carrée.

– As-tu eu peur quand tu as attrapé cette boule de feu ?

– Non, mais je n'en ai pas eu le temps. Si j'avais su que j'allais l'attraper, et si j'avais eu le temps d'y penser, j'aurais probablement eu besoin de changer de culotte, car je me serais sûrement fait pipi dessus.

Holiday sourit.

– Peut-être, mais tu l'aurais tout de même fait.

– Je n'en suis pas si sûre, rétorqua Kylie.

– Arrête ! Regarde toute cette histoire avec Berta Littlemon et Catherine O'Connell. J'ai peur que tu continues à mener l'enquête. Je t'ai dit que c'était dangereux, mais tu refuses de laisser tomber. Tu fais passer le bien-être des autres avant le tien.

Kylie n'avait pas regardé les choses sous cet angle, et elle comprit que Holiday avait raison, mais…

– Je ne suis pas une sainte, insista-t-elle. Je pèche tout le temps.

Holiday leva un sourcil.

– Pardon ?

Kylie fixa ses orteils une seconde. Son vernis rose s'écaillait, et son courage aussi. Puis elle releva les yeux sur son amie et décida d'avouer :

– Miranda a déclaré que les protecteurs étaient des saints. Non seulement je n'en suis pas une, mais je ne veux même pas l'être. Je veux vivre une vie normale. Je veux m'amuser. (Elle songea à ce qu'elle avait ressenti en embrassant Lucas et rougit.) Voire pécher un peu.

Holiday sourit de nouveau.

Kylie fronça les sourcils.

– Tu vois ce que je veux dire… Je veux vivre ma vie

comme n'importe quelle ado de seize ans. Raconter des blagues cochonnes avec mes copains, même boire de temps en temps de l'alcool et être éméchée. Mais bien sûr, je ne conduirais pas après ni rien.

Holiday gloussa et Kylie attendit que la fée ait assurément compris ses émotions et tout ce qu'elle voulait faire d'autre. Et avec qui elle voulait le faire.

– Être une protectrice ne fait pas de toi une sainte, déclara Holiday. Mais quelqu'un de bienveillant. Tu n'es pas obligée de renoncer aux garçons.

Kylie sentit son visage s'échauffer légèrement. Elle s'adossa au mur.

– Eh bien, c'est la meilleure nouvelle de la journée.

Holiday rit de nouveau.

– Comment ça se passe, côté mecs ?

– Mieux. Pas parfait, répondit Kylie, et elle pensa à la réaction de Lucas à propos des fantômes, et au gros problème avec sa meute.

– Mieux, c'est bien, déclara Holiday. Derek m'a déjà appelée deux fois depuis mon retour pour prendre de tes nouvelles. Il a dit qu'il était au courant de ce qui s'était passé au cimetière. L'as-tu vu ?

– Pas beaucoup.

Kylie avala sa salive. Elle ne voulait pas parler de lui, parce qu'elle serait ensuite tentée de lui demander pourquoi, brusquement, Derek réagissait excessivement à ses émotions. Si quelqu'un connaissait la réponse, c'était bien Holiday, mais franchement Kylie pensait que ça ne valait pas le coup de lui en parler. Pas si Derek ne prenait pas la peine de mettre son orgueil de côté et d'aller chercher lui-même des conseils.

Une heure passa et elles restèrent assises sur le porche, à savourer le vent qui n'était pas vraiment frais mais pas trop chaud non plus, et elles parlèrent de tout, sauf de Lucas et de Derek. Kylie lui demanda si Burnett lui avait appris sur les Brighten des choses dont il ne lui avait pas parlé.

Holiday lui assura que le jeune homme ne lui cachait rien.

– As-tu parlé avec ton beau-père ? demanda Holiday quelques minutes plus tard.

– Pas depuis mon retour, avoua Kylie. Mais j'ai reçu un e-mail de lui et je parie qu'il a l'intention de venir pour la journée des parents.

– Mais tu ne veux pas qu'il soit là ?

– Je ne sais pas, avoua Kylie. J'étais prête à lui pardonner. Mais quand il a essayé de se servir de moi pour récupérer ma mère en disant : « Kylie adorerait que nous allions déjeuner tous ensemble », je me suis souvenue que j'étais encore en colère contre lui parce qu'il nous avait laissées.

– Donc, tu ne lui as pas encore pardonné ?

– Peut-être que si. Mais je n'ai pas oublié.

– Justement, le pardon et l'oubli vont de pair. Non pas que tu oublies vraiment un jour, mais tu acceptes que ça se soit produit et tu passes à autre chose. Tu acceptes que tout le monde puisse commettre des erreurs. Personne n'est parfait.

– Et si on ne peut pas ? (Kylie regarda une abeille voler devant elle en bourdonnant.) Et si je ne pouvais jamais lui pardonner ?

– Alors, tu lâches prise.

Kylie se souvint qu'elle avait serré son beau-père dans ses bras quand il était venu la voir pour s'excuser. Si ç'avait été dur, pour ne pas dire douloureux, l'étreindre avait été salutaire. Elle n'était pas prête à renoncer à ce qu'ils avaient vécu. Ça lui ferait trop mal.

Plus même qu'accepter la vérité.

Elle ne put s'empêcher de se demander si c'était ainsi qu'on prenait la décision de pardonner ou non. Si lâcher prise faisait plus souffrir qu'accepter les erreurs des autres. Elle espérait simplement qu'avec le temps, accepter lui serait plus facile.

– Vas-tu lui envoyer un e-mail pour lui demander de venir pour la journée des parents ?

– Peut-être. Mais ma mère et lui devront venir chacun à son tour. À mon avis, ils seront incapables de rester ensemble dans la même pièce. Même pas dans le même quartier.

– Ça pourrait changer, répliqua Holiday et elle chassa un insecte.

Kylie décida de lui confier sa nouvelle crainte :

– Je crois que ma mère est prête à rencontrer des hommes.

– Mince ! Je me souviens quand mes parents ont recommencé à sortir. Ça fait vraiment bizarre !

– Oui. Elle est prête, mais moi je ne suis pas sûre de l'être. (Kylie se mordit la lèvre.) Je pense qu'au fond de moi j'espérais qu'ils se remettraient ensemble. Et que je pourrais avoir une chose au moins qui soit comme avant. Un peu de normalité, ce serait sympa, non ?

– Oui, mais la normalité, c'est très surfait, tu sais. (Elle lui adressa un grand sourire.) Allons, parle-moi de ce geai bleu.

Kylie entoura ses jambes de ses bras et lui raconta l'histoire. Puis elle décida de poser « la » question.

– Quelle quantité de mon âme ai-je cédée ?

– Si tant est que tu en aies donné, c'était peu, très peu. Ça ne te manquera même pas.

– Mais que se passe-t-il quand j'en donne une partie ? Est-ce que je meurs plus tôt ? Suis-je censée aller en enfer ? Quel est le prix d'un morceau de mon âme ?

Holiday haussa les épaules.

– Eh bien, si tu as vraiment le don de réveiller les morts, le prix varie. Si ce sont les dieux qui l'ont ordonné, alors cela ne coûte rien. Au contraire, cela enrichit ton âme.

– Comment sait-on si ça a été ordonné par les dieux ?

– Tu le sauras, c'est tout. Tu le comprendras grâce aux pouvoirs que tu auras alors.

Kylie frissonna légèrement en entendant parler de nouveaux pouvoirs. Elle hésita à poser sa question suivante, mais, comme elle l'avait dit plus tôt à Holiday, l'ignorance n'était pas une protection.

– Et si ce n'est pas ordonné par les dieux ?

– Dans ce cas, le prix dépend de la qualité de vie que la personne va mener. Si elle vit une belle vie, alors le prix est très bas, presque infime. Si elle maltraite la vie ou celle des autres, alors cela peut ronger ton âme. Ses péchés deviennent un peu les tiens. Je ne sais pas trop dans quelle mesure on en est tenu pour responsable, mais il paraît qu'émotionnellement ça peut laisser un grand vide. Et, oui, moins tu as d'âme, plus ta vie est raccourcie.

Kylie fronça les sourcils.

– Ça ne donne pas envie de vouloir ressusciter qui que ce soit.

– En tout cas, je suis certaine que ç'a été conçu ainsi pour donner à réfléchir. Aussi dur que ce soit, la mort fait partie de la vie. Mais nous parlons probablement de tout cela pour rien, Kylie. Ce n'est pas parce que tu penses que tu as peut-être ressuscité un oiseau que tu possèdes ce don pour autant.

Kylie voulait croire que Holiday avait raison, mais elle n'en était pas sûre.

– Est-ce que guérir quelqu'un prend une partie de l'âme ? Si ressusciter quelqu'un le fait, alors il est logique que guérir le fasse aussi.

– Pas comme quand il s'agit de réveiller les morts, dit Holiday. En revanche, cela t'épuise.

Kylie se souvint de sa grande fatigue après avoir guéri Sara et Lucas.

– J'aimerais que Helen et toi travailliez ensemble là-dessus, déclara Holiday. Voire que vous vous rencontriez régulièrement, entre personnes de même espèce.

Kylie leva un sourcil. Elle pensait savoir ce que Holiday avait en tête.

– Parce que je n'appartiens à aucun groupe, pas vrai ? C'est pour ça ?

Holiday roula des yeux.

– Ta place est ici, à Shadow Falls. Le fait que tu n'appartiennes à aucun groupe particulier ne signifie rien.

Kylie hocha la tête.

– J'aime bien Helen.

Après quelques minutes passées à écouter la nature, Kylie parla des apparitions du geai bleu destinées à lui en mettre plein la vue. Holiday n'avait aucune explication concernant ces petites visites, sauf que c'était peut-être un oisillon qui, en gros, prenait Kylie pour sa mère.

– J'espère bien que non ! Parce que je ne compte pas mâchouiller des vers pour les lui recracher dans le bec ! Je sais que c'est ce que font les mamans oiseaux.

Holiday rit.

Kylie regarda sa psy et amie, et la question la plus importante lui vint d'un coup.

– Tout ça te donne-t-il une indication sur ce que je suis ?

Holiday fronça les sourcils.

– J'aimerais bien.

– Et si je ne l'apprenais jamais ? Si je passais toute ma vie sans le savoir ?

– Peu probable, répondit Holiday. Presque chaque semaine, nous découvrons un truc nouveau sur toi. Tôt ou tard, quelque chose t'indiquera la bonne direction.

Kylie baissa les yeux et regarda une fourmi traverser le perron.

– Je crois que Lucas aimerait bien que je sois un loup-garou.

– Oui, mais ce que veut Lucas n'a aucune importance.

Son intuition souffla à Kylie que Holiday comprenait la raison pour laquelle Lucas le désirait. Elle faillit la lui demander, mais elle ne savait pas si elle était prête à en parler.

– Tu seras ce que tu es, et quoi que ce soit, tout ira bien. Tout le monde doit l'accepter et t'aimer pour ce que tu es. Peu importe d'où te vient ton héritage.

Pour une raison ou une autre, Kylie revit Derek lui dire à peu près la même chose.

Le téléphone de Holiday sonna. Elle regarda le numéro puis jeta un œil à Kylie.

– Qui est-ce ? demanda celle-ci, sentant que ça la concernait.

– Encore Derek.

Kylie soupira. Pourquoi le seul fait d'entendre son nom lui faisait-il toujours aussi mal ?

chapitre 23

Kylie grignota sans appétit son hamburger-frites au dîner ce soir-là, assise entre Miranda et Della au réfectoire. Quand elles l'interrogèrent, Miranda leur avoua qu'elle n'avait pas encore parlé à Perry de l'histoire du dragon et du slow de la nuit précédente.

Miranda leur raconta qu'elle avait reçu un autre coup de fil du sorcier mignon de son ancienne école et qu'il viendrait la chercher ce vendredi soir pour l'emmener dîner.

– Qu'est-ce que je vais dire à Perry ? fit-elle. « Salut, je voudrais juste te voir pour savoir si nous avons une chance, mais d'abord j'aimerais sortir avec un autre, histoire de vérifier si je ne le préfère pas »…

Kylie et Della convinrent toutes deux que ce serait une conversation difficile. Mais elles suggérèrent à Miranda de remercier au moins Perry pour l'avoir défendue contre Clark.

En vérité, Kylie espérait que Miranda parlerait à Perry et annulerait son rendez-vous avec le sorcier beau gosse. Kylie n'avait rien contre les sorciers beaux gosses, mais Perry était des leurs.

Kylie mit une frite grasse dans sa bouche et s'efforça de feindre la faim. Quand elle leva les yeux, elle constata que Lucas était assis avec sa meute de loups-garous. Leurs regards se croisèrent au-dessus des rangées d'ados affamés qui mâchonnaient des hamburgers. Il sourit, et Kylie lui rendit son sourire. Il lui avait proposé de se joindre à lui à la table des loups-garous. Elle l'aurait volontiers fait, même en sachant qu'il serait gênant de s'installer avec un groupe d'amis à lui qui ne voulaient pas la voir. Parce que si Lucas pouvait leur tenir tête, alors elle aussi. Mais Della était son escorte, et Kylie se doutait que la petite vamp' aurait eu une attaque si elle lui avait demandé de s'installer à une table de loups-garous. Alors, Kylie s'était abstenue.

Lucas prit une frite et, en la fourrant dans sa bouche, lui fit un clin d'œil. Ce petit geste n'aurait sûrement pas été éloquent venant d'un autre garçon. Mais pour Lucas, montrer son affection en public, c'était énorme. Elle lui adressa un large sourire et lui rendit son clin d'œil. Elle le fit même quand elle constata que Fredericka était assise trois places plus loin, et qu'elle grognait comme si elle voulait trancher la gorge de Kylie.

Ce ne serait absolument pas étonnant de la part d'un loup-garou.

Quelqu'un avait dû dire quelque chose de drôle quelques tables plus loin, car des éclats de rire envahirent la grande pièce. L'odeur de hamburgers se mêla à celle, légère, du bois roussi. Grâce à Burnett, toute trace de la grosse bagarre avait disparu, mais le souvenir persistait. Tout le monde au camp semblait très enjoué ce soir, célébrant sans doute le retour de Holiday. Si la directrice avait douté de sa cote de popularité, le nombre de cris, de « Tu es de retour ! » et d'étreintes inattendues – même de la part de quelques vampires et loups-garous, ce qui était pour le moins inhabituel – aurait dû flatter son ego.

L'espace d'un instant, Kylie craignit que Burnett n'ait l'impression de jouer les seconds rôles. Mais plus d'une fois elle le surprit à observer ces débordements d'affection avec une telle fierté dans les yeux que cela revenait à regarder un film d'amour. Kylie pouvait presque entendre la musique ringarde en fond sonore. Elle aurait bien voulu avoir une caméra pour montrer à Holiday comment Burnett la regardait sans qu'elle s'en rende compte.

La porte de la salle à manger s'ouvrit dans un bruissement. Derek et Ellie entrèrent côte à côte, mais sans se tenir la main. Derek passa immédiatement la salle en revue, et Kylie comprit qu'il la cherchait dès que ses yeux rencontrèrent les siens. Elle ne put s'empêcher de se demander de quoi il avait souhaité parler à Holiday. Encore d'elle ? Et pourquoi ? Ne devrait-il pas accorder toute son attention à Ellie ?

Il hocha légèrement la tête. Elle fit de même en retour et se força à avaler une autre bouchée de son hamburger. Il avait le goût de viande morte. C'en était, et ça le rendit encore moins appétissant.

Quand elle dut déglutir deux fois pour faire descendre le morceau de viande dans sa gorge, elle repoussa son assiette. Elle n'avait plus faim.

Elle fixa son verre de thé, essuya une traînée de condensation, puis chercha une excuse plausible pour sortir du réfectoire. S'échapper avant de devoir regarder Derek et Ellie se chuchoter des mots doux et partager des frites – mais elle s'en moquait, bien sûr. Du moins c'est ce qu'elle se dit alors, et elle continuerait à se le dire jusqu'à ce que ce soit vrai. Cela passerait aussi, puisqu'elle aimait tant la compagnie de Lucas. Savourait ses baisers. Appréciait d'être la fille à qui il faisait un clin d'œil devant des dizaines de témoins.

Le téléphone de Kylie sonna, lui offrant le prétexte dont elle avait besoin pour s'esquiver. Sans même regarder de qui il s'agissait, elle se pencha et murmura à Della qu'elle devait prendre l'appel. Della, uniquement intéressée par la viande saignante sur son petit pain et qui n'en avait déjà fait qu'une bouchée, attrapa son vrai repas – un grand verre de B positif – et la suivit au-dehors.

Kylie n'avait pas quitté le réfectoire qu'elle jetait un œil au nom sur l'écran. Oh chiottes ! C'était Sara, son amie de sa vie d'avant.

Sara ! Kylie n'avait pas répondu à son coup de fil ni aux textos précédents. Pour une sacrée bonne raison, en plus. Elle savait que Sara voulait lui parler de ses soupçons : Kylie serait à l'origine de la rémission de son cancer.

Le problème, c'est que Sara voyait juste. Ce dont Kylie avait oublié de parler avec Holiday.

Alors, qu'est-ce qui l'avait incitée à vouloir prendre cet appel sans regarder au préalable le nom de l'appelant ? Ah oui, comme ça, elle avait eu une raison pour s'échapper du réfectoire. Elle appuya sur la touche « Répondre » et porta le téléphone à son oreille.

– Salut, Sara ! dit Kylie.

Elle décida d'improviser. Bien que ça ne soit pas une super bonne idée. Elle n'avait jamais été une championne de l'impro.

– Salut ! lança Sara.

– Que se passe-t-il ?

– Je vais te dire ce qui se passe. Je viens de réussir à déconcerter tous les cancérologues du Texas. Je n'ai pas encore fini ma chimio et mes rayons, mais ils ont pratiqué des tonnes de scans et il ne reste plus une seule tumeur dans mon corps ! Tu arrives à le croire ? Je ne vais pas mourir, Kylie !

Il y avait tellement d'enthousiasme, d'énergie, et d'espoir absolu dans la voix de son amie que Kylie en eut le souffle coupé et les larmes aux yeux. Cela lui rappela l'ancienne Sara. Pas la fêtarde folle de mecs et d'alcool qui l'avait remplacée, mais celle qui était sa meilleure copine depuis l'école élémentaire.

Et jusqu'à cette seconde, Kylie ne s'était pas rendu compte combien l'ancienne Sara lui avait manqué.

– C'est carrément fabuleux, ma belle !

– Comme si tu ne le savais pas déjà !

Réfléchis. Réfléchis, réfléchis…

– Je ne comprends pas ce que tu veux dire, rétorqua Kylie, décidant de jouer les ignorantes.

Que disait-on déjà ? Il vaut mieux ne pas savoir ? En ce moment, ne pas savoir lui conviendrait bien.

Della regarda Kylie et roula des yeux. Celle-ci fronça les sourcils, pas tant parce que Della écoutait – elle lui en aurait parlé, de toute façon – mais parce qu'elle articulait silencieusement le mot « menteuse ».

– Bien, dit Sara, mais ce n'est pas important. Nous pourrons en discuter dimanche. (Elle marqua une longue pause, comme si c'était censé signifier quelque chose.) Allez, tu ne veux pas savoir pourquoi ? demanda-t-elle.

– Parce que tu n'iras pas à l'église et que tu m'appelleras ? répondit Kylie qui lança la première chose qui lui traversa l'esprit.

Cependant, un étrange pressentiment lui noua l'estomac. Mais à propos de quoi ? Est-ce que ça pourrait être vraiment grave ?

– Parce que je passe te voir dimanche, annonça Sara, qui semblait très heureuse de venir.

OK, que Sara vienne lui rendre visite à Shadow Falls serait une catastrophe phénoménale. Mais peut-être que ce n'était pas ce qu'elle voulait dire.

– Je ne suis pas chez moi, Sara, mais en colo, répliqua Kylie. Tu te souviens ?

Je vous en prie, faites que ce soit aussi simple !

– Bien sûr, andouille ! Je passerai te voir avec ta mère. Je viens d'en parler au téléphone avec elle.

Le cœur de Kylie, prêt à faire le grand saut, descendit en piqué dans son ventre. Imaginer Sara à Shadow Falls provoqua une onde de choc dans son cerveau.

Sara faisait partie de son ancienne vie.

Tout à Shadow Falls faisait partie de sa nouvelle vie.

Son ancienne et sa nouvelle existence n'allaient pas bien ensemble. Comme du beurre de cacahuète et des hot dogs. Ces deux-là étaient parfaits séparément, mais ne devaient jamais se rencontrer.

Jamais.

De la vie.

– Euh, Sara… tu… tu… (Elle déglutit.) Tu ne peux pas venir à Shadow Falls comme ça. Tu dois… obtenir une autorisation des directeurs, et là-dessus ils sont très bizarres…

– Oui, ta mère m'en a parlé. Alors, j'ai pris le taureau par les cornes et j'ai discuté avec un certain M. Burnett James il y a une vingtaine de minutes. Il a dit que ce serait parfait que je vienne avec ta mère. Je suis impatiente de te voir, Kylie. Et j'ai hâte de rencontrer tous ces beaux gosses dont tu m'as parlé ! On va tellement se marrer ! Oh, et comment s'appelle cette pétasse, déjà ? DeAnn ? Non, attends, Della… Nous pourrons lui faire une prise de catch ensemble !

Les yeux de Della s'ouvrirent tout grands. « Vache », articula-t-elle en silence.

Kylie agrippa le téléphone d'une main tremblante.

– Je n'ai jamais dit que c'était une pétasse. Simplement qu'elle était cash.

– Même chose, rétorqua Sara. Et l'autre aux cheveux bizarres ? Dis-moi, ce sont elles qui t'ont appris à guérir les autres ?

– Je suis désolée. (Le cœur de Kylie loupa plusieurs battements.) Il faut que j'y aille. Quelqu'un… vient de m'appeler.

Elle donna un coup de poing dans le bras de Della.

– Hé Kylie ! hurla Della, et elle lui fit un grand sourire comme si elle adorait participer à ces entourloupettes. (Ou pas.) Ah, tu es au téléphone… On pourra parler plus tard. Je ne voudrais pas être vache ni rien, dit-elle de sa voix la plus râleuse.

– Je te rappellerai, dit Kylie à Sara. Oui… plus tard. Désolée.

Elle allait raccrocher, mais dit :

– Je suis contente que tu ailles bien, Sara. Vraiment contente.

Elle referma son portable d'un coup, puis regarda Della. Della, qui semblait grandement apprécier le malaise de Kylie. Della, qui avait l'air mi-énervée mi-amusée.

– Alors, dit-elle, nous allons enfin faire la connaissance de miss Sara, hein ? Ta plus vieille et meilleure amie, qui m'a tout l'air d'une garce égocentrique, si tu veux mon avis. Tu as carrément gagné au change en arrivant ici. À ta place, je l'aurais laissée mourir… mais après réflexion… (Della montra ses dents.) Mumm, de quel rhésus est-elle ? Tu crois que je pourrais la convaincre de m'en donner une pinte ou deux, voire plus ? Me faire une prise de catch, à moi !

– Tue-moi, dit Kylie, et elle écarta ses cheveux pour exposer la veine de son cou. Tue-moi tout de suite, qu'on en finisse !

– Alors, comme ça, nous allons rencontrer Sara, dit Miranda plus tard ce soir-là, assise à la table de la cuisine. Cool…

– Pas cool, répondit Kylie, que cela ne réjouissait pas le moins du monde, et qui gratouilla Socks derrière l'oreille.

– Pourquoi, pas cool ? demanda Miranda.

– Elle ne souhaite pas nous la présenter, expliqua Della. Nous pourrions découvrir qui est la véritable Kylie Galen.

Kylie lui jeta un regard mauvais – et oui, elle pouvait vraiment avoir l'air méchant à force de vivre avec Della.

– Ce n'est pas ça du tout, dit-elle. S'il y en a qui connaissent la vraie Kylie, c'est bien vous, les filles ! C'est juste… hyper méga bizarre qu'elle vienne ici.

– Pourquoi ? s'enquit Miranda. Nous avons rencontré ta mère.

– Et ton coureur de jupons de beau-père, ajouta Della.

– C'est différent, dit Kylie.

La réflexion de Della la fit se rembrunir. Bien qu'elle ignorât pourquoi elle était froissée, car c'était la vérité.

– En quoi est-ce différent ? demanda Miranda. (Avant que Kylie puisse répondre, elle ajouta :) Hé, j'espère que vous aurez l'occasion de faire la connaissance de Todd vendredi soir. Vous pourrez l'attendre avec moi sur le parking quand il viendra me chercher ?

Les filles froncèrent les sourcils, mais hochèrent la tête en chœur.

– Ce n'est pas pareil pour toi, dit Kylie à Miranda, encore obsédée par la visite de Sara. Vous savez depuis toujours que vous êtes des surnaturelles. Vous n'avez pas eu de vie présurnaturelle. (Socks, toujours sur la table, sauta à terre avec l'élégance d'un chat.) Moi, c'est comme si j'avais été une autre personne avant. Et d'accord, vous avez rencontré mes parents mais c'est presque comme s'ils ne comptaient pas – pas dans le sens où tes amis comptent pour toi.

– Je suis désolée, mais je ne comprends pas, fit Miranda.

– Moi si, dit Della. (Et elle le formula, même si elle détestait le reconnaître.) Kylie a raison. C'est différent quand tu as connu une autre vie. J'ai essayé de m'imaginer ce que ça me ferait de vous présenter Lee, ou une de mes anciennes copines. Ce serait flippant ! (Elle croisa le regard de Kylie.) Je suis désolée de t'avoir pris la tête avec ça !

– Waouh ! fit Miranda. Fais attention, Della. Dans quelques jours, je pense que tu auras épuisé ton quota d'excuses de vampire pour les dix prochaines années !

– Va te faire voir ! et là je m'excuse pas... la rembarra Della.

Plus tard, ce soir-là, Kylie fut réveillée par un brouillard qui monta autour d'elle. Elle ignorait où elle se trouvait, mais, sans trop savoir pourquoi, elle n'avait pas peur. Son regard resta rivé sur la brume douce et humide. Elle regarda les arbres : les feuilles, même dans le noir, étaient d'un vert parfait. De superbes rayons de lune se déversaient au travers des grosses branches qui semblaient se dresser jusqu'au ciel, non sans fierté. Parfait. Digne d'un conte de fées. Même les bruits nocturnes de la forêt évoquaient une symphonie. Elle entendit l'eau comme un ruisseau qui gazouillait, un son magnifique et paisible à l'arrière-plan.

Elle pensa immédiatement à Derek et à cette chose folle qu'il faisait quand il était à son côté. Avec lui, tout ressemblait à une image de conte de fées, une image censée capter votre imagination – une image censée vous remplir d'admiration, comme les pages d'un livre d'enfants.

– Salut...

La voix l'éloigna des quelques étoiles qu'elle avait vues étinceler au-dessus des arbres.

Il était assis à côté d'elle sur un gros rocher. Pas proche au point qu'elle se sente gênée, mais suffisamment pour que le clair de lune lui permette de le voir. Puis elle comprit que ce n'était pas n'importe quel rocher, c'était le leur. L'endroit où il l'avait amenée peu après son arrivée à Shadow Falls.

Elle avait recommencé.

Elle l'y avait emmené *via* l'effraction de rêves, et elle ne devait pas le faire !

– Je suis désolée, lâcha-t-elle étourdiment. Je ne l'ai pas fait exprès.

Elle ferma les yeux et se concentra pour s'éloigner du rêve. Elle se concentra très fort, attendit de ressentir la sensation de flotter, mais n'y parvint pas. Du moins, elle le crut.

Elle entrouvrit les yeux. Suffisamment pour vérifier si elle avait changé de place.

Pas du tout. Elle était toujours assise sur la grosse pierre. Derek la regardait encore. Pourquoi ne pouvait-elle pas s'envoler loin du rêve ?

– Je suis désolée, répéta-t-elle. Je ne l'ai pas fait exprès. Juste une minute et tu pourras te rendormir.

Elle ferma à nouveau les yeux bien fort et fit de son mieux, essaya de toutes ses forces de se concentrer.

Rendors-toi ! Rendors-toi ! Immédiatement !

– Kylie ? (Sa voix lui chatouillait les oreilles alors qu'elle s'efforçait de réparer ce qu'elle avait fait.) Kylie…

Elle tâcha de l'ignorer et de se concentrer.

– Kylie, tu n'y es pour rien. C'est moi, l'effracteur de rêves.

Kylie ouvrit les yeux d'un coup et le vit assis là, l'air si réel. Elle se souvint que l'effraction de rêves avait été différente quand Red était entré dans ses songes. Elle n'avait pas pu s'enfuir en volant, elle avait dû se réveiller. Voilà donc ce qu'elle devait faire. Simplement se réveiller. Elle n'en fit rien.

– Tu pratiques l'effraction de rêves ?

Il hocha la tête.

– Oui.

La première chose qu'elle fit fut de s'assurer qu'elle était bien habillée… Oui… Elle connaissait sa propre tendance en matière de rêves, et pour ce qu'elle en savait, les garçons étaient encore pires.

Elle portait sa chemise de nuit rose. Rien de sexy ni de transparent. Ouf ! Le soulagement l'envahit, Derek n'avait donc pas eu l'intention de lui faire faire ce genre de rêve. Puis elle ne put s'empêcher de se demander si c'était parce qu'il n'éprouvait plus rien pour elle. Il avait Ellie.

– Pourquoi ne m'as-tu pas dit que tu pratiquais l'effraction de rêves ? s'enquit-elle, ne souhaitant pas trop penser à Ellie et lui.

Il hésita.

– J'ai plus ou moins trouvé comment y mettre un terme avant mon arrivée à Shadow Falls. J'essayais constamment de rendre visite à mon père et de communiquer avec lui, alors que je voulais fuir son contact.

Kylie connaissait bien ces effractions de rêves non désirées. Puis elle se rappela la douleur de Derek dès qu'il s'agissait de communiquer avec l'homme qui l'avait abandonné dans son enfance.

– Communiques-tu avec lui à présent ? demanda-t-elle.

Elle se souvenait de ce qu'il avait dit : il chercherait son paternel lorsqu'il quitterait Shadow Falls. Quand il était revenu avec Ellie, elle n'avait plus pensé aux problèmes de Derek, et s'était simplement sentie trahie. Son égoïsme lui fit honte.

– Pas vraiment. Mais dorénavant, je sais comment appréhender l'effraction de rêves, donc je…

– Tu quoi ? le coupa Kylie.

– J'ai recommencé à m'en servir. Mais ce n'est pas important. Regarde, l'autre nuit, quand tu es entrée dans mon rêve…

– Je suis désolée, dit-elle, j'apprends seulement maintenant à les contrôler. Mais dès que je me suis rendu compte de ce que j'avais fait, que j'étais venue dans ta chambre, je suis partie.

Il fronça les sourcils.

– Je sais. Mais avant que tu ne t'en ailles, à la seconde où je t'ai vue, j'ai soudain réalisé que je ne l'avais pas ressentie.

– Pas ressenti quoi ? demanda-t-elle, manifestement à moitié endormie.

– La vague de tes émotions. (Il sourit.) Quand je pratique l'effraction de rêves, je peux m'adresser à toi, être proche de toi sans que ça me rende fou.

Kylie éprouvait un tel mélange de sentiments, assise sur son rocher, à fixer son sourire. Elle inspira un bon coup.

– Je ne suis pas sûre que ce soit une bonne chose.

– Pourquoi pas ? Je veux simplement parler. Voir comment tu vas. C'est un crime ? Je pensais que je comptais pour toi. Que tu voulais être mon amie.

– Bon, disons les choses autrement. Je ne pense pas qu'Ellie trouvera que ce soit une si bonne idée.

Il fronça les sourcils.

– Je n'arrête pas de te répéter que ce n'est pas ce que tu imagines entre nous. Ellie et moi, on est simplement amis.

– Vraiment ? (Elle laissa le sarcasme imprégner sa voix.) Parce que c'est difficile à croire, après avoir vu la photo où vous êtes en train de vous rouler une pelle.

Il hésita puis dit :

– Bien, tu as raison. Quand je suis tombé par hasard sur elle, elle était très contente de me voir, et moi je souffrais. Lucas était de retour, et tu te souciais de lui. J'étais aussi paumé qu'Ellie. Nous nous sommes embrassés et... Écoute, l'important, c'est que nous nous soyons tous les deux rendu compte que c'était une erreur.

Ce fut cette petite pause qui attira le plus son attention. Elle demanda :

– Vous vous êtes embrassés, et après, qu'avez-vous fait ?

Manifestement, dans le monde des rêves elle se sentait plus courageuse, capable de poser des questions qu'elle n'aurait sûrement pas posées dans la vraie vie.

– Que s'est-il passé au juste entre Ellie et toi en Pennsylvanie ?

chapitre 24

– C'est important ? demanda Derek.

– Tu as couché avec elle, pas vrai ?

En fait, Kylie l'avait toujours su. Ça craignait d'avoir raison aussi.

La culpabilité envahit le regard de Derek.

– Ça ne voulait rien dire.

Kylie secoua la tête.

– Comment ça, ça ne voulait rien dire ? C'est la forme d'intimité la plus étroite.

– Pas toujours. Parfois, ce sont juste deux personnes qui recherchent quelque chose et qui, très souvent, ne le trouvent pas. Nous ne l'avons pas trouvé, Kylie. Ellie le savait, elle aussi. Je le savais. Et le romantisme a complètement disparu. C'était une erreur, et nous le savons tous les deux.

– Mais tu l'as ramenée au camp avec toi !

Il tressaillit.

– Elle n'est pas méchante. Je ne pouvais pas la laisser là-bas dans la communauté. C'était horrible. Elle se serait fait embringuer dans un gang en l'espace de quelques semaines.

Kylie replia ses jambes contre sa poitrine et entreprit de trier les émotions qui se heurtaient en elle. Elle se sentait blessée. Elle se sentait légitimée dans son sentiment de jalousie. Et elle se sentait… soulagée. Cette dernière émotion ne se tenait pas, en revanche. Pourquoi serait-elle soulagée que Derek et Ellie aient couché ensemble ?

Puis la vérité la frappa : elle se sentait soulagée, parce qu'il n'y avait plus aucune raison pour qu'elle se sente coupable de sortir avec Lucas. Mais la vérité blessait quand même. Et pour être tout à fait honnête envers elle-même, elle ressentait une infime jalousie. Mais elle la chassa, parce que plus que jamais elle pouvait l'accepter. Elle était l'amie de Derek. Simplement son amie.

– Nous sommes juste copains, déclara-t-elle.

Il la regarda.

– Oui, répondit-il.

Mais quelque chose dans son « oui » ne lui paraissait pas aussi honnête que tout ce qu'il venait de dire.

– Tout ce que je veux, c'est parler. M'assurer que tu vas bien. Donne-moi dix minutes. (Il nota son froncement de sourcils.) Cinq minutes, allez, trois minutes, Kylie ? Est-ce trop demander à un ami ?

Elle regarda le ruisseau, puis reposa les yeux sur lui.

– Trois minutes. Et puis c'est terminé ?

– Ça marche. (Il consulta sa montre puis, comme s'il était en compétition avec elle, parla le premier.) Comment vas-tu ? Que s'est-il passé au cimetière ? Je suis au courant…

Elle lui donna la version ultra courte. À savoir, qu'elle pensait que le fantôme y était enterré. Et qu'elle avait découvert que son esprit pourrait être un assassin d'enfant.

Il ne broncha pas, contrairement aux autres.

– Que vas-tu faire ? demanda-t-il. Comment comptes-tu connaître la vérité ?

– J'attends le retour du fantôme. Il ne m'a pas rendu visite depuis.

– Il le fera, dit-il. Et ne t'inquiète pas. Je suis sûr que tu comprendras tout. Tu y arrives toujours.

Kylie regarda ses yeux verts mouchetés d'or.

– Comment sais-tu que je suis inquiète ?

– Eh bien, je le sens.

– Je croyais que tu ne pouvais pas percevoir mes émotions dans les rêves ?

– Je peux les sentir, mais simplement à un degré plus bas. Normal.

Normal. Ce mot semblait surgir un peu trop souvent dans l'esprit de Kylie.

Elle hocha la tête.

– As-tu retrouvé ton père ? (Comme cette question semblait l'énerver, elle ajouta :) Quand tu es parti, tu m'as expliqué que tu essaierais de le retrouver.

Il hocha la tête, puis déglutit.

– Je l'ai trouvé.

Elle sentit ses sentiments mitigés comme si c'étaient les siens.

– Ça ne s'est pas bien passé ?

– Je ne sais pas. Je pensais que je le reverrais et que tout roulerait. Mais non, toujours pas. Je ne suis pas sûr de vouloir encore le rencontrer. Je suis même presque sûr que non.

– Pourquoi ? Qu'est-ce qui s'est passé ? demanda Kylie.

– Il m'a donné une centaine de raisons pour lesquelles il devait nous quitter, maman et moi. Sa vie et ses efforts pour vivre dans le monde humain avec ma mère n'étaient que mensonge. Il m'a expliqué qu'essayer de garder le contact le faisait trop souffrir. Qu'il aimerait apprendre à refaire connaissance avec moi. Il a raconté des tas de choses. Et pas une ne valait un clou à mes yeux. Peut-être qu'avec le temps… Je ne sais pas. Mais pour l'instant, c'est juste super bizarre.

– « Bizarre ? » Bienvenue au club ! s'exclama Kylie, et elle lui adressa un semblant de sourire. Sara est censée venir me voir avec ma mère le jour des parents.

Il commença à lui tendre la main, puis se ravisa.

– Je suis sûr que tout ira bien.

Un moment de silence s'ensuivit, puis Derek prit la parole :

– Alors, avec ton fantôme… tu as décidé ce que tu allais faire ? Enfin, comment tu allais découvrir qui elle est ?

– Je n'en suis pas certaine. Mais mon instinct me dit qu'elle se souvient de plus en plus de choses chaque fois que je la vois.

Il médita ses paroles, puis lança :

– Tu sais, j'ai lu quelque chose il y a des années sur un vieux cimetière d'État qui avait été retourné et où on avait constaté que cinq pour cent des tombes contenaient deux corps à la fois.

– Deux corps ?

– Oui. L'État enterrait les très pauvres et les sans-abri dans d'autres cercueils. Ils les glissaient discrètement dans une tombe déjà occupée pour ne pas avoir à payer leur enterrement.

Kylie réfléchit une seconde, ça se tenait parfaitement. Catherine O'Connell avait raconté qu'elle avait vu Jane Doe surgir de la tombe de Berta Littlemon. Toutefois, si Berta Littlemon s'y trouvait elle aussi – et les légendes à ce propos étaient justes –, on l'aurait déjà envoyée en enfer. Ça signifiait qu'un seul esprit serait sorti de sa tombe.

– Je crois que tu viens juste de résoudre mon problème, dit-elle à Derek. Merci !

Si les choses avaient été différentes entre eux, elle l'aurait serré dans ses bras.

Il lui fit un grand sourire.

– De rien.

Elle se rendit soudain compte qu'ils avaient sûrement discuté bien plus longtemps que les trois minutes qu'il avait négociées. Elle jeta un œil à sa montre.

– Oh ! autre chose, dit-il. Après notre discussion de l'autre jour, sur Red, j'ai vérifié certains trucs. Tu sais, juste histoire de voir ce que je pouvais apprendre. Contrairement aux vibrations étranges que nous avons tous les deux ressenties, c'est un vampire… du moins, c'est ce que tout le monde pense. La seule chose que j'ai pu trouver, c'était… à propos de ses parents.

– Alors ? demanda-t-elle.

– Il paraît que sa mère a été assassinée devant lui quand il avait sept ans. L'affaire n'a jamais été élucidée. Il semblerait que même l'URF se soit occupée de cette affaire, mais n'ait jamais trouvé le coupable. Puis son père a disparu moins d'un an plus tard. C'est à ce moment-là que Red est parti vivre chez son grand-père.

Kylie fronça les sourcils.

– Mince alors, je pourrais presque le plaindre.

Derek haussa les épaules.

– Malheureusement, la plupart des gens qui commettent des crimes violents ont été à un moment donné eux-mêmes des victimes. Mais on ne répare pas une injustice par une autre. Et nous savons qu'il a tué ces deux filles.

– Je sais. (Quand elle leva les yeux et se perdit de nouveau dans le regard de Derek, elle ajouta :) J'imagine que je devrais…

– Y aller. Je sais, fit-il, et il s'attrista. Tu me manques, Kylie. Pourrons-nous… recommencer ?

Elle faillit répondre par l'affirmative, mais comprit que ce n'était pas une bonne idée, ni pour l'un ni pour l'autre.

– Je ne sais pas. J'ai un tas de choses à régler.

– Entre Lucas et toi ? demanda-t-il.

– Oui, dit-elle avec honnêteté.

Ses sentiments ne la feraient plus culpabiliser. Elle ne savait pas ce qu'elle pourrait vivre avec Lucas. Mais pour la première fois depuis qu'elle avait reconnu ces sentiments grandissants, elle ne se sentait pas fautive. Et il y avait quelque chose entre eux. Mais avec sa meute qui essayait de les séparer, et son aversion pour son engagement envers les fantômes, elle ignorait où tout cela pouvait les mener.

– OK, dit-il. Mais si tu as besoin de moi… ou simplement envie de parler… tu sais où je suis.

Kylie acquiesça. Puis elle se réveilla, regardant fixement le plafond de sa chambre.

– Toi aussi tu me manques, murmura-t-elle, puis elle roula sur le côté et étreignit son oreiller.

Perry retrouva Kylie à la porte de son bungalow le lendemain matin quand elle en sortit.

– Salut ! dit-elle, et elle se força à sourire.

Connaître la vérité sur Ellie et Derek ne la déprimait pas à proprement parler, mais son humeur était teintée de tristesse aujourd'hui.

Et elle pensa à ce qu'elle ressentait autrefois le dernier jour de classe avant les grandes vacances. Elle voulait que l'été soit là, savait qu'on ne pouvait pas le changer, mais une partie d'elle avait envie de s'accrocher à la vie telle qu'elle était. Elle se dit que, simplement, elle n'était pas très fan du changement.

Perry, les yeux bleu vif, eut un large sourire.

– Salut !

Il regarda de nouveau la porte et Kylie comprit pourquoi.

– Miranda est déjà partie, lui apprit-elle.

– Pourquoi ?

Parce qu'elle ne voulait pas te voir, parce qu'elle redoutait ta réaction dès qu'elle t'annoncerait que vendredi soir elle avait rendez-vous avec un sorcier canon.

– Je n'en ai pas la moindre idée.

Et je suis ravie que tu ne sois pas un vampire capable de lire mes battements de cœur et de deviner quand je mens comme une arracheuse de dents.

Ses yeux bleus devinrent noisette et tristes.

– Je me suis dit… j'espérais juste que…

– Je sais, le coupa Kylie et elle lui donna un coup d'épaule. Et comme je ne peux rien dire, tout ce que je peux affirmer, c'est que l'espoir fait vivre.

– Donc, j'ai encore une chance ?

– Une petite, fit-elle, ne souhaitant pas lui laisser de faux espoirs.

Ils descendirent le sentier.

– Je veux voir si Holiday et Burnett sont dans le bureau. Je dois leur parler avant le petit déjeuner.

– À toi l'honneur ! lança Perry en lui faisant une révérence. Je suis ton humble serviteur.

Kylie lui adressa un grand sourire. Quand ils avancèrent, elle se demanda si elle pourrait un jour traîner avec Derek comme ça, comme si tout allait bien. Si c'était vraiment platonique, sans le moindre regret pour ce qui aurait pu se passer. Elle l'espérait de tout son cœur. Même si ce cœur lui disait qu'il aurait fait un petit copain génial, il ferait aussi un sacré bon pote. Et elle souhaitait qu'ils puissent emprunter ce chemin.

Holiday et Burnett ne se trouvaient pas au bureau. Kylie ne put donc pas leur confier la théorie de Derek, selon laquelle il aurait pu y avoir deux cadavres dans la tombe de Berta Littlemon. Ni demander à Burnett ce qui lui avait pris de donner l'autorisation à Sara de lui rendre visite à Shadow Falls.

Au petit déjeuner, Lucas les rejoignit, Perry et elle, à leur table. Kylie remarqua que Miranda mangeait avec les sorcières et que Della avait un truc de vampire ce matin encore. Kylie s'installa donc entre Lucas et Perry et, à sa grande surprise, ils se tinrent bien. Enfin, Perry en tout cas.

Lucas glissa sa main sous la table et lui toucha la jambe. Puis il se pencha et murmura :

– Tu veux revenir danser au clair de lune ce soir ?

Kylie n'en était pas sûre, mais elle aurait pu jurer que l'effleurement de ses lèvres sur sa tempe était presque un baiser. Elle lui donna un petit coup de coude et, enfournant une bouchée d'œufs avec sa fourchette, elle chuchota en retour :

– Fais gaffe ! On va finir par croire que je te plais.

– Tant mieux. Il est peut-être temps d'officialiser les choses.

Son cœur manqua un battement. Les œufs dégoulinèrent de sa fourchette et atterrirent sur son assiette avec un grand « floc ».

Elle se tourna et le regarda droit dans ses yeux bleus.

– Me demanderais-tu de sortir avec toi ?

– Répondrais-tu oui ?

L'espoir dansa dans les yeux de Lucas.

– Et ta meute ?

– Je t'ai dit que je me moquais de ce qu'elle pensait.

La joie dansa dans le cœur de Kylie.

– Eh bien, je crois que je devrais d'abord écouter la question.

– D'accord… « Kylie Galen, acceptez-vous de sortir avec moi ? »

Oui, oui, oui. Le mot lui brûlait le bout de la langue, bien décidé à s'échapper. Elle sourit, prête à le prononcer et…

– Puis-je t'emprunter Lucas une minute ?

La voix grave de Burnett gâcha l'instant. Il se posta derrière eux, un bon mètre quatre-vingts-dix de vampire tout en muscles.

Lucas leva les yeux sur lui.

– Quelque chose ne va pas ?

– J'ai besoin de te parler.

Lucas s'en alla. Kylie les regarda partir, tellement sous le choc que le garçon lui ait demandé de sortir avec lui qu'elle en oublia complètement de passer un gros savon à Burnett pour avoir accepté que Sara vienne au camp.

Un peu plus tard, Kylie se tenait à côté de Perry lorsque Chris énonça les noms pour la séance « Une heure pour faire connaissance ». Lucas n'était toujours pas revenu de son entrevue avec Burnett et ça l'inquiétait.

Elle leva les yeux sur Perry et demanda :

– Comment allons-nous y participer ?

Il regarda fixement Miranda.

– J'ai fait rayer mon nom de la liste.

– Pour que nous ne soyons pas obligés de rester ? s'enquit Kylie.

– J'ai retiré mon nom. Pas le tien. Je me suis dit que je pourrais venir avec toi pendant cette heure.

– N'est-ce pas contre le règlement ?

– Je suis sûre que ça ne dérangera pas Burnett.

– En parlant de Burnett, fit Kylie, je ne savais pas que vous vous connaissiez tous les deux ?

– Il t'en a parlé ? demanda Perry, l'air surpris.

– Non, enfin si, quand je l'ai interrogé à ce sujet. Mais pendant toute cette histoire de dragon, tu as raconté un truc comme quoi il t'aurait dit quelque chose quand tu avais six ans.

– Oh ! s'exclama Perry. Et qu'a répondu Burnett ?

– Simplement qu'il te connaissait d'avant. Était-il comme un père adoptif, quelque chose comme ça ?

– Oui, plus ou moins.

– Eh ! Kylie Galen...

La voix de Chris s'éleva, et l'attention de la jeune fille aussi. Elle jeta un regard vers l'endroit où Chris tirait des noms d'un chapeau. Oui, un vrai chapeau de magicien.

À l'évidence, Chris avait décidé de mettre le paquet pour ses quelques minutes sous les feux de la rampe.

– Tu passes une heure avec... Ellie Mason.

– Oh non !

Toutes ses incertitudes au sujet de Derek et Ellie refirent surface d'un coup.

– Oh dis donc ! répliqua Perry. On devrait bien se marrer !

Cela ne faisait que souligner le fait que Perry et elle avaient une conception bien différente de « se marrer ».

Une minute plus tard, Kylie, Ellie et Perry s'en allèrent le long d'un des chemins. Pendant une éternité, personne ne parla.

– Où allons-nous ? demanda Ellie, qui brisa le silence tacite.

– Près du lit de la rivière, répondit Kylie.

– D'accord, dit Ellie.

Ils continuèrent pendant dix minutes, marchèrent vite, surnaturellement vite. Personne ne se plaignit. En tout cas pas de la vitesse.

Ellie reprit la parole.

– Je viens d'arriver, mais je pensais que l'objectif d'une heure avec un copain de colo était de discuter – d'apprendre à se connaître.

– Alors, parle ! rétorqua Kylie d'un ton sec.

Et elle esquiva de grosses branches qui semblaient vouloir l'attraper. Elle esquiva aussi la logique disant qu'elle devrait simuler une grosse migraine et renvoyer cette petite bombe atomique directement au camp.

– OK. Je m'appelle Ellie Mason et j'ai le sentiment que tu ne m'aimes pas.

Kylie s'arrêta et se retourna d'un coup – le script défilait dans sa tête, pour feindre un méchant mal de crâne. Elle n'aurait même pas besoin de faire semblant, car à présent, sa tête l'élançait. Mais quand elle ouvrit la bouche, ce qu'elle dit n'avait aucun rapport avec les migraines.

– OK, que les choses soient claires : je sais que tu as couché avec Derek.

Sa voix semblait rebondir d'un arbre sur un autre.

– Mince ! s'exclama Perry, tout sourires. Ça va être encore mieux que je ne le pensais !

chapitre 25

Kylie jeta un regard noir au métamorphe.

Le sourire de Perry s'évanouit.

Kylie leva un sourcil.

– Fais-le.

Il se rembrunit.

– Pas encore le chat sourd ! l'implora-t-il. Je n'entends rien. Je n'ai plus d'équilibre ! C'est comme si j'étais dans le vide !

Elle ne détourna pas les yeux jusqu'à ce qu'elle vît les étincelles exploser comme des feux d'artifice. Puis elle se tourna face à Ellie qui regardait, yeux écarquillés, les étincelles tomber en cascade autour de Perry.

– La vache ! Je n'avais encore jamais assisté à la transformation d'un métamorphe ! Enfin, j'ai entendu parler de ce qui se passait quand ils se métamorphosaient, mais c'est si cool !

– Tu as entendu ce que j'ai dit ?

Kylie croisa les bras sur sa poitrine tandis que la fureur la rendait malade.

– L'as-tu vu changer ? demanda Ellie.

Kylie tapa de sa tennis le sol humide et rocailleux.

– J'ai dit que je savais que tu avais couché avec Derek.

Ellie continuait à dévisager Perry, à présent un petit félin blanc aux yeux bleus. Il y eut un silence soudain dans les bois. Kylie l'ignora et se concentra sur Ellie.

– Oui, je t'ai entendue, répondit Ellie qui ne la regardait toujours pas. Et je fais exprès d'essayer de gagner du temps pour trouver quoi répondre. (Le vampire brun laissa échapper un profond soupir et observa Kylie.) Derek t'en a-t-il parlé ?

Kylie hocha la tête.

Ellie secoua la tête.

– Derek a tout balancé. Il fait partie de ces chics types qui ont pour principe de dire toujours la vérité.

– Tu m'aurais menti ? dit Kylie, qui chercha une raison de vraiment détester cette fille.

Comme si avoir couché avec Derek ne suffisait pas. Mais bon, Kylie et Derek n'étaient pas vraiment ensemble, ils n'étaient même pas sortis une seule fois officiellement ensemble. Et Derek et Ellie avaient un passé commun.

– OK, je t'aurais menti, répondit Ellie. Pas par dépit ni rien, juste parce que… eh bien, ce qui s'est passé entre Derek et moi ne voulait rien dire, alors pourquoi laisser ça mettre le bazar ?

Kylie se rembrunit.

– Si ça ne voulait rien dire, pourquoi tu l'as fait, alors ?

Elle haussa les épaules.

– Parce que je désirais que ça signifie quelque chose.

– N'importe quoi ! l'accusa Kylie.

Ellie fronça les sourcils

– Écoute, j'aime bien Derek. Beaucoup même. Enfin, il est beau gosse, il est gentil et vraiment super. Mais il ne se produit pas… d'étincelle, voilà tout. Comme avant, quand nous sortions ensemble. Nous avons couché ensemble sans qu'il y en ait une. Je suis sûre que toi aussi tu as connu ça, pas vrai ?

Kylie ne prit pas la peine de répondre. Elle n'était pas prête à avouer sa virginité à une inconnue.

– Donc, quand il débarque à cette soirée, j'ai un peu peur, je suis légèrement vulnérable et il a tout du prince charmant, du sauveur. Et il est canon, et je me dis que cette fois il y aura peut-être des étincelles. (Elle secoua la tête.) Mais non, pas d'étincelle.

Kylie sentit l'air se refroidir autour d'elles. Un froid mortel. *Non, pas maintenant*, se dit-elle.

– S'il t'a raconté qu'on avait couché ensemble, poursuivit Ellie, alors il t'a sûrement avoué que dès que ça a été terminé, nous pensions tous les deux : « Waouh, quelle erreur ! » Et cinq minutes plus tard, il me parlait d'une fille qu'il avait rencontrée, une dénommée Kylie.

Celle-ci regarda par terre et elle aurait pu jurer que le sol venait de bouger sous ses pieds. Elle jeta un œil à Perry, assis sur une grosse branche, qui essayait d'attraper un papillon.

– Tu sais que tu comptes beaucoup pour lui, n'est-ce pas ? demanda Ellie.

Le fantôme se matérialisa pile devant Kylie, l'air paniquée, terrorisée.

Je t'en prie… Pas maintenant !

Kylie ignora l'esprit et regarda Ellie. Soudain, toute cette conversation lui parut idiote et inutile. Elle n'avait pas le droit d'être énervée parce que Derek et Ellie avaient fait l'amour. Que dalle. Zéro.

– Je suis désolée ! lança-t-elle. Je n'aurais pas dû…

– Si, tu aurais dû. Si une minette couchait avec un type que j'aimais bien, je serais furax, moi aussi. C'est cool que tu aies dit ce que tu avais sur le cœur. Je respecte ça.

– Non ! rétorqua Kylie. Enfin, ce n'est pas comme si Derek et moi... oui, nous étions sur le point de... mais ensuite... (*Il y a mis un terme.* Elle se tut. Elle ne voulait pas entrer dans ce genre de détails.) C'est terminé.

– Bien sûr. Terminé. (Ellie roula des yeux.) Sérieux ? Chaque fois que nous croisons un groupe, tu sais ce qu'il fait ? Il te cherche. (Elle gloussa.) C'est débile... Alors je lui ai demandé : « Tu sais que tu peux la sentir à un kilomètre, donc tu devines quand elle n'est pas là, alors pourquoi la cherches-tu si tu es déjà au courant ? » (Ellie eut un grand sourire.) Tu sais ce qu'il m'a sorti ? « L'espoir fait vivre. »

Kylie reconnut le proverbe qu'elle avait cité à Perry un peu plus tôt.

– Ce type est raide dingue de toi, reprit Ellie.

Kylie secoua de nouveau la tête.

– Non, c'est terminé. Il a tout arrêté. Je sors avec un autre à présent.

– Vraiment ? (Les yeux bleus d'Ellie s'écarquillèrent, sous le choc de la révélation.) Derek est-il au courant ?

– Non. En fait, je vais sortir avec lui. (Comme elle se sentait bête, elle ajouta :) Lucas me l'a demandé au petit déjeuner ce matin. Mais je n'ai pas eu le temps de lui répondre oui.

Ellie leva un sourcil, méfiante.

– Donc, tu n'as pas encore accepté.

Kylie fronça les sourcils et un froid mortel sembla ramper sur sa peau.

– Nous avons été interrompus.

– Combien de temps faut-il pour dire oui ?

Ellie s'enveloppa de ses bras comme pour chasser le froid et regarda autour d'elle, déroutée par le changement brutal de température.

– Qu'en penses-tu ? demanda Kylie qui se sentait désappointée, mais ne savait pas si ça venait du fantôme ou d'Ellie.

Puis elle vit l'esprit faire les cent pas devant elle, et la fixer, comme si elle avait besoin de lui dire quelque chose. Quelque chose d'urgent.

Ellie refit son petit haussement d'épaules.

– Je dis juste que tu sembles hésiter. Et il y a sûrement une raison à ça. Peut-être que c'est…

– Il n'y en a aucune. Je n'ai pas hésité…

Jane Doe cessa de faire les cent pas et regarda Kylie droit dans les yeux.

– *Tu devrais courir !*

– Tu es sûre ? s'enquit Ellie.

– J'en suis certaine, lui assura Kylie, et c'était le cas, non ?

Elle allait lui répondre oui avant que Burnett ne débarque. Elle dirait oui à Lucas la prochaine fois qu'elle le verrait.

– *Cours !* brailla le fantôme.

– Pourquoi ? demanda Kylie à l'esprit.

Et elle jeta un regard à Perry, toujours dans l'arbre, qui s'approchait du papillon à pas feutrés.

– Pourquoi quoi ? fit Ellie.

– *Cours !*

L'esprit hurla si fort que Kylie crut que ses tympans allaient exploser. Elle leva les yeux et vit l'aigle se ruer sur elle à toute vitesse, toutes serres dehors.

Elle se baissa, évitant ainsi les serres acérées du rapace. Juste à ce moment, la terre bougea sous ses pieds. Bougea sérieusement. Un grondement assourdissant sembla exploser sous ses pieds.

– Cours ! cria Kylie à Ellie.

La vamp', dont les yeux étincelaient d'un jaune vif, regarda fixement le sol.

– Qu'est-ce qui se passe ?

– Cours ! hurla Kylie, puis elle attrapa Ellie par le bras et fila, la traînant derrière elle.

Elles avaient fait à peine un mètre que l'endroit où elles se tenaient la seconde précédente s'ouvrit en un gros trou noir. Un trou qui ne cessait de s'agrandir, de se rapprocher. Kylie parcourut encore une quinzaine de mètres quand elle se souvint.

Perry. Il était coincé dans un arbre, incapable d'entendre ce qui se passait en contrebas.

Elle se retourna d'un coup. Comme elle le craignait, il était toujours sur la branche.

Occupé à regarder le papillon.

– Nous ferions mieux d'y aller ! cria Ellie.

Le trou dans le sol ne cessait de s'agrandir, comme si quelqu'un aspirait la terre par en dessous. Il arriva presque à l'arbre. Presque jusqu'à Perry, qui ne l'avait toujours pas vu.

Et c'était la faute de Kylie. Entièrement sa faute.

– Perry ! Cours ! hurla-t-elle de toutes ses forces.

Mais celui-ci ne pouvait pas l'entendre.

Je n'ai plus d'équilibre. C'est comme si j'étais dans le vide.

Ses paroles égratignèrent l'esprit de Kylie comme du cristal taillé.

Elle vit que le trou commençait à s'attaquer aux racines de l'arbre.

Elle vit le félin perdre l'équilibre.

Il luttait pour rester dans l'arbre. Elle l'observa, horrifiée, enserrer la branche de ses pattes de chat, vit ses griffes s'enfoncer dans l'écorce tandis qu'il essayait de sauver sa peau. Mais le trou noir, comme un monstre qui refusait d'abandonner, aspira l'arbre, entraîna le petit chat aux yeux bleus dans le vide.

L'un vit, l'autre trépasse.

– Non ! hurla Kylie.

Elle se précipita, prit son élan et sauta dans le trou noir.

chapitre 26

L'obscurité submergea Kylie à la minute où elle atterrit sur de la terre ferme dans le trou. Elle entendit des cris, des hurlements torturés qui venaient d'en bas. Ou étaient-ils simplement dans sa tête ? Difficile à dire. Puis elle fut frappée par un froid si intense qu'il faillit lui couper le souffle. Elle comprit sur-le-champ que les bruits provenaient de l'enfer. Holiday avait-elle raison ? Avait-elle passé trop de temps avec le mal absolu, et à présent en payait-elle le prix ?

Et, à cause d'elle, Perry aussi ?

Soudain, de douloureuses petites étincelles touchèrent son corps par en dessous, des décharges de ce qui ressemblait à de l'électricité. Il fallut deux ou trois coups avant qu'elle comprenne ce dont il s'agissait.

Perry. Perry se transformait.

Puis elle se cogna contre une chose… à moitié douce, à moitié piquante.

Avec beaucoup de plumes.

Elle s'en dégagea d'un bond et hurla en chutant de plus

belle, tombant encore plus vite dans le vide, la tête la première.

D'immenses menottes parcheminées se refermèrent sur son bras droit et la tirèrent vers le haut. Elle avait l'impression que son bras était déboîté. La douleur intense lui fit pousser un juron.

– Je te tiens…

La voix de Perry retentit à travers le trou.

C'était censé la rassurer, mais pas du tout. Et s'il perdait son emprise sur son bras ? Et si ce qui les attendait en bas, quoi que ce fût, décidait de monter leur rendre visite ?

– Kylie !

Elle releva la tête d'un coup vers l'entrée de l'immense entonnoir. Une lumière vive se déversa dans l'ouverture, l'empêchant de voir correctement. Puis elle vit un corps tomber.

Pas n'importe quel corps. Ellie.

– Merde ! hurla Perry en battant de ses larges ailes le plus rapidement possible. Je ne peux pas l'attraper. Je ne peux pas.

Un calme sinistre envahit Kylie. Elle tendit sa main libre juste au moment où la pesanteur faisait passer Ellie devant eux et saisit l'avant-bras du vampire. Mais sa prise était faible, et sa paume glissa. Elle tenta de resserrer son étreinte, échoua et finit par rattraper la fille par le poignet.

Ellie hurla et s'agita. Ses yeux étincelaient d'un rouge vif dans le noir.

– C'est moi, dit Kylie.

– Tout le monde, attendez !

La voix de Perry se répercuta sur les murs de terre du trou.

Ellie se débattit encore et Kylie l'attira contre elle.

– Je te tiens…

Et elle la tint. De toutes ses forces et de toutes ses pensées, Kylie s'appliqua à ne pas lâcher le poignet d'Ellie.

Un « zoum » et les battements d'immenses ailes d'oiseau emplirent l'obscurité ; en quelques secondes Perry les souleva toutes les deux et les fit sortir du trou. De retour dans la lumière, il les emporta à une bonne trentaine de mètres sur le chemin, puis les déposa délicatement sur la terre ferme.

Il atterrit à côté d'eux, ses serres heurtant le sol dans un grand fracas. Comme Kylie s'en doutait, il s'était transformé en oiseau préhistorique au plumage gris foncé, à peu près de la taille d'un petit avion. Puis le grondement souterrain reprit.

– Courez ! ordonna-t-il.

Il n'eut pas besoin de le dire deux fois. Kylie et Ellie déguerpirent, volèrent à travers bois, esquivèrent des arbres, passèrent sous de grosses branches et sautèrent par-dessus des buissons épineux.

Kylie jetait sans cesse des coups d'œil en l'air pour vérifier que Perry allait bien. Il les suivait toujours, glissait aisément au-dessus des cimes des arbres, s'assurait qu'elles ne couraient aucun danger.

Quand elles eurent quitté le couvert, Kylie se laissa tomber sur le sol et haleta, à bout de souffle. Elle entendait son sang bouillonner dans ses veines. Ellie s'affala à son côté sans respirer aussi fort, mais un peu tremblante tout de même.

Perry atterrit à côté d'elles et reprit sa forme humaine.

– Que fichais-tu donc ? hurla-t-il à Kylie, les yeux rouge sang de colère.

Elle avala une autre goulée d'air.

– J'essayais de te sauver.

– Je n'avais pas besoin qu'on me sauve ! (Il battit des bras, presque comme s'il avait oublié qu'il n'était plus un oiseau. Il passa sa colère sur Ellie.) Et toi ? Quelle est ton excuse ?

Elle toussa puis :

– Je… me suis dit que si je revenais en vie et pas vous deux, les autres allaient sûrement me tuer. Je n'avais pas d'autre choix que de vous suivre.

Soudain, Burnett, les yeux en mode « protection intense » et montrant les canines, arriva sur les lieux

– Que s'est-il passé ? demanda-t-il, la voix semblable à un grondement grave. On aurait dit une explosion.

– Un tremblement de terre, peut-être, fit Perry. Le sol vient de s'effondrer sous nos pieds.

– Mais c'est… (Burnett secoua la tête.) Tout le monde va bien ?

Ils hochèrent tous la tête. Le regard de Burnett se posa sur Kylie.

– Tu saignes. Va dans le bureau et laisse Holiday jeter un œil là-dessus.

Kylie regarda son bras. Les ongles d'Ellie avaient dû l'égratigner quand elle la tenait.

Burnett poursuivit :

– Je vais voir l'ampleur du, euh… tremblement de terre.

– Attendez ! hurla Kylie.

Et Burnett revint dans un mouvement confus.

– Quoi ? demanda-t-il, l'impatience perceptible dans sa voix.

– Ce n'était pas un tremblement de terre, affirma-t-elle.

Elle revit très clairement l'aigle descendant droit sur elle en mode attaque. Elle comprenait à présent que son intention avait été de la faire courir, mais cela ne changeait rien au fait qu'il était mauvais. Elle avait remarqué la noirceur de ses yeux.

– L'aigle était là.

Et Jane Doe aussi, mais Kylie ne vit aucune raison d'en parler.

Burnett laissa échapper un autre grognement.

– Va dans le bureau. Je vais voir si je peux découvrir le fin fond de cette histoire.

Alors que tous se dirigeaient vers le bureau, Kylie regarda Ellie.

– Merci d'avoir essayé de nous sauver.

Ellie haussa les épaules.

– Ne m'en attribue pas tout le mérite. Je ne sais pas ce que je serais devenue si j'avais été la seule à survivre. (Elle gloussa.) Maintenant que c'est terminé, je trouve que c'était drôle, tout ça.

– Non, dit Kylie, au souvenir de ce qu'elle avait ressenti en voyant Perry tomber dans le trou.

Elles avancèrent de quelques pas, et les yeux d'Ellie, brillant sûrement à cause du sang, se posèrent brusquement sur les égratignures de Kylie. Elle ajouta :

– Je suis désolée. J'imagine que c'est moi qui t'ai fait ça en me débattant. Merci de m'avoir sauvé la vie. Je ne sais pas ce qui serait arrivé si tu ne m'avais pas rattrapée. Je n'arrivais pas à m'envoler, apparemment. À charge de revanche ! Tu me diras ce que tu veux et je le ferai. Sans poser aucune question.

– C'est bon, dit Kylie.

– Et moi alors ? lança Perry.

Kylie et Ellie le regardèrent et dirent en même temps :

– Merci.

– Je peux vous dire ce que je veux, et vous le ferez ?

Perry agita les sourcils et son ton était de nouveau plein d'humour.

– Non, répondirent les filles de concert.

– Je sais, mais si à la place de ça vous racontiez à Miranda que j'ai été votre héros ?

– C'est dans mes cordes, dit Ellie. Qui est Miranda ?

– Ma copine, répondit Perry en regardant Kylie. En tout cas, elle le sera dès que je l'aurai convaincue.

Ils avancèrent encore un peu et Ellie dit :

– Désolée d'avoir couché avec Derek.

– Laisse tomber, répondit Kylie, parce que elle-même avait l'intention de laisser tomber.

Durant les quelques heures suivantes, ce fut une avalanche de questions confuses posées par Burnett. À tous les trois, séparément, à plusieurs reprises. Kylie comprit qu'il ne le faisait pas par crainte d'éventuels mensonges. Simplement, il ne voulait pas que les dires de l'un influencent le souvenir de l'autre. Kylie s'en moquait bien. Elle voulait seulement savoir ce qui s'était passé. Avaient-ils vraiment été aspirés dans un trou qui les menait droit en enfer ? Et dans ce cas, pourquoi ? Était-ce à cause de Jane Doe ? Ou était-ce concocté par Mario et ses potes pour la torturer ?

Et surtout, cela se reproduirait-il ?

Malheureusement, Burnett avait des questions, mais pas de réponses. Holiday n'en savait pas plus. Mais la terreur sur le visage des deux directeurs effrayait Kylie plus que n'importe quoi.

À la minute où l'entretien fut terminé, et où Kylie sortit du bureau de Burnett, Lucas la retrouva à la porte et l'amena dans une autre pièce. Il ne dit pas un mot : il l'attira simplement contre son torse chaud, si chaud, et l'étreignit.

– Je faisais des courses pour Burnett. (Sa joue se colla sur le sommet de son crâne.) Je viens de rentrer.

Après une longue étreinte, il demanda :

– Que s'est-il passé cette fois ?

Ces deux derniers mots révélèrent les véritables sentiments de Lucas. Kylie fronça les sourcils.

– Tu as l'air de penser que tout ça était ma faute !

Il secoua la tête.

– Non, ce n'est pas ce que je pense, mais merde alors ! J'aimerais passer un ou deux jours sans me dire que j'ai failli te perdre !

Elle sourit.

– Tu n'as pas failli me perdre !

Puis elle lui donna la version rapide de l'entonnoir qui s'ouvrait et de leur folle dégringolade à l'intérieur.

Il la regarda droit dans les yeux.

– Y avait-il des esprits ?

– Non, enfin, si, un, mais…

– Mais quoi ? la rembarra-t-il d'un ton sec. (Il secoua la tête et grommela.) Tu dois arrêter de les laisser te faire du mal, Kylie.

– Ils ne me font pas de mal.

– Conneries ! (Ses yeux bleus devinrent orange, pleins de colère.) J'ai vu une partie de ta vision, tu te souviens ? Je devais rester là, impuissant, pendant que ces gens t'emmenaient. As-tu une idée de ce que j'ai pu ressentir ?

Kylie savait que l'émotion de Lucas était en partie due à ses instincts de loup-garou. Tout le monde savait qu'ils éprouvaient un besoin intense de protéger ceux qu'ils aimaient. Et elle aimait savoir qu'il l'aimait.

Mais elle devait lui faire comprendre que communiquer avec les fantômes était aussi important pour elle que de se transformer en loup pour lui. C'était sa destinée, son chemin.

Elle mit sa main sur sa poitrine.

– Ce n'est pas l'esprit qui a fait ça, dit-elle. C'était probablement Mario et son petit-fils, encore une fois, et leur pote métamorphe. En tout cas, l'esprit m'a surtout sauvé la vie.

OK, c'était peut-être ce qui s'était passé. Mais il lui semblait plus logique que Jane Doe soit quelqu'un de mauvais.

Il soupira.

– Mince. Qu'est-ce qu'il a, ce type ? Il ne laisse jamais tomber ?

– Apparemment non.

Lucas l'attira de nouveau contre lui.

– Le timing est vraiment mauvais.

– Quel timing ? demanda Kylie.

– Je dois m'en aller pour quelques jours. (Il lui caressa le visage.) Si ce n'était pas une urgence, je ne partirais pas.

– Que s'est-il passé ?

Au moment où elle lui posa la question, Kylie craignit qu'il ne lui réponde pas. Les loups-garous étaient connus pour tenir à leurs petits secrets.

– Je t'ai parlé de ma demi-sœur. Elle était censée s'inscrire ici à l'école dès la fin de la colo d'été.

– Oui ? fit Kylie, ravie qu'il lui fasse suffisamment confiance pour partager ça avec elle.

– Eh bien, maintenant mon père la garde avec sa meute et refuse de la laisser venir. Je vais devoir y aller pour essayer de le convaincre.

– Je croyais que tu ne t'entendais pas avec ton père.

– C'est vrai. Mais je n'ai pas le choix. Je dois m'absenter

pour quelques jours au maximum. Mais je vais demander à Will de garder un œil sur toi.

Kylie se souvint que Lucas l'avait présentée à Will, un autre loup-garou, peu de temps auparavant. Mais comme la plupart des autres loups-garous, elle le connaissait à peine et n'aimait pas particulièrement l'idée qu'un étranger « garde un œil sur elle ».

– Ça ira, lui dit-elle. Burnett m'a affecté des escortes. Je n'ai pas besoin…

– Ça me rassurera. De savoir que l'un des miens te surveille.

Kylie n'aimait pas qu'on lui rappelle que Lucas faisait plus confiance aux siens qu'aux autres. Mais elle avait bien trop de soucis par ailleurs sans qu'un autre problème vienne compromettre sa santé mentale.

– Quand pars-tu ? demanda-t-elle.

– Maintenant. Je devrais être de retour samedi ou dimanche au plus tard.

Il l'embrassa de nouveau. Le baiser dura plus longtemps qu'un baiser d'adieu classique et il était empreint de passion.

Quand il se détacha, elle entendit le léger ronflement sortir de sa gorge.

Elle lui fit un grand sourire, teinté d'un soupçon de mise en garde.

– Tu ronfles encore !

Il leva un sourcil.

– Tu fais ressortir le loup qui est en moi.

Il se pencha et l'embrassa de nouveau rapidement.

Quelques secondes après son départ, Kylie se rendit compte qu'il n'avait rien dit sur sa proposition du matin.

Hésitait-il maintenant ? Elle ferma les yeux et renferma

cette inquiétude dans son placard mental avec tous ses autres soucis.

Holiday entra dans la pièce et l'étreignit.

– Que dirais-tu d'une petite expédition aux chutes d'eau ? Et si je réglais ça avec Burnett, et si demain nous prenions rendez-vous ?

– Ce serait super, répondit Kylie. Vraiment super.

Le lendemain, Kylie et Holiday traversèrent les cascades en courant et s'affalèrent sur la rive rocheuse. De minuscules points d'eau lumineux jaillirent et éclaboussèrent le visage de Kylie. Ses cheveux trempés par la balade à travers le torrent pendaient sur ses épaules et l'eau dégoulinait le long de ses jambes.

Elle s'en moquait. L'atmosphère sereine la pénétrait tout entière, et pour la première fois en plus d'une semaine, elle ressentait de la paix. Bien sûr, ça ne signifiait pas que ses problèmes étaient réglés. Loin de là. Mais à cet instant précis, elle avait l'impression que tout irait bien dans son monde.

Burnett, mécontent d'être là, montait la garde au-dehors. Il avait été extrêmement inquiet qu'elles viennent dans ce lieu en raison de l'incident de la veille. C'était ainsi qu'ils parlaient du trou géant qui avait failli avaler Perry, Kylie et Ellie : « l'incident ».

Le géologue qu'ils avaient appelé pour venir y jeter un œil le qualifiait d'aberration de la nature, d'entonnoir. Kylie n'était pas dupe, de même que la majorité des campeurs de Shadow Falls. Étonnamment, le trou avait diminué avant l'arrivée du scientifique. La magie, la mauvaise magie y était pour quelque chose. Kylie le savait, et Miranda l'avait confirmé à son tour.

À cause de la météo et des arbres, l'alarme n'avait pas fonctionné. Cela aussi avait beaucoup énervé Burnett. Contre personne en particulier, mais la situation l'irritait. Kylie l'avait entendu au téléphone avec l'URF, il disait qu'il lui fallait un meilleur système de sécurité au plus vite.

Mais quoi que ce fût, cela venait apparemment de sous la terre. Et Kylie ne savait pas s'il existait un système permettant de détecter des intrus souterrains.

De puissants intrus souterrains qui, pour des raisons échappant à Kylie, voulaient sa mort.

Kylie respira la sérénité des chutes. Hallucinant. Même l'idée de figurer sur une liste noire quelconque ne parvenait pas à gâcher son humeur paisible.

Penchée en arrière, en appui sur ses mains, elle dévisagea Holiday qui faisait la même chose.

– Tu sais, nous devrions ramener tous les campeurs ici.

Holiday ouvrit les yeux.

– Si seulement c'était aussi simple.

– Comment ça ?

– On n'amène personne aux chutes d'eau, Kylie ! Ils doivent être appelés, tu te souviens ?

Oui, Kylie se souvenait, et elle se sentit soudain curieuse.

– Pourquoi les cascades appellent-elles une personne et pas une autre ?

– Sais pas, répondit Holiday. Mais il paraît qu'elles convoquent moins d'un demi-pour cent de tous les surnaturels.

– Tous ceux qui sont appelés savent-ils communiquer avec les fantômes ?

– Tous ceux que je connais, oui. Il existe des légendes sur les chutes d'eau, qui remontent à des milliers d'années. Les Indiens d'Amérique les surnommaient les « Terres sacrées », et seuls les élus pouvaient y pénétrer.

– Burnett y est entré, déclara Kylie.
– Je sais et ça me choque.
– Parce que tu crois qu'il n'est pas un élu ?
– Non, parce qu'il ne peut pas voir les esprits.
– Si tu l'avais vu te regarder l'autre soir quand tout le monde te saluait au dîner ! dit Kylie, suivant son impulsion. Je crois qu'il t'aime, Holiday.

Celle-ci leva un sourcil.

– On veut encore jouer les entremetteuses, hein ?
– Peut-être que j'essaie simplement d'aider un couple d'amis.
– Ou peut-être que tu te concentres sur les problèmes des autres pour ne pas réfléchir aux tiens.
– Peut-être… répondit Kylie avec un haussement d'épaules. Mais pour l'instant, les miens ne sont pas très graves.

Elle fixa le plafond de pierres, s'émerveillant de la beauté des motifs qu'elles dessinaient.

Holiday gloussa.

– C'est génial ce qui se passe ici, pas vrai ? (Elle soupira.) Si seulement je pouvais mettre ça en bouteille et le garder dans mon sac pour en prendre chaque fois que j'en ai besoin.
– Dommage que nous ne puissions pas vivre ici ! lança Kylie.
– As-tu vu le fantôme depuis l'incident ?

Kylie hocha la tête.

– Elle m'a réveillée hier soir. J'ai fait ce que tu as dit, et j'ai demandé s'il y avait un autre corps dans la tombe avec elle.
– Qu'a-t-elle répondu ?
– Rien. Mais elle avait encore cette expression…

– Laquelle ?

– Comme si je lui avais rafraîchi la mémoire, quelque chose comme ça. Chaque fois que ça se produit, elle disparaît et je la perds de vue.

– Peut-être qu'elle ne veut pas se rappeler, dit Holiday.

Kylie perçut le sous-entendu dans la voix de la directrice. Que Jane Doe refusait de se souvenir parce qu'elle avait assassiné des enfants innocents.

– Je crois qu'elle est trop terrorisée pour se souvenir, dit Kylie. Mais pas pour les raisons auxquelles tu penses.

– Alors, pourquoi a-t-elle si peur ?

Kylie hésita.

– Peut-être est-ce pour le même motif que moi.

Holiday lui jeta un coup d'œil.

– De quoi as-tu peur ?

– De découvrir la vérité. Ce que je suis.

– Pourquoi ? demanda Holiday, qui semblait déroutée.

– Parce que c'est l'inconnu. Parce que c'est un secret que l'on m'a tu tout ce temps. Parce que cela changera probablement ma vie à jamais.

Kylie s'assit plus droite.

– Ce n'est pas que je ne veuille pas connaître la vérité. Je le veux. Je le veux à un point que tu n'imagines même pas. Parfois je ne pense qu'à ça. Mais j'ai tout de même peur. Le jour où les Brighten, ou ceux qui se sont fait passer pour eux, sont venus ici, j'étais si effrayée que j'en avais mal au ventre. J'ai failli m'enfuir. Si Lucas n'était pas arrivé, je l'aurais fait.

Kylie déglutit. Elle décida alors de poser à Holiday la question qui l'obsédait.

– As-tu vu de nouveaux esprits ? Le couple âgé venu ce jour-là est-il mort ?

– Leurs esprits ne sont pas passés me voir, si c'est ce que tu veux savoir.

Kylie se mordit la lèvre.

– Je me souviens encore de la main de la vieille dame sur la mienne. J'ignore pourquoi, mais je ne pense pas qu'ils étaient là pour me faire du mal.

– Alors sinon pourquoi seraient-ils venus ?

– Je ne sais pas. (Kylie ferma les yeux.) Mais de même que je suis convaincue que Jane Doe n'est pas une meurtrière, je suis certaine qu'ils n'étaient pas mauvais.

Holiday s'assit bien droite et remonta ses genoux contre sa poitrine.

– Peut-être est-ce simplement ta manière de refuser de voir le mal chez les autres…

Kylie réfléchit une seconde à cette théorie. Puis elle se rappela les deux fois où elle avait vu l'aigle, le cerf. Elle savait reconnaître le mal. Et elle ne l'avait pas perçu chez les Brighten.

– Pas du tout, dit-elle, ce n'est pas ça.

Kylie repensa à Jane Doe.

– Hier soir, je me suis souvenue de bribes de la vision et de ce que l'infirmière a dit au médecin. Que son époux, celui de Jane Doe, venait de se réveiller et qu'il la demandait.

– Et à ton avis, ça signifie quelque chose ? s'enquit Holiday.

– Berta Littlemon n'a jamais été mariée. Et cette vision me fait penser que le mari de Jane Doe a subi le même type d'opération qu'elle.

Holiday hésita, puis lança :

– Parfois, les visions sont difficiles à décrypter !

– Mais toutes les autres fois où j'ai eu ce type de vision, où j'étais vraiment la personne, ce n'étaient pas des énigmes que je devais résoudre pour en trouver le sens. C'étaient des scènes qui avaient bel et bien eu lieu.

– Mais les visions se produisent du point de vue du fantôme. Et si Jane Doe est folle, alors…

Kylie secoua la tête.

– Je ne pense pas qu'elle soit folle. Ni mauvaise.

– J'espère que tu as raison, observa Holiday.

– Moi aussi.

Elles restèrent assises en silence une minute ou deux, à écouter l'eau qui jaillissait et à jouir du calme. Kylie regarda de nouveau Holiday et eut une pointe d'inquiétude.

– Qu'est-ce que je vais raconter à Sara quand elle viendra dimanche ?

– Tu ne lui dis rien. Sauf que tu es très contente qu'elle aille bien.

– Ça va être bizarre de la voir ici. Elle fait partie de mon ancien monde, qui ne devrait pas interférer avec le nouveau. C'est comme tomber par hasard sur ton prof de catéchisme à une soirée-bière.

Holiday gloussa.

– Ou sur ta gynéco à l'épicerie du coin. Ça m'est arrivé une fois. C'était très bizarre !

Elle posa une main sur celle de Kylie.

En temps normal, le contact de Holiday l'apaisait. Mais cette fois, tout devint noir.

chapitre 27

Durant un bref instant, Kylie eut l'impression qu'on avait éteint la lumière. Elle sentit la main de Holiday sur la sienne, mais il faisait nuit dans la grotte.

Puis la lumière revint. Kylie, perdue, regarda autour d'elle. Elles ne se trouvaient plus dans les cascades. Elle était assise sur une chaise pliante en métal peu confortable devant une clairière, sous une espèce d'auvent foncé. Le vent sentait la pluie. C'était un jour nuageux, et elle était triste. Tant de tristesse.

Qu'était-il arrivé à la sérénité des chutes d'eau ? Que venait-il de se passer ?

Il lui fallut une seconde pour comprendre qu'il s'agissait d'une vision. Elle ne savait pas ce qu'elle était censée voir cette fois, mais elle s'en moquait. Elle ne voulait pas le voir.

Kylie s'efforça de s'en extraire. Elle voulait être de retour, là où tout semblait à sa place, où le calme l'entourait, où le bruit de l'eau apaisait son esprit.

Comme cela ne marchait pas, elle tenta de découvrir où elle était. Elle eut le souffle coupé en voyant un cercueil devant l'enclos. Des larmes paisibles emplirent ses yeux, et elle comprit qu'une personne qui comptait pour elle reposait dans cette boîte.

– Non… murmura-t-elle. Je vous en prie, non.

Quelqu'un lui toucha la main. Kylie reconnut le contact de Holiday avant même de voir la directrice assise à côté d'elle. Elle portait des vêtements noirs sobres, pas de maquillage, et les larmes non retenues rendaient ses yeux verts tristes encore plus brillants que d'habitude.

Quelqu'un parla d'en haut, à côté du cercueil. Kylie leva les yeux et Chris, le vampire en chef, celui qui organisait « Une heure pour faire connaissance », vint se placer près de la bière.

– Nous avons perdu l'un des nôtres aujourd'hui. Lorsqu'un vampire meurt, l'usage veut que nous…

– Non ! murmura de nouveau Kylie et elle se rendit soudain compte qu'elle se levait, qu'elle était de retour aux cascades.

La tristesse emplissant sa poitrine était désormais assortie d'une émotion moins douloureuse, une émotion qui facilitait sa respiration mais faisait tout de même mal.

Elle regarda Holiday, assise sur le rocher, qui serrait ses genoux contre sa poitrine. Les larmes dans ses yeux lui indiquèrent que celle-ci ne s'était pas uniquement trouvée dans la vision qu'elle venait d'avoir. Elle l'avait elle-même vécue.

L'un vit, l'autre trépasse.

Ces mots semblaient affluer du rocher même et rebondir sur les parois en pierre.

Kylie regarda Holiday.

– Qu'est-ce que ça signifie ?

Holiday cilla et Kylie vit qu'elle s'efforçait de faire bonne figure.

– Quoi qu'il se passe, nous irons bien.

– Nous, oui, dit Kylie, qui réprimait son calme et laissait le chagrin prendre le dessus. Mais ce ne sera pas le cas pour quelqu'un ici. Nous devons faire quelque chose pour la ou le sauver.

« Lorsqu'un vampire meurt, l'usage veut que nous… »

Les paroles des Chris lui déchirèrent le cœur. « Lorsqu'un vampire meurt… » Oh non, faites que ce ne soit ni Della ni Burnett !

Holiday secoua la tête.

– Il n'y a rien à faire, Kylie. (Elle inspira.) Ne le sens-tu pas ? L'acceptation. (Des larmes emplirent de nouveau ses yeux.) Cela me brise le cœur, mais c'est ce qu'ils nous disent. Quelqu'un que nous aimons va mourir et nous devons l'accepter.

– Je refuse !

Kylie tourna les talons et traversa le mur d'eau pour retrouver le soleil.

À la minute où son regard se posa sur Burnett, tout le calme des cascades vola en éclats autour d'elle. L'acceptation qu'elle avait ressentie un peu plus tôt n'était rien de plus qu'un vague souvenir.

Je vous en prie, pas Burnett. Pas Della. Pas Burnett.

Elle se répéta cela inlassablement, tel un mantra, comme si le souhaiter pouvait le rendre possible. Elle voulait courir vers Burnett, le prendre par la main et lui faire jurer d'être prudent, de ne pas risquer sa vie inutilement.

En même temps, elle comprenait au fond de son cœur que rien ni personne n'empêcherait Burnett d'être lui-même. Donc qu'il prendrait des risques.

Kylie sentit Holiday s'arrêter à son côté. Elle jeta un œil sur la directrice du camp. Son regard était rivé sur Burnett et Kylie sut qu'elle pensait la même chose qu'elle.

L'un vit, l'autre trépasse. Ces mots se répétaient sans cesse dans sa tête.

– Vous êtes prêtes, les filles ? hurla Miranda le vendredi soir depuis le séjour.

Kylie soupira. Miranda était nerveuse. Ce soir, c'était son grand rendez-vous avec Todd, le sorcier mignon, et Kylie et Della l'attendraient avec elle au portail principal.

– Presque, répondit Kylie.

Elle s'empara de sa brosse à cheveux et en donna quelques coups dans sa chevelure, se fichant éperdument que des oiseaux y aient manifestement élu résidence.

Ces derniers jours étaient passés dans un brouillard. Accepter que quelqu'un essaie de la tuer était pénible, mais tâcher d'accepter que quelqu'un qui comptait pour elle – un vampire – allait mourir était tout bonnement impossible.

Holiday et elle avaient fait tout ce qui était en leur pouvoir pour que la vision qu'elles avaient partagée ne devienne pas une réalité. Et si c'était Della ? Cela était-il égal à Holiday que ce soit Burnett ? Kylie avait mentalement passé en revue une liste de tous les vampires du camp. Certains qu'elle ne connaissait pas si bien, mais qui ne méritaient pas de mourir. Kylie avait été à deux doigts de parler de la vision à Della, mais, juste au moment où elle allait le faire, la raison prit le dessus. Elle ne pouvait pas savoir.

Pour des raisons que Kylie ne comprenait pas, elle savait simplement que ce ne serait pas bien.

Holiday ne cessait de lui faire remarquer qu'elle oubliait que le message comportait deux parties. L'un vit. Et le « l'autre trépasse » alors ? « Tu ne peux pas changer le destin », avait insisté Holiday.

Kylie voulait tout de même donner des coups de pied au derrière du destin. L'acceptation que la jeune fille avait ressentie aux cascades revenait de temps en temps, essayant d'atténuer la douleur, mais ça n'était pas suffisant.

– J'attends ! hurla de nouveau Miranda.

Moi aussi. Kylie regarda le fantôme assis au bord du lit.

– Encore une minute, répondit-elle à son amie.

L'esprit attendait encore un bébé et, assis, tenait son ventre rond comme pour le protéger.

– Nous devons communiquer, tu sais ! lança Kylie.

L'esprit ne répondit pas.

– Si tu veux que je t'aide, nous devons parler.

Elle resta silencieuse.

– Je sais que les autres morts pensent que tu as fait des choses horribles, mais pas moi. J'essaie de le prouver, mais je ne sais pas si je peux y arriver toute seule. J'ai besoin de ton aide.

Le silence répondit de nouveau à ses supplications. Puis elle entendit Miranda l'appeler.

Kylie regarda le fantôme.

– Il faut que j'y aille.

Elle se dirigea vers la porte et soupira. Elle devait faire preuve de courage pour Miranda, que son rendez-vous avec Todd mettait dans tous ses états. Peu importait que la jeune fille ait demandé au moins dix fois à Kylie de lui raconter l'histoire de Perry qui les avait sauvés, Ellie et elle, de l'entonnoir.

Miranda devait se décider. Mais charité bien ordonnée commence par soi-même. Et Kylie avait mis bien du temps avant de se décider entre Derek et Lucas.

Plus maintenant.

Si, si, sincèrement.

Lucas lui manquait. Et quand il reviendrait, elle lui dirait d'emblée qu'elle voulait sortir avec lui.

Hier soir, elle avait même essayé de le trouver dans ses rêves. Lucas était-il réveillé à ce moment-là, ou la meute pouvait-elle l'empêcher de communiquer avec lui ? Elle l'ignorait. Alors, ce matin, elle avait trouvé un autre moyen de le contacter. *Via* cet objet tout-puissant qu'était le téléphone mobile.

Il ne pouvait pas lui parler de ce qui se passait là-bas. Elle ne pouvait pas lui parler de ses problèmes avec le destin. Et lui annoncer qu'elle acceptait de sortir avec lui, elle tenait à le faire en personne. Mais ils parlèrent de choses et d'autres pendant vingt minutes, comme de leurs vacances quand ils étaient petits.

Il avait visité à peu près tous les pays étrangers dont Kylie avait entendu parler, et d'autres qu'elle ne connaissait pas. Mais il n'était jamais allé à Disneyland, ni dans aucun véritable parc d'attractions d'ailleurs, et elle lui avait tout raconté à ce sujet. Ils avaient décidé que ce serait leur toute première sortie.

Dès que Kylie ne figurerait plus sur aucune liste noire et serait libérée de son escorte obligatoire.

En sortant de sa chambre, elle vit Miranda faisant les cent pas devant la porte. Elle était jolie. Ses cheveux étaient attachés en chignon, et quelques mèches blondes lui tombaient dans le cou. Les différentes couleurs dans ses cheveux se voyaient à peine quand elle les attachait.

Elle portait une robe bain de soleil jaune sans manches avec quelques froufrous en bas et une paire de sandales jaunes assorties. La tenue était très féminine sans être trop mignonne, sexy sans être vulgaire, et habillée sans être trop apprêtée. Durant une seconde, Kylie envia Miranda et sa soirée au-dehors. Elle aurait bien voulu que Lucas soit là et qu'ils puissent s'éloigner du camp.

Là où elle pourrait oublier que le destin voulait lui arracher l'un des siens.

Della se leva du bureau. Le cœur de Kylie se serra à l'idée que ce pourrait être elle dans le cercueil, et elle se souvint de bribes de sa conversation avec Holiday ce matin.

« Tout le monde mourra un jour, Kylie. »

Kylie pouvait deviner que Holiday essayait d'être courageuse pour elle. Mais si elle se fiait aux yeux de la directrice, elle avait pleuré autant qu'elle et n'avait pas dormi plus qu'elle.

« Bien, avait riposté Kylie, mais pourquoi nous le dire ? Pourquoi, si nous ne pouvons l'empêcher, nous torturer en nous l'annonçant à l'avance ?

– Je ne sais pas pourquoi, mais ils ont pensé que nous devions être prévenus.

– Eh bien, ils se sont trompés.

– Ils se trompent rarement, Kylie.

– Il y a une première fois à tout, non ? »

– La Terre à Kylie ! hurla Della, qui ramena son amie au présent. Que t'arrive-t-il ? Ce petit voyage en enfer a-t-il grillé tes neurones ?

Della lui fit un grand sourire.

– Qu'est-ce que tu racontes ? demanda Kylie.

– Tu n'arrêtes pas de me regarder sans aucune expression. Ça fait presque deux jours que tu te comportes comme ça et c'est un peu flippant.

– Je suis désolée.

– C'est sûrement parce que son loup-garou lui manque. (Miranda mit une main sur son cœur.) Elle a la mort dans l'âme ! Son aura est toute grisâtre ! Elle se passe de ses baisers depuis presque deux jours !

Puis Miranda ouvrit la porte et leur fit signe de sortir.

– La pauvre petite ! lança Della.

Kylie roula des yeux et les suivit dehors. Heureusement qu'elle adorait ses colocs, sinon cela pourrait vraiment l'énerver.

À peine étaient-elles descendues du perron qu'Ellie, accompagnée de deux autres vampires, passait devant elles.

Elle se rua vers Kylie.

– Comment vont tes griffures ?

– Parties.

Kylie tendit son bras.

– Tant mieux. (Un léger malaise naquit, et visiblement Ellie s'en rendit compte.) À plus tard.

– OK, dit Kylie, et Ellie tourna les talons.

Kylie réalisa alors que, dans sa vision, la personne dans le cercueil était peut-être Ellie.

– Ellie ?

Celle-ci se retourna d'un coup et Kylie se demanda ce qu'elle allait dire ; elle ne voulait pas qu'Ellie s'en aille en la trouvant malpolie.

– Merci ! lâcha-t-elle étourdiment.

Ellie sembla médusée.

– Pourquoi ?

– Pour… avoir pris des nouvelles de mon bras.

D'accord, c'était vraiment nul.

– Oh, de rien.

Ellie marcha à reculons, agita la main, se retourna brusquement, puis courut pour rattraper son groupe.

– C'était quoi, cette histoire ? demanda Della dès qu'Ellie

ne put plus les entendre, quand elles eurent descendu les marches du porche.

– Oui, dit Miranda. Si j'avais appris que quelqu'un avait fait crac-crac avec mon mec, je ne serais pas aussi sympa.

– Derek n'était pas mon mec, rétorqua Kylie.

– Oui, et les ours ne le font pas dans les bois, non plus ! lança Della.

Kylie leva les mains en signe d'apaisement.

– On arrête, d'accord ? Je me moque bien de ce qui s'est passé entre Ellie et Derek.

Della articula silencieusement le mot « menteuse » puis :

– La vérité, c'est que je n'aime pas cette minette. Je déteste sa façon d'être, toute gentille et tout et tout. Elle donne une mauvaise image des vampires.

Kylie regarda Della en fronçant les sourcils.

– Ne la maltraite pas à cause de ça. Je suis sérieuse, Della. Elle ne me connaissait pas quand ça s'est passé.

– OK. Ça veut dire qu'elle n'est pas sournoise. Mais ce n'est pas pour ça que ce n'est pas une pouffiasse.

Miranda rit et Kylie grommela.

– Je ne crois pas. (Elle hésita, puis ajouta :) Elle a sauté dans l'entonnoir, prête à risquer sa vie pour nous sauver, Perry et moi.

– D'accord, elle a fait ça, ajouta Miranda, mais ça ne change pas le fait que…

– Merde alors ! Est-ce qu'on peut ne pas en parler ? coupa Kylie.

– La vache ! s'exclama Miranda. Tu dois être en plein syndrome prémenstruel lunaire, parce que Della a raison : tu n'es plus toi-même ces jours-ci. Tu es genre hyper grognon.

Kylie aurait bien aimé que Miranda ait raison. Que son

humeur tienne seulement au fait qu'elle soit un loup-garou, et non à sa longue liste de problèmes.

Et si en fin de compte elle était un loup-garou, Lucas serait content. Vraiment content.

– Merde… marmonna Miranda une demi-heure plus tard.

Ils attendaient encore Todd, qui s'était perdu et qui avait appelé Miranda pour lui annoncer son arrivée dans trois minutes.

– Merde, quoi ? fit Della. (Puis elle ajouta :) Oh merde !

– Quoi ? fit Kylie, manifestement la seule à rester dans l'ignorance.

Puis elle le vit, et se joignit à leurs exclamations.

– Oh merde !

– Salut ! lança Perry en s'approchant.

Kylie ne put s'empêcher de remarquer qu'il s'était fait couper les cheveux et portait un T-shirt moulant sur un jean. Sa coupe le faisait paraître plus âgé, davantage homme qu'ado. Le T-shirt faisait ressortir ses épaules carrées. Ses yeux étaient bleus, et leur façon d'étinceler quand il regarda Miranda fit fondre le cœur de Kylie. La confiance se dégageait de son sourire. Même la posture de son corps suggérait un sang-froid qu'elle ne lui avait encore jamais connu. Pour la première fois, Kylie comprit pourquoi Miranda le trouvait si séduisant.

– Canon… observa Della, qui visiblement remarquait la même chose.

– Eh bien merci ! (Ses yeux bleus étincelaient quand il les reposa sur Miranda.) Mais je ne suis pas le seul à être beau ce soir. Vraiment beau.

– Merci, dit Miranda, et elle regarda Kylie comme si elle l'implorait d'intervenir.

Kylie jeta un coup d'œil à Della, tout sourires.

– Euh… Perry… (Kylie parla, sans trop savoir comment réparer ça.) Nous discutions en privé de…

– Du rendez-vous de Miranda, la coupa Perry.

– Et merde ! répéta Della.

Bien dit, pensa Kylie.

Perry se concentra sur Miranda.

– Je suis au courant.

Miranda regarda Kylie, comme si elle l'accusait d'avoir vendu la mèche.

Kylie fit non de la tête et se concentra de nouveau sur Perry. Ses yeux passèrent de bleu à vert vif, mais s'il allait péter un plomb et se transformer en monstre mangeur de sorcier, il n'en montra rien.

– Je voulais juste te dire que, même si ça ne me plaît pas, j'espère que tu me laisseras la même chance qu'à cet enfoiré… enfin, à ce type.

Della gloussa.

– Sors avec moi demain soir, reprit Perry. Laisse-moi te prouver que je suis le type qu'il te faut.

Miranda ouvrit la bouche, mais rien n'en sortit. Kylie non plus ne pouvait pas parler, une grosse boule dans la gorge. Une boule d'émotion et de fierté pour Perry.

– J'imagine… que je serai libre demain soir.

Miranda avait l'air choquée et un peu déconcertée.

Puis, du coin de l'œil, Kylie repéra un mouvement à la fenêtre du bureau. Elle vit Burnett et Holiday se taper dans la main en signe de victoire. Burnett écoutait sûrement la conversation, dont il partageait les détails avec Holiday.

Kylie aurait dû deviner que quelqu'un avait donné un

coup de main à Perry. Elle était un peu gênée de ne pas avoir elle-même essayé. Il méritait tellement sa chance avec Miranda !

Perry hocha la tête, se rapprocha et déposa un baiser rapide sur la joue de Miranda. Kylie n'avait jamais rien vu de plus romantique.

Si seulement le camion marron, à la plaque d'immatriculation personnalisée indiquant TODD, ne s'était pas garé pile à ce moment-là !

– Et merde ! répéta Della.

Bien dit.

chapitre 28

Todd, un garçon plutôt canon aux cheveux sable, descendit de son camion d'un bond et fronça les sourcils. Manifestement, Perry se tenait bien trop près de Miranda et cela ne lui avait pas échappé. Et à l'expression sur son visage, le baiser non plus.

– On essaie de me piquer ma nana ?

Les paroles de Todd auraient pu être empreintes d'humour, mais son ton disait tout autre chose. Il avança à grandes enjambées et entoura d'un bras possessif les épaules de Miranda.

Kylie vit tout le corps de Perry se raidir. Ses yeux devinrent rouge vif.

Todd, qui scrutait toujours Perry, agita les sourcils pour vérifier sa configuration.

L'ado resta bouche bée quand il comprit ce que Perry était au juste. Kylie attendit que la flaque apparaisse aux pieds du garçon.

La porte du bureau s'ouvrit et se referma derrière eux.

– Hum, Perry, je peux te voir une minute ? cria Burnett.

Kylie s'approcha du jeune homme.

– Ne fiche pas tout en l'air, cette fois, murmura-t-elle.

Perry, dont la colère suintait par tous les pores de sa peau, continua à regarder fixement Todd. Kylie sentit l'électricité bourdonner autour du métamorphe.

– Ne fais pas ça, répéta Kylie dans un murmure.

Perry reposa les yeux sur Burnett, puis sur Kylie, et de nouveau sur Miranda.

– À demain soir, dit-il, et son ton était si pincé que Kylie comprit combien il lui en coûtait de garder son sang-froid.

Puis il se retourna, se transforma en son oiseau préféré et s'envola en décrivant des cercles serrés autour d'eux.

Della se pencha vers Kylie.

– Il va faire caca sur la voiture de Todd, regarde !

Kylie regarda en espérant que Della se trompait. D'accord, ç'aurait été vraiment drôle parce que Perry était un gros oiseau et aurait lâché beaucoup d'excréments, mais Kylie pensait que cela n'impressionnerait pas Miranda. Pourtant, réalisa-t-elle, c'était précisément le but de la manœuvre.

Toutefois, Kylie ne se détendit pas tant que Perry n'eut pas changé de direction pour s'envoler vers les bois.

– Hé, si on allait au ruisseau ce soir ? proposa Della un quart d'heure plus tard, alors qu'elles regagnaient leur bungalow. Un groupe de campeurs a fixé un plongeoir à l'une des plus hautes falaises pour que nous puissions sauter dans l'eau. Je meurs d'envie de l'essayer !

Kylie retint son souffle en entendant le verbe « mourir ». Elle avait pratiquement barré le chemin à la mise en garde de Jane Doe dans son esprit et ne comprenait pas pourquoi elle se sentait brusquement submergée par l'émotion.

– Non !

Elle lâcha sa réponse si vite que Della grimaça.

– Pourquoi ?

Parce que tu pourrais mourir.

– Parce que… (Kylie s'efforçait de lui expliquer la situation jusqu'au moment où elle se souvint qu'elle avait une véritable raison.) Parce que Holiday apporte l'ordinateur de Burnett pour que je m'en serve.

– Pourquoi aurais-tu besoin de son ordi alors que nous en avons un ?

– Pour envoyer un e-mail à… c'est un truc de fantôme. J'envoie un e-mail à la famille d'une femme décédée pour essayer de régler leurs problèmes d'héritage. Et Burnett a une adresse dont on ne peut pas retrouver la trace, expliqua Kylie.

– Oh…

Della se tut. C'était drôle, mais il suffisait de prononcer le mot « fantôme » pour faire retomber la conversation…

– Et à quelle heure vient-elle ? demanda-t-elle enfin. Je pourrais aller faire un tour au ruisseau pendant qu'elle sera avec toi.

Et tu pourrais te faire tuer. Pas question. Jamais de la vie.

– Mais tu es mon escorte.

– Holiday a laissé Jonathon partir en avance quand elle était là.

– Mais c'était avant l'entonnoir.

Son explication paraissait convaincante, et le nœud dans le ventre de Kylie se détendit. Elle ne pouvait peut-être pas parler à Della de la prémonition du destin, mais cela ne l'empêcherait pas de la surveiller.

– D'accord, dit Della, d'un air pas très réjoui.

Ça convenait très bien à Kylie. Une Della mécontente mais vivante, ça valait mieux que le contraire.

Une bande de campeurs tourna au coin et passa devant elles. Kylie sentit le regard glacial la gifler pratiquement ; et lorsqu'elle reconnut l'une des filles, un loup-garou, elle se dit qu'elle savait à qui appartenaient ces yeux froids qui la faisaient frissonner.

Un autre regard sur le groupe confirma ses soupçons.

Fredericka.

Kylie continua sa route, espérant l'ignorer…

– Hé, blondasse ! cria Fredericka.

Fermant les yeux une seconde, Kylie s'adjura d'être patiente. Quand elle se retourna, elle se surprit à regarder Fredericka droit dans les yeux. Le loup-garou avait avancé en silence et se tenait si près que Kylie put compter ses cils. Elle sourit d'un air suffisant et peu attrayant. Et Kylie eut une révélation.

Elle n'avait pas peur.

Fredericka et son attitude genre « Je vais te tailler en pièces » ne lui faisaient plus peur. Elle la gonflait royalement, lui faisait ressentir un vague sentiment de jalousie – même si elle faisait confiance à Lucas pour ne pas la tromper –, mais… non, elle n'éprouvait plus la moindre appréhension.

– Qu'est-ce que tu veux ?

Kylie tendit le bras pour empêcher Della de s'interposer entre elles. Celle-ci, sûrement blême d'être contenue, grommela et montra ses canines. Les yeux de Fredericka devinrent orange vif – « je suis énervée ».

– Je me suis dit que tu aimerais savoir que Lucas m'a appelée pour me prévenir qu'il ne reviendrait pas avant demain soir tard, déclara le loup-garou d'une voix mielleuse. Il a des problèmes avec son père. Comme c'est triste ! Pauvre chou ! Il avait besoin de parler à quelqu'un !

Kylie le savait bien, si Fredericka lui racontait ça, c'était uniquement pour la contrarier.

Et ça fonctionnait !

Par orgueil, Kylie sourit et fit comme si tout allait super bien. Mais une partie d'elle voulait botter les fesses de Fredericka et ne se soucier des conséquences que plus tard.

– Merci de m'avoir prévenue. J'attends son coup de fil incessamment.

Kylie gratifia Fredericka d'un sourire hyper gentil et tourna les talons.

Fredericka l'attrapa par le bras. Ses doigts s'enfoncèrent dans son coude. Kylie tenta de se dégager. Puis elle se souvint que si tout le monde avait raison en affirmant qu'elle était une protectrice, elle n'aurait pas le pouvoir de lutter contre le loup-garou.

Elle ne pourrait se battre contre Fredericka que si celle-ci essayait de faire du mal à un être cher à Kylie.

Et étant donné que l'autre personne était Della et qu'un nuage mortel planait peut-être au-dessus d'elle et de tous les autres vampires de Shadow Falls, Kylie ne risquait pas de laisser Della s'en mêler.

Elle devait faire appel à son intelligence pour se sortir de cette situation. En avait-elle suffisamment ?

– Tu veux bien me lâcher le bras ?

Kylie fit comme si elle n'avait pas l'impression que ses os allaient être broyés sous l'étreinte du loup-garou.

– Pas vraiment… grommela Fredericka.

– D'accord, mais ne dis pas que je ne t'ai pas prévenue. Parce qu'il y a un esprit qui traîne autour de moi et il est d'humeur massacrante depuis trente ans. (C'était un mensonge. Un pur mensonge. Mais Kylie était prête à n'importe quoi.) Depuis qu'un loup-garou escroc l'a assassinée, elle meurt d'envie de…

Fredericka ôta sa main.

– Va en enfer !

Kylie sourit.

– Merci pour l'invitation, mais j'ai failli y aller hier et ça ne m'a pas trop plu. (Elle fronça ensuite le nez.) Est-ce que je sens la mouffette ?

Les yeux de Fredericka devinrent orange foncé, et Kylie comprit qu'elle était allée trop loin. La main du loup-garou se referma de nouveau sur son coude et serra. Quelqu'un sortit des bois comme une flèche. Du coin de l'œil, Kylie vit que c'était Will, l'ami de Lucas.

Il s'éclaircit la gorge, mais Fredericka ne le regarda même pas. Elle se contenta de relâcher son étreinte sur Kylie et déguerpit, la queue entre les jambes.

Kylie n'appréciait pas que Will soit arrivé en douce, sans se faire remarquer. Que ni Kylie ni Della n'aient senti qu'il les suivait leur indiquait qu'en plus il était doué.

Della le foudroya du regard, et Kylie fit ce qu'il fallait.

– Merci.

– De rien.

Il disparut de nouveau dans les bois.

– Mais pourquoi tu lui as dit merci ? On n'avait pas besoin qu'il intervienne. J'aurais pu casser la gueule à ce loup-garou et il aurait pleurniché comme un chiot affamé.

Et il t'aurait peut-être tuée.

Elles avaient parcouru quelques mètres seulement quand Kylie se souvint de ce que Fredericka avait raconté : Lucas l'avait appelée. Elle marqua une pause puis sortit son téléphone pour vérifier si elle avait loupé son appel.

Pas du tout.

Le loup-garou mentait peut-être. Comment Kylie le saurait-elle ? Puis elle se rendit à l'évidence. Della, comme tous les autres vampires, était un détecteur de mensonges sur pattes. Elle pouvait percevoir les battements de cœur et le pouls, et devinait quand on mentait.

Kylie regarda Della.

– Fredericka disait-elle la vérité à propos du coup de fil de Lucas ?

Della fit la grimace.

– Est-ce mal de mentir si tu dis ce que la personne veut entendre ?

– Dis-moi !

Della articula silencieusement le mot « Désolée ».

– Elle disait la vérité.

Quand Kylie fut de retour au bungalow, Holiday arriva avec le portable de Burnett et elles envoyèrent un e-mail à la famille de Catherine O'Connell. Elles avaient inventé cette histoire : étant une vieille amie de Catherine, elle pensait que ses proches devraient savoir qu'elle avait voulu leur dire quelque chose juste avant de mourir. Ça sonnait bien. Convaincant, même. Puis elles firent un copier-coller de toutes les indications de l'arbre généalogique familial fourni avec les photos.

Avec un peu de chance, ça marcherait. Mais Kylie n'en était pas sûre. En tout cas, elle était contente de respecter ses engagements. Tant pis si les informations qu'elle avait obtenues de Catherine sur Berta Littlemon ne lui avaient pas encore apporté de réponse. Kylie espérait que non. Elle ne tenait pas à découvrir qu'elle s'était trompée au sujet de Jane Doe.

Pendant que Holiday et Della bavardaient à table, Kylie

envoya un message à son beau-père et lui donna le planning des visites pour le cas où il souhaiterait venir dimanche. Elle espérait qu'il ne le pourrait pas, pour qu'elle n'ait pas à gérer Sara et son beau-père le même jour. Sa réponse fut ultra rapide. Il lui dit avoir hâte de la voir dimanche.

– Mince… marmonna Kylie.

Holiday lui jeta un coup d'œil.

– Mauvaises nouvelles ?

– Non, tout va pour le mieux dans le meilleur des mondes, répondit la jeune fille et elle laissa tomber sa tête sur le bureau.

Elle ne savait pas si elle survivrait.

– Tu vas bien ? demanda Holiday quand Kylie la raccompagna dehors quelques minutes plus tard.

– Aussi bien que possible, j'imagine, mentit Kylie.

Holiday sourit et elles se dirent bonsoir.

Quand Kylie regagna le bungalow, Della répondait à ses e-mails, et elle s'assit à la table de la cuisine. Elle mourait d'envie de se coucher, mais elle voulait être présente lorsque Miranda rentrerait de son rendez-vous avec Todd.

Elle regarda l'horloge sur le mur. Plusieurs heures pouvaient s'écouler d'ici là. Des heures pendant lesquelles elle devrait ruminer ses propres problèmes.

Della se retourna d'un coup.

– Mauvais signe. Ou pas.

– Quoi ? fit Kylie.

Della désigna la porte et Miranda entra. L'expression de son visage était indéchiffrable. Elle se dirigea vers la table et se laissa tomber sur une chaise avec toute l'intensité possible.

– Et ? demanda Kylie.

Et elle vit l'espoir dans les yeux de Della. Elle savait qu'elle espérait la même chose qu'elle.

Espérait que son rendez-vous avait été un fiasco total et que Perry avait encore une chance.

Miranda se contenta de hausser les épaules.

– Ne fais pas ça ! la rembarra Della. Crache le morceau, sinon j'irai moi-même chercher la réponse tout au fond de ta gorge.

Miranda prit la parole.

– Il était… sympa. Le dîner était sympa. Lui tenir la main était sympa.

– Il t'a embrassée ? demanda Kylie, qui ne savait pas trop ce que son amie entendait par « sympa ».

Si Kylie faisait un effort suffisant, elle pourrait croire que « sympa » signifiait en l'occurrence « rien d'exceptionnel ».

Miranda hocha la tête.

– Le baiser était…

– Laisse-moi deviner ! l'interrompit Della. Il était sympa.

– Exact.

Della frappa du plat de la main sur la table.

– Sympa, c'est juste un autre terme pour dire « hyper gonflant ».

Miranda fronça les sourcils.

– C'est exactement ce que je pensais.

Kylie et Della poussèrent toutes les deux un cri d'enthousiasme.

– Quoi ? fit Miranda. Vous êtes contentes que ma soirée n'ait pas été géniale ?

– Non, répondit Kylie. Disons simplement que ton rendez-vous de demain nous intéresse plus.

Un sourire radieux illumina le visage de Miranda.

– Moi aussi. Vous arrivez à croire ce que Perry a fait ? Il était tellement…

– Romantique, dit Kylie.

– Canon, ajouta Della.

– Mignon, murmura Miranda. Je n'ai pas arrêté de penser à lui de toute la soirée.

La meilleure nouvelle de la journée pour Kylie.

Cette nuit-là, Kylie fixa le plafond pendant une éternité, cherchant le sommeil qui ne venait pas. Une heure s'écoula, puis deux.

Son esprit passa tous les problèmes en revue. Elle ne savait toujours pas ce qu'elle était. Elle ne pouvait pas empêcher le destin de lui prendre quelqu'un qui comptait pour elle. Quelqu'un voulait sa mort, sûrement le gang paranormal clandestin et escroc dirigé par Mario qui ne lui avait toujours pas pardonné de ne pas vouloir épouser son assassin de petit-fils. Lucas appelait Fredericka et bavardait avec elle. Sara lui rendrait visite dimanche avec sa mère. Et son beau-père aussi allait passer. Kylie n'avait toujours pas résolu les problèmes d'amnésie de son fantôme et n'était même pas sûre à cent pour cent que cette femme ne soit pas une meurtrière.

Le cerveau de Kylie, privé de sommeil, retourna chaque préoccupation sans cracher aucune réponse. Elle venait de s'endormir lorsqu'elle entendit un léger « tap tap » à la fenêtre de sa chambre.

D'abord, elle crut l'avoir imaginé. Puis elle pensa que c'était encore le geai bleu.

– Je ne suis pas ta maman, marmonna-t-elle.

Les petits coups cessèrent.

Kylie resta allongée et écouta. Le silence devint

brusquement lourd de menaces. Elle prit une brève inspiration, et le bruit lui parut anormalement fort. La fenêtre était fermée, pas vrai ?

Elle se souvint l'avoir ouverte la veille, dans l'espoir de faire entrer une brise. Et, non, elle ne se revoyait pas la refermer.

Mais, bon… vu le style d'intrus qu'elle redoutait le plus, du genre qui pouvait créer des entonnoirs et sortait de nulle part, quelles étaient les probabilités pour qu'une fenêtre fermée l'arrête ?

Alors pourquoi, se demanda-t-elle, le bruit distinct de sa fenêtre qu'on relevait lui fit-elle peur jusqu'au fond du cœur ?

chapitre 29

Kylie sortit de son lit d'un bond. Et son cœur bondit en même temps qu'elle. Son regard se posa aussitôt sur la fenêtre, où elle vit deux mains qui agrippaient le rebord.

Un hurlement jaillit dans sa gorge, mais la voix de Della résonna de l'autre côté de la vitre.

– Essaie donc de passer par cette fenêtre et je te botterai le cul ! Et ta position est juste nickel pour que je le fasse !

Les mains disparurent. Quelqu'un tomba.

Kylie se précipita à la fenêtre pour s'assurer que Della ne s'était pas engagée dans une bagarre fatale. Della, dans son pyjama Mickey en coton bleu ample, les mains sur les hanches, se tenait au-dessus de quelqu'un étendu sur le sol. Ses yeux verts brillaient.

– Merde ! cria Ellie, dont les yeux étincelaient. Je voulais juste parler à Kylie.

Elle regarda vers la fenêtre, vers Kylie, et attrapa sa casquette de vampire qui arborait l'inscription *LittleVamp*.

– Tu vois ça ? dit Della en désignant le porche d'entrée. Ça s'appelle une porte. Et la plupart des gens l'utilisent.

– Je ne voulais réveiller personne.

– Alors tu attends une heure décente ! répliqua Della.

Kylie ne savait pas de quoi Ellie voulait parler, mais si ça avait un rapport avec Derek, elle était prête à l'écouter jusqu'au bout.

– C'est bon, dit-elle. Entre.

– Oh, parfait ! Récompense la mauvaise conduite !

Della eut l'air dégoûté, mais c'était plus fort que Kylie.

Ellie la gratifia d'un sourire suffisant et reprit son ascension vers la fenêtre.

Della la ferma d'un coup sec.

– Sers-toi de cette fichue porte !

Lorsque Kylie sortit de sa chambre, Della était partie et Ellie était assise sur le canapé.

– Que se passe-t-il ?

Kylie s'installa sur la chaise à côté d'Ellie.

– Je ne sais pas, je voulais juste parler.

– De quoi ? demanda Kylie.

Ellie replia une longue jambe contre sa poitrine.

– Deux, trois choses. Derek a dit que tu pourrais être la personne idéale à qui confier mes problèmes.

Le cœur de Kylie se serra.

– Si cela vous concerne, Derek et toi…

– Non. (Ellie roula des yeux.) Je ne mentais pas quand j'ai dit qu'il n'y avait rien entre nous, d'un point de vue romantique. J'aime bien Derek en ami. Un bon ami, mais c'est tout. Et c'est l'une des choses dont je tenais à te parler.

– Je ne te suis pas.

– Je me fais du souci pour Derek. Il est vraiment bouleversé à cause de vous deux, et j'ai le sentiment que c'est ma faute. Et quand quelque chose est ta faute, tu te sens responsable et tu veux réparer.

Kylie fronça les sourcils.

– Ce n'est pas ta faute. Ça n'allait pas bien lorsqu'il est parti.

– Oui, il me l'a dit... mais...

– Ce n'est pas ta faute. (Kylie entoura ses genoux de ses mains. Derek regrettait-il vraiment tout ? La question resta en suspens entre sa tête et son cœur.) Quelle est l'autre chose dont tu voulais parler ? demanda-t-elle.

Elle ne tenait pas à discuter de Derek. Elle n'était pas prête à fouiller dans la boîte de Pandore de ses émotions. Le passé, c'était le passé.

Ellie haussa les épaules et rajusta sa casquette.

– Je ne pense pas que ma place soit ici. Je m'en veux que Holiday ait fait tout ça pour me faire accepter, mais... je crois qu'il vaut mieux que je m'en aille.

Kylie se pencha.

– Tu veux quitter Shadow Falls ?

– Oui. (Ellie fronça les sourcils.) Il n'y a rien qui aille ici.

Elle racontait n'importe quoi, mais Kylie se contenta de secouer la tête.

– Comment ça, rien ?

Ellie jeta un œil vers la porte de la chambre de Della, se pencha vers Kylie et baissa la voix.

– Tout ce monde surnaturel... Derek a dit que tu comprendrais sûrement, car tu as ressenti la même chose pendant un moment. C'est vrai, quoi, ça ne te manque pas ? D'être normale ? De traîner avec tes anciens copains ? Je veux retrouver tout ça. Ça me manque... Avant, je m'inquiétais de savoir ce que je voulais choisir à la fac. Aujourd'hui, je m'inquiète de savoir où je vais obtenir ma prochaine pinte de sang.

– Tu ne peux pas partir, Ellie. Je ne suis pas fâchée contre toi, si c'est le problème. Au début, j'étais blessée, puis...

– Ce n'est pas ça, dit Ellie. Même les miens ici ne sont pas vraiment accueillants, murmura-t-elle. Mais ce n'est même pas ça. Rien dans ça (elle agita la main devant son corps de haut en bas) ne me convient. Être humaine me manque. Ma mère aussi, qui est morte il y a deux ans. (Sa voix trembla d'émotion.) Peut-être que si je vivais simplement parmi les humains, je me sentirais mieux.

Une vague de compassion submergea Kylie. Elle savait très bien ce que l'adolescente ressentait.

– C'est dur, confirma Kylie. Mais tu ne peux pas partir maintenant. Holiday affirme que la plupart des jeunes vampires finissent par rejoindre des gangs rien que pour survivre.

Une interrogation lui vint tout à coup. Était-ce Ellie, le vampire qui allait mourir ? Allait-elle quitter Shadow Falls et se trouver mêlée à quelque chose d'horrible ?

Cette question lui coupa le souffle.

La porte de la chambre de Della s'ouvrit, elle traversa la pièce à toute allure et s'arrêta juste devant elles, légèrement décoiffée. Kylie l'imagina enfouir sa tête sous un oreiller pour ne pas les entendre. Raté.

Kylie et Ellie la regardèrent.

Ellie lui jeta un regard mauvais.

– Tu écoutais, pas vrai ? On ne peut pas avoir...

– Oui, andouille ! J'ai essayé de ne pas le faire, mais oui, j'ai écouté, répondit-elle de sa plus belle voix de bêcheuse. Mais Kylie a raison. Tu ne peux pas partir. Ce n'est pas facile d'être ce que nous sommes, de tâcher de s'intégrer dans une nouvelle famille de vampires. Mais ça peut le devenir.

– Comment ? s'enquit Ellie.

La porte de Miranda s'ouvrit d'un coup.

– Tu te fais des amis, dit-elle, et elle entra dans la pièce d'un pas chancelant, à moitié endormie.

– Est-ce que tout le monde écoute les conversations de tout le monde, dans ce bungalow ? demanda Ellie, contrariée.

– Plus ou moins, expliqua Miranda, en se laissant tomber sur le canapé à côté d'elle. Les amis n'ont pas beaucoup de secrets les uns pour les autres.

– Mais vous n'êtes pas mes copines, les filles.

– Nous pourrions l'être, répondit Kylie.

Della et Miranda hochèrent la tête.

Les yeux d'Ellie s'écarquillèrent et elle détourna le regard, mais Kylie eut le temps d'y déceler de l'émotion. La sensation de chaleur qui emplit sa poitrine lui rappela ce qu'elle avait ressenti aux cascades, et elle comprit qu'elle avait dit ce qu'il fallait. Elle eut soudain une vision de funérailles.

Était-ce un signe ? Cela signifiait-il qu'Ellie était vraiment la personne dans le cercueil ?

Samedi, il y avait deux choses importantes. Enfin trois, si on comptait la tentative sans fin de Miranda de redonner sa forme féline à Socks. Les deux autres étaient : se préparer émotionnellement pour la journée des parents, et préparer Miranda à son rendez-vous avec Perry.

Holiday était passée proposer un plan pour le lendemain. Au lieu d'enfermer Socks dans son armoire ce jour-là, elle pensait que ce serait une bonne idée de transférer la petite boule puante dans son bungalow. Ainsi, Kylie, Della et Miranda pourraient faire venir la mère de Kylie et Sara dans le bungalow et y rester un peu – Sara ne pourrait donc pas poser trop de questions sur tout le processus de guérison.

Comme Kylie avait quasiment décidé qu'aucun effort ne la préparerait émotionnellement à voir Sara ici au camp, ni à devoir affronter de nouveau son beau-père, elle se sortit tout cela de la tête et concentra son énergie sur Miranda de manière que celle-ci soit prête pour son rendez-vous.

Miranda, une vraie boule de nerfs, mit son veto sur tout ce que contenait son armoire. Alors Della et Kylie lui laissèrent libre accès aux leurs. Ellie vint même pendant plus d'une heure pour lui donner un coup de main. C'était un peu bizarre, mais… Derek avait raison. Ellie était vraiment quelqu'un de chouette. De plus, Kylie n'avait pas pu oublier ce qu'elle avait ressenti la veille au soir, l'impression que c'était Ellie dans le cercueil de sa vision. Et peut-être, juste peut-être, que devenir amie avec elle lui avait sauvé la vie.

Après avoir essayé six tenues différentes, Miranda choisit la petite robe noire de Kylie.

À sept heures, Perry se présenta sur le pas de leur porte, aussi canon que la veille. Burnett lui avait prêté sa Mustang, et apparemment il avait prévu une soirée qui en mettrait plein la vue à Miranda.

Lorsque Miranda se pointa peu après minuit, elle avait en effet l'air d'en avoir pris plein la vue. Au point qu'elle passa la porte pratiquement en flottant.

Quand ses amies lui demandèrent des détails, elle dit seulement : « C'était dix mille fois mieux que sympa. » Puis elle gagna sa chambre, toujours en flottant, et enfin son lit.

Après avoir effectué une petite danse pour fêter ça avec Della, Kylie alla se coucher et attendit de voir si Lucas appellerait. Elle faillit prendre les devants, mais se ravisa. Elle l'avait déjà appelé la dernière fois. C'était à lui de faire le pas suivant. Comme elle aurait pu s'y attendre, pourtant, son téléphone ne sonna pas. Mais le fantôme passa lui rendre une autre visite glaciale et silencieuse.

Kylie la supplia de parler, et elle le fit enfin, mais sans rien lui dire d'utile.

– *Ce n'est pas ta faute. C'est ce qu'ils voulaient que je te dise.*

– Qu'est-ce qui n'est pas ma faute ? cracha Kylie.

L'esprit disparut, et le froid dans la pièce gagna la poitrine de Kylie, lui rappelant qu'elle n'était pas plus avancée pour résoudre les problèmes de Jane que les siens.

Le dimanche matin, quand Kylie, Della à ses basques, regagna son bungalow après le petit déjeuner, Lucas était assis sur le perron. À la minute où son regard croisa le sien, son cœur battit la chamade. Il était beau. Était-ce son imagination ou était-il plus viril, et aussi plus canon, ou était-ce à cause de la pleine lune qui approchait ?

Il lui sourit et elle lui rendit son sourire, se sentant fondre intérieurement. Elle voulait se précipiter dans ses bras et l'embrasser. Mais elle savait qu'il n'apprécierait pas, devant Della.

Puis tout le côté fleur bleue s'évanouit lorsqu'elle se demanda s'il était déjà passé voir Fredericka. Mais merde alors ! La jalousie était un sentiment si laid !

– Ne me le demandez même pas, dit Della en montant sur le perron. Je rentre et je vous laisse faire des câlins tous les deux. (Elle ouvrit la porte et regarda par-dessus son épaule.) Mais si tu l'emmènes loin de ce porche, je ne vous lâcherai pas !

– Je ne le ferai pas.

Il la remercia d'un signe de tête.

À la minute où la porte se ferma, Lucas prit Kylie dans ses bras.

– Tu m'as manqué, murmura-t-il, et ses lèvres se collèrent aux siennes.

Son baiser était léger, mais passionné. Il la serra contre lui et elle sentit en lui les différences subtiles qu'elle avait remarquées plus tôt – tout en muscles, tout en virilité. Dur partout où elle était douce.

Quand le baiser s'acheva, elle posa les mains sur ses épaules.

– Est-ce que tu deviens plus... viril à l'approche de la pleine lune ?

Il sourit et colla son front au sien.

– Oui, c'est comme ça que mon corps se prépare au changement.

Il virevolta d'un coup et s'adossa au bungalow. Puis il l'attira contre lui et glissa sa main sur sa taille.

– Est-ce que je t'ai manqué ? demanda-t-il.

– Bien sûr.

Elle lui sourit, respirant son odeur et adorant leur proximité.

– Pas de nouveaux désastres de fantômes depuis mon départ ?

Il leva un sourcil brun.

– Non, dit-elle. Pas de désastre. Sauf que j'espérais un peu que tu me rappellerais. Ça fait deux jours...

– Je suis désolé. Mon père s'est comporté comme un idiot et j'ai dû rester plus longtemps que prévu. Fredericka ne t'a rien dit ?

Le mécontentement de Kylie atteignit son paroxysme.

– Si, mais ç'aurait été bien si tu m'avais appelée toi-même.

Ses yeux se plissèrent comme s'il essayait de la lire.

– Ce n'est pas… Je l'ai appelée pour une seule raison : Clara voulait lui parler.

– Clara ?

– Ma demi-sœur. Fredericka et elle se sont connues quand elle est rentrée avec moi.

Super ! La sœur de Lucas était copine avec Fredericka. La jalousie de Kylie s'accentua encore.

Il la regarda droit dans les yeux.

– Il paraît que Will a dû calmer Fredericka ? Je lui en toucherai deux mots.

Kylie se rendit immédiatement compte qu'elle ne tenait pas à ce qu'il parle à Fredericka. Elle se mordit la lèvre. Pouvait-elle dire à Lucas qu'il ne pouvait pas être ami avec Fredericka ? Alors qu'elle-même ne voulait pas qu'il lui dise avec qui elle pouvait être amie ou pas ?

Non, elle ne pouvait pas. Alors, elle lança simplement :

– Ne t'inquiète pas ! Je me suis débrouillée.

Elle regarda son torse une seconde et essaya de maîtriser sa jalousie indisciplinée.

Il lui remonta le menton et ses yeux bleus fixèrent les siens.

– Tu vas bien ?

– Oui, mentit-elle. Juste… un peu anxieuse pour la suite. Le fait de voir mon beau-père, puis Sara qui débarque.

– Je peux faire quelque chose pour toi ? Tu n'as qu'à demander.

Son cœur se serra en entendant son ton inquiet. Elle comptait pour lui. Elle le savait. Elle le croyait. Ça signifiait qu'elle ne pouvait pas laisser Fredericka s'interposer entre eux. Non, elle ne pouvait pas.

– Le fait que tu sois là me suffit.

Elle l'étreignit très fort.

Il fallut qu'il soit parti pour qu'elle se rende compte qu'aucun des deux n'avait évoqué sa proposition de sortir avec lui.

Kylie et Della se rendirent au réfectoire un peu en avance pour proposer leur aide à Holiday. Miranda était restée au bungalow pour se faire belle au cas où Perry la verrait.

Miranda et Della – la vamp', de très mauvais poil, sûrement parce qu'elle devait voir ses parents aujourd'hui – s'étaient chamaillées toute la matinée. Kylie leur rappela à toutes les deux de bien se tenir quand sa mère et Sara seraient là. Honnêtement, elle se moquait bien qu'elles se disputent devant son beau-père.

Enfin peut-être pas, mais Sara et sa mère étaient plus importantes à ses yeux.

Elles venaient d'atteindre le bout du chemin quand on les héla.

– Attendez !

Kylie se retourna et vit Ellie, tout sourires, qui courait pour les rejoindre.

Ellie se pencha comme pour étreindre Della. L'étreinte rapide fit tomber la casquette de la jeune fille.

Della recula.

– Je n'aime pas les câlins, Ellie. N'y vois rien de personnel, mais la plupart des vampires sont comme ça, c'est tout.

– Je travaillerai là-dessus, dit Ellie, qui lui fit un grand sourire et ramassa sa casquette. Della a proposé de m'intégrer à son cercle. Je suis membre officiel de la famille des vampires de Shadow Falls.

– Cool…

Kylie était contente pour elle, mais ça ne fit que lui rappeler qu'elle n'appartenait à aucun groupe.

Bizarre qu'elle l'ait aidée à faire quelque chose que, manifestement, elle ne parvenait pas à faire pour elle-même.

Della fronça les sourcils.

– Ce n'est rien. Pas la peine d'en faire tout un plat.

– Si, si, c'est énorme, dit Ellie. J'allais partir aujourd'hui, mais vous m'avez fait changer d'avis, les filles. Merde alors, si ça se trouve, vous m'avez sauvé la vie ! (Elle regarda devant elle et vit deux autres vampires.) Il faut que je file. Mais sérieusement, merci !

Della la regarda partir.

– Je la trouve tout de même bien trop démonstrative.

Kylie regarda Ellie rejoindre les autres en courant et discuter avec eux. Elle ne savait pas pourquoi elle croyait que celle-ci était le vampire dont les anges de la mort lui avaient parlé, celui qui allait mourir. Mais l'infime espoir de l'avoir sauvée lui permit de marquer une pause vis-à-vis de ses propres problèmes.

En tout cas jusqu'à ce que, une demi-heure plus tard, Kylie vît les parents commencer à affluer. Tous, sauf son beau-père. Avait-il encore oublié ?

chapitre 30

Alors que la salle se remplissait de parents, Kylie crut sincèrement que son beau-père ne viendrait pas. Sa gorge était serrée, son cœur se brisa. Souhaitant s'éloigner de la foule, elle alla s'asseoir au-dehors, sur le perron… pour l'attendre. S'il ne venait pas, ce ne serait pas grave, se dit-elle. Il lui avait déjà fait faux bond, de toute façon…

Alors pourquoi cela faisait-il si mal ?

Il fallut qu'elle s'installe sur sa chaise pour se souvenir qu'elle était toujours suivie. Elle n'était pas censée quitter le réfectoire sans Holiday.

Elle allait se lever quand elle entendit :

– Bonjour mademoiselle Galen.

La voix féminine la fit sursauter et elle poussa un cri perçant.

Elle se retourna et se retrouva nez à nez avec Mme Parker, la grand-mère de Lucas. Que celle-ci connût son identité était une surprise.

– Je suis désolée, je ne vous avais pas vue. Vous m'avez fait peur ! s'écria Kylie, la main toujours sur le cœur. Ça doit être de famille, ajouta-t-elle en souriant. Lucas a le don d'arriver sans faire de bruit.

– C'est un truc de loup-garou. (Elle désigna le rocking-chair.) Je peux ?

– Bien sûr.

Kylie se cala dans le sien et tâcha d'avoir l'air détendue. Mais elle avait bien l'impression que ce n'était pas une rencontre fortuite. Qu'est-ce que la grand-mère de Lucas pouvait bien lui vouloir ?

La femme traversa le perron d'un pas nonchalant. Pour quelqu'un qui avançait si lentement, Kylie fut étonnée qu'elle le fasse si silencieusement et avec une grâce aussi stupéfiante. Elle s'installa sur la chaise, dont le bois ne craqua même pas. Elle croisa ses mains âgées sur ses genoux, la bienséance incarnée. Elle regarda dans le vide pendant quelques minutes : contemplait-elle le ciel ou les bois, Kylie l'ignorait.

Le silence était gênant, mais Kylie pensait qu'il serait impoli de la pousser à parler. Elle fixa les mains de la femme, se souvenant de celles de la dame d'un certain âge venue au camp et se faisant passer pour sa grand-mère.

Mme Parker lui jeta un coup d'œil.

– Mon petit-fils est vraiment très épris de vous.

Épris ? Kylie ignorait que l'on employait encore ce mot. Mais vu que cette femme avait une bonne centaine d'années, ça n'avait rien d'étonnant.

– Euh… j'aime bien Lucas, moi aussi.

La vieille femme hocha la tête et se pencha un peu.

– Il a dit que vous vous connaissiez quand vous étiez petits.

– Oui.

L'inquiétude sur le visage de la vieille dame donna des

indices à Kylie. La plupart des surnaturels croyaient qu'un surnaturel élevé par des parents escrocs était irrécupérable. Qui est né escroc restera escroc. Pour cette raison, Lucas avait menti et déclaré que c'était sa grand-mère qui l'avait éduqué.

– Mais je ne révélerai jamais à personne qu'il a vécu avec ses parents.

– Bien, dit l'aïeule. Lucas avait bon espoir de faire quelque chose de lui-même. Il est censé plus ou moins devenir un grand chef de meute, faire partie du conseil des loups-garous, et cette nouvelle pourrait ternir sa réputation.

Elle agita les sourcils, étudia la configuration de Kylie et se rembrunit.

– Je suis désolée, dit la jeune fille. (Elle supposait que l'air renfrogné de la femme était lié à sa réticence à lui montrer sa configuration.) Je ne veux pas être impolie. Je ne sais toujours pas comment m'ouvrir. J'imagine que Lucas vous a expliqué la situation… Je ne sais pas ce que je suis.

– Oui, Lucas m'a éclairée sur ce point. (Elle continua à scruter Kylie.) Dites-moi, mademoiselle Galen, croyez-vous être un loup-garou ?

La question plana lourdement, rappelant à Kylie que Lucas lui avait demandé à peu près la même chose. L'estomac de le jeune fille se noua, et instantanément elle comprit le but de cette conversation : à l'évidence, sa meute n'était pas la seule à vouloir qu'elle n'approche pas Lucas.

– Je ne suis pas sûre.

Mme Parker sourit.

– Par égard pour vous et pour mon petit-fils, je le souhaite.

– Comment ça ? demanda Kylie, bien qu'elle eût sa petite idée.

La vieille femme se pencha et toucha l'épaule de la jeune fille. C'était un contact aussi chaud que celui de Lucas, et si Kylie souhaitait se retirer, elle ne ressentit aucune animosité dans ce contact, et n'en vit pas non plus dans ses yeux. Il n'y avait que de l'inquiétude et de l'amour pour son petit-fils.

– Le sang qui coule dans les veines de mon petit-fils est pur. Son épouse devra être de la même espèce.

– Et si ce n'était pas le cas ? demanda Kylie.

– Si elle est en partie loup-garou, mais qu'elle fait preuve de loyauté envers son héritage, peut-être fermera-t-on les yeux sur ce défaut. Mais si elle n'est pas de notre sang, alors non seulement il sera contraint de se désister, mais la meute ne l'acceptera plus comme l'un des siens. Un loup-garou ne doit jamais faire passer une créature qui n'est pas de notre sang avant les siens.

– Ça ressemble à du racisme, observa Kylie.

La femme haussa les épaules.

– Je ne peux pas parler de ce qui est bien ou mal. Uniquement de ce qui est. Étrangement, c'est pour corriger un préjudice que Lucas a nourri le désir qu'il a depuis si longtemps de faire partie du conseil. Depuis que Lucas a sept ans et qu'il est venu vivre avec moi, il a été obligé de mentir aux siens et aux autres sur son éducation. Son objectif était de pouvoir être accueilli dans cet endroit respecté, puis de changer le point de vue des nôtres sur les enfants mis au monde par des escrocs. Il meurt d'envie de montrer que les parents ne transmettent pas toujours leurs travers à un enfant innocent.

Elle se leva de sa chaise aussi silencieusement qu'elle s'y était assise.

– Salut, ma citrouille ! Te voilà enfin !

La voix de Tom Galen emplit les oreilles de Kylie, mais elle ne parvint pas à détourner les yeux du visage de Mme Parker pour saluer son beau-père. La femme était-elle en train d'expliquer à Kylie que si elle n'était pas loup-garou, alors Lucas et elle ne pourraient pas se marier ?

Elle n'avait même pas officiellement accepté de sortir avec lui… Ils n'étaient pas près de se marier !

Des pas sonnèrent sur les marches.

– Je vais vous laisser bavarder avec votre invité, déclara Mme Parker.

Et elle gratifia le beau-père de Kylie d'un signe de tête poli, puis tourna les talons.

– Tu vas bien ? demanda celui-ci en regardant bizarrement la vieille dame et en se laissant tomber sur la chaise qu'elle venait de quitter. Quelque chose ne va pas ?

– Non, répondit Kylie.

Et elle essaya de chasser l'inquiétude que lui inspirait la grand-mère de Lucas, afin de se concentrer sur ses retrouvailles avec son beau-père.

La visite de son beau-père ne fut pas aussi bizarre que Kylie l'avait craint. Mais bon, peut-être qu'après la conversation extrêmement bizarre avec la grand-mère de Lucas, le bizarromètre de Kylie dysfonctionnait.

Kylie le fit entrer dans le réfectoire. La pauvre Holiday allait d'un groupe à l'autre pour essayer de maintenir le calme.

Comme Kylie s'y attendait, son beau-père l'interrogea sur sa mère. Elle ne lui parla pas du dîner professionnel – ou rendez-vous galant – de celle-ci. Il évoqua certains voyages qu'ils avaient faits lors de leurs expéditions père et fille. Puis il lui demanda si elle pensait qu'ils pourraient bientôt renouveler l'expérience.

Kylie n'avait pas répondu oui, mais n'avait pas non plus dit non.

– Il faudra que je regarde mon emploi du temps.

Pour une fois, dire la vérité – qu'un vieux vampire voulait qu'elle épouse son petit-fils ou avait l'intention de la tuer – n'était pas ce qu'il y avait de mieux.

Lorsqu'il fut bientôt l'heure de partir, Kylie fit comprendre à Holiday qu'elle allait raccompagner son beau-père. Le regard de la directrice se posa sur Perry, qui les suivit au-dehors.

Arrivée à la voiture, Kylie étreignit son beau-père. Ce n'était pas aussi bizarre que la dernière fois qu'elle l'avait serré dans ses bras, quand il était venu pour la journée des parents, mais il régnait tout de même une tristesse sous-jacente.

– Je t'aime, murmura-t-il.

– Moi aussi, dit-elle, et c'était vrai. Elle l'aimait.

Avant de le lâcher, elle se rendit compte qu'il était plus mince. Quand elle s'écarta, elle lui demanda :

– Tu manges bien ?

– La cuisine de restaurant n'est pas aussi bonne que celle de ta mère, répondit-il.

– Ses pancakes me manquent, observa Kylie.

– Moi, c'est elle qui me manque. (Il serra affectueusement sa main.) Si elle t'interroge à mon sujet, dis-lui cela.

La solitude qu'elle décela dans ses yeux l'attrista. Mais il était seul responsable de cette situation. Rien de tout cela ne se serait produit s'il n'avait pas couché avec sa stagiaire.

Des erreurs. Cela nous arrive à tous d'en faire. Et la plupart du temps, on les paye. Son beau-père était-il condamné à vivre seul le restant de sa vie à cause de sa décision idiote de tromper sa mère ?

– Tu vas bien ? demanda Holiday quand Kylie rentra, suivie de Perry. As-tu survécu à la visite ?

– Oui. C'était triste, mais c'est de plus en plus facile de se voir.

Kylie chercha Miranda et Della du regard. Toutes deux avaient l'air malheureuses, assises comme des petits soldats en compagnie de leurs parents respectifs.

Puis elle trouva Lucas. Il était pendu aux lèvres de sa grand-mère. À l'évidence, cette femme exerçait une influence majeure sur sa vie. Mais était-elle assez importante pour qu'il n'épouse pas celle qu'il aimait si elle n'était pas un loup-garou ? Lucas estimait-il même que c'était une préoccupation légitime ? Ou sa grand-mère était-elle simplement restée coincée en 1800 et pensait que c'était essentiel pour son petit-fils ?

Kylie regarda Holiday. Ce n'était pas l'endroit idéal pour le lui demander, mais le besoin de savoir la taraudait.

– Crois-tu que les surnaturels s'inquiètent de leur futur époux en fonction de leur lignée ?

Holiday leva les sourcils.

– Pourquoi cette question ?

– Simple curiosité.

Le doute s'insinua dans les yeux de la directrice. Elle regarda Lucas et sa grand-mère. Elle hésita avant de reposer les yeux sur Kylie. Celle-ci devina que Holiday cherchait ses mots.

– Je pense que cela doit préoccuper certaines espèces plus que d'autres, dit-elle enfin.

– Comme les loups-garous ?

Elle hocha la tête.

– Certaines espèces connaissent moins de mariages mixtes que toutes les autres. Mais c'est en train de changer. Aujourd'hui, il y en a cinq fois plus chez les loups-garous qu'il y a dix ans.

Elle pinça les lèvres comme si elle désapprouvait.

– Mais ce type de préoccupation peut attendre encore dix bonnes années, jeune fille.

Holiday avait raison. C'était idiot d'y penser aujourd'hui. Idiot également de la part de Mme Parker d'avoir abordé le sujet. Kylie n'avait même pas dix-sept ans. Elle n'était pas du genre à rester assise à fantasmer sur son futur mariage. Son rêve avec Lucas, c'était une séance de câlins sexy, pas un échange de consentements devant le pasteur. Mais, stupide ou pas, Kylie savait qu'elle n'avait pas fini d'y penser.

– Elle est là ! cria une voix de fille.

Et Kylie comprit, sans l'ombre d'un doute, qu'il s'agissait de Sara.

Une demi-heure plus tard, tandis que sa mère buvait un soda, Kylie s'assit au côté de Sara avec l'impression que tout le réfectoire les regardait et les écoutait. Comme ces derniers temps tout le monde parlait de son tout récent don super puissant de guérir son ex-meilleure amie, Kylie savait que tous les campeurs avaient deviné qu'il s'agissait de Sara. Non pas qu'elle eût honte de l'avoir soignée, simplement elle n'aimait pas être le pôle d'attraction.

Sara était toujours très mince, mais tout, de la brillance de ses cheveux châtains à sa peau, indiquait qu'elle allait bien. Sara ne cessait de regarder tout le monde et de demander qui était qui.

– C'est elle, ta coloc ? s'enquit-elle en désignant Miranda, assise avec sa famille.

– Oui, je te la présenterai plus tard.

– Où est l'autre ? La grincheuse ?

Della, à l'autre bout de la pièce, sourit à Kylie d'un air suffisant.

– Elle est là-bas, répondit Kylie en la montrant du doigt.

Comme Della continuait à les regarder, Sara agita la main.

– Elle a l'air d'une sacrée pétasse.

Kylie ouvrit la bouche en grand.

– Non. C'est l'une de mes…

Elle faillit dire « meilleures amies », mais elle se rendit compte que ça ferait vraiment bizarre. Sara était sa meilleure amie.

– C'est l'une de mes bonnes copines ici.

– Je me souviens que tu avais dit que…

– C'était il y a longtemps, insista Kylie, espérant que Sara se tairait avant que Della ne se sente blessée. Alors tu te sens mieux ?

Kylie dit la première chose qui lui avait traversé l'esprit, histoire de changer de sujet. Mais, à l'étincelle dans les yeux de son amie, elle se rendit compte que ce n'était pas la bonne question. À l'évidence, Sara mourait d'envie d'aborder le sujet « Tu m'as guérie ».

– Je pense que tu connais mieux la réponse que moi, lança Sara.

– La réponse à quoi ?

La mère de Kylie s'assit à côté d'elle.

– Rien, répondit Kylie.

Sara parcourut de nouveau la salle des yeux.

– Qui est le beau brun qui n'arrête pas de te mater ?

Kylie regarda dans la direction que son amie lui indiquait d'un signe de tête. Sa mère aussi. Lucas la fixait, et il lui sourit. Sa grand-mère avait dû partir, parce qu'il était tout seul. Puis comme si leur regard était une invitation à se joindre à elles, il se dirigea vers leur trio.

Non, non, non ! La panique envahit Kylie. Au début, elle ne comprenait pas pourquoi elle ne tenait pas à ce que Lucas rencontre Sara. Puis elle se souvint que celle-ci avait toujours été une grande charmeuse. Elle n'avait pas envie de la voir sortir le grand jeu avec lui. Pas tant parce qu'elle craignait qu'il réponde à ses avances, mais parce qu'elle ne souhaitait pas qu'il prenne son amie pour une fille facile.

L'ancienne vie rencontrait la nouvelle, et Kylie voulait qu'elles soient l'une comme l'autre attrayantes.

Elle s'empara de son verre d'eau et but, juste pour avoir quelque chose à faire de ses mains.

– Tu dois être Sara, dit Lucas en lui tendant la main.

Sara glissa sa paume dans la sienne.

– C'est moi. Et toi, tu es ?

– Lucas Parker. Le petit copain de Kylie.

Petit copain ? Kylie en eut le souffle coupé. L'eau qui glissait dans sa gorge passa par le mauvais trou. Elle toussa si fort que le bruit résonna sur les poutres hautes de la pièce. Comme si cela ne suffisait pas, sa mère, qui sirotait un soda, eut elle aussi une quinte de toux.

Zut ! S'il restait une seule personne dans le réfectoire qui ne les regardait pas, maintenant c'était fichu.

Holiday vint les rejoindre, scrutant Kylie et sa mère qui tâchaient toutes les deux de faire entrer de l'air dans leurs poumons.

– Tout va bien ?

– Oui, réussit à dire Kylie, et elle sentit de l'eau goutter de son nez.

Oh, sexy, non ? Elle s'essuya.

– Et si on allait prendre l'air ? proposa Holiday. Si nous amenions Sara et ta mère dans ton bungalow ?

– D'accord, acquiesça Kylie.

Et elles se levèrent.

Lucas parut sentir que quelque chose n'allait pas et il la regarda, confus.

– Bon, je vous laisse toutes les quatre. À plus !

Kylie hocha la tête.

Lucas regarda sa mère.

– C'était un plaisir de vous revoir, madame Galen.

– Pour moi aussi, répondit-elle et elle observa sa fille, préoccupée par toutes sortes d'inquiétudes parentales liées aux garçons, et au mot sous-entendu – « sexe ».

Elles n'étaient pas encore sorties du réfectoire que sa mère se pencha vers elle.

– Petit copain ? Pourquoi ne m'as-tu rien dit ?

Super, se dit Kylie. Maintenant, sa mère allait sûrement se mettre à lui envoyer ses brochures de prévention par e-mail.

Sara se pencha à son tour et chuchota à son oreille :

– Il est chaud bouillant !

– Je sais, murmura Kylie en retour.

– Pas dans le sens beau gosse. Mais chaud, comme le jour où tu m'as touchée.

Kylie ne sut pas quoi répondre. Lorsqu'elles atteignirent la sortie, elle attrapa la poignée de la porte du réfectoire, mais celle-ci s'ouvrit d'un coup, manquant la faire tomber. Kylie recula d'un bond.

Derek et sa mère entrèrent. Le regard du garçon se posa sur elle et ses yeux se plissèrent, comme s'il souffrait de sa proximité. Puis l'inquiétude envahit ses yeux quand il remarqua Sara.

– Regarde, Derek, c'est Kylie ! cria presque Mme Lakes.

Et Kylie redevint le centre d'intérêt général.

Elle se retrouva soudain coincée dans l'étreinte de Mme Lakes. Heureusement, c'était une câlineuse ultra rapide.

Derek regarda Sara.

– Tu dois être Sara.

– C'est moi, répondit celle-ci avec son sourire de séductrice. Et toi, tu es… ?

– C'est Derek, fit Kylie et elle procéda à des présentations rapides, sa mère y compris.

Mme Lakes agita la main d'avant en arrière entre Kylie et Derek.

– Je suis sûre qu'ils ont le béguin l'un pour l'autre. N'est-ce pas mignon ?

Des halètements se firent entendre derrière eux, venant sûrement des vampires qui écoutaient. Kylie se sentit rougir de gêne.

– Maman ! s'écria Derek en roulant des yeux.

– Je ne fais que dire la vérité, chéri, tu ne parles que d'elle.

Le visage de Derek devint rouge vif.

La mère de Kylie leva un sourcil et la regarda comme pour dire qu'elle pouvait compter sans faute sur ses prospectus d'éducation sexuelle.

Sara gloussa.

Et Kylie n'avait qu'une envie, mourir. Maintenant tout de suite. Surtout quand elle se retourna et vit Lucas qui, ayant tout entendu, se rembrunissait.

chapitre 31

– Et si vous alliez devant, les filles ? dit la mère de Kylie dès qu'elles sortirent du réfectoire. Je suis sûre que Sara meurt d'envie de papoter entre nanas.

Kylie n'était pas dupe. Sa mère brûlait manifestement d'envie de discuter avec Holiday en privé. Sûrement à propos des deux petits copains de sa progéniture.

Alors que les filles se mettaient en route, Sara serra affectueusement le bras de Kylie.

– Deux mecs ? Tu as deux mecs qui sont fous de toi ? Vas-y, raconte, ma belle !

– *Le beau-père de Kylie est-il venu ce matin ? Leur relation m'inquiète tellement !*

La voix de sa mère semblait très sonore.

Kylie s'arrêta et regarda derrière elle. Elles se trouvaient à plus de trente mètres, et en aucun cas elle n'aurait dû entendre. Mais si… Son ouïe supersonique était de retour. Et, cette fois, Kylie était bien contente.

– *Oui*, répondit Holiday. *Il est venu. Apparemment ça s'est bien passé.*

– Kylie ? fit Sara. Allez, raconte-moi tout !

Celle-ci reposa les yeux sur Sara et se remit en route.

– Je… c'est difficile à expliquer.

– *Tant mieux,* dit sa mère. *Je m'inquiète un peu pour Kylie et hum… les garçons. J'ai lu que quand une fille avait des problèmes avec son père, elle se mettait, hum, à… passer à l'acte avec les garçons.*

Eh bien, au moins, Kylie était à présent au courant qu'elle n'était pas la seule. Sa mère ne pouvait pas dire le mot « sexe » à n'importe qui.

– Eh bien, essaie, insista Sara. Parle-moi. Je meurs d'envie de savoir.

– De savoir quoi ? s'enquit Kylie, qui échouait lamentablement à suivre les deux conversations.

– Tu l'as déjà perdue ? demanda Sara.

– *Votre fille a la tête sur les épaules,* répondit Holiday. *À mon avis vous ne devriez pas vous faire de souci pour elle.*

– Perdu quoi ? demanda Kylie à son amie.

Et soudain elle comprit ce que celle-ci voulait savoir.

Apparemment, les deux conversations qui se déroulaient en parallèle portaient sur le même sujet : le sexe.

– Non, je ne l'ai pas perdue.

Agacée par la question de Sara, Kylie se souvint comme elles étaient proches, avant. Elles se disaient tout, n'avaient aucun secret. Un peu comme maintenant avec Della et Miranda.

Elle fut de nouveau gênée que son ancienne vie croise la nouvelle. Et dans moins d'un quart d'heure, Miranda et Della les retrouveraient au bungalow. Pour le coup, est-ce que ce ne serait pas complètement bizarre ?

Oui, très.

– Mais ils sont tellement canon, insista Sara.

– C'est vrai.

– Alors, lequel aimes-tu vraiment ?

Les deux. La vérité résonna dans sa tête. Kylie soupira.

– Lucas, répondit-elle.

– Miam-miam ! fit Sara, tout sourire, puis elle haussa les épaules. Maintenant, tu peux me dire ce que tu as fait pour me guérir ?

Kylie se rappela le conseil de Holiday. Nier, tout simplement.

– Je ne sais pas ce que tu…

La conversation entre sa mère et la directrice s'animait…

– *Puis-je vous poser une question étrange ?* demanda Holiday à sa mère.

– *Je pense que oui.*

– *Y a-t-il du sang amérindien dans votre arbre généalogique ?*

– Pourquoi Holiday lui demande-t-elle ça ? marmonna Kylie.

– Pourquoi qui demande quoi ? dit Sara qui la regarda avec curiosité.

Kylie secoua la tête.

– Rien.

– Alors, vas-y, raconte ! reprit Sara. Et n'essaie même pas de nier. Je me souviens très bien que tu as frotté mes tempes et que tes mains étaient hyper chaudes. Et je l'ai senti. J'ai senti qu'il se passait quelque chose en moi.

Sara s'arrêta brusquement et prit la main de son amie dans la sienne.

– Là, elles ne sont pas chaudes. Alors, tu te réchauffes uniquement quand tu guéris des gens ? Mais pourquoi… comment il s'appelle déjà ? Lucas… pourquoi ses mains étaient-elles chaudes ?

Kylie se dégagea et tâcha de se rappeler le mensonge

qu'elle avait raconté à Sara sur la raison pour laquelle elle lui frottait les tempes.

– *En voilà, une question étrange,* observa sa mère. *En quoi cela vous intéresse-t-il ?*

Sara poussa un soupir de frustration.

– Et ne me dis pas que c'est ce que ta mère faisait. Parce que je lui ai posé la question sur la route en venant ici, et elle l'a nié. Elle a affirmé qu'elle ne se souvenait pas de t'avoir frictionné les tempes quand tu avais mal à la tête.

– Chut ! lui dit Kylie.

Elle tenait à entendre la réponse de Holiday.

Mais Sara ne se tut pas. Au contraire, elle laissa échapper un hurlement à vous glacer le sang, un hurlement qui aurait réveillé les morts.

Et elle continua à crier. Ce bruit perça les tympans de Kylie, qui fut immédiatement sur le qui-vive, sans savoir pourquoi. Son regard partit dans toutes les directions, pour tenter de trouver l'origine du danger.

Était-ce encore l'aigle ? Le cerf aux yeux fous ? Y avait-il un autre entonnoir, ou Perry s'était-il de nouveau transformé en licorne ? Kylie était prête à presque tout.

Tendue au maximum, elle ignorait si elle devait se préparer à se battre ou à courir. Puis quelque chose donna un coup dans sa jambe.

Elle baissa les yeux.

D'accord, elle était prête à tout, mais pas à voir Socks. Son chat-mouffette était censé être enfermé dans le bungalow de Holiday. Et comme pour compliquer la situation, sa mère et Holiday arrivaient à toute allure pour voir ce qui se passait.

Deux secondes plus tard, sa mère hurlait avec Sara tandis que Kylie jetait un regard à la directrice.

– Il est sûrement enragé ! dit Mme Galen d'un ton grinçant. Éloigne-toi de lui, Kylie ! Va-t'en !

– C'est bon ! s'exclama Holiday, mais apparemment elle avait bien du mal à se faire entendre par-dessus les gémissements de Mme Galen.

Kylie obéit à l'ordre de sa mère et recula. Mais Socks ne comprenait rien. Il lui emboîta le pas et donna des coups de tête dans ses tennis.

Sara poussa un nouveau cri perçant, traversa le chemin comme une flèche et partit se cacher derrière la mère de Kylie. Socks, brusquement effrayé par le chahut, reprit le sentier à toute allure et grimpa le long de la jambe de sa maîtresse. Sans trop savoir quoi faire, celle-ci prit l'animal terrorisé avec prudence.

– Lâche-le, Kylie ! hurla sa mère. Lâche immédiatement cette vermine !

Puis elle se rua sur elle, comme pour faire tomber la bête de ses bras.

– Maman, tout va bien, lui assura Kylie, bien que ce ne fût pas du tout le cas.

Socks cracha, puis se tourna dans les bras de sa maîtresse et enfouit son petit museau pointu sous son aisselle. Kylie ne paniqua pas complètement, jusqu'à ce que Socks lève toute droite sa queue noir et blanc pelucheuse et la dirige droit sur sa mère.

– Non ! (Kylie se retourna d'un coup et parla tout doucement à Socks.) Ne fais pas ça, ne fais pas ça… murmura-t-elle.

– Reculez, tout le monde ! ordonna Holiday, avec plus de vigueur cette fois. Cette mouffette n'est pas enragée. C'est mon animal domestique.

Kylie regarda par-dessus son épaule et vit sa mère dévisager la jeune femme, bouche bée, horrifiée.

– Vous avez une mouffette comme animal domestique ?

– Oui, mentit la directrice, et elle avait presque l'air honnête. Je sais, ça paraît un peu étrange.

– Un peu ? dit sa mère, les yeux toujours écarquillés sous le choc.

Kylie rapprocha Socks et continua à murmurer ce qu'elle espérait être des paroles apaisantes à son oreille. Mais qui, se demanda-t-elle, allait lui murmurer des paroles apaisantes à elle ? Voilà pourquoi, très précisément, faire fusionner son ancienne vie et sa nouvelle était une très, très mauvaise idée.

– Bon, ça s'est bien passé, constata Holiday une heure plus tard quand elles virent la mère de Kylie et Sara quitter le parking de Shadow Falls.

Kylie, la poitrine tellement serrée qu'elle pensait s'être cassé des côtes, la regarda, choquée.

– Tu te fiches de moi ! La grand-mère de Lucas m'a pratiquement dit que je n'étais pas assez bien pour lui. Mon beau-père est malheureux. Ma mère pense que je couche avec deux garçons. Et elle te prend pour une idiote parce que tu as une mouffette comme animal domestique.

– Il fallait bien que je trouve quelque chose ! rétorqua Holiday. Il a dû filer en douce quand je suis sortie et je ne l'ai pas vu.

– Sans oublier que ça n'aurait pas pu être plus bizarre entre Sara et Miranda et Della. Elles se sont à peine adressé la parole. Et… (Des larmes emplirent les yeux de Kylie.) Et si je me suis demandé un jour si tu me cachais des choses, j'ai la réponse à présent. C'est quoi, ces conneries de vouloir savoir si je suis en partie amérindienne ?

La culpabilité se lut soudain le visage de Holiday.

– J'allais t'en parler. Je te le jure, simplement je n'ai pas eu le temps.

– Oui, tu comptes toujours me le dire une fois que c'est passé. (Kylie tapota les larmes qui ruisselaient sur ses joues.) J'en ai plus que marre de tous ces secrets, Holiday ! J'en ai marre de n'être au courant de rien ! J'en ai marre de ne pas savoir ce que je suis ! Ce n'est pas juste, et je ne le supporte plus.

C'était mercredi soir. Ces derniers jours avaient passé dans une sorte de torpeur. Kylie se sentait surexcitée en s'efforçant de dénicher son arbre généalogique. Holiday lui avait appris qu'il existait une légende sur certains descendants d'une tribu amérindienne qui avaient été touchés par les dieux. Et que ces simples humains transmettraient le don des générations durant.

Si ce sang coulait dans les veines de Kylie, ça expliquerait qu'elle puisse être une protectrice tout en restant à moitié humaine. Elle ne savait pas pourquoi connaître son héritage comptait tant pour elle. Ce n'était pas comme si ça lui permettait de découvrir ce qu'elle était. Mais ça pourrait expliquer pourquoi elle semblait posséder certains dons. Mais, bon, peut-être était-ce parce qu'elle disposait de ce seul indice en ce moment.

Le fantôme se montra trois ou quatre fois dans la journée, mais ne parla toujours pas. Lucas aussi se montra deux ou trois fois dans la journée. Kylie et lui non plus ne parlèrent pas beaucoup. Mais l'avantage, c'est qu'ils ne manquèrent pas de s'embrasser.

Elle n'avait rien répété à Lucas de ce que sa grand-mère lui avait confié. En partie parce qu'il semblait déjà tendu – sans doute à cause de la pleine lune qui approchait. Et aussi car elle redoutait sa réponse.

Elle craignait qu'il lui dise que sa mamie avait raison. Qu'il n'envisagerait jamais de l'épouser si elle n'était pas un loup-garou.

Oui, ça semblait toujours idiot de s'en préoccuper à ce stade de leur relation. Mais, bon, Kylie ne cessait de penser que sortir avec quelqu'un devait avoir pour unique objectif de trouver la personne avec laquelle on passerait le reste de sa vie.

Fallait-il vivre au jour le jour ou penser à l'avenir ? Et fallait-il commencer quelque chose tout en sachant que cela ne durerait pas, ne pourrait pas durer ? Prendrait-elle le risque de donner son cœur à quelqu'un qui ne lui appartiendrait jamais vraiment ?

Plus tôt dans la nuit, lorsque Lucas était passé la voir, ils s'étaient assis sur le perron, s'étaient embrassés et avaient contemplé la lune.

– Tu ne ressens rien quand tu la regardes ? lui avait-il demandé.

Il n'essayait plus de cacher qu'il voulait qu'elle soit un loup-garou. Et c'était de plus en plus difficile pour elle de faire comme si ça ne la dérangeait pas. Non pas que cela change ce qu'elle éprouvait pour lui. Tout, depuis son sourire et ses yeux bleus jusqu'à sa façon d'embrasser, tout la captivait. Près de lui, elle se sentait vraiment en paix. Et c'était le seul moment où elle éprouvait cela.

Kylie se souvint avoir confié à Holiday qu'elle avait besoin d'une pierre de touche. Lucas l'était devenu. À certains égards, il était comme les cascades. Près de lui, et à son contact chaleureux, les soucis de Kylie lui semblaient bien moins importants.

Mais quand elle n'était pas à ses côtés, ses préoccupations pouvaient revenir peser sur elle et affecter son équilibre mental. En fin de compte, Kylie savait qu'ils devraient parler un jour de ce problème de lignée. Et de sa demande de sortir avec lui. Mais elle avait le sentiment qu'il savait qu'elle accepterait. Avec du recul, elle se dit qu'en réfléchissant à leur conversation, ce jour-là, il aurait peut-être même de bonnes raisons de le croire. Elle laissa donc cette question de côté, mais le problème de la lignée n'était pas aussi facile à lâcher.

Mais pour l'heure, elle décida qu'il en serait ainsi.

– Salut ! (La voix de Della fit brusquement revenir Kylie à la réalité, quand elle sortit de sa chambre.) Miranda est déjà rentrée de sa séance de câlins avec Perry ?

Elle s'affala sur la table de la cuisine, derrière Kylie, assise au bureau devant l'ordinateur.

– Pas encore.

Kylie regarda derrière elle. Della semblait lasse ou déprimée. Elle avait été hyper calme, ces derniers temps. Depuis le jour des parents.

– Que fais-tu ? demanda Della.

Je me fais du souci.

– Ma mère m'a enfin trouvé le nom de jeune fille de mon arrière-arrière-grand-mère. Je pensais le rentrer dans la base de données sur ce site de généalogie pour voir ce que j'allais dénicher.

– Et si tu plantais simplement une plume dans ton chapeau et que tu te faisais passer pour une Indienne ?

Kylie fronça les sourcils.

– Ce n'est pas gentil.

– Désolée, marmonna-t-elle. Je suis d'une humeur de chien.

– Pourquoi ?

Kylie se leva, prit deux sodas light au frigo et se laissa tomber sur une chaise de cuisine.

Della ouvrit la boisson qui pétilla, et elle colla ses lèvres sur le bord de la cannette pour pouvoir rattraper l'excédent. Quand elle leva la tête, elle avait les larmes aux yeux.

– Qu'est-ce qui ne va pas ? demanda Kylie.

Della hoqueta, et Kylie vit que le vampire pleurait. Elle se retint pour ne pas la serrer dans ses bras, parce qu'elle savait que son amie détestait ça.

– Della ? Dis-moi ce qui ne va pas.

Et immédiatement, Kylie eut aussi les larmes aux yeux.

Della s'essuya les joues.

– Ça me manque. Exactement comme Ellie l'a expliqué. Être normale me manque. Vivre avec ma famille me manque. Je sais que j'ai de la chance d'être ici. De la chance de vous avoir, Miranda et toi, comme meilleures amies. Et je suis contente que tu aies Lucas, et Miranda, Perry, mais ça fait que Lee me manque encore plus fort, et parfois ça me fait très mal. Et je sais que je devrais essayer de retrouver Steve, mais je ne suis pas prête. (Elle hoqueta de nouveau, et d'autres larmes glissèrent de ses cils bruns sur ses joues.) Tout cela me manque. Tout. Être humaine me manque.

Kylie se mit à pleurer pour de bon. Pas uniquement pour Della, mais pour elle.

– Je sais, dit-elle. Moi aussi, ça me manque.

Le lendemain matin, quand Kylie se réveilla, elle aperçut en premier le dos de Della. Comme Della était la seule à avoir un lit à deux places, elles avaient fini dans le sien, à parler jusqu'à ce qu'elles s'endorment. Comme quelque chose s'agitait derrière Kylie, elle roula rapidement sur le côté et dévisagea une Miranda qui bâillait.

– Que fais-tu là ? demanda Kylie.

– Je croyais que c'était une pyjama-party et je voulais y participer, dit-elle. (Puis elle fit la moue.) Vous deux, vous ne m'avez même pas attendue.

– Tu étais en retard, rétorqua Kylie, et à son tour elle bâilla.

– Je sais. (Miranda lui fit un grand sourire.) On s'est tellement bien amusés ! On est partis nager au lac. Rien que nous deux. C'était presque la pleine lune… et si romantique.

– Vous vous êtes baignés à poil ? demanda Della, et elle roula sur le côté, à moitié endormie.

– Moi non, mais lui oui. Uniquement parce qu'il pensait que j'allais le faire. (Miranda gloussa.) Je portais mon maillot de bain sous mes vêtements parce qu'il avait dit qu'on irait au lac. Et quand j'ai commencé à enlever mon jean, il a cru que j'allais tout enlever, alors il a ôté le sien et il a plongé super vite.

Kylie et Della éclatèrent de rire.

– Mais je n'ai rien vu. En plus, il m'a demandé de me tourner quand il est sorti, et il a remis son short.

Toutes les trois rirent bêtement au lit jusqu'à ce qu'elles arrivent presque en retard au petit déjeuner.

C'était une bonne matinée. Pas aussi apaisante que quand elle se trouvait avec Lucas, mais Kylie devait reconnaître que Della et Miranda devenaient elles aussi ses pierres de touche. Pour l'heure, elle se sentait en mesure d'affronter une nouvelle journée de problèmes.

Mais la bonne humeur s'envola littéralement lorsqu'elles

entrèrent dans le réfectoire et que tout le monde se retourna pour les dévisager.

Non, pas toutes les trois. Juste Kylie. Ou plutôt ils regardaient son front, bouche bée, tout en agitant les sourcils. À l'évidence, sa configuration faisait de nouveau quelque chose de bizarre.

– La vache ! s'écria quelqu'un.

S'ensuivirent plusieurs halètements, et quelques-uns laissèrent tomber leurs fourchettes. Puis vint un silence de mort – de ceux qui expriment l'incrédulité.

Della et Miranda se retournèrent vers elle et plissèrent le front.

Les yeux de Miranda s'écarquillèrent sous le choc.

– Oh là là !

– Mince ! s'écria Della.

– Quoi ? fit Kylie.

Della déglutit et se pencha vers elle.

– Tu t'es enfin ouverte. Ta... configuration est lisible.

chapitre 32

– Qu'est-ce que je suis ? (Kylie attrapa le bras de Della.) Je dois savoir ! (La vache, elle attendait la réponse à cette question depuis des mois !) S'il te plaît, Della !

– Tu… (Della secoua la tête.) Tu es humaine, à cent pour cent humaine.

– Ce n'est pas drôle.

Kylie voulait croire que son amie la taquinait, mais l'expression du visage de sa coloc disait tout le contraire. Mais comment pourrait-elle être humaine après tout ce qui lui était arrivé ? Elle se souvint avoir pleuré la veille au soir et confié à Della qu'être humaine lui manquait. Être normale. Avait-elle fait en sorte que ça se produise, par un simple acte de volonté ?

Elle fila à toute allure et courut aussi vite qu'elle le put jusqu'au bureau.

La porte fermée du bureau de Holiday ne l'arrêta pas. Elle entra sans frapper. Burnett et Holiday se séparèrent d'un bond comme si… ils étaient en train de s'embrasser. Oh là là ! L'image de ce qu'elle avait vu l'espace d'une seconde passa dans la tête de Kylie.

Burnett et Holiday s'embrassaient. À tout autre moment, Kylie aurait pu glapir de joie.

Pas maintenant.

– Nous étions juste… nous étions juste… bafouilla Holiday.

Kylie s'en fichait. Son cœur battait la chamade. Son esprit essayait de s'habituer au fait qu'elle était humaine. Comment était-ce même possible ? Qu'est-ce que ça voulait dire ?

Alors qu'elle se posait ces questions, elle connaissait la réponse à la dernière. Être humaine signifiait quitter Shadow Falls. Holiday. Burnett. Miranda. Della. Lucas. Perry. Derek. Jonathon et Helen. Eux tous. Ça signifiait s'éloigner de sa nouvelle vie pour toujours.

Des larmes emplirent ses yeux.

– Qu'est-ce qui ne va pas ? demanda Holiday.

Ça signifiait ne plus jamais aider personne. Retourner dans son ancienne vie, où elle n'avait jamais eu l'impression d'être à sa place.

D'accord, son ancienne vie lui avait manqué. Mais elle se doutait bien que sa nouvelle vie lui manquerait encore plus. Ces derniers mois, aussi durs qu'ils aient été, elle s'était sentie plus près que jamais de découvrir son véritable moi. Peut-être ne savait-elle toujours pas ce qu'elle était, mais à bien des égards elle en connaissait beaucoup plus sur elle.

– Kylie ? Que se passe-t-il ? insista Holiday.

– Mais qu'est-ce que ça veut dire ?

Elle indiqua son front.

Holiday et Burnett la regardèrent et leurs sourcils s'agitèrent. Le choc qu'elle lut dans leurs yeux aggrava sa confusion. Le nœud dans sa gorge devint gros comme une grenouille.

Une demi-heure plus tard, Kylie était toujours assise sur le canapé de Holiday, les jambes repliées contre sa poitrine et le front posé sur ses genoux. Elle n'avait plus de larmes – trop pleuré.

La directrice s'installa à côté d'elle. La main de Holiday, dans le dos de Kylie, lui envoya des ondes de calme, mais cela n'apaisa pas la peur qui enflait dans sa poitrine. Elle était l'unique responsable. Elle avait provoqué ça toute seule. Elle avait d'une façon ou d'une autre accédé à un pouvoir qu'elle possédait et s'était retransformée en humaine. Était-ce irréversible ?

Kylie leva la tête.

– Je ne l'ai pas fait exprès.

– Fait quoi ? demanda Holiday.

La gorge de Kylie était sèche.

– Della et moi disions justement combien nous aimerions… redevenir humaines. Qu'être normales nous manquait et… (Elle eut un instant le souffle coupé.) Et oui, ça me manque, mais là, c'est tellement clair que cette nouvelle vie me manquerait encore plus. Je ne veux pas être humaine, Holiday.

La compassion emplit les yeux de la jeune femme et elle sourit.

– Je ne sais pas ce qui se passe. Je ne comprends pas. Mais s'il y a une chose dont je suis certaine, c'est que tu n'es pas humaine, Kylie. Enfin, pas seulement.

– Mais si les anges de la mort essayaient de me donner une leçon ? Et s'ils étaient en colère contre moi parce qu'ils me trouvent ingrate… et si c'était ma punition ?

Holiday secoua la tête.

– Je n'ai jamais entendu dire qu'ils transformaient quelqu'un en humain en guise de punition. Et crois-moi, il n'existe aucun surnaturel vivant qui, à aucun moment, n'ait regretté de ne pas être humain. C'est tout à fait normal.

– Vraiment ?

– Bien sûr. Nous vivons dans le monde humain. L'herbe semble toujours plus verte ailleurs. La vérité, c'est que parfois elle est vraiment plus verte. Mais nous ne pouvons pas changer ce que nous sommes rien qu'en l'espérant.

Kylie hocha la tête.

– Alors tu penses que c'est juste un hasard ?

– Je ne sais pas. Mais si on devait faire des suppositions, je dirais que ta configuration se modifiera comme elle l'a déjà fait à plusieurs reprises.

– Je n'aurai donc aucun pouvoir jusque-là ?

La question laissa Holiday sans voix.

– Je… euh… Attends… Sens-tu que je suis en train d'essayer de modifier tes émotions ?

Holiday posa sa main sur l'épaule de Kylie.

Elle sentit la chaleur passer de la paume de son amie à travers son T-shirt pour atteindre sa peau. Puis la douce chaleur sembla former une bulle qui afflua dans sa cage thoracique, où elle se transforma en une vague d'émotion apaisante.

– Oui, acquiesça Kylie.

– Alors je dirais que rien d'autre n'a changé.

– Donc les humains ne peuvent pas sentir quand tu les touches ?

– Non.

Kylie soupira et trouva une petite paix intérieure. Puis elle leva les yeux vers Holiday.

– Crois-tu que je découvrirai un jour ce que je suis ?

– Bien sûr. (Holiday marqua une pause.) Je ne voulais rien dire, parce que ce n'est pas sûr, mais Burnett m'a appris que les vrais Brighten, en Irlande, avaient confirmé leur réservation de retour pour les États-Unis pour la mi-septembre.

Le cœur de Kylie loupa un battement.

– Sont-ils au courant de mon existence ?

– Pas à notre connaissance. Burnett a effectué des vérifications sur le numéro de téléphone de l'appelant à qui le détective a parlé le jour où il avait cru qu'il s'adressait aux Brighten. Ce n'était pas leur numéro. L'appel a été passé d'un portable à usage unique, comme on dit. On ne peut pas le retracer.

– Mais Burnett sait comment joindre les Brighten à présent ? Je pourrais les appeler, non ?

Holiday fronça les sourcils.

– Je ne crois pas que ce soit quelque chose dont tu aimerais parler au téléphone, Kylie.

Holiday avait raison, mais Kylie était fatiguée d'attendre. Elle massa ses épaules pour atténuer la tension et regretta que Burnett ne soit pas là. Il était parti juste après qu'elle s'était mise à pleurer. Elle ne savait pas s'il avait été effrayé par ses larmes ou par l'idée qu'elle lui demande ce qu'elle avait vu quand elle les avait surpris.

Kylie jeta un regard à Holiday.

– Alors… Burnett et toi ?

Holiday roula des yeux.

– Ce n'était qu'un baiser, Kylie. Rien de plus.

Kylie laissa un petit sourire se frayer un chemin sur ses lèvres. Pour le moment, n'importe quelle bonne nouvelle ferait l'affaire.

– Un beau baiser ?

– Juste un baiser et… une erreur. Nous parlions de

Perry et Miranda, qu'ils étaient mignons. L'instant nous a échappé et… Oui, une belle erreur.

– Pourquoi, Holiday ? Pourquoi ne pas donner une chance à ce type ?

Holiday fronça les sourcils.

– J'ai laissé ça se produire pour une seule raison… j'ai baissé la garde… parce que…

Kylie décela les ombres du chagrin dans ses yeux.

– Tu as peur que ce soit lui dans le cercueil ?

Holiday hocha la tête.

– Ça veut dire qu'il compte pour toi. Tu ne le vois pas ?

– Oui, je tiens à lui, mais parfois ça ne suffit pas. Et nous travaillons ensemble. Les histoires d'amour et le boulot, ça fait rarement bon ménage.

– Si, si tu le désires suffisamment.

– Alors, j'imagine que je ne le désire pas si fort que ça, répondit Holiday d'un ton sec.

Mais Kylie savait que c'était un mensonge.

Et elle avait le sentiment que son amie le savait, elle aussi.

Elles restèrent assises en silence quelques minutes.

– À propos de cette vision de funérailles… déclara Kylie.

– Oui ?

– Je crois… enfin, il y a de fortes probabilités que je l'aie réparée.

Holiday la dévisagea.

– Réparé quoi ?

Kylie n'avait pas envie de lui expliquer qu'Ellie prévoyait de s'en aller.

– J'ai probablement fait quelque chose pour mettre quelqu'un hors de danger. Donc il y a peut-être un vampire qui ne mourra pas.

Holiday se rembrunit.

– J'adorerais croire que c'est vrai. Mais tu ne peux pas changer le destin.

Kylie se souvint que c'étaient les paroles que le fantôme avait murmurées, mais elle refusait d'y croire.

– Alors, si ça se trouve, ce n'était pas vraiment le destin.

– J'aimerais pouvoir le croire.

– Moi, je le crois, dit Kylie d'un ton convaincu.

Mais une partie d'elle en doutait.

Et quand elle s'autorisa à y penser, cela la déchira.

Le téléphone de Holiday sonna. La directrice regarda le nom de l'appelant d'un air bizarre, puis prit l'appel.

– Que se passe-t-il ? demanda-t-elle. (Puis elle jeta un regard à Kylie.) Elle va bien. (Elle marqua une pause.) Je lui dirai. (Elle raccrocha et croisa le regard de son amie.) C'était Derek. Il voulait te dire que si tu as besoin de parler, il est là pour toi. En ami. Il a insisté pour que j'ajoute « en ami ».

Kylie hocha la tête et sa poitrine se gonfla d'émotion.

On frappa à la porte. Holiday regarda Kylie.

– Ça te dit, un peu de compagnie ? Derek n'est pas le seul à se faire du souci.

L'adolescente hocha la tête.

– Entrez, dit Holiday.

Della et Miranda surgirent dans le bureau, les yeux emplis d'inquiétude, suivies de Lucas, Perry, Helen et Jonathon.

– Je vais bien, leur assura Kylie, mais d'autres larmes emplirent ses yeux.

Des larmes parce qu'elle savait que ces personnes n'étaient pas seulement ses amies, mais aussi sa famille.

– Nous t'aimons, déclara Miranda, les yeux humides. Et nous voulons que tu saches que nous nous moquons bien de ce que tu es.

Plus tard, ce soir-là, Kylie reçut un autre signe que sa configuration cérébrale humaine n'avait rien changé. Au début, elle crut que ce n'était qu'un rêve. Elle regardait Jane Doe se reposer au lit, passer la main sur son ventre de femme enceinte et contempler l'homme endormi à son côté.

– *Je t'aime*, murmura-t-elle. *Mais je dois le faire.*

Puis tout changea : Kylie devint Jane. Elle se glissa discrètement hors du lit. Son ventre l'encombrait, comme un poids lourd autour de sa taille. Son cœur était brisé, gros. Kylie ne se souvenait pas avoir jamais éprouvé une telle tristesse, comme si elle était sur le point de perdre quelque chose de plus précieux que la vie.

Elle sortit de la pièce enténébrée et regarda l'homme endormi une dernière fois. Qui qu'il fût, Jane Doe l'aimait.

– *Je suis désolée.*

Ces trois petits mots sortirent de sa bouche spontanément. L'homme se retourna et Kylie entraperçut son visage. Le teint pâle, les cheveux châtains et épais – non, pas vraiment châtains, plutôt auburn.

Quelque chose dans ce visage donna envie à Kylie de continuer à le contempler, mais elle n'avait aucun contrôle sur ce qui se produisait dans ces visions. Revivant le passé de Jane Doe, elle se retourna et sortit. Elle s'approcha d'un placard, en sortit un long manteau noir et l'enfila. Puis elle s'empara d'une valise, un vieux bagage sans roues. Le porter enceinte ne facilitait pas la marche.

Pourquoi pars-tu si tu l'aimes ? La question traversa l'esprit de Kylie, mais la vision persista, laissant son interrogation en suspens, sans réponse.

Les larmes ruisselant désormais sur son visage, elle sortit de la petite maison. Une voiture, phares éteints, se gara le long du trottoir. Elle y monta. Kylie voulut voir qui conduisait, mais Jane était trop occupée à pleurer, à tenter de calmer son cœur brisé, pour se préoccuper du chauffeur.

– *Tu fais ce qu'il y a de mieux,* dit une voix de femme alors que le véhicule démarrait. *Il ne comprendrait pas.*

La vision devint noire. Kylie essaya de se réveiller, mais on la tira vers l'arrière.

Et pas dans un endroit génial non plus.

Il y avait de la lumière à présent, mais elle s'en moquait. Elle souffrait beaucoup trop. Quelque chose mettait son ventre en pièces. Cela lui fit penser à la pire des crampes menstruelles qu'elle ait jamais connues. Son corps se tordit de douleur. Son dos se cambra et elle hurla.

– *Il ne vient pas,* dit quelqu'un.

La douleur dans son ventre s'apaisa et elle reprit conscience de la douleur émotionnelle dans sa poitrine.

– *Ne laissez pas mon bébé mourir !*

Elle se mit en appui sur un coude.

L'homme qui se tenait entre ses genoux ouverts croisa le regard de Jane Doe.

– *Je vais devoir pratiquer une césarienne.*

– *Alors, faites-le !* hurla Jane.

– *Je ne suis pas prêt. Je n'ai pas fait d'anesthésie.*

– *Je m'en fiche,* dit Jane. *Ne laissez pas mon bébé mourir. Je peux supporter la douleur. Ce n'est pas comme si j'étais humaine.*

L'homme regarda la femme assise à côté de lui.

– *Passez-moi un scalpel.*

chapitre 33

– Non ! cria Kylie alors que Jane Doe se laissait retomber sur le lit, se résignant à se faire opérer sans anesthésie.

– Kylie ? Réveille-toi !

Elle sentit quelqu'un la secouer. Toujours en hurlant, elle ouvrit les yeux et vit Della et Miranda penchées au-dessus d'elle. Elle réussit à ne plus crier, mais continua à trembler.

– Tu veux qu'on aille chercher Holiday ? demanda Miranda, l'air inquiet.

Kylie fit non de la tête.

– Je vais bien. (Elle roula sur le côté et sécha ses larmes sur la couverture.) Retournez vous coucher, murmura-t-elle.

Son cœur subissait encore la panique de la vision et elle put sentir le froid. Jane était là.

Della et Miranda se regardèrent, sans trop savoir que faire.

– Allez-y, répéta-t-elle.

Dès qu'elles furent parties, Kylie s'assit sur son lit. Jane était installée au bord. Son abdomen béait, et du sang coulait sur le haut de ses cuisses nues.

– *Je n'ai pas tué mon bébé. Je l'aimais.*

– Je sais, j'ai vu, dit Kylie.

Elle détesta poser la question, mais trouver des réponses était la raison de la venue de Jane.

– Est-ce que le bébé est mort ? Que s'est-il passé ? Est-ce que ton bébé est mort à la naissance ?

Jane regarda de nouveau Kylie.

– *Non.* (Elle sourit, et immédiatement le sang disparut de ses mains : elle portait une jolie robe bain de soleil ornée de grands tournesols jaunes.) *Il vivait. Mon bébé vivait. Je me suis assurée qu'il allait bien. Puis je suis rentrée à la maison.*

– Où était-ce ? s'enquit Kylie. Chez qui ?

Jane Doe cilla puis leva les yeux.

– *Je ne sais pas, je ne me souviens pas.*

– Je suis un peu perdue, dit Kylie. Es-tu morte en couches ?

– *Non. Je t'ai déjà montré comment je suis morte. Ils m'ont tuée.*

Puis elle disparut.

Kylie mit une éternité à se rendormir, et quand elle y parvint, un autre rêve la prit au piège. Immédiatement, elle comprit ce qui se passait. Elle n'était pas entrée dans le rêve, quelqu'un était venu dans le sien.

Elle attendit une fraction de seconde pour s'assurer que ce n'était pas Derek, puis elle le vit. Red. Il se tenait à côté du lac.

– Je n'essaie pas de te faire marcher cette fois, dit-il.

– Laisse-moi tranquille ! le rembarra-t-elle.

– Il faut que je te dise…

Kylie se réveilla, paniquée, dans son lit. Red était parti.

– Ne reviens pas ! lança-t-elle.

Et elle remonta ses jambes contre sa poitrine, fière de la vitesse à laquelle elle s'était réveillée.

Les quatre ou cinq jours suivants consistèrent à préparer le camp de Shadow Falls pour le transformer en véritable école, et cela convenait parfaitement à Kylie. Holiday était occupée à faire passer des entretiens à d'éventuels professeurs pendant qu'un groupe de paranormaux construisait quelques bungalows assez vastes qui feraient office de salles de classe. Une autre équipe installait des radiateurs dans les bungalows.

Kylie était toujours sous escorte. Comme rien d'autre ne s'était passé, elle commençait à culpabiliser à l'idée de surcharger des emplois du temps déjà bien remplis. Le vendredi matin, elle se rua dans le bureau de Burnett pour lui suggérer de faire une pause. Il refusa.

– C'est justement le moment de se montrer plus vigilante, insista-t-il.

– Pourquoi ? demanda Kylie.

Il se rembrunit.

– Premièrement, parce qu'en ce moment on entre chez nous comme dans un moulin. Ça ne me plaît pas qu'il y ait des étrangers ici.

Kylie sentit un frisson le long de sa colonne vertébrale.

– Vous pensez que quelqu'un qui travaille ici pourrait vraiment bosser pour Mario ?

Si c'était le cas, cela pourrait expliquer le pressentiment grandissant de Miranda que quelqu'un rôdait autour de leur bungalow. Elle avait commencé à jeter des sorts de protection sur leur bungalow, elle était même allée voir

Holiday et Burnett pour leur faire part de ses inquiétudes. Ils l'avaient écoutée, mais n'avaient pas estimé que planait une grosse menace. Du moins, c'était ce que Kylie avait supposé jusque-là.

Burnett, fort de ses quatre-vingt-dix kilos de muscles, se cala dans son fauteuil.

– J'ai vérifié les références de chacun une dizaine de fois. (Il attrapa une balle antistress en forme de cœur qui arborait le message « Donnez votre sang » et la serra.) Peut-être que Holiday a raison, que je me montre bien trop prudent, mais je refuse de prendre des risques.

Il tourna la tête sur le côté comme s'il écoutait quelque chose à l'extérieur du bungalow. Il se renfrogna.

– Un autre loup recommence. Je serai sacrément content demain quand la pleine lune sera passée. Excuse-moi…

Il sortit du bureau à toute vitesse.

Kylie partit du bungalow en courant derrière lui, de peur que Lucas ne soit impliqué dans les événements. Si en temps normal elle ne pouvait pas envisager que Lucas s'attire des problèmes, ces derniers jours il avait été hyper tendu. La veille au soir, lorsqu'il était venu lui dire bonsoir dans son bungalow, il l'avait à peine embrassée.

Quand elle lui avait demandé si quelque chose n'allait pas, il lui avait rappelé que plus la pleine lune approchait, plus il se tournait vers son instinct et non vers la logique. Puis il passa un doigt sur ses lèvres.

– Tu es la tentation sous sa forme absolue, Kylie Galen.

Une partie d'elle voulait céder à cette tentation, une autre continuait à résister. Et autant elle aurait aimé que ce ne fût pas vrai, autant elle savait que la grand-mère de Lucas en était la raison.

À la minute où elle approchait des marches du perron, Della débarqua.

– Ellie et Fredericka sont en train de se battre.

– Pourquoi ? demanda Kylie.

– Il paraît qu'Ellie a entendu le loup-garou dire des horreurs sur toi et a décidé de donner une bonne leçon à Fredericka. Tu sais, je déteste le reconnaître, mais je l'apprécie de plus en plus.

– Oh mince ! Où sont-elles ?

– Près du bungalow d'Ellie.

Kylie partit en courant. Quand elles y arrivèrent, Burnett retenait Fredericka, et Lucas, Ellie. Celle-ci saignait, et si l'on en croyait la lueur dans ses yeux, elle n'avait pas fini de se battre.

– Lâche-moi ! grogna-t-elle à l'adresse de Lucas. Je vais apprendre à cette chienne…

– Du calme, la rembarra-t-il. (Ses yeux étaient orange foncé.) Elle va te déchiqueter. Tu ne peux pas remporter une bataille contre un loup-garou la veille d'une pleine lune.

– Fais gaffe !

Ellie tenta de nouveau de se dégager, exposant ses canines.

– Arrête ! Sinon je me chargerai en personne de te donner une leçon, grogna Lucas, dont le corps se tendit et les yeux s'éclaircirent.

Manifestement, son propre corps ressentait les effets de la pleine lune à venir, il devait donc essayer de mettre un terme à la bagarre.

– Pourquoi ? riposta Ellie. Pourquoi protèges-tu ce loup-garou ? Tu devrais m'aider à lui botter les fesses ! Je pensais que Kylie était ta petite copine. Où va donc ta loyauté ? À ce loup-garou ou à Kylie ?

Lucas marqua une pause. La question sembla le prendre au dépourvu.

– J'essaie de te sauver la vie, mais je ne suis pas sûr qu'elle vaille grand-chose.

– Parce que je ne suis pas un loup-garou ? cracha Ellie en retour.

– Ça suffit ! beugla Burnett.

Lucas relâcha Ellie. Le vampire énervé recula, mais ses yeux restèrent brillants. Puis son regard furieux se posa sur Kylie.

– Tu t'es clairement trompée de mec ! Derek ne défendrait jamais quelqu'un qui a dit de telles choses sur toi. Jamais !

Le regard de Kylie soutint un instant celui de Lucas, puis elle tourna les talons et s'en alla.

Cette nuit-là, l'odeur des roses réveilla Kylie. Avant d'ouvrir les yeux, elle vérifia la température pour s'assurer que ce n'était pas Jane. Ou pire, une autre vision. Mais non, pas du tout. Pas de froid. Juste la douce senteur florale.

– Hé, beauté ! lança une voix masculine qu'elle connaissait bien.

Elle ouvrit les yeux.

Lucas s'agenouilla à côté de son lit, un bouquet de roses à la main. Elle s'assit et en vit encore plus, partout dans la pièce.

– Qu'est-ce que tu as fait ? Cambriolé un fleuriste ?

Il lui adressa son sourire de mauvais garçon et Kylie sentit son cœur fondre… un tout petit peu.

– Non, mais disons que ma grand-mère sera très énervée en voyant son jardin demain matin.

Kylie lui fit un grand sourire, puis se souvint qu'elle était furieuse contre lui. Il n'était peut-être pas juste de lui en vouloir alors qu'il s'était contenté de faire ce qu'il fallait et de mettre un terme à la bagarre, mais les paroles d'Ellie l'avaient piquée, vraiment piquée au vif. Et depuis, Kylie soignait son cœur brisé.

Cela n'arrangea pas les choses, mais elle savait que quand il se serait transformé en loup, il s'enfuirait dans les bois, et que Fredericka courrait très vite derrière lui. Donc, quand il était passé la voir un peu plus tôt ce jour-là, elle lui avait dit avoir la migraine et qu'elle allait se coucher.

Mais il était de retour. Et cette fois, sans son autorisation d'entrer dans sa chambre.

– Pousse-toi un peu, dit-il.

Kylie leva un sourcil, se souvenant de son avertissement de ne pas trop s'approcher d'elle avant le changement.

– Est-ce une bonne idée ?

– Je serai sage. Je m'en suis assuré. Je veux juste te tenir dans mes bras et te présenter mes excuses.

– Pour quoi ?

Il prit une rose et caressa de ses pétales le nez et les lèvres de Kylie. La fleur était douce sur sa peau, un peu comme du velours.

– Je suis désolé que Fredericka se comporte en garce. Désolé de ce que tu as pu penser. Je ne défendais pas Fredericka. J'essayais d'éviter qu'Ellie ne soit blessée.

Ça recommençait. Il faisait ce qu'il fallait faire. Et elle savait que c'était vrai.

– Mais… (Il déposa la rose près de son oreiller.) Je me suis demandé ce que je ressentirais si tu prenais la défense de Derek. Ça ne me plairait vraiment pas.

Il la souleva dans ses bras, la poussa un peu, puis se glissa à côté d'elle.

Sa chaleur frôla son flanc et ses lèvres effleurèrent sa joue.

– Tu es ce qui compte le plus pour moi, Kylie. Il n'y a rien chez toi qui ne me fascine pas… Tes yeux qui s'illuminent quand tu souris, ton rire. (Il prit la rose et en caressa de nouveau sa bouche.) La forme de tes lèvres. Les sentir sur les miennes.

La rose monta.

– Ton nez. Et qu'il soit retroussé.

– Il ne l'est pas tant que ça.

Elle avait toujours détesté son nez.

– Bon, alors juste un peu. (Il lui fit un grand sourire.) Mais il est tellement mignon. Et j'adore quand tu éternues.

– Là, tu pousses un peu !

Kylie gloussa.

– Sérieux, j'adore le son de tes éternuements. On dirait plus un chiot qu'un humain. Un chiot très mignon et très sexy.

Son sourire s'évanouit et ses yeux bleus la regardèrent fixement.

– Pour la première fois de ma vie, je n'ai pas hâte de me transformer. Parce que… je ne pourrai plus t'embrasser comme ça. (Ses lèvres prirent les siennes, mais il mit fin au baiser trop vite.) Je serai là-bas. Et toi ici. Et au lieu de savourer le frisson d'être libéré de ce corps, tu me manqueras.

Il l'embrassa délicatement sur les lèvres.

– Alors s'il te plaît, ne m'en veux pas. Je n'ai pas fait ça pour t'embêter, ni pour que tu penses que n'importe qui est plus important pour moi que toi. Parce que ce n'est pas le cas. Je tuerais pour toi, Kylie Galen. Mais surtout, je mourrais pour toi.

Elle sentit une larme couler sur sa joue.

– Tu ferais mieux de ne pas mourir pour moi, Lucas Parker.

Il rattrapa la larme et l'essuya.

– Suis-je pardonné ?

– Oui. Tu es pardonné.

Elle passa les bras autour de son cou et l'attira contre elle pour l'embrasser. Sa bouche dévora la sienne. Après plusieurs longues et délicieuses minutes, il l'embrassa partout, jusque dans le cou. Ça chatouillait, ça picotait. Et peu après elle reconnut le doux ronflement qui émanait de lui. Elle aimait l'entendre. Aimait savoir qu'elle en était à l'origine. Aimait que ses inhibitions disparaissent quand elle l'écoutait.

La main de Lucas glissa sous son débardeur et toucha sa peau nue. Effleura ses seins, puis ses paumes remontèrent. Ses mains chaudes étaient comme le soleil sur sa peau. Elle ferma les yeux, adorant cette sensation. Elle le désirait.

Il interrompit le baiser et ôta sa main brusquement.

– Bon, il est temps que je m'en aille à présent.

Il descendit du lit d'un bond et la regarda en fronçant les sourcils.

– Je suis désolé.

Elle se mordit la lèvre pour ne pas lui dire que ce n'était pas grave. Pour ne pas lui demander de revenir près d'elle. Alors elle murmura :

– Pas moi.

Il baissa les yeux sur elle.

– Tu es si belle. Et si je ne pars pas maintenant…

Il se prépara à sortir.

– Lucas ?

Il se retourna.

– Oui ?

– Merci pour les roses.

– De rien. (Il regarda la porte.) Je devrais y aller avant que mon temps ne soit écoulé.

– Ton temps ?

Il haussa les épaules.

– J'ai demandé à Della de me ficher dehors si jamais je restais plus de vingt minutes. (Il consulta sa montre.) Et la connaissant…

– C'est l'heure !

Della frappa à la porte avec une telle force que Kylie fut étonnée que celle-ci ne se brise pas.

Lucas sourit.

– Je savais que je pouvais compter sur elle.

Kylie rit.

Quand il fut parti, elle s'allongea sur son lit, regarda fixement le plafond et huma le parfum des roses, tâchant de se rappeler chaque mot qu'il avait prononcé. Elle voulait se souvenir de cette nuit pour toujours.

Quelques jours plus tard, tenaillée par la faim, et Jonathon son escorte à ses basques, Kylie se rendit au réfectoire pour le petit déjeuner.

La vie s'était calmée. Un peu en tout cas. La pleine lune derrière eux, Lucas était à nouveau lui-même, normal et patient. Étonnamment prévenant, aussi. Mais pour être honnête, son ronflement manquait à Kylie.

Sa douceur lui plaisait bien aussi. Il lui avait même apporté d'autres roses la veille au soir. Si Mme Parker n'avait pas suffisamment de raisons de la détester, Kylie se dit que la roseraie décimée de la vieille dame déciderait de son sort.

Même le fantôme de Kylie était plus calme. Jane Doe continuait à lui rendre régulièrement visite, mais elle recommençait à se la jouer silencieuse avec Kylie. À qui ça convenait très bien pour l'instant.

Elle passa sous une grosse branche sur le chemin et prit de la vitesse.

– *Non ! Et je ne peux pas croire que tu aies osé en parler !*

La voix de Holiday retentit aux oreilles de Kylie à plus de quatre-vingt-dix mètres du bureau. Elle s'arrêta et regarda autour d'elle pour s'assurer que la directrice ne se trouvait pas dans le coin.

Non.

Ça devait être de nouveau son ouïe supersonique. Présente puis absente à plusieurs reprises depuis la petite conversation entre sa mère et Holiday le jour des parents. Curieuse, Kylie regarda Jonathon pour voir si lui aussi avait entendu.

– Qu'est-ce qu'il y a ? demanda-t-il.

– Je croyais avoir entendu quelque chose. Pas toi ?

– Entendu quoi ? (Il regarda à droite puis à gauche.) Ce fichu geai bleu n'est pas de retour, quand même ? Je te le dis, c'est un malade, cet oiseau !

L'oiseau était revenu à trois autres reprises. Jonathon était présent les trois fois.

– Non. Je pensais avoir reconnu Holiday.

Jonathon inclina la tête de côté comme s'il testait la sensibilité de son ouïe.

– Je ne l'entends pas.

Son ouïe serait-elle plus développée que celle d'un vampire ? Qu'est-ce que ça signifiait ? D'autant qu'elle avait encore la configuration cérébrale d'un humain.

– *Ce n'est pas comme si j'avais le choix,* dit Burnett.

Super. Ils se disputaient de nouveau. *À quel sujet cette fois ?* se demanda Kylie, et elle poursuivit son chemin jusqu'au réfectoire. Si elle devait faire des suppositions, Holiday essayait simplement de trouver une autre excuse pour mettre de la distance entre elle et Burnett. Depuis que Kylie les avait surpris à s'embrasser, elle ne les avait pas revus à moins de quinze mètres l'un de l'autre.

– *Tu as le choix,* fit Holiday. *Tu repars leur annoncer que j'ai dit non, bon sang* !

– *Ce ne sont que deux tests. Ils ne prendraient pas trop de temps et ils pourraient tout éclaircir.*

– *J'ai dit non !*

– Maintenant, j'entends Holiday ! lança Jonathon. Elle n'a pas l'air très contente.

– *Tu ne crois pas que ce devrait être à Kylie de décider ?*

– Décider de quoi ? marmonna celle-ci, et changeant de direction, elle marcha vers le bureau.

– *Non !* répéta Holiday.

– *Elle veut des réponses. Et ça pourrait les lui donner.*

Kylie accéléra. *Quelles réponses ?* Peu importe, réalisa-t-elle. Elle prendrait toutes celles qu'elle pourrait obtenir.

– *Je ne l'autoriserai pas !*

– Tu n'autoriseras pas quoi ?

Kylie entra dans le bureau comme un ouragan, distançant Jonathon.

Holiday et Burnett se retournèrent d'un coup. La directrice montra la porte.

– Dehors ! ordonna-t-elle à Burnett.

– Non. (Kylie se planta devant lui.) Il reste. On parle de moi et je dois savoir.

Holiday regarda Burnett avec colère, puis Kylie.

– Tu ne comprendrais pas.

– Et si vous essayiez ? (Elle se tourna vers Burnett.) Allez-y, parlez.

Il posa les yeux sur Holiday.

– L'URF souhaite te faire passer des tests, expliqua la directrice. Pour voir s'ils peuvent trouver ce que tu es.

L'espoir envahit Kylie.

– Je pensais qu'aucun test ne pourrait m'indiquer ce que je suis ?

Elle se souvint avoir déjà posé la question à Holiday.

– C'est vrai ! dit Holiday. Ils veulent juste faire mumuse avec ton cerveau pour...

– Je le ferai ! lança Kylie.

– Non ! (Holiday eut l'air horrifiée.) Je refuse que l'URF se serve de toi comme d'une espèce de rat de laboratoire ! Rien ne garantit que ces examens ne soient pas dangereux, et si ça se trouve ils ne marcheront même pas.

Kylie regarda Burnett.

– Sont-ils sans danger ?

Burnett regarda fixement Holiday, son regard d'ambre énervé.

– Je ne laisserais rien faire à l'URF qui ne soit pas sûr, grommela-t-il. As-tu si peu confiance en moi ?

– J'ai très peu confiance en l'URF. L'histoire se répète.

– De quel genre de test s'agirait-il ? demanda Kylie.

– Juste quelques scanners, répondit Burnett.

– Non ! (Holiday se tourna vers Kylie.) Ils vont te traiter en cobaye !

– Ils ne lui feront pas de mal, ajouta Burnett.

– Non, parce qu'elle refusera de s'y soumettre.

Le froid envahit si vite la pièce que le souffle de Kylie fit tomber de minuscules flocons de glace de ses lèvres. Jane se matérialisa, et en même temps les trois ampoules au-dessus de leurs têtes explosèrent.

– Qu'est-ce qui se passe, bon sang ?

Burnett leva les yeux et se rapprocha de Kylie.

Les cristaux de Holiday disposés à travers la pièce se balancèrent, et les couleurs de l'arc-en-ciel s'élevèrent en spirale autour d'eux.

L'ordinateur portable sur le bureau de Holiday bipa, produisant de sérieux bruits de panne.

– *Vous, ne vous approchez pas d'elle !*

Jane traversa la salle en coup de vent et vint se planter entre Burnett et Kylie.

– *Cours, Kylie !* cria-t-elle sur le ton qu'elle avait employé pour la mettre en garde à propos de l'entonnoir.

– Qu'est-ce qui ne va pas ? demanda Kylie.

– *Lui !* hurla Jane.

Holiday passa la pièce en revue.

– Que se passe-t-il, Kylie ?

– Je crois qu'elle pense que Burnett essaie de me faire du mal.

– Dis-lui de s'en aller, insista Holiday.

– Jane, tu vas devoir partir.

Mais Jane n'écoutait pas.

Burnett se rapprocha encore de Kylie. Jane beugla, puis donna des coups de tête dans son torse. Non seulement Kylie put voir la main de Jane, mais elle distingua l'intérieur de la poitrine de Burnett. Et elle regarda, horrifiée, la main du fantôme se refermer sur le cœur de Burnett.

– Non ! hurla Kylie.

Le regard de Burnett se posa sur Holiday. Il porta une main à sa poitrine.

– Arrête ! cria Kylie.

Burnett s'effondra dans un bruit sourd.

chapitre 34

Une demi-heure plus tard, et Jonathon installé sous un arbre à quelques mètres de là, Kylie, assise sur le perron de Holiday, chassait des insectes et écoutait la directrice, le médecin et Burnett qui se trouvaient dans le bureau.

– Il t'a demandé d'enlever ta chemise, insista Holiday.

– C'est inutile, rétorqua Burnett d'un ton sec. *Je vais bien.*

Sa voix était forte et claire, et en effet il semblait aller bien.

Ça ne rassurait pas Kylie pour autant.

– Peut-être, peut-être pas, dit Holiday. Nous le saurons dès que tu te dévêtiras pour laisser le médecin t'examiner.

Quelques minutes plus tard, Holiday vint s'affaler sur le porche à côté de Kylie. Elle avait les larmes aux yeux.

– Je ne sais pas pourquoi je me soucie de lui. Il est trop têtu et obstiné pour mourir.

Kylie lui prit les mains.

– Je suis vraiment désolée.

Holiday secoua la tête.

– Ce n'était pas ta faute.

– Tu m'as demandé de me débarrasser de Jane Doe la

première fois que je t'ai parlé d'elle. J'ai refusé, et elle aurait pu tuer Burnett.

– Elle ne voulait pas le tuer. Elle voulait juste l'éloigner de toi.

– Je me suis peut-être trompée tout du long. Si ça se trouve, elle est mauvaise.

Holiday passa un bras autour des épaules de Kylie.

– Elle n'est pas mauvaise. J'ai senti sa présence et ses émotions. Elle se faisait du souci pour toi. Elle a fait ça pour te protéger, Kylie.

– Oui, mais me protéger de quoi ? Pensait-elle vraiment que Burnett voulait me faire du mal ?

Holiday soupira.

– Elle a probablement perçu ce que je ressentais. J'ai dramatisé. (Elle lui serra le bras.) Je refuse que l'URF te fasse subir des examens. Mais je n'aurais pas dû me déchaîner comme ça.

– Tu ne fais pas confiance à Burnett ? demanda Kylie.

Holiday secoua la tête.

– Je ne fais pas confiance à l'URF.

– Pourquoi ? Et si tu ne lui fais pas confiance, alors pourquoi joue-t-il un rôle dans le camp ? De plus, s'ils peuvent réellement pratiquer de simples tests et me dire ce que je suis, alors je tiens à le faire.

Holiday ferma les yeux une seconde.

– Ne te méprends pas, Kylie. Je ne suis pas contre l'URF. Dieu sait que nous en avons besoin pour maintenir le calme ! Mais ce n'est pas son boulot de faire passer des tests.

– Mais s'il peut vraiment…

– Je ne peux pas te laisser faire. S'il veut bien me donner le nom du test en question, je demanderai à notre médecin s'il peut le commander. Mais ce sera sous son contrôle, et uniquement sous sa responsabilité.

Kylie perçut beaucoup de choses dans le ton de la directrice. Tant de choses qu'elle ne disait pas.

– OK, que me caches-tu ?

Il fallut une bonne minute avant que Holiday soupire et parle enfin.

– C'était il y a plus de quarante ans. Cela concernait seulement une petite branche de l'URF qui a été fermée, et des charges ont été retenues contre beaucoup de gens. Ils pratiquaient des tests scientifiques sur les surnaturels. Quelque chose pour arriver à comprendre la génétique. Les sujets ont été contraints de s'y plier, et certains ne s'en sont jamais complètement remis. Non, je ne pense pas qu'ils recommenceraient, mais je refuse de te laisser y aller pour qu'ils te tripatouillent dans le seul but de trouver des réponses.

Kylie regarda Holiday. Des bribes de la vision de Jane Doe repassèrent dans sa tête comme un vieux film. Et d'un coup, tout s'éclaircit.

– L'URF a tué Jane Doe. Ils l'ont tuée, puis l'ont enterrée avec Berta Littlemon au cimetière de Fallen.

Les yeux de Holiday s'écarquillèrent.

– Tu ne peux pas en être sûre.

– Si, dit Kylie. Dans la vision, Jane était traitée de « sujet ». Son mari aussi. Et le médecin était un vampire. Ils ont déclaré qu'elle n'avait pas de configuration.

Kylie remonta ses genoux et les serra contre sa poitrine, tâchant d'assimiler tout ce qu'elle venait de découvrir. Elle ne voyait pas ce que le bébé de Jane venait faire dans l'histoire, mais au moins elle avait compris certaines choses.

– Pas étonnant qu'elle s'en soit prise à Burnett, reprit

Kylie. Elle a cru qu'il essayait de me faire ce que l'URF lui avait fait.

Kylie fut déçue que Jane Doe ne se présente pas le lendemain matin. Elle avait espéré que maintenant qu'elle savait pour l'URF elle pourrait aider Jane à se souvenir d'autres choses, par exemple de son nom. Qu'ensemble elles pourraient découvrir ce dont Jane avait besoin pour passer de l'autre côté.

Mais les morts, comme les vivants, faisaient rarement ce que Kylie voulait.

On frappa à la porte.

– Entrez.

Miranda et Della se serrèrent pour entrer puis refermèrent à toute vitesse derrière elles.

– Que se passe-t-il ? demanda Kylie.

– Trois garçons sont en train d'installer le chauffage juste à côté, expliqua Della.

– Et ils sont vraiment miam-miam ! ajouta Miranda.

Les ouvriers qui travaillaient à Shadow Falls étaient devenus le sujet en vogue chez toutes les filles de la colo. Surtout quand ils tombaient la chemise chaque après-midi.

– Aussi miam-miam que Perry ? la taquina Kylie.

Ces derniers temps, Miranda avait passé presque tout son temps libre avec le métamorphe.

– Pas tout à fait, répondit-elle, puis elle sourit. Mais pas loin.

– Bien. Merci pour l'avertissement. Je vais me préparer à m'extasier.

– Mais ne sors pas avec juste une serviette autour de la taille, rétorqua Della, elle aussi tout sourire. Sauf si c'est ton truc.

Quelques minutes plus tard, Kylie sortit de sa chambre tout habillée, bien coiffée et, seul ajout en leur honneur, une touche de brillant à lèvres.

Miranda, assise à la table, sirotait du jus d'orange, Della, un verre de sang, et les deux types étaient agenouillés sur le sol, des scies à leurs côtés et une sorte de conduit d'aération entre eux.

Bien que Kylie détestât le reconnaître, Miranda avait raison. Ils étaient mignons. Tous les deux avaient une vingtaine d'années, des cheveux bruns, et portaient des T-shirts moulants qui faisaient ressortir leur bronzage et des tonnes de muscles.

Ils levèrent les yeux et croisèrent le regard de Kylie. Elle se tendit lorsqu'ils agitèrent leurs sourcils, mais elle fit la même chose. C'étaient tous les deux des loups-garous. Elle lut le choc dans leur regard quand ils décelèrent sa configuration cérébrale.

– Je suis l'humaine de service.

Della et Miranda partirent d'un rire moqueur. Les garçons sourirent et se remirent au boulot. Ils avaient sûrement dû recevoir ordre de Burnett de ne pas flirter avec les filles de la colo.

Kylie alla se chercher un verre de jus de fruits dans le frigo. Elle entendit la porte de Miranda s'ouvrir et le troisième ouvrier les rejoignit. Kylie se retourna et le regarda attentivement. Celui-ci était tout aussi canon. Cheveux bruns. Épaules larges. Taille fine.

Son regard croisa celui de Kylie dont le verre de jus de fruits lui échappa et se brisa à ses pieds.

Ses cheveux avaient changé de couleur. Son nom, Red, probablement un surnom, ne lui allait plus, mais ses yeux étaient les mêmes. L'image de lui qui apparaissait dans ses rêves, qui la regardait fixement dans le miroir, du sang dégoulinant de son menton, envahit son esprit. Puis une autre image surgit d'un coup, et elle le vit passant la tête par la vitre de sa voiture. Comme si ça ne suffisait pas, elle le revit la fixer, enchaînée à la chaise quand son grand-père et lui l'avaient kidnappée.

– Della ? fit-elle d'une voix égale, espérant qu'elle pourrait la prévenir avant qu'elles soient dans la mouise jusqu'au cou.

Mais Della ne répondit pas. Kylie se retourna. La vamp' était toujours assise à la table, le verre à la bouche. Quelques gouttes de sang flottaient dans l'air… entre ses lèvres et le bord du verre. Della ne respirait pas. Ne bougeait pas. Elle semblait paralysée.

Donc, elles étaient déjà dans la mouise jusqu'au cou.

Kylie posa les yeux sur Miranda, elle aussi paralysée, un doigt sur l'oreille, comme pour repousser une mèche.

Idem pour les deux types par terre.

– Il n'y a que toi et moi, Kylie, déclara Red.

Elle se concentra sur ses amies.

– Quoi que tu aies fait à mes copines, tu as intérêt à l'annuler, grommela-t-elle.

Et son sang pétilla de fureur.

– Ne t'énerve pas. Elles vont bien. Dès que je les relâcherai, elles redeviendront normales et ne se souviendront de rien.

Il reposa les yeux sur la table, puis sur elle.

– Alors, fais-le ! dit Kylie.

Il soupira.

– Je n'ai jamais vu personne se soucier autant des autres.

Sans trop savoir pourquoi, Kylie vérifia sa configuration. Un loup-garou. Mais comment était-ce possible ? C'était un vampire. Elle tâcha de ne pas montrer sa surprise, mais il la vit.

– Qu'es-tu ? demanda Kylie, que rien n'arrêtait.

– Je suis comme toi. (Il s'approcha d'un pas.) Voilà pourquoi nous sommes faits l'un pour l'autre. Nous sommes des âmes sœurs, Kylie. Voilà ce que nous sommes.

Elle agita de nouveau ses sourcils, et cette fois il était humain. Son cœur martela sa poitrine.

– Je ne suis pas ton âme sœur. Je mourrai avant.

– Voilà pourquoi je suis là.

Il fit un autre pas vers elle.

Elle recula.

– Tu es venu me tuer ?

– Non. (Il s'arrêta. Quelque chose dans sa réponse et dans son ton sonnait vrai.) Je suis venu te protéger. Bien que tu ne me facilites guère les choses.

Le tonnerre grondait au-dehors. Il jeta un coup d'œil par la fenêtre et quand son regard se reposa sur elle, Kylie comprit autre chose.

– Tu étais l'aigle, dit-elle. Et le cerf. Tu es un métamorphe ?

Et s'ils étaient pareils, comme il l'avait prétendu, cela faisait-il aussi d'elle un métamorphe ?

– Non, enfin oui. J'étais le cerf et l'aigle, mais je ne suis pas un métamorphe.

Puis elle eut une autre pensée.

– Tu m'as protégée, mais tu as tué ces innocentes à Fallen. Pourquoi ?

Il baissa les yeux.

– Ça t'énerverait terriblement si je te disais que c'était pour t'impressionner ?

– M'impressionner ? Tu es malade !

– Elles ont été cruelles avec tes amies et toi.

– Elles ne méritaient pas de mourir.

– Je sais que tu ressens ça aujourd'hui. Je ne te connaissais pas vraiment à l'époque. Maintenant, si. Je ne l'aurais pas fait si…

– Tu ne me connais pas plus.

Il haussa les épaules.

– Parfois, je ne te comprends pas. Mais je t'ai observée. Tu es intéressante à étudier. J'ai toujours voulu savoir ce que cela aurait fait d'être… né à minuit. C'est marrant comme quelques minutes sur une horloge peuvent tout changer. Parfois, je me demande si peut-être…

Le tonnerre ébranla de nouveau le bungalow.

Kylie aurait pu jurer déceler du regret dans ses yeux. Mais elle se trompait peut-être. La lumière à l'intérieur avait été chassée par des ombres. Kylie sentit qu'elles étaient là pour elle.

Il y eut des éclairs à la fenêtre.

– Je n'ai pas beaucoup de temps, lança-t-il. Mais je voulais te dire…

– Je ne partirai pas avec toi !

Elle ne remporterait sûrement pas la bataille, mais elle lutterait jusqu'au bout.

– Non, pas cette fois. Je reviendrai te chercher plus tard. Comme je te l'ai expliqué, je suis là pour te protéger.

– De quoi ?

Il jeta un œil aux deux ouvriers paralysés, qui, comme Della et Miranda, ne respiraient pas.

– Ils veulent ta mort.

Parlait-il des deux types ?

– Qui veut ma mort ?

– Les autres. Mon grand-père et ses amis. Les autres comme nous.

– Comment ça, comme nous ? Et pourquoi voudraient-ils ma mort ?

– Ils sont impatients et ils ont peur de ce que tu pourrais accomplir si jamais tu ne nous rejoignais pas. Je vais les faire patienter jusqu'à ce que tu changes d'avis. Mais tu dois le faire. Et vite.

Il désigna le plus grand des deux types par terre, toujours paralysé, comme s'il travaillait sur les conduits au sol.

– Ce type, on l'a envoyé pour te tuer. J'ai demandé à un ami à moi, un magicien, de regarder dans le futur, et j'ai appris que tes autres copains seraient arrivés ici à temps pour te sauver. Mais (il montra la table du doigt) la petite sorcière n'aurait pas survécu. Et pour une raison idiote, je me suis senti obligé d'empêcher que ça se produise. Je savais que ça te ferait énormément de peine si elle mourait. (Ses sourcils se froncèrent comme s'il était confus.) C'était un sentiment bizarre, de vouloir la sauver, de m'inquiéter de sa mort, parce que je ne me soucie de rien. Mais à cause de toi… je l'ai fait. Je me suis préoccupé d'elle.

Les paroles « L'un vit, l'autre trépasse » s'imposèrent de nouveau dans la tête de Kylie.

– Non !

Ça ne pouvait pas se passer. Ce n'était pas possible.

Puis des bruits de pas sur le perron firent vibrer le sol du bungalow.

– À la prochaine !

Il disparut.

La porte s'ouvrit à la volée et vint heurter le mur dans un grand bruit. Burnett, Lucas, Perry et Derek entrèrent précipitamment.

– Que se passe-t-il ?

Della se leva d'un bond. Miranda lâcha son verre qui s'écrasa au sol. Le cœur de Kylie s'apaisa dès qu'elle constata qu'elles allaient bien. Et pourtant… au fond d'elle-même, elle avait cru Red quand il lui avait affirmé que tout se passerait bien.

Mais cela signifiait-il qu'elle le croyait aussi pour tout le reste ? Était-elle comme lui ? Elle regarda Miranda et envisagea l'éventualité qu'elle ait pu mourir si l'escroc n'était pas intervenu.

– Vous deux ! dit Burnett en désignant les deux hommes par terre. Venez avec moi.

Ils se levèrent lentement. Puis le plus grand, celui que l'escroc avait montré du doigt, sauta sur la fenêtre fermée. Du verre se brisa, du bois se fendit en éclats et il se retrouva dehors. Burnett et Lucas s'élancèrent à sa poursuite.

chapitre 35

– C'est n'importe quoi… grommela Burnett une heure plus tard en faisant les cent pas dans le bureau de Holiday.

Kylie était d'accord. Du grand n'importe quoi.

Ils avaient attrapé le type qui avait été engagé pour la tuer. Mais ses informations ne leur fournirent aucune aide pour mettre la main sur la personne qui l'avait recruté. Ils n'avaient pas plus de chance de mettre la main sur le vrai coupable qu'auparavant.

Kylie, toutefois, n'avait jamais été aussi près de trouver des réponses. D'accord, elle ne savait toujours pas ce qu'elle était, mais au moins elle savait qu'il y en avait d'autres comme elle. La question était : étaient-ils tous mauvais ? Était-elle la seule née à minuit ?

– S'il avait voulu t'emmener, pourquoi ne l'a-t-il pas fait ?

Burnett cessa de faire les cent pas devant Holiday et Kylie, assises sur le canapé.

– Il n'a pas dit… exactement ça, dit Kylie. Il a dit qu'il finirait par les convaincre que je ne représentais aucun danger pour eux. Comme s'il pensait qu'il pouvait me faire changer d'avis et partir avec lui.

– C'est idiot, déclara Burnett.

Kylie décida de poser la question qui la tourmentait depuis un moment déjà.

– Comment a-t-il paralysé Miranda, Della et les deux autres ?

Holiday lui répondit :

– Certains magiciens, sorcières et sorciers sont très forts et peuvent arrêter le temps.

– Tu crois que c'est ce qu'il est ? Ce que je suis ?

Holiday haussa les épaules.

– Je n'ai jamais entendu parler d'une sorcière ou d'un sorcier qui puissent changer leur configuration cérébrale.

– Parce que c'est impossible, rétorqua Burnett d'un ton sec.

– Pas vraiment, dit Kylie en se montrant du doigt.

Burnett ferma les yeux et respira un bon coup.

– Toute cette histoire est carrément incroyable.

Holiday se leva.

– Voilà pourquoi tu ne peux pas en parler à l'URF.

Burnett la regarda comme si elle avait perdu la tête.

– On doit les mettre au courant.

– Pourquoi ? Ils savent que quelqu'un essaie de la tuer. Nous ne leur parlerons que de ça, pas des configurations cérébrales qui changent.

– Pourquoi le leur cacher ?

Holiday croisa les bras.

– Parce que cela leur donnerait une raison supplémentaire d'emmener Kylie et de la traiter en rat de laboratoire.

Le regard de Kylie alla de Holiday à Burnett.

– Ont-ils dit s'ils acceptaient de laisser le Dr Pearson faire les tests ?

La grimace de Burnett s'accentua.

– L'URF a affirmé que les hôpitaux normaux ne disposaient pas de l'équipement nécessaire.

– C'est exactement ce que je pensais ! cria presque Holiday. Nous ne savons pas si ces tests sont sans danger.

– L'URF a affirmé que oui.

Mais le ton de Burnett perdit de sa conviction et Kylie se demanda s'il y croyait encore.

– Ils ont tué l'esprit que j'aide, annonça Kylie.

– Tu n'en es pas sûre.

– Si, j'en suis sûre. Et si vous avez besoin de preuves, ouvrez la tombe. Son corps s'y trouve encore.

Burnett jura.

– L'URF n'est pas notre ennemi, Kylie. Je reconnais qu'elle a commis des erreurs par le passé, mais c'était avant.

– Exact ! dit Holiday, d'un ton toujours virulent. Mais elle sacrifiera quelqu'un si elle pense que ça profitera à la communauté. (Elle désigna Kylie.) L'une de mes ados ne fera pas l'objet de ce sacrifice. Et si tu n'es pas capable de l'accepter, alors sors immédiatement, parce que nous ne pourrons plus travailler ensemble.

Son regard se porta sur Kylie, puis sur Holiday.

– Te rends-tu compte de ce que tu me demandes ? De trahir mon serment et de cacher des informations à l'URF ?

– À toi de choisir, dit Holiday.

Burnett ferma les yeux, secoua la tête, et sortit du bureau. Kylie ne savait pas si c'était sa réponse, mais à voir la douleur écrite sur le visage de Holiday, celle-ci le croyait très certainement.

Lorsque Kylie quitta le bureau de la directrice après leur réunion, Lucas attendait. Il s'était lui-même affecté la tâche d'escorte. Il l'emmena vers le ruisseau et ils s'allongèrent dans l'herbe chaude et jouèrent à reconnaître des formes dans les nuages. Entre les ressemblances qu'ils trouvèrent avec George Washington ou des dinosaures dans le ciel, et tout ce qui pouvait exister entre les deux, Kylie évoqua la dispute entre Burnett et Holiday.

– Burnett veut en parler à l'URF et Holiday pense que ça leur donnera une raison supplémentaire de m'emmener pour me faire passer des tests.

Appuyé sur son coude, il baissa les yeux sur elle.

– Qu'est-ce que ça t'inspire ?

– Je ne sais pas. Une partie de moi souhaite le faire s'ils estiment que ça me donnera vraiment des réponses, mais Holiday affirme que ça pourrait être dangereux et elle ne veut pas en démordre. Et je lui ai toujours fait confiance.

Et puis il y avait ce qui était arrivé au fantôme.

– Plus qu'à Burnett ?

– Peut-être un peu plus. (Kylie fixa ses yeux bleus.) Tu crois que j'ai tort ?

– Non, moi aussi je fais sûrement un peu plus confiance à Holiday.

Il passa un doigt sur les lèvres de la jeune fille.

– Je ne supporte pas l'idée qu'ils puissent se disputer, dit-elle.

Elle adorait sentir sa main sur ses lèvres, mais elle n'était pas vraiment prête à lâcher les soucis en cours.

– C'est leur problème, lui assura Lucas.

– Mais c'est à cause de moi. Et je sais qu'ils tiennent l'un à l'autre. Je ne veux pas qu'ils abandonnent à cause de moi.

– Tu n'en sais rien. Burnett est retourné au bureau de

l'URF pour interroger de nouveau les loups-garous capturés. Il reviendra.

– Je l'espère.

Mais en vérité, elle n'en était pas si sûre.

Il colla doucement ses lèvres aux siennes. C'était un baiser doux et chaud. Quand il se retira, ses yeux arboraient des nuances ambrées et elle sut que la pensée qui lui avait traversé l'esprit, quelle qu'elle soit, avait attisé sa colère.

– Tu sais, je ne laisserai pas cet escroc te mettre la main dessus. Tu m'appartiens.

– Je sais, lui répondit Kylie.

Pourtant, elle ne lui dit pas sa crainte que nul ne puisse être en mesure d'empêcher l'escroc de tenir sa promesse. Jusque-là, rien ne l'avait arrêté. Bien sûr, s'il disait la vérité sur le fait qu'ils appartenaient tous les deux au même genre de surnaturel, alors, elle était aussi puissante que lui. Mais si Holiday avait raison et qu'elle était une protectrice, alors elle pourrait se servir de ces pouvoirs uniquement pour protéger les autres. En d'autres termes, elle était à la merci de ses caprices.

Ce n'était pas agréable comme pressentiment. Mais Kylie refusait de capituler. Et elle pensait ce qu'elle avait dit à l'escroc. Elle mourrait avant de faire partie d'un gang malfaisant.

Cependant, elle n'était pas encore morte. Et même, Lucas lui donnait l'impression d'être super vivante.

– Embrasse-moi encore, dit-elle.

Il lui fit un grand sourire.

– C'est une requête ou un ordre ?

– Les deux.

– Dans ce cas…

*
* *

Le lendemain, Burnett n'était toujours pas revenu. Holiday était de mauvaise humeur et Kylie souffrait d'une migraine carabinée. Lucas était passé la voir pour lui dire que sa grand-mère était malade et qu'il partait prendre de ses nouvelles. Vers quatre heures, Kylie capitula et demanda l'autorisation d'aller se reposer. Della, son escorte, la raccompagna au bungalow.

Kylie ne savait pas depuis combien de temps elle dormait quand le froid la frappa. Elle ouvrit les yeux, sentit la brume glacée dans son souffle. Jane était là.

– Dieu merci ! tu es réveillée, fit une voix féminine.

Mais ce n'était pas celle de Jane.

Kylie se leva d'un coup. À travers un rideau de cheveux, elle vit Ellie debout au pied de son lit.

– Comment es-tu rentrée ? demanda-t-elle.

Ellie haussa les épaules. Kylie jeta un coup d'œil sur la fenêtre qu'elle avait laissée ouverte.

Kylie remonta la couverture sur sa poitrine et chercha Jane dans la chambre. Elle n'avait pas encore fait son apparition, mais elle était là. De la chair de poule grimpa le long de ses bras, puis redescendit. Jane n'était pas venue ces jours-ci et Kylie espérait qu'elle était enfin prête à parler.

– Tu sais quoi, Ellie ? Ce n'est vraiment pas le bon moment. J'ai des choses à faire.

– Mais j'aimerais que tu ailles voir Derek. Il est dans tous ses états. Il ne va pas bien.

Kylie la regarda plus attentivement.

Ellie fronça les sourcils.

– Il faut que tu ailles le voir. (Elle secoua la tête.) J'ai peur qu'il ne soit blessé.

Kylie rejeta ses couvertures d'un coup sec.

– Blessé ? Où est-il ?

– Dans le parc, à un kilomètre et demi du ruisseau, là où il y a les traces de dinosaures.

– Qu'est-ce qu'il fait là-bas ? demanda Kylie.

– Je ne sais pas, mais il a besoin de toi.

– Pourquoi ? (Elle enfila ses tennis.) Il s'est passé quelque chose ?

– Je ne sais pas, répondit Ellie. Je suis paumée.

– Il est blessé ?

Son cœur se serra de peur pour Derek.

– Non, je ne crois pas.

Ellie divaguait. Kylie craignait qu'il s'agisse d'un stratagème pour les rabibocher, Derek et elle. Mais la panique dans le ton de la jeune fille le démentait.

– Allons-y, dit Ellie en se dirigeant vers la fenêtre.

– Je dois aller chercher Della. C'est mon escorte, tu te souviens.

– Dépêche !

Kylie marcha vers la porte et regarda derrière elle, cherchant Jane. Elle ne s'était pas manifestée, mais son froid mortel continuait à rafraîchir la pièce.

– *Je reviens vite,* dit-elle à l'esprit dans sa tête. *Ne pars pas. Nous devons parler.*

Jane ne répondit pas. Pas étonnant. Kylie sortit de sa chambre et Della leva les yeux de l'ordinateur.

– Tu n'es pas concentrée, observa Kylie.

– Comment ça ? fit Della.

– Ellie est là.

– Merde ! Je ne suis pas concentrée.

Elle entra d'un pas vif dans la chambre de Kylie, prête à faire sa fête à Ellie. Mais Kylie ne se faisait pas trop de souci. Della et Ellie étaient devenues copines depuis que la première avait invité la seconde à rejoindre son cercle de vampires.

Della ressortit aussitôt.

– Elle est partie ?

– Mais non !

Kylie retourna vivement dans la chambre. Della avait tort : Ellie se tenait là où elle l'avait laissée.

– Tu dois te dépêcher, dit-elle.

– Tu as peut-être rêvé ! lança Della, en entrant dans la pièce.

Le froid dans la salle fit de nouveau pression sur la peau de Kylie, qui regarda fixement Ellie. Son cœur se souleva et des larmes envahirent sa gorge.

– Que s'est-il passé, Ellie ? (Les larmes glissèrent sur ses joues.) Est-ce que Derek va bien ?

– *Je ne me souviens pas,* dit Ellie, l'esprit brouillé.

– Kylie ? Est-ce un rêve ? s'enquit Della.

La jeune fille le souhaitait plus que tout. Elle regarda Ellie.

– Que s'est-il passé ? répéta-t-elle.

– *Tu dois te dépêcher ! Je m'inquiète pour Derek.*

La peur s'installa brusquement. De la peur pour Derek. Et d'arriver trop tard pour sauver Ellie et Derek. Peu importait la quantité de son âme qu'elle devrait donner pour les protéger. Elle le ferait.

– Que se passe-t-il ? demanda Miranda en surgissant soudain.

– Elle pète encore un plomb, répondit Della d'un ton sec.

Kylie, les larmes aux yeux, regarda Miranda.

– Il faut que tu appelles Holiday. Préviens-la que Della et moi nous allons au parc, au niveau des empreintes de dinosaures. Derek s'y trouve et il se peut qu'il soit blessé. Allez ! dit Kylie, et elle partit en courant.

Della lui saisit le bras.

– Qu'y a-t-il ?

Kylie respira en tremblant.

– Ellie est morte dans un parc, pas loin d'ici. Et Derek était avec elle. Il faut y arriver avant qu'il ne soit trop tard.

Miranda laissa échapper un sanglot.

– Quoi ? Comment ça s'est passé ?

Les yeux de Della s'écarquillèrent d'émotion.

Kylie n'avait pas le temps d'expliquer. Ellie sortit en coup de vent, et Kylie la suivit. Les pas de Della produisaient un bruit sourd sur la terre, derrière elles.

Kylie ne ralentit à aucun moment. Ellie et Della non plus. Quand elles dépassèrent les traces de dinosaures, elles traversèrent la crique et sautèrent par-dessus la clôture du parc. Ça montait tout le long du chemin, mais Kylie le gravit sans difficulté. Son sang bouillonnait de l'étrange énergie qui l'habitait lorsqu'il s'agissait de protéger un être cher. Elle priait simplement pour qu'il ne soit pas trop tard.

– *C'est juste après le virage,* dit Ellie. (Elle s'était tue pendant toute la course. Puis elle s'arrêta brusquement. La panique envahit son regard.) *Oh non, je me souviens !*

– Quoi ?

Kylie s'arrêta à côté d'elle.

– Quoi, « quoi » ? demanda Della.

Croisant le regard de Kylie, Della avait dû comprendre que celle-ci lui parlait et se contenta de hocher la tête.

– *J'ai suivi quelqu'un ici,* expliqua Ellie. *Je l'ai vu qui partait du camp en courant. J'étais presque arrivée quand j'ai entendu quelqu'un derrière moi. C'était Derek. Et à ce moment-là, la personne que je poursuivais m'a attaquée.*

– Qui était-ce ? (Kylie pensa à Red.) Était-il jeune ? Cheveux roux ou brunâtres ?

– *Non, c'était un vieux. Un vampire.*

Mario. Ils n'avaient pas eu de chance.

Le cœur de Kylie s'emplit de douleur. Et de culpabilité. Tout était sa faute.

– Où est Derek ? Où est ton corps ?

Elle devait les sauver.

Ellie désigna le flanc de la montagne. On aurait dit qu'il venait d'être ébranlé. Il y avait des gravillons partout sur la saillie.

– *Derek a passé le virage et la foudre a frappé. Il s'est retrouvé projeté contre les rochers. Sa tête saignait, mais il respirait encore. Puis la foudre a encore frappé. Je l'ai pris et je l'ai emporté dans la petite grotte et puis j'ai déplacé les grosses pierres devant lui. J'étais en train de faire ça quand... tout est devenu noir.*

Kylie courut jusqu'au bord de la falaise et entreprit de déplacer les rochers.

Della la rejoignit.

– Que faisons-nous ?

Elle paraissait inquiète.

– Il est là derrière, expliqua Kylie.

Elles bougèrent les rochers sur le côté. Des rochers qui pesaient plus de vingt kilos. Sa force ne surprit même pas Kylie, elle ne pensait qu'à Derek et Ellie.

– Oh non !

Della recula d'un pas.

Kylie découvrit le corps mutilé d'Ellie gisant entre les grosses pierres. Kylie reprit son souffle et ses larmes coulèrent de plus belle. Elle ramassa son amie et posa son corps sur le chemin rocheux.

– Elle est morte, dit Della.

– Continue à enlever les pierres, lui ordonna Kylie.

Et, de toutes ses forces, elle pria pour que Derek soit encore en vie. Pria pour qu'elle puisse ressusciter Ellie.

Elle posa les mains sur le corps meurtri de son amie et récita des prières pour que ça marche. Elle ferma les yeux, se concentra et plaça ses paumes sur les blessures, comme elle l'avait fait avec Lucas et Sara. Du sang, celui d'Ellie, couvrit ses mains. Kylie pleura encore et encore, essaya encore et encore, mais elle avait beau se concentrer, ses mains ne se réchauffaient pas.

Soudain, Ellie se retrouva assise à côté de son cadavre.

– *C'est trop tard, regarde.* (Elle montra le ciel. Le soleil était une grosse boule orange.) *Je vois ma mère là-haut. Elle m'attend.*

– Non, dit Kylie. Ne pars pas. Je fais tout ce que je peux pour te ressusciter.

– *Mais je veux la rejoindre. Elle m'a tellement manqué.*

– Non ! hurla de nouveau Kylie.

L'esprit d'Ellie se mit debout.

– *Derek va bien.* (Elle lui montra Della qui déplaçait les pierres.) *Mais je dois y aller. Merci, Kylie Galen. Merci d'avoir été mon amie. Merci de m'avoir appris à penser au-delà de moi-même. Merci pour tout.*

– Ne pars pas ! l'implora Kylie.

Mais il était trop tard. L'esprit d'Ellie flotta vers le soleil couchant, et Kylie comprit que c'était terminé.

– Je l'ai ! hurla Della. J'ai Derek.

Kylie se rua sur lui. Il était inconscient, mais il respirait. Elle trouva les blessures sur sa tête et y posa la sienne.

Du sang suintait entre ses doigts, mais elle s'en moquait. Ses mains se réchauffèrent et elle sentit la chaleur de ses paumes traverser le cuir chevelu de Derek.

– As-tu pu sauver Ellie ? demanda Della.

– Non, je suis désolée, répondit Kylie, et elle fixa Derek.

– Holiday et les autres arrivent, annonça Della, et quand Kylie leva les yeux, des larmes ruisselaient sur le visage de sa copine vampire.

– J'ai essayé de la sauver, dit Kylie. J'ai vraiment essayé.

Derek se redressa dans une secousse.

– Que s'est-il passé ?

Kylie se leva. Derek la regarda, puis le chagrin emplit son regard.

– Ellie ?

Kylie mit une main sur sa bouche et d'autres larmes coulèrent.

Derek courut jusqu'au corps d'Ellie. Il s'agenouilla à son côté et Kylie vit ses yeux s'emplir de larmes de rage.

– Qui a fait ça ?

La culpabilité monta en Kylie.

– Le vieux vampire, celui qui me poursuit.

Holiday et une dizaine de campeurs franchirent le virage. Kylie chercha Lucas, espéra qu'il soit là pour la soutenir, puis elle se souvint qu'il était parti au chevet de sa grand-mère.

Elle se tourna vers la grotte, trop à fleur de peau. Elle entendit des jeunes haleter, d'autres pleurer. Ils devaient découvrir le corps d'Ellie.

Holiday approcha et posa une main sur l'épaule de Kylie.

Des larmes ruisselèrent sur le visage de la jeune fille, elle tendit ses paumes couvertes de sang, et regarda fixement Holiday.

– À quoi sert ce don si je ne peux pas sauver ceux que je veux ?

Holiday n'essaya pas de répondre, elle serra Kylie très fort dans ses bras.

– Nous devons y aller avant la nuit, finit-elle par déclarer.

Derek ramassa le corps d'Ellie comme si c'était une poupée de chiffon, puis Kylie le vit prendre sa casquette *Little-Vamp*. Il la fourra sous son bras et porta Ellie sur tout le chemin escarpé.

Ils marchèrent pendant cinq minutes. Personne ne parla. Derek fit tomber la casquette d'Ellie et un coup de vent la fit passer devant Kylie. Elle entendit le garçon demander à quelqu'un de l'attraper. Tout au bout de la file indienne, et sous le choc, Kylie se retourna pour tenter de la saisir. Elle se trouvait à quelques mètres. Elle approcha, prête à la prendre, lorsqu'un gros coup de vent la rapprocha du bord de la corniche.

Kylie avança un peu. Le vent emporta la casquette qui resta suspendue entre la falaise et le vide.

À ce moment-là, Kylie sentit que la brise n'était pas naturelle.

Elle n'était pas seule.

Le bruit d'une branche qui se brisait n'avait jamais été plus effrayant. Il y avait quelqu'un derrière elle. Et devant, à moins de cinquante centimètres, il y avait… la mort. Kylie ne savait pas si la falaise était abrupte, mais elle se doutait bien que la chute serait mortelle.

Elle retint son souffle, se disant qu'à tout moment on pouvait lui porter le coup fatal, et se retourna. Le vieux vampire, Mario, et deux autres surnaturels d'un certain âge la regardaient d'un air froid et calculateur. Tous trois étaient habillés comme des moines, leurs robes noires s'agitant au vent.

– Kylie Galen… dit Mario.

Sa voix était aussi vieille que lui, mais impossible de ne pas prendre en compte cette impression de pouvoir. Kylie scruta Mario : de plus près ses yeux étaient noirs, noir charbon. Elle ne vit que le mal, et l'idée qu'elle puisse avoir quelque chose en commun avec de telles créatures la dégoûtait.

– Alors, comme ça on se retrouve…

Kylie recula d'un petit pas, se rapprocha de la corniche.

– Pour mon grand malheur, rétorqua-t-elle, et elle sentit le talon de ses tennis atteindre le bord du remblai.

– C'est vrai, ma chère, dit-il, mais si vous êtes tellement disposée à vous sauver, alors rejoignez-nous. Faites donc serment d'allégeance et vous vivrez. Mon petit-fils fera un très bon époux.

– Qu'êtes-vous ?

Elle agita ses sourcils et regarda leurs configurations. Mario était un vampire, le barbu, un sorcier, et l'autre, un loup-garou. Mais les trois configurations étaient obscures et menaçantes.

– Rejoignez-nous, et vous aurez vos réponses.

Kylie déglutit et récita une petite prière. Elle pria pour avoir de l'aide, puis pour obtenir le pardon pour tout ce qu'elle avait fait de mal. Enfin, elle pria pour avoir du courage. Elle recula d'un autre pas et ses pieds ne trouvèrent que le vide.

chapitre 36

La pesanteur attira Kylie par en dessous. Elle eut le souffle coupé en même temps qu'une main saisissait son bras. Le cœur battant la chamade, elle leva les yeux sur le visage de son sauveur. Red.

Il la ramena d'un coup sec en terrain sûr.

Elle retrouva son équilibre à côté de lui. Mais mille questions traversèrent son esprit quand elle comprit qu'il l'avait sauvée.

– Hello, Kylie ! lança l'escroc.

Elle se contenta de le regarder fixement, sans trop savoir quoi dire.

– Elle a fait son choix, fit le barbu debout à côté de Mario.

Sa robe marron foncé flottait au vent, alors qu'il levait la main et braquait ses longs et vieux doigts sur elle. Elle fixa une scène d'horreur : des flammes jaillissaient du bout de ses doigts.

Red surgit d'un bond devant elle, et les flammes cessèrent.

– Je t'avais prévenu que je la ferais changer d'avis. Donne-lui du temps. Elle est trop importante pour qu'on la tue.

– Elle a fait son choix, déclara Mario. Son heure est venue. Écarte-toi. Laisse-moi la pousser.

– Non, dit Red.

Kylie regarda fixement Red, sans comprendre sa volonté de la protéger. Et pourtant, n'était-ce pas ce qu'il avait toujours fait ?

– Tu oses me désobéir devant mes pairs ? gronda Mario.

– J'ose, répondit Red. J'ai passé toute ma vie à vivre selon tes règles. Tu as assassiné ma mère. Tu as forcé mon père à s'enfuir. J'ai accepté ça toute ma vie. Et je ne t'ai rien demandé à part ça. Épargne-la. Pour moi.

– On ne peut pas l'épargner, décréta l'autre vieil homme. Elle nous abattra.

– Non, elle ne le fera pas, je prendrai soin d'elle, dit Red. Je la ferai changer d'avis, je la convaincrai.

Il y avait de la supplication dans sa voix.

– La décision est prise, déclara le barbu.

Le deuxième vieillard leva la main. Un coup de vent souleva Kylie de terre et la projeta vers le bord.

Elle se sentit tomber. Sentit l'air s'entrouvrir alors que son corps descendait. La peur la fit se raidir. Le chagrin pour tous ceux qu'elle aimait chassa sa peur. Elle vit mentalement des visages, de gens qui lui manqueraient. Des choses qu'elle ne ferait jamais. Elle vit le visage de Lucas, puis celui de Derek. Elle vit ses amis – les nouveaux et les anciens. Puis elle cilla, incapable de respirer. Elle vit le soleil se coucher et un calme étrange l'envahit. Les couleurs du ciel crépusculaire emplirent sa tête. Elle pourrait être avec Daniel et Nana.

Quelque chose, ou quelqu'un, l'attrapa de nouveau. Elle revit le moment où Perry l'avait rattrapée. Les étreintes sur ses poignets n'étaient pas humaines. Le choc fit affluer de l'air dans ses poumons. Perry était-il venu la sauver ?

– Je te tiens ! Accroche-toi.

La voix n'appartenait pas à Perry, mais à Red.

Un éclair passa devant eux à toute vitesse, si près que Kylie sentit sa brûlure.

En quelques secondes, l'immense oiseau réatterrit sur la corniche et la reposa délicatement. Il n'y eut pas d'étincelles quand il reprit sa forme humaine. Il était plus qu'un simple métamorphe.

– Tu vas bien ? demanda-t-il.

Kylie le regarda à travers ses larmes et hocha la tête. Elle se souvint qu'il l'avait sauvée du serpent. De la foudre dans les bois. Qu'il avait tenté de lui porter secours dans l'entonnoir. Elle ne l'avait jamais remercié, n'avait jamais cru bon de le faire, parce qu'elle ne voyait que le mal en lui. Mais il avait aussi sauvé Miranda.

– Je ne connais même pas ton vrai prénom, parvint-elle à dire.

– Roberto, répondit-il en souriant. J'ai réussi à récupérer ça.

Il lui donna la casquette d'Ellie.

Puis Kylie comprit. Red… Roberto n'était pas du tout méchant.

– Merci.

Il la regarda fixement, comme s'il ne savait pas quoi répondre. Puis il tendit la main et essuya une larme sur sa joue.

– Tu es jolie même quand tu pleures.

– Non. Je deviens toute rouge et…

Il y eut un éclair. La foudre tomba du ciel. Il l'éloigna. Son dos heurta le mur de pierres derrière elle. Il semblait prêt à courir, mais la foudre frappa de nouveau. Elle le toucha. L'impact fit trembler la terre sous elle. L'odeur de chair brûlée emplit ses narines.

Kylie tomba à genoux. L'angoisse lui serra la gorge. Elle ne voulait pas le voir, mais ne parvint pas à détourner les yeux. Ceux de Roberto devinrent rouge sang et son corps se tordit vers l'arrière, une sorte de fumée sortit de sa bouche en volutes et Kylie comprit qu'il s'agissait de son âme. Puis il tomba. Le bruit de son corps sans âme heurtant la terre dure n'était que tristesse absolue.

Elle bougea pour essayer de le sauver.

– *Non ! Ne fais pas ça !*

Le son de sa voix la fit sursauter. Elle le regarda. Son esprit se tenait à plusieurs mètres de son corps, et contemplait le ciel obscurci.

– *Je ne veux pas rester.*

Le ciel était désormais teinté de pourpre, de différentes nuances de rose vif, d'or et de gris.

– *Les vois-tu ?* demanda-t-il.

Durant une seconde, elle crut qu'il parlait de son grand-père et des deux autres hommes, mais quand elle vit, alors elle comprit. Les anges dansaient dans le ciel peint : comme des oiseaux, ils bougeaient gracieusement dans le vent.

Kylie acquiesça.

– Oui.

Mais elle devait encore essayer. Elle posa les paumes sur son corps. Et se concentra. Rien ne se produisit. Ses mains refusaient de se réchauffer. Elle capitula, puis posa les yeux sur son esprit.

– *Pourquoi voudrais-tu me sauver ?* lui demanda-t-il.

– Parce que tu m'as sauvé la vie, répondit-elle, et elle le regarda.

Il reposa les yeux sur elle et toute trace de malveillance avait disparu de son regard. Elle ne vit plus qu'une personne n'ayant jamais eu de chance. Un garçon élevé dans le mal, à qui l'on avait appris le mal et qui n'avait jamais été aimé.

– *Je comprends, maintenant,* dit-il. *J'avais tort, Kylie Galen, tu n'es pas mon âme sœur, mais grâce à toi j'ai sauvé mon âme.*

Puis, lentement, son esprit fut enlevé, englouti par le ciel. Il fit partie des couleurs du ciel crépusculaire. De la beauté, de quelque chose d'éternel. Les anges de la mort l'emportèrent à la dernière seconde du crépuscule.

Kylie ne savait pas combien de temps s'était écoulé, mais le ciel était devenu noir quand un autre coup de vent survint. Et l'éclair dans la nuit révéla brusquement un corps, accroupi à quelques mètres seulement d'elle. Kylie s'écarta, puis reconnut Burnett.

– Tu vas bien ? demanda-t-il.

Elle fit oui de la tête.

– Il faut que je te sorte de là tout de suite, annonça-t-il en la soulevant.

Elle regarda le corps à ses pieds, et vit que ses yeux vides et morts étaient ouverts. Elle se pencha pour lui fermer les paupières.

En se relevant, elle dit à Burnett :

– Il est mort en me sauvant la vie.

– Alors peut-être l'enfer le ménagera-t-il.

Burnett la souleva.

– Il n'est pas allé en enfer, annonça Kylie.

Elle ne savait pas s'il l'avait entendue. Peu importait. Elle le savait.

Burnett ramena Kylie dans le bureau principal, où Holiday

faisait les cent pas sur le perron. Il déposa la jeune fille en douceur.

– Dieu merci !

Holiday se précipita vers elle et la serra dans ses bras.

– Merci, dit-elle à Burnett, mais quand elle relâcha Kylie, il était déjà parti.

Son froncement de sourcils s'accentua, mais son expression changea et elle croisa le regard de la jeune fille.

– Tu vas bien ?

Kylie hocha la tête et retint ses larmes.

– Et Derek ?

– Il se repose.

Kylie approuva d'un signe de tête.

– Que s'est-il passé, Kylie ? Tu étais là, et juste après tu avais disparu.

La jeune fille sortit la casquette d'Ellie de la poche de son jean.

– Je suis retournée la chercher et…

Les larmes qu'elle ne voulait pas verser coulèrent tout de même et elle raconta toute l'histoire à Holiday.

Kylie ne dormait pas quand on frappa à sa porte quelques heures plus tard. Elle entendit Della répondre. Puis elle reconnut la voix de Lucas. Il entra dans sa chambre, l'attira contre lui, et elle s'accrocha à lui comme à une bouée de sauvetage. Elle avait besoin de sa force. De sentir ses bras autour d'elle. Ils restèrent ainsi des heures durant, sans s'embrasser, sans se câliner, seulement cramponnés l'un à l'autre.

Le lendemain matin, l'ambiance au camp était des plus maussades. Ellie leur manquait à tous. Burnett aussi. Et Derek. Il était parti passer le week-end chez sa mère. Kylie avait presque peur de le revoir. Les funérailles d'Ellie étaient prévues pour la semaine suivante, car l'URF tenait à pratiquer une autopsie. Kylie savait que personne ne lui en voulait au camp ; mais elle-même s'en voulait, c'était plus fort qu'elle.

Holiday, qui percevait l'émotion de Kylie, l'avait emmenée aux cascades. Ce fut là, derrière le mur d'eau, qu'elle sentit disparaître en grande partie la laide culpabilité. Elle demanda pourquoi, pourquoi ça avait dû se passer. La réponse lui vint sous la forme d'un sentiment. Le destin avait rappelé Ellie et continuait de s'acharner sur Kylie. Mais une partie de sa culpabilité se dissipa pour de bon.

Holiday travailla d'arrache-pied pour faire tourner le camp et recevoir des professeurs en entretien. Mais c'était trop pour une seule femme. Alors Kylie s'allia à deux autres campeurs et distribua des tâches. Une personne surveillait les ouvriers tandis qu'une autre répondait aux coups de fil au bureau.

Holiday faillit protester, puis elle jeta l'éponge et accepta leur aide.

Le jeudi après-midi, alors que Lucas lui servait d'escorte, Kylie lui demanda s'il avait vu Burnett.

– Non, mais il est dans le coin, déclara Lucas. Il a posté des gardes partout autour du camp, au cas où il se passerait autre chose.

Kylie espérait que non. Selon Miranda, celui ou celle qui traînait dans les parages avait maintenant disparu.

Apparemment, le fantôme de Kylie aussi, parce qu'il ne s'était pas montré depuis plusieurs jours.

L'après-midi suivant, Kylie était assise sur le perron lorsque Derek surgit. Il avait dû rentrer plus tôt.

La culpabilité persistante liée à la mort d'Ellie refit

surface. Et lorsqu'elle constata qu'il avait encore des ombres de chagrin dans les yeux, elle la sentit croître jusqu'à en souffrir.

Il s'accroupit à côté d'elle.

– C'est pour ça que je suis venu te voir.

Elle le regarda, sans trop savoir ce qu'il voulait dire.

– Je me doutais que tu culpabiliserais. Et je tenais juste à ce que tu saches qu'Ellie avait fait ce choix quand elle est partie à la poursuite de l'intrus. J'ai décidé de la suivre. Ce n'est pas ta faute.

Kylie sentit un nœud se former dans sa gorge.

– Mais il était là à cause de moi.

– Je sais. Je suis sûr qu'Ellie le savait quand elle s'est lancée à sa poursuite. Mais ça ne l'a pas arrêtée. Et elle serait tellement mécontente si elle savait que tu te sens responsable de sa mort ! Ce serait déshonorer sa mémoire de te laisser endosser cette responsabilité. Elle t'aimait. Elle t'aimait beaucoup.

Kylie sentit quelques larmes sur ses cils. Derek passa un bras autour d'elle. Ce n'était pas une étreinte de petit copain, juste celle d'un ami qui lui offrait un peu de réconfort. Et c'était vraiment agréable.

Le lendemain, Jane était toujours aux abonnés absents. Kylie alla voir Holiday avec une requête.

– Non, dit Holiday en se réinstallant dans son fauteuil de bureau.

– Mais j'ai besoin de la voir, et je sais qu'elle est là.

– Tu ne te souviens pas de ce qui s'est passé la dernière fois que tu y es allée ?

– Je me souviens que j'ai survécu, déclara Kylie. Je me

souviens aussi que j'ai fini par aider quelqu'un d'autre, et appris quelque chose là-bas. Je dois y aller, Holiday.

Celle-ci jeta son stylo sur le bureau.

– Quelqu'un essaie de te tuer !

– Essayait, rectifia Kylie. Je pense que Miranda a raison. Ils sont partis maintenant.

– Et pourquoi donc ?

– Je ne sais pas. Mais je refuse de passer ma vie en prison.

– Ce n'est pas une prison, rectifia Holiday.

– C'en est une si je ne peux jamais en sortir.

Holiday se renfrogna.

– Si je refuse, tu iras tout de même, n'est-ce pas ?

Kylie réfléchit avant de répondre honnêtement :

– Probablement.

– Très bien. Je me libérerai une heure après le déjeuner et nous…

– Je pense que tu ne devrais pas venir, l'interrompit Kylie.

– Pourquoi ?

– J'y suis déjà allée, ils me connaissent. Si tu viens, ça risque de compliquer les choses. À mon avis, tu as fait peur à Jane Doe. Elle pourrait très bien ne pas se montrer si tu es là.

Le froncement de sourcils de Holiday s'accentua.

– Jamais je ne te laisserai t'y rendre toute seule.

– Pas toute seule, insista Kylie. Tu pourrais appeler Burnett.

Holiday se rembrunit, mais Kylie savait qu'elle ne pourrait pas refuser. Pas quand ça mettait la sécurité de quelqu'un en jeu. Et oui, c'était peut-être un stratagème pour les réunir, mais ça tuait Kylie de voir Holiday aussi malheureuse.

De plus, Kylie tenait réellement à aider Jane Doe.

Burnett accepta le plan. Mais après la mort d'Ellie, il refusait de s'y rendre seul avec elle. Lucas n'était pas là. Il était allé chercher des fournitures à Houston pour les ouvriers et ne reviendrait pas avant trois heures. Burnett recommanda donc Derek et Della.

Derek sembla ravi lorsque Kylie lui demanda s'il voulait bien l'accompagner. Il avait accepté avant même qu'elle lui précise où ils se rendaient.

– C'est au cimetière, expliqua-t-elle. Et il y aura des fantômes.

– Pas de problème.

Della n'avait pas sauté au plafond. Mais bien sûr, après avoir râlé, elle accepta.

Quand ils arrivèrent aux portes du cimetière de Fallen, Della râla plus encore. Derek passa sa main chaude dans le dos de Kylie et murmura :

– Tout va bien, je suis là.

À l'évidence, il avait lu les appréhensions que cette expédition lui inspirait. Bien sûr, elle avait fait bonne figure devant Holiday, mais ça ne voulait pas dire qu'elle n'était pas morte de peur. Elle se souvenait encore de sa terreur quand les fantômes l'avaient abordée tous en même temps.

– Merci.

Elle s'arma de courage et passa les portes, flanquée de Della d'un côté et de Derek de l'autre.

Le soleil et les ombres dansaient sur les tombes en même temps que le froid surnaturel leur tombait dessus, comme un nuage de brouillard invisible.

Derek se pencha de nouveau.

– Il faut que je te parle… quand nous pourrons avoir une minute rien qu'à nous. C'est important… je t'en prie.

Kylie hocha la tête.

– *C'est elle, elle est de retour…*

Kylie entendit une voix, puis un mélange de voix masculines et féminines, jeunes et vieilles.

– *Elle avait dit qu'elle reviendrait.*

– *Et je croyais qu'elle nous racontait des bêtises !*

– *Je t'ai dit qu'elle ne mentait pas !*

La tension tira son cuir chevelu, annonçant un mal de crâne. Mais l'esprit de la femme du vieillard se manifesta et les voix disparurent.

– *Mon mari a bien pris ses médicaments grâce à toi.*

– Tant mieux, répondit Kylie à voix haute.

– Comment ça « tant mieux » ? s'étonna Derek.

– Ce n'est pas à toi qu'elle parle, expliqua Della. Ça fout les boules, non ?

– Ça va, il y a pire, rétorqua Derek.

Et Kylie le vit poser ses yeux à gauche et à droite, comme s'il voulait savoir où se trouvaient les fantômes. Burnett, stoïque, garda le silence. Il n'avait presque rien dit depuis qu'il les avait rejoints devant le camp.

– *Pourquoi n'êtes-vous pas passée de l'autre côté ?* demanda Kylie mentalement en descendant l'allée entre les tombes sans se presser.

– *J'ai décidé de l'attendre,* répondit Ima. *Catherine s'est éteinte. La femme que tu as aidée. Ses gamins sont venus ici. Je les ai entendus dire qu'ils avaient l'intention de changer sa pierre tombale pour y inscrire son vrai nom. C'était gentil de ta part de faire ça.*

Kylie acquiesça.

– *Avez-vous vu l'autre ? Celle que vous appelez Berta Littlemon ?*

– *Elle était juste là. Elle est devenue cinglée depuis qu'ils l'ont emmenée.*

– Emmenée ? demanda Kylie, de nouveau à voix haute.

L'esprit se contenta de hausser les épaules, puis :

– *La voilà. Assise près de la tombe.*

– Je vais là-bas, annonça Kylie en désignant le caveau à côté duquel Jane était installée.

– À condition que nous puissions te voir, dit Burnett.

Kylie se dirigea vers Jane. Le fantôme leva les yeux et le soleil toucha son visage. Des larmes tissaient une toile sur ses cils. Elle n'était pas maquillée. Elle avait l'air jeune. Et enceinte.

– Tu vas bien ?

Kylie s'assit près de Jane.

L'esprit reposa les yeux sur la tombe.

– *Je veux tellement me souvenir. Mais mon cerveau refuse de fonctionner. Parfois j'ai l'impression que les réponses sont juste là, mais que je n'arrive pas à les attraper. Puis je me rappelle quelque chose et ça disparaît. Pourquoi mon cerveau ne marche-t-il pas bien ?*

Kylie hésita. Mais Jane méritait de savoir. Comme Kylie était en droit d'avoir ses propres réponses.

– Je ne sais pas tout, seulement certaines choses.

– *Quoi* ? demanda-t-elle.

– Il y a une organisation, qui s'appelle l'URF. C'est une espèce de gouvernement des surnaturels. D'après la directrice de notre camp, il y a plusieurs années, l'URF effectuait des examens, quelque chose sur la génétique. J'ignore de quel genre de tests il s'agissait, mais selon la vision que j'ai eue, tu faisais partie de celles qu'ils ont testées, et ils t'ont opérée. Ils t'ont rasé la tête et tu as des points de suture.

Dans la vision, tu avais l'air paralysée. Je pense que quelque chose s'est mal passé au cours de ce test et… ils t'ont tuée.

Jane posa sa main sur ses lèvres tremblantes.

– *Je me souviens te l'avoir montré. Ils ont collé un oreiller sur mon visage.*

– Oui, acquiesça Kylie.

– *Je ne voulais pas faire les tests mais… mon mari. Comment s'appelait-il ?* demanda-t-elle à Kylie.

– Je ne sais pas.

Jane secoua la tête.

– *Il a insisté pour que nous les fassions, pour qu'ils nous laissent tranquilles.*

– Qui devait vous laisser tranquilles ? s'enquit Kylie, qui tenait à s'assurer qu'elles parlaient toujours de l'URF.

– *L'organisation dont tu as parlé. Si nous refusions de passer les tests, elle nous mettait en prison.*

– Pourquoi ?

Jane marqua une autre pause.

– *Je ne m'en souviens pas. Mais je crois que c'était parce que nous étions différents.* (Elle regarda la tombe. La terre autour de la pierre tombale avait été remuée.) *Il m'a emmenée. Il m'a déterrée.*

– Qui a fait cela ? demanda Kylie

– *Le méchant.*

– Quel méchant ?

– *Celui qui voulait que tu passes les tests.*

– Burnett ? demanda Kylie. Il t'a emmenée ?

Elle hocha la tête.

– *Je ne l'aime pas.*

Kylie regarda fixement la tombe, tâchant de comprendre ce que tout ça signifiait.

– Il n'est pas méchant, dit-elle.

Mais pourquoi aurait-il déterré le corps de Jane ? Pour prouver ce que l'URF avait fait ? Ou pour protéger l'URF de ses accusations ?

– *Il en a l'air.*

Jane montra le chemin du doigt.

Kylie leva les yeux. Burnett s'arrêta devant elle.

– Je peux l'expliquer.

Kylie se leva.

– Je l'espère.

Il fronça les sourcils, mais sans rien expliquer. Alors elle décida de l'interroger.

– Pourquoi avez-vous emporté le corps de Jane ?

Il hésita.

– Je pensais que tu voulais savoir qui elle était.

Kylie pressentait qu'il disait seulement la moitié de la vérité.

– Savez-vous qui c'est ?

Il opina.

– Je comptais te le dire dès que j'aurais eu un peu plus d'informations. (Il marqua une nouvelle pause.) Mais j'imagine que c'est le moment. Elle s'appelle Heidi Summers.

Kylie chercha l'esprit des yeux. Elle ne le voyait pas, pourtant elle sentait le froid. S'il provenait de Jane ou de quelqu'un d'autre, elle l'ignorait.

– J'ai aussi une adresse. Elle vivait à quelques kilomètres d'ici. Je me suis dit que tu voudrais y aller.

– Oui, répondit Kylie. Sa famille y habite-t-elle encore ?

Burnett se mit en route, et Kylie le suivit. Elle vit Derek et Della qui les attendaient au portail.

– La maison est au nom de Malcolm Summers, annonça Burnett. J'imagine que c'était son mari.

Kylie retint son souffle lorsqu'une centaine d'âmes ou

plus s'alignèrent de chaque côté du chemin. Elles essayèrent toutes de l'attraper et se mirent à parler en même temps. Sa tête l'élança. La sensation glaciale de leur contact la piquait comme des millions d'aiguilles.

Elle se sentit entraînée dans des milliers de directions différentes.

– *Aidez-moi !*

– *Non, aidez-moi !*

– *Arrêtez !* hurla l'esprit de l'épouse du vieil homme. *Si vous n'êtes pas gentils, elle ne reviendra pas.*

Les bavardages cessèrent. Les fantômes baissèrent leurs mains, mais ne partirent pas. Ils restèrent silencieux et l'observèrent avec des yeux sans âme – tous voulaient, souhaitaient qu'elle fasse quelque chose pour eux afin qu'ils puissent passer de l'autre côté.

Mais il y avait trop de monde à aider. La culpabilité submergea Kylie. Elle respira l'air glacial et se força à se concentrer sur celle à qui elle pouvait prêter main-forte. Jane Doe.

– La famille Summers. Ce sont des surnaturels, pas vrai ? demanda Kylie qui ne savait pas trop ce qu'elle leur dirait.

Mais si c'étaient des surnaturels, ce ne serait peut-être pas si difficile.

Burnett se rembrunit.

– Ce ne sont pas des surnaturels reconnus.

– Vous pensez que ce sont des escrocs ?

– Tous ceux qui ne sont pas inscrits ne sont pas forcément des escrocs. Mais ça se pourrait, oui.

Derek, l'air inquiet, s'approcha de Kylie. Il effleura le dessus de sa main. Elle sentit le calme que ça lui apportait et apprécia son aide.

Burnett se tourna vers Derek et Della dès qu'ils passèrent la porte.

– J'ai appelé Holiday pour lui demander de venir vous chercher. Je ramènerai Kylie plus tard.

Kylie et Burnett montèrent dans sa Mustang. En voyant Della et Derek rapetisser de plus en plus dans le rétroviseur, la pensée la plus folle la frappa. Et si Burnett l'emmenait passer des tests à l'URF ? Si Jane avait raison ? Si ce n'était pas quelqu'un de bien ?

chapitre 37

Aucun d'eux ne parla durant le trajet. Le silence était pesant, mais pas si inhabituel, du moins c'est ce que Kylie se dit. Burnett n'avait jamais été M. Bavard.

Mais à chaque tour de roues, les doutes de la jeune fille s'accentuaient. Elle jeta un coup d'œil vers lui, toujours silencieux.

– Tu as l'air nerveuse, observa-t-il.

– Aurais-je des raisons de l'être ?

Il eut l'air confus.

– Je croyais que tu voulais les voir.

Elle hocha la tête, mais le souvenir de Jane et de son opération chirurgicale fut plus fort. Oh, bien sûr, elle était intimement convaincue que Burnett était un chic type, mais elle revoyait aussi Holiday dire que l'URF serait prête à sacrifier une personne s'ils pensaient que c'était pour la bonne cause.

Lorsque Burnett gara sa Mustang devant une petite bâtisse en bois blanc, celle-là même que Kylie avait vue dans ses visions, la honte l'envahit pour avoir douté de lui.

– J'ai essayé de les appeler, mais personne n'a répondu,

expliqua-t-il. Évidemment, j'entre avec toi, mais je te laisserai présenter les choses comme tu les vois.

Deux minutes plus tard, ils n'avaient reçu aucune réponse en frappant à la porte. Une femme, qui semblait avoir quatre-vingt-dix ans bien tassés, sortit de la maison voisine.

– Je peux vous aider ?

Elle s'approcha d'eux en marchant étonnamment vite pour une personne de son âge.

Kylie, qui pensait avoir senti le froid, vérifia immédiatement la configuration de la dame. Burnett fit de même. Elle était humaine.

– Nous cherchons M. Summers, expliqua-t-il.

– Eh bien, vous arrivez trop tard. Sa belle-sœur et lui ont pris l'avion ce matin. Pour l'Irlande.

L'Irlande ? Était-ce une coïncidence si les Brighten s'y trouvaient eux aussi en ce moment ? Kylie regarda Burnett et lut la même question dans ses yeux.

– Pourquoi sont-ils partis là-bas ? s'enquit Burnett.

La voisine leur adressa un grand sourire.

– Il a dit qu'il cherchait quelque chose qu'il avait perdu depuis longtemps. Que c'était plus précieux que l'or et qu'il pensait que ça se trouvait là-bas.

– Savez-vous quand il a l'intention de revenir ? demanda Kylie.

– Je suis censée arroser les plantes et nourrir le chat pendant une semaine.

Burnett fit mine de repartir vers la voiture.

– Merci madame.

– Voulez-vous laisser un message ? proposa la voisine.

– Nous repasserons.

Burnett sourit et lui fit un signe de la main.

Kylie monta en voiture et s'enfonça dans le siège. Elle avait envie de donner des coups de pied et de hurler de frustration. De nouvelles questions, et zéro réponse. Elle en avait plus que marre.

Burnett démarra.

– Allons nous garer un peu plus loin et revenons à pied.

– Pour quoi faire ? voulut-elle savoir.

– Je me suis dit que tu voudrais entrer. Voir si nous pourrions apprendre quelque chose.

– N'est-ce pas contraire à la loi ? demanda Kylie.

Les yeux de Burnett s'écarquillèrent.

– Seulement si on se fait prendre.

Kylie se mordit la lèvre au sang.

– Vous n'auriez pas par hasard des cartes « Vous êtes libéré de prison » si on se faisait prendre ? Je ne serais pas très belle en tenue de prisonnière.

Il tapota sa poche.

– Je crois que j'en ai apporté deux.

La maison sentait les herbes aromatiques. Le romarin. Peut-être un peu le thym. Les meubles étaient vieux. Des tonnes d'antiquités, d'objets hors de prix, mais rien de clinquant. Quand Kylie pénétra dans l'entrée, elle remarqua le placard d'où Jane avait sorti une valise. Puis elle sentit immédiatement le froid s'abattre sur elle.

Elle s'arrêta brusquement. Burnett lui rentra dedans parderrière.

– Quelque chose ne va pas ? demanda-t-il.

– Vous voulez dire à part le fait que nous venons d'entrer par effraction chez quelqu'un ?

Elle savait qu'il préférait ignorer s'ils avaient de la compagnie.

– C'est bon, dit-il.

– Très bien.

Elle pénétra dans la chambre. Jane Doe, alias Heidi Summers, assise sur le lit, regardait les photos sur la table de nuit.

Kylie observa le visage de la femme derrière le cadre.

– C'est toi.

– Qu'est-ce… Tant pis, je t'attendrai dehors.

Burnett avait dû comprendre qu'elle ne s'adressait pas à lui et il ne tenait pas à avoir affaire au fantôme.

Vu ce qui lui était arrivé la dernière fois, Kylie ne lui en voulait pas.

– Malcolm et moi. (Heidi prononça le nom avec tellement d'amour.) Je me souviens.

Kylie prit la photo. Elle se rappela avoir ressenti un truc bizarre en voyant le visage de l'homme dans la vision. La même émotion la frappa de nouveau. Puis des frissons parcoururent sa colonne vertébrale. Pas de froid cette fois, mais à cause de sa prise de conscience.

– Burnett ?

– Quoi ?

Il fit irruption dans la chambre comme s'il était prêt à se battre.

Elle lui montra la photo.

– C'est lui.

Il prit la photo.

– Qui ?

– C'est l'homme qui est venu au camp. Celui qui s'est fait passer pour mon grand-père.

Burnett regarda la photo de près.

– En es-tu sûre ?

– À cent pour cent.

Heidi se leva.

– *C'était lui, n'est-ce pas ? Je me souviens. Et c'était ma sœur.*

Sa sœur ? Kylie revit la femme, et se rappela avoir ressenti comme une connexion.

– Pourquoi seraient-ils venus au camp en prétendant être mes grands-parents adoptifs ? s'enquit Kylie, et la question était destinée aussi bien à Burnett qu'à Heidi.

– Je ne sais pas, répondit Burnett.

Heidi resta clouée sur place comme si elle essayait de réfléchir.

– *Attends. Ils étaient irlandais. Et la voisine a dit...*

– Qui était irlandais ? demanda Kylie.

Et elle vit Burnett repartir.

– *Les gens qui ont adopté mon petit garçon. Je l'ai fait adopter. Je suis allée voir un docteur qui plaçait les enfants chez de bons parents. Le médecin était humain, mais il connaissait les surnaturels. Je me souviens qu'il y a eu des complications. J'ai dû subir une césarienne et le médecin refusait de la pratiquer, car il n'avait pas le matériel pour m'endormir. Je lui ai demandé de le faire tout de même. Je ne pouvais pas laisser mourir mon bébé. Je savais que je préférais la douleur que j'allais éprouver plutôt que la certitude d'avoir ôté sa chance de vivre à mon fils. Puis je me suis assurée qu'il aille dans une bonne famille.* (Elle s'assit plus droite.) *Malcolm recherche notre fils.*

Des larmes emplirent les yeux de Kylie alors que la vérité, atteignant son cœur, lui donnait le tournis. Heidi Summers était la mère biologique de Daniel. Et la grand-mère de Kylie. Et Malcolm Summers, son vrai grand-père, et la sœur de sa grand-mère s'étaient fait passer pour les parents adoptifs de Daniel. Pourquoi ? Pourquoi ne pas le lui avoir dit simplement ? Encore des questions.

– *Il va trouver notre fils. Et ils seront une famille, comme nous l'avons toujours été.*

La douleur de savoir tout ce que sa grand-mère avait enduré submergea Kylie. Devoir annoncer à Heidi que Daniel était mort la désespérait. Mais elle n'avait pas le choix, n'est-ce pas ?

– Il ne le retrouvera pas, déclara-t-elle.

– *Comment le sais-tu ?*

Kylie essuya ses larmes.

– Il n'est pas en Irlande.

– *Alors pourquoi Malcolm serait-il allé là-bas ?*

– Il est parti trouver les Brighten.

Heidi sombra sur le lit, comme si elle essayait d'assimiler les paroles de l'adolescente.

– *Oui, ils s'appelaient comme ça. Ils ont adopté mon garçon.*

Kylie hocha la tête.

– Mais ton fils n'est pas avec eux.

– *Où est-il ?* (Elle se leva du lit d'un bond.) *Emmène-moi le voir. Je veux le voir.*

Le souffle de Kylie lui manqua.

– Il est mort il y a longtemps.

– *Non !* hurla-t-elle. *Il vivait ! Je suis allée le voir juste après qu'ils nous ont forcés, Malcom et moi, à passer ces tests. C'était quelques mois après mon accouchement. Mon fils allait bien. Il était en pleine santé.*

– Il n'est pas mort tout petit, expliqua Kylie. Il a grandi, rencontré une femme dont il est tombé amoureux, et il a intégré l'armée. Il est mort à vingt et un ans, en mission, en essayant de sauver une femme. C'était un héros. Tu devrais être fière.

Heidi se laissa retomber sur le lit.

– *En es-tu sûre ?*

– Oui.

Une autre vague de larmes emplit les yeux de Kylie.

– Je parie qu'il attend de te retrouver de l'autre côté.

Elle leva les yeux, comme si elle pouvait voir le paradis.

– *L'as-tu connu ?*

Kylie acquiesça.

– Seulement son esprit. (Elle sentit des larmes couler sur ses joues.) C'est mon père.

Les yeux d'Heidi s'écarquillèrent.

– *Alors ça signifierait que…* (Elle toucha la joue de la jeune fille.) *J'aurais dû le deviner. Tu ressembles à Malcolm. Cheveux blonds, pas roux, mais ces yeux…* (Une larme glissa le long de sa joue.) *Je pense… qu'une partie de moi se doutait.*

Kylie cilla.

– J'ai tellement de questions à te poser. Tant de choses que j'aimerais savoir. Premièrement, que sommes-nous ?

– *Comment ça ?*

– Nous sommes des surnaturels, pas vrai ?

Elle hésita, comme si elle devait réfléchir.

– *Oui. C'est pour ça qu'ils nous ont emmenés passer ces horribles tests.*

– Alors que sommes-nous ?

Kylie retint son souffle, attendit, espérant une réponse.

Heidi fronça les sourcils, comme si elle essayait de réfléchir.

– *Je… ne me souviens pas. Je suis désolée. Mais…* (Elle montra la photo.) *Malcolm se rappellera. Cet homme n'oublie jamais rien.*

Heidi se leva.

– *Je dois aller rejoindre mon fils à présent. Je dois lui dire que je l'aime. C'est pour ça que je suis restée ici. Pour lui dire que je suis désolée de l'avoir abandonné.*

– Pourquoi l'as-tu fait ? s'enquit Kylie, espérant que ça lui rafraîchirait la mémoire. Pourquoi l'as-tu abandonné ?

Elle inclina la tête, comme pour réfléchir de nouveau.

– *Parce qu'ils voulaient davantage les petits que nous.*

– Qui ? demanda Kylie. L'URF ?

– *Oui,* répondit-elle. *C'était le seul moyen de prendre soin de lui. Si je m'étais enfuie avec lui, ils m'auraient retrouvée. Alors, je l'ai abandonné. J'ai raconté à Malcolm que j'avais perdu le bébé. Je devais le faire. Il leur faisait confiance. Il a dit qu'ils ne feraient pas de mal à notre enfant et qu'ils l'examineraient quelque temps. Mais je ne les ai pas crus. Alors, j'ai abandonné le bébé. J'ai menti à Malcolm, puis je suis revenue, tellement je l'aimais.*

– Pourquoi voulaient-ils examiner le bébé ?

– *Je ne me souviens pas... Attends, c'était parce que nous étions différents et que ça ne leur plaisait pas.*

– Comment ça, différents ?

Elle secoua la tête. Son front se plissa.

– *Tout est encore si confus. Je me rappelle certaines choses, et pas les autres. Malcolm saura.*

Elle se pencha et posa une main sur la joue de Kylie.

– *Je vais voir mon garçon. Mais toi, Kylie Galen, tu es tout ce que j'aurais désiré avoir comme petite-fille. Je dois y aller maintenant.*

Kylie avait envie de hurler, de supplier Heidi de rester, de lui dire qu'elle avait d'autres questions. Mais c'était trop tard. Heidi avait déjà disparu.

Un quart d'heure plus tard, la jeune fille était assise en silence dans la Mustang de Burnett qui les ramenait au camp. Elle lui avait tout raconté. Que Heidi Summers était sa vraie grand-mère, et qu'elle avait fait adopter le père de Kylie, parce que l'URF emmenait des enfants pour les examiner. Il gara la voiture au parking et la regarda.

– Crois-tu qu'il soit parti à la recherche des Brighten ?

Kylie hocha la tête.

– Je vais voir si je peux retrouver Malcolm Summers en Irlande. Mais il y a de fortes chances pour que tu doives attendre son retour.

Elle hocha de nouveau la tête, elle n'aimait pas être si près et pourtant si loin. Elle saisit la poignée et regarda Burnett.

– Vous ne venez pas ?

Il fronça les sourcils.

– Non.

Elle hésitait à lui poser la question, puis se lança :

– Vous reviendrez ?

Il agrippa le volant.

– Je ne sais pas.

– Pourquoi ?

Il regarda droit devant lui.

– C'est ce qu'elle veut. Elle ne me fait plus confiance.

Kylie déglutit.

– Moi non plus, je ne vous faisais plus confiance.

Il la regarda en arquant un sourcil.

– Quand vous avez dit m'amener dans cette maison, j'ai eu peur que ce soit pour me faire passer des tests.

Il fronça les sourcils. La peine s'attarda dans ses yeux. Kylie poursuivit.

– Mais c'était parce que j'ai vu ce que l'URF avait fait à ma grand-mère. J'en ai vécu des bribes par son intermédiaire, et quand on connaît quelque chose de difficile, c'est dur de faire confiance. Je ne sais pas au juste ce qui est arrivé à Holiday avec l'autre vampire, elle refuse même de m'en parler, mais ça a dû être difficile. Ça l'avait terrorisée, et maintenant elle a peur d'aimer de nouveau. Mais si vous teniez bon…

– J'ai tenu bon. Je n'en peux plus.

Ils restèrent assis à se dévisager pendant de longues secondes.

– Je devrais y aller, fit-il enfin.

Kylie descendit de voiture. Quand elle regarda Burnett démarrer, les émotions qui lui étreignaient le cœur étaient semblables à celles ressenties le jour où elle avait vu Tom Galen partir avec ses valises.

Shadow Falls était sa famille. Ils avaient déjà perdu Ellie. Ils n'avaient pas besoin de perdre Burnett en plus. Mais elle ne savait pas comment changer ça.

Lucas retrouva Kylie au portail. Plus que tout, elle avait besoin d'un câlin. Elle voulait lui dire ce qu'elle avait appris, mais elle n'obtint que sa colère.

– Pourquoi ne m'as-tu pas attendu ? demanda-t-il.

Peut-être parce que ses émotions étaient déjà à vif… elle décida de tourner les talons.

– Mince alors ! s'écria Lucas. (Et il s'avança avec elle.) Pourquoi es-tu retournée au cimetière, au fait ? Et pourquoi ont-ils laissé Derek y aller avec toi ?

– Parce qu'il me fallait des réponses. Et Derek est mon ami. Tout comme Fredericka est la tienne !

Il la prit par le bras.

– Tu sais que je me suis fait beaucoup de souci ?

– Oui, rétorqua Kylie d'un ton sec. Tu t'en es fait autant pour moi que je m'en fais quand tu t'enfuis la nuit et que tu joues au loup.

Il eut l'air abasourdi.

– Je suis comme ça et je n'y peux rien, Kylie.

– Moi non plus, Lucas. (Des larmes brillèrent dans ses yeux.) Je ne sais pas ce que je suis, mais je sais ce que je fais, et c'est m'occuper des fantômes. Et si tu ne peux pas l'accepter, alors peut-être que tu ne peux pas m'accepter non plus.

– Je n'ai pas dit ça, insista-t-il. Je veux juste…

– Tu veux que je sois un loup-garou. Afin que ta famille et ta meute m'acceptent. Mais pour l'instant, je n'ai pas l'impression que tu vas obtenir ce que tu désires. Tu devrais sans doute y réfléchir, à ça aussi…

Elle tourna les talons.

Il la rattrapa.

– Je suis désolé, dit-il. C'est juste que je ne peux pas supporter l'idée qu'il t'arrive quelque chose et… rien ne changera entre nous, quoi que tu sois. (Il leva son menton et la regarda dans les yeux.) Ne sais-tu pas ce que je ressens ?

Il l'attira contre lui et Kylie le laissa faire. Elle s'enfouit dans sa chaleur, s'efforçant de croire qu'il disait la vérité, mais elle ne pouvait pas se mentir. Lucas voulait y croire. Elle le savait, mais n'était pas entièrement convaincue que ce serait le cas si sa grand-mère s'en mêlait. Kylie ne savait même pas si elle avait le droit de lui demander de faire ce choix.

Kylie se réveilla très tôt le mardi matin. Sa première pensée fut que c'était le jour des funérailles d'Ellie. Elle se souvint de la vision qu'elle avait eue à ce sujet et se demanda s'il était juste de devoir vivre ça deux fois.

Elle se passa une main sur le visage. Son réveil n'avait pas sonné. Alors, pourquoi s'était-elle réveillée ?

Le froid lui tomba brusquement dessus comme une chape de glace.

– Heidi ? (Elle s'assit si vite que la tête lui tourna.) Est-ce toi ? J'ai d'autres questions à te poser.

Aucune réponse. Kylie resta assise et attendit. À travers le brouillard de l'obscurité, elle vit une silhouette apparaître au bout de son lit.

– Heidi ? répéta-t-elle.

Kylie alluma la lampe. La lumière emplit la chambre et illumina l'esprit qui se tenait à son côté, dos au lit. Ce n'était pas Heidi. Kylie ne pouvait même pas savoir si le fantôme était un homme ou une femme. Quelque part, il, ou elle, paraissait… plus mort que les autres. Bien sûr, ils étaient tous morts, mais pour une raison quelconque, même ses cheveux emmêlés semblaient moins vivants que ceux des autres.

– Bonjour… murmura Kylie.

L'esprit se retourna et la jeune fille cessa de respirer.

Vers, asticots et insectes affreux sortaient des cavités oculaires puis y entraient, et grignotaient le peu de chair encore accrochée au visage.

En hurlant, Kylie se cogna contre la tête de lit.

– *Peux-tu m'aider ?*

Un torrent de vers jaillit en cascade des lèvres de l'esprit et atterrit sur la couverture de Kylie.

– Je… (La jeune fille donna des coups de pied dans la couette pour empêcher les créatures visqueuses de ramper vers elle.) Oui, je pourrais, mais peux-tu faire quelque chose pour ton visage ? Tout de suite !

Della fit irruption dans la pièce.

– Tu vas bien ?

Kylie jeta un œil au pied du lit. Le fantôme avait disparu. Le soulagement l'envahit.

– Je vais bien ! glapit-elle.

Se souvenant des asticots, et pas tout à fait sûre que le fantôme les ait emportés avec lui, Kylie se leva d'un bond, ôta les couvertures et les draps du lit d'un coup sec puis les jeta sur le sol. Et elle s'éloigna du tas de draps.

– Ouais, tu as l'air en pleine forme, ironisa Della.

Kylie sauta d'un pied sur l'autre et chassa les asticots imaginaires qu'elle croyait sentir ramper sur sa peau.

Della, plantée devant elle dans son pyjama Mickey, la regardait fixement comme si elle hésitait entre rire et s'enfuir.

Kylie cessa de s'agiter et s'efforça de respirer normalement.

– Si je meurs, promets-moi que je serai incinérée.

Della se renfrogna.

– Si tu meurs ?

– Je n'ai pas l'intention de mourir de sitôt, mais… (Elle agita de nouveau le bras.) Mais quand même.

Della secoua la tête.

– Je ne comprends pas pourquoi tu fais semblant d'aller bien.

Kylie l'entoura de ses bras.

– Moi non plus.

Kylie ne retourna pas se coucher. Elle ne savait pas si elle pourrait se rendormir un jour dans ce lit. Alors elle s'habilla puis attendit Della et Miranda pour se rendre à l'office au lever du soleil.

Il se déroula exactement comme dans sa vision. Seul le chagrin était plus intense, surtout lorsque Kylie vit Derek, les larmes aux yeux, tenir la casquette d'Ellie.

Holiday ne cessait de regarder par-dessus son épaule. Kylie se doutait qu'elle cherchait Burnett. Il fallut que Chris prenne la parole pour que Burnett se glisse sur la chaise à côté de la directrice.

Kylie les vit se dévisager. Elle ignorait de quel genre d'expression il s'agissait – à part la tristesse. L'humeur du jour, visiblement. Enfin pour tout le monde, excepté le geai qui ne cessait de passer à côté d'elle et de lancer son chant comme pour l'impressionner.

Seulement, elle n'était pas impressionnée.

Après la cérémonie, Lucas lui prit la main pour la raccompagner au réfectoire, où ils avaient l'intention de célébrer la vie d'Ellie. Tout le monde raconterait des histoires à propos de la jeune fille disparue.

Mais Burnett l'arrêta.

– Il faut que je vous parle, à Holiday et toi, juste une minute.

Lucas lui dit qu'il la retrouverait au réfectoire. Puis Holiday, Burnett et Kylie entrèrent dans le bureau.

– Quelque chose ne va pas ? demanda Kylie quand Burnett eut refermé la porte.

Il sortit une enveloppe de la poche de sa veste et la lui donna.

– Qu'est-ce que c'est ? s'enquit Holiday.

À son ton, elle semblait croire que ça avait un rapport avec les tests qu'il voulait faire subir à Kylie.

– C'est l'emplacement du corps de sa grand-mère.

– Vous l'avez enterrée dans sa propre tombe ? voulut savoir Kylie.

– Pas vraiment. (Il marqua une pause.) Disons juste que si l'URF essaie de te forcer à passer des tests et que tu n'en as pas envie, tu peux t'en servir pour… montrer que tu préfères ne pas participer.

– Donc, d'après toi, ils vont la pousser à le faire ? demanda Holiday.

Burnett fronça les sourcils.

– J'ai comme l'impression que oui.

– Tu leur as dit ce qui s'était passé ?

– Je ne lui ai rien dit du tout, dans la mesure où tu m'as sommé de ne pas le faire.

– Alors, comme ça, l'URF ne sait pas que tu as enlevé le corps ? demanda Holiday.

– Non. (Son regard croisa celui de Kylie.) Ce que l'Unité a fait à ta grand-mère était mal. Et si l'agence a reconnu certains méfaits concernant les tests effectués dans les années soixante, ce squelette-là n'aurait aucun intérêt à sortir du placard.

– Pourquoi l'ont-ils fait ? s'enquit Kylie.

Il haussa les épaules.

– Les informations que j'ai pu dénicher sont très vagues. Apparemment, un petit nombre de surnaturels étaient génétiquement différents des autres.

– Donc nous ne savons toujours pas ce que je suis ?

L'expression de Burnett se durcit.

– J'ai bien peur que non.

– À part une anomalie génétique, marmonna Kylie.

Holiday s'assit à côté de la jeune fille sur le canapé et lui prit la main.

– Ne dis pas…

– Moi, je pense que c'est exactement le contraire, intervint Burnett. Ils ne s'intéresseraient pas à quelque chose qui ne fonctionne pas correctement. Rien que le fait que tu puisses avoir l'air humain devrait être considéré comme un avantage. Ça pourrait s'arrêter là, ou aller plus loin.

– Quels avantages y a-t-il à avoir l'air humain ? demanda Kylie.

– Beaucoup. Par exemple, en ce moment, les surnaturels n'ont pas le droit de briguer un mandat politique.

– Ce n'est pas juste, observa Kylie.

– Peut-être. Mais ce qu'ils ont fait à ta grand-mère n'était pas juste non plus. Toutefois, j'ai du nouveau.

Son expression changea, mais en quoi, Kylie l'ignorait.

– Au fait, j'ai parlé à Malcolm Summers, ton vrai grand-père, l'informa Burnett. Et avant que tu me le demandes, nous n'avons pas parlé de grand-chose. J'avais peur, si je me mettais à lui poser trop de questions, de le faire fuir. Je lui ai expliqué que tu souhaitais le rencontrer.

– Et ?

Kylie saisit la main de Holiday.

Et s'il disait qu'il ne veut pas me voir ?

chapitre 38

Burnett poursuivit :

– Il a dit qu'il prendrait le prochain vol disponible pour le Texas. Il pourrait arriver vendredi.

Kylie en eut les larmes aux yeux.

– Ça va se passer pour de bon, pas vrai ? Je vais enfin obtenir mes réponses.

Elle éprouvait toujours de la peur, mais moins qu'avant. Il lui fallait ses réponses. Elle les méritait.

– On dirait bien, répondit Burnett.

Kylie se leva d'un bond et s'arrêta juste à temps avant de l'étreindre.

– Je peux vous serrer dans mes bras ?

Il lui fit un grand sourire tout en grimaçant.

– Fais vite.

Elle s'exécuta. Quand elle le lâcha, Holiday les regardait, les larmes aux yeux.

Burnett adressa un signe de tête à Holiday.

– Et ça, c'est pour toi.

Il sortit une autre enveloppe qu'il lui donna.

– Qu'est-ce que c'est ? s'enquit-elle d'un ton hésitant.

– Un don pour contribuer à couvrir les futurs frais de Shadow Falls… et ma démission.

Elle se raidit.

– C'est ce que tu veux ?

Elle avait l'air si blessée que le cœur de Kylie se serra.

– C'est ce que toi, tu veux, rétorqua-t-il.

– Je ne t'ai jamais demandé de démissionner.

– Oh que non !

– Voulez-vous que je vous laisse ? proposa Kylie.

Mais personne ne l'écoutait et Burnett bloquait la porte.

– Ouh ouh ? fit-elle.

Mais ils étaient trop occupés à se foudroyer du regard pour lui prêter attention.

– J'ai dit que si tu ne pouvais pas comprendre que je refusais que Kylie passe les tests de l'URF, alors tu ferais mieux de partir.

– Parce que tu n'as plus besoin de moi. Tu as d'autres investisseurs qui se bousculent au portillon, n'est-ce pas ?

Burnett eut l'air blessé.

– Lesquels ? demanda Holiday.

– Ne me mens pas, Holiday ! J'ai vu le dossier. Tu en as quatre éventuels qui attendent en coulisse.

– Tu as fouillé dans mon bureau ?

– Je n'ai pas fouillé ! J'ai dû payer les factures en ton absence, tu te souviens ?

– Eh bien, la prochaine fois que tu fouineras, lis donc les dates sur les papiers !

Elle alla ouvrir le tiroir de son bureau et lui jeta le dossier à la figure.

– Qu'est-ce que c'est censé vouloir dire ?

– Je ne viens pas de trouver ces personnes. Je les avais trouvées avant même que tu ne t'inscrives.

Il la regarda fixement, de plus en plus confus.

– Tu as dit que tu m'avais choisi pour la seule raison que tu n'avais personne d'autre.

– Je n'ai pas dit ça, tu l'as imaginé.

Burnett fixa Holiday.

– Es-tu en train de dire que tu m'avais choisi en priorité ?

Il s'approcha, laissant la porte du bureau entrouverte.

– Je crois que je vais sortir une minute, lança Kylie en avançant d'un pas.

Ils l'ignorèrent. Et Kylie hésita une seconde.

– Alors comme ça, tu tiens à moi, grommela Burnett. Pourquoi donc ne veux-tu pas l'admettre, Holiday ?

– T'embaucher était une décision professionnelle, Burnett.

– Conneries ! s'exclama-t-il. Ils sont tous bien plus riches que moi.

– Une décision professionnelle, pas financière.

– Est-ce pour cette raison que tu m'as embrassé ? demanda-t-il.

– Je n'ai rien fait de tel. *Tu* m'as embrassée.

– Et ça t'a plu.

– Je ne suis plus là !

Kylie contourna Burnett et sortit, mais elle emportait un grand sourire et beaucoup d'espoir. Elle était quasi sûre que Burnett ne démissionnait pas. Et dans deux jours, elle obtiendrait des réponses de son grand-père, Malcolm. Elle espérait que c'était vrai !

– Salut !

Elle retrouva Derek sur le perron.

– Salut ! dit-elle, toujours tout sourires.

Il s'arrêta, écoutant manifestement Burnett et Holiday qui se chamaillaient dans le bureau.

– Tout va bien ?

Kylie gloussa.

– Ils se disputent. Donc c'est pratiquement un retour à la normale.

– C'est mieux que quand ils ne s'adressent pas la parole.

– Exactement ce que je pensais.

Derek la fixa.

– Et nous, on peut se parler ?

Il lui désigna les deux rocking-chairs.

– Bien sûr.

Elle s'installa dans le premier. Il prit l'autre. Durant une seconde, elle le revit assis là, auparavant. Le revit s'approcher et l'embrasser.

Elle chassa cette image. Ils ne s'embrassaient pas en ce moment. Ils discutaient tout simplement. Deux amis qui bavardaient.

Il commença à parler, mais ses yeux s'écarquillèrent.

– Tu as de bonnes nouvelles ?

Elle lui fit un large sourire, sachant qu'il avait lu dans sa tête.

– Mon vrai grand-père vient me voir dans quelques jours.

– Ça alors ! (Ses yeux s'emplirent de satisfaction pour elle.) Tu vas enfin obtenir tes réponses. Kylie Galen va découvrir ce qu'elle est. Plus de mystère.

– Je l'espère…

Une pensée étrange la frappa. Que serait sa vie quand sa quête serait achevée ? Une vague de froid surgit dans son dos. Elle jeta un œil derrière elle et se retourna tout aussi vite.

– Je suis au courant pour ta grand-mère, reprit Derek. Et pour le vampire escroc. Il s'est vraiment sacrifié pour toi ?

– Oui. (Son moral chuta.) Je n'ai vu que le mal en lui, Derek. Mais c'était faux.

– Tu n'étais pas la seule. Moi aussi, c'est ce que j'ai vu. Donc je comprends ce que ça te fait ressentir.

Elle soupira. Voilà ce qu'elle aimait chez Derek : il comprenait toujours ce qu'elle éprouvait.

– Merci.

Quelqu'un passa à côté d'eux et, très brièvement et tout aussi follement, elle crut que c'était Ellie. Mais, bien sûr, ce n'était pas elle.

– Moi aussi, elle me manque, dit Derek, lisant de nouveau en elle.

Kylie leva les yeux vers le ciel.

– Parfois, j'aimerais juste que le paradis ne soit pas si loin.

Le silence se fit. Quand elle le regarda de nouveau, Derek la fixait. Comme l'ancien Derek avait l'habitude de le faire. Les mouchetures or dans ses yeux étincelaient sur ses iris verts. Elle sentit le monde se transformer en conte de fées autour d'elle, et elle remarqua plusieurs choses. Comme ses épaules, où il semblait si doux de poser la tête.

– Tu avais raison, tu sais ?

– À quel sujet ? demanda-t-elle.

– Quand je t'ai repoussée. C'était la chose la plus stupide que j'aie jamais faite. Puis l'erreur avec Ellie… J'ai déconné, Kylie. Et ça t'a blessée. Je suis désolé. Vraiment désolé.

– C'est fini, dit-elle, et un autre silence s'abattit sur eux.

– J'ai parlé à Holiday, murmura-t-il.

Ses paroles, énoncées d'une voix douce, firent réaliser à Kylie que Holiday et Burnett ne se disputaient plus. Étaient-ils occupés à autre chose ?

– Parlé de quoi ? s'enquit-elle.

– De la raison pour laquelle mes émotions étaient décuplées quand je me trouvais à côté de toi.

Kylie se mordit la langue. Elle n'avait pas besoin de le savoir à présent, pas vrai ?

Derek ressentait ses sentiments.

– Je ne te demande pas de faire quoi que ce soit. Je veux juste que tu saches.

– Que je sache quoi ?

Il hésita.

– Holiday m'a expliqué que parfois quand un Fae tient vraiment à quelqu'un, ses émotions peuvent le submerger. La plupart du temps, le problème disparaît dès que le Fae les accepte. Alors c'est ce que je fais. Je les accepte.

Elle ouvrit la bouche pour parler, mais sans savoir quoi dire.

– Je suis amoureux de toi, Kylie. (Cet aveu eut presque l'air de l'embarrasser. Il se leva brusquement, s'éloigna d'un pas, puis se retourna vivement pour lui faire face.) Je ne te demande pas de me dire la même chose, et je ne crois pas que ça changera ta décision. Mais tu méritais de le savoir. Et je devais te le dire, parce que… je n'ai jamais ressenti ça pour personne. Jamais.

Kylie resta assise, ces paroles tournant dans sa tête, se sentant… Bon, qu'éprouvait-elle au juste ? D'abord, de la confusion. Puis de la peur. Derek l'aimait. Son cœur se serra.

Elle leva les yeux vers lui et constata qu'il lisait ses émotions. Toutes.

– Je devrais m'en aller maintenant, déclara-t-il.

Mais il se pencha et déposa le plus rapide des baisers sur sa joue. Cela lui rappela lorsque Perry avait embrassé

Miranda cette nuit-là dans le parking. C'était romantique. Doux.

Elle le regarda partir. Puis elle retomba dans le rocking-chair et entreprit de déchiffrer les émotions qui bouillonnaient en elle.

– Comment tout cela peut-il me paraître si bien et pourtant si mal en même temps ? marmonna-t-elle.

– *La vie est bizarre, c'est comme ça.*

Le fauteuil à bascule à côté d'elle, celui que Derek venait juste de quitter, craqua légèrement.

Kylie jeta un œil sur l'esprit installé à ses côtés et fronça les sourcils.

– Les choses ne vont pas se simplifier, n'est-ce pas ?

L'esprit décida de ne pas répondre.

– Écoute ! lança Kylie, et elle remonta ses genoux dans son fauteuil. Je n'ai pas beaucoup de règles. Mais je t'ai demandé de faire quelque chose pour ton visage.

Comme par magie, celui-ci guérit peu à peu et redevint normal. Kylie haleta. Ce n'était pas le fait d'assister à ce spectacle qui la choqua, mais la figure. Elle la reconnut.

– Oh non !

Le fantôme disparut. Kylie se releva d'un coup pour aller voir Holiday, lorsqu'une autre voix se fit entendre derrière elle.

– *Kylie* ?

Reconnaissant celle de Daniel, elle fit volte-face.

– Papa, dit-elle, et elle le serra dans ses bras.

Ses bras froids l'enveloppèrent. Quand elle recula, elle constata qu'il avait les larmes aux yeux.

– *C'est la première fois que tu m'appelles papa.*

– J'imagine qu'il m'a fallu un moment, répondit-elle.

Il sourit et lui toucha le visage.

– *J'ai rencontré ma vraie mère pour la première fois. Elle était, bien sûr, très fière de sa petite-fille.*

– Elle avait l'air charmante. Elle t'aimait tant.

– *Je sais,* dit-il.

Soudain, il s'estompa légèrement.

– *Je n'ai pas beaucoup de temps, Kylie. Mais j'ai trouvé la réponse que tu cherchais.*

– Laquelle ? demanda-t-elle.

Elle avait peur de le croire.

– *Ce que nous sommes. Ma mère s'en est enfin souvenue.*

– Et ?

Kylie retint son souffle.

– *Nous sommes des caméléons.*

Elle secoua la tête, essayant de comprendre ce qu'il entendait par là.

– Nous sommes des lézards ? Qu'est-ce que ça veut dire ?

Il s'estompa un peu plus.

– *Je ne sais pas.*

– Nous pouvons changer nos configurations, c'est ce que ça signifie ?

– *Je n'ai pas plus de réponses. Mais bientôt, bientôt nous découvrirons ça ensemble.*

– Ensemble ? fit-elle.

Il hocha la tête, et le froid et le peu de vapeur qui restait de son esprit visuel s'évanouirent un peu plus.

– Je vais mourir ? demanda-t-elle alors que des aiguilles glacées lui picotaient la peau.

Il n'eut pas la possibilité de répondre, mais elle aurait pu jurer qu'elle le vit secouer la tête. Ou peut-être prenait-elle simplement ses rêves pour la réalité.

Elle resta plantée sur le perron, à essayer de respirer, à essayer d'accepter ce qu'elle venait d'apprendre. Elle était un caméléon. Elle pourrait bien mourir. Et… elle se rappela le visage du fantôme. Celui qui avait fait irruption avant son père. Peut-être ne serait-elle pas la seule à mourir.

– Holiday ? cria-t-elle en repartant vers le bureau comme un ouragan.

Non, la vie ne serait certainement pas plus facile.

À découvrir
dans le tome 4…

Frémissements

Kylie se tenait sur le perron devant le bureau de Shadow Falls. La panique mettait en péril son équilibre mental. Un coup de vent de fin août, toujours glacé par l'esprit de son père qui s'en allait, releva ses longues mèches blondes et les éparpilla sur son visage. Elle ne les écarta pas. Ne respira pas non plus. Elle resta plantée sur place, l'air coincé dans ses poumons, à regarder fixement à travers ses cheveux les arbres qui s'agitaient dans la brise.

Pourquoi faut-il que la vie soit si dure ? La question roula dans sa tête comme une balle de ping-pong devenue folle. Puis la réponse lui revint tout aussi vite.

Parce qu'elle n'était pas du tout humaine. Ces derniers mois, elle s'était efforcée d'identifier le type de sang non humain qui coulait dans ses veines. Maintenant, elle savait.

Ou du moins, elle savait selon son bon vieux papa. Elle était… un caméléon. Comme un lézard, comme ceux qu'elle voyait prendre le soleil dans son jardin. Bon, d'accord, peut-être pas exactement comme ceux-là, mais presque. Et dire qu'elle avait eu peur d'être un vampire ou un loup-garou, parce que ce serait un peu dur de s'habituer à boire du sang ou à se transformer les soirs de pleine lune. Mais là, c'était… tout à fait énigmatique. Son père se trompait forcément, non ?

Son cœur martela son sternum, comme s'il cherchait à s'en échapper. Elle respira enfin. Inspira, puis expira. Ses pensées passèrent d'un coup de l'histoire du lézard aux autres mauvaises nouvelles.

Ouais ! Ces cinq dernières minutes, non pas une, ni deux, ni trois, mais quatre révélations lui avaient donné une sacrée claque. Et lui avaient ouvert les yeux.

La petite voix de la raison prit la parole dans sa tête. L'une de ces révélations – l'aveu de Derek qu'il était amoureux d'elle – ne pouvait pas être vraiment qualifiée de « mauvaise » nouvelle. Mais pas de bonne non plus, loin de là. Pas maintenant. Pas quand elle estimait que c'était fini ou à peu près. Qu'elle avait passé ces dernières semaines à tâcher de se convaincre qu'ils étaient juste amis.

Son esprit jongla avec les quatre révélations. Elle ne savait pas sur laquelle se concentrer en premier. Peut-être que son esprit le savait, lui. Elle était un foutu lézard !

– En vrai ? dit-elle à voix haute.

Le vent du Texas emporta ses paroles. Elle espérait qu'il les emmènerait jusqu'à son père, là où le mort pas totalement mort était allé l'attendre.

– Sérieux, papa ? Un lézard ?

Bien sûr, son père ne répondit pas. Après deux mois à s'occuper d'un esprit ou d'un autre, ce don de communiquer avec les fantômes et ses limites parvenaient encore à l'énerver.

– Mince !

Elle avança d'un autre pas vers la porte du bureau principal pour se décharger sur Holiday, la directrice, puis s'arrêta. Burnett, le codirecteur, se trouvait avec celle-ci. Comme Kylie ne les entendait plus se disputer, elle se dit qu'ils étaient peut-être bien occupés à autre chose. Et oui, par autre chose, elle entendait « se rouler une pelle », « échanger de la salive », « danser le tango des langues ». Pour reprendre les expressions de Della, sa vilaine coloc vampire. Ça signifiait sûrement que Kylie était de mauvaise humeur. Mais ne méritait-elle pas quelques égards, après tout ce qui s'était passé ?

Serrant les poings, elle fixa la porte du bureau. Elle avait déjà interrompu le premier baiser de Burnett et Holiday par inadvertance, elle ne tenait pas à recommencer avec le suivant.

Et puis elle avait peut-être besoin de se calmer. De se détendre, de réfléchir avant de se ruer chez Holiday, énervée et de mauvaise humeur. Alors, elle pensa à son tout dernier problème de fantôme. Comment l'esprit d'un vivant pouvait-il apparaître devant Kylie ? C'était une blague ? Oui, c'en était sûrement une.

Elle jeta un œil autour d'elle pour s'assurer que le fantôme avait vraiment disparu. Oui. Le froid, en tout cas, oui. Tout ça en même temps, c'était trop pour elle.

Kylie tourna les talons, dévala les marches du perron à toute allure et fit le tour jusqu'à l'arrière du bureau. Puis elle courut, souhaitant retrouver le sentiment de liberté qu'elle éprouvait quand elle courait vite comme une non-humaine.

Le vent souleva sa robe noire et fit danser l'ourlet sur ses cuisses. Ses pieds bougeaient en rythme, les Reebok qu'elle portait d'habitude ne lui manquaient quasiment pas, mais en arrivant à la lisière des bois, elle s'arrêta brusquement. Si brusquement que les talons de ses chaussures noires creusèrent de profondes ornières dans la terre.

Elle ne pouvait pas aller dans les bois. Elle n'avait pas d'escorte. La personne incontournable qui la suivait pour éviter le méchant Mario et ses potes escrocs, si jamais ils décidaient d'attaquer.

Attaquer de nouveau.

Jusque-là, les tentatives du vieil homme pour lui ôter la vie avaient échoué, mais par deux fois elles avaient provoqué la mort d'un autre.

La culpabilité palpita dans sa poitrine déjà serrée, suivie de la peur. Mario avait montré jusqu'où il était prêt à aller pour l'attraper, et combien il pouvait se montrer malveillant quand il avait ôté la vie à son propre petit-fils, juste sous ses yeux. Comment pouvait-on être mauvais à ce point ?

Elle fixa la rangée d'arbres, regardant les feuilles danser dans la brise. C'était une tranche de vie tout à fait normale qui aurait dû la mettre en paix.

Mais elle ne l'était pas. Les bois, ou plutôt quelque chose de tapi à l'intérieur la défiait presque d'entrer. La torturait pour qu'elle franchisse l'épaisse rangée d'arbres. Déroutée par cette impression étrange, elle tâcha de la repousser, mais celle-ci persista, s'intensifia même.

Kylie inspira l'odeur verte de la forêt, et à ce moment précis, elle sut.

Sut avec certitude.

Sut avec clarté.

Mario n'abandonnerait jamais. Et elle ne céderait pas, ou ne pourrait pas céder. Tôt ou tard, elle l'affronterait de nouveau. Et ce ne serait ni serein, ni tranquille, ni paisible. Seul l'un des deux s'en sortirait.

Tu ne seras pas seule. Les paroles résonnaient tout au fond d'elle comme pour lui apporter la paix. En vain. Les ombres entre les arbres dansaient sur le sol, l'appelaient, lui faisaient signe. Pour quoi faire, elle l'ignorait, et avec l'inconnu surgirent des questions. Des questions effrayantes.

L'appréhension serra de nouveau sa poitrine. Elle enfonça encore plus ses talons dans la terre dure. Le talon de la chaussure droite se cassa, avec un petit bruit inquiétant qui sembla ponctuer le silence.

– Mince !

Elle regarda fixement ses pieds. On aurait dit que ce mot était sorti du vide et il ne resta plus qu'un bourdonnement sinistre.

Elle l'entendit alors.

Quelqu'un poussait un soupir rauque. Même si ce son n'était qu'un souffle, elle savait que le propriétaire se tenait juste derrière elle. Tout près. Et comme aucun froid mortel ne l'entourait, elle comprit qu'il ne venait pas du monde des esprits.

Le son se refléta. Quelqu'un emplissait ses poumons d'air vivifiant. Bizarre qu'elle craigne désormais davantage les vivants que les morts.

Son cœur s'arrêta brusquement dans un bruit sourd. Un peu comme les rainures laissées dans la terre par ses talons de huit centimètres, sa peur croissante creusa des ornières dans son courage. Des ornières profondes et douloureuses qui la firent frissonner.

Kylie n'était pas prête. Si c'était Mario, elle n'était pas prête. Quoi qu'elle ait besoin de faire, quel que soit le plan ou le chemin qu'elle était destinée à suivre, il lui fallait plus de temps.

Remerciements

À mon agent, dont le soutien et les conseils sont exactement ceux dont j'ai besoin. À Rose Hilliard, un amour d'éditrice. À Faye Hughes, ma première lectrice, qui n'a pas peur de mes premiers jets effrayants : merci pour ton aide, mais, surtout, merci pour ton amitié. À Susan Muller, Teri Thackston et Suzan Harden, merci à toutes trois pour votre soutien, votre amitié, vos critiques et ces tonnes de fous rires. Vous ne saurez jamais combien vous comptez pour moi. À Jody Payne, une femme dont le courage et la force sont une source d'inspiration, dont l'aide à l'écriture et l'amitié sont inestimables.

À Rosa Brand, alias R.M. Brand, dont le génie de graphiste me stupéfie. Merci pour ton soutien, pour tes vidéos fabuleuses, et pour cette toute nouvelle amitié. Merci à Kathleen Adey pour le travail d'édition et pour la publicité : grâce à toi, tenir les délais est bien plus facile.

Composé par Nord Compo Multimédia
7, rue de Fives, 59650 Villeneuve-d'Ascq

Imprimé en Espagne
Dépôt légal : juin 2014
ISBN : 979-10-224-0069-5
POC 0088